国家社科基金重大项目
《中国现代文体理论整理汇编与研究(1902—1949)》阶段性成果

Zhongguo Xiandai Wenti Lilun Daodu
中国现代文体理论导读

主　编　周海波

编写者　姜蓉艳　张晓晗　张　琦
　　　　苗慧婷　宫麒康　徐桂方

中国海洋大学出版社
·青岛·

图书在版编目(CIP)数据

中国现代文体理论导读 / 周海波主编. —青岛：中国海洋大学出版社,2020.6
ISBN 978-7-5670-2527-1

Ⅰ.①中… Ⅱ.①周… Ⅲ.①中国文学－现代文学－文体论 Ⅳ.①I206.6

中国版本图书馆 CIP 数据核字(2020)第 114226 号

出版发行	中国海洋大学出版社			
社　　址	青岛市香港东路 23 号		邮政编码	266071
出 版 人	杨立敏			
网　　址	http://pub.ouc.edu.cn			
电子信箱	shifanbnu@163.com			
订购电话	0532—82032573(传真)			
责任编辑	史　凡		电　　话	0532—85901984
印　　制	日照日报印务中心			
版　　次	2020 年 8 月第 1 版			
印　　次	2020 年 8 月第 1 次印刷			
成品尺寸	170 mm×230 mm			
印　　张	20			
字　　数	337 千			
印　　数	1—1000			
定　　价	89.00 元			

发现印装质量问题，请致电 18663037500，由印刷厂负责调换。

前 言

中国现代文体理论是中国现代文学的重要组成部分,它既是中国现代文学创作的理论概括、创作原则与理论基础,也是中国现代文学理论与批评的核心与文学发展的引导,以独特的样式呈现出中国现代文学的基本风貌。一个时代的文体理论,既是对文学创作与批评的理论阐述,也体现着时代的美学原则。中国现代文体理论是在中国古代文体理论和外国文体理论双重影响下诞生的新的文体理论,但它又不同于中国古代和外国的文体理论,中国现代文体理论的生成与发展表明,它是在新的社会和时代条件下产生并适应于新的文学理想的文体理论。因此,任何将现代文体理论等同于古代或外国,或者以古代文体理论、外国文体理论取代现代文体理论的做法,或以中国现代文体理论阐释中国古代文体理论或者外国文体理论的做法,都有可能导致对现代文体理论理解的偏差,甚至导致对中国现代文学认识与理解的巨大偏差,失去研究中国现代文学的美学原则。因而,中国现代文体理论是理解中国现代文学的重要突破口。

一

中国现代文体理论是在中国古代文体理论的深厚基础上产生的,但它又不是中国古代文体理论的一次简单的现代转型,而是植根于中国传统文体理论基础和文化基础之上的新的现代创造。

1902年,梁启超在日本创办《新小说》杂志,发表《论小说与群治之关系》等文章,提倡"新小说",发起"小说界革命"。"新小说"及其他新的文体以迥然不同于中国古代文体的姿态出现在人们面前。与此同时,徐念慈的《余之小说观》、姚鹏图的《论白话小说》、陶祐曾的《论小说之势力及其影响》、梁启超的《饮冰室诗话》、鲁迅的《摩罗诗力说》、柳亚子的《二十世纪大舞台》、蒋智由的《中国之演剧界》、王国维的《论古雅之在文学上之位置》等,为中国现代文体理论奠定了坚实的基础,打开了新的文体理论的世界。梁启超等早期提倡新文体者,是在适应时代要求而又缺乏相应文体理论支撑的条件下提出新的理论命题的。所谓时代要求有两个方面:一是康、梁变法失败之后中国社会面临急剧变化,国内复杂的政治生态和社会问题,需要特殊政治手段的治理,也需要文化思想的疏导。此时,身在日本的梁启超将社会活动的重心从社会革命转移到文化上来,将维新变法失败带来的社会问题归因于国民的愚昧,试图以"新民"开启新的社会变革与发展道路。二是现代城市的出现带来新的市民阶层和市民文化,形成了新的文化形态。中国文化的世俗化、大众化对通俗易懂的文学文体有了新的诉求,诸如小说、诗歌、散文等文体与市民文化发生了密切联系,语言通俗化、文体形态通俗化成为时代发展的重要命题。例如,古代小说源起于"街说巷语",是一种流传于民间的通俗艺术,包括古代典籍中保留下来的传奇故事、寓言笑林如志怪、志人之类以及民间口头的说唱文体等。古代小说的民间性、通俗性,在新的市民文化形成之后获得新的发展机遇。近代以来,随着上海等东南沿海城市的逐渐开放与兴盛,市民文化得到迅猛发展,为小说的兴起与发展提供了必要条件。

但是,梁启超提倡"小说界革命""诗界革命""文界革命"时,面对的是中国古典文学成熟的文体美学体系,是已经形成并发展了数千年的、具有超稳定性结构的中国文体及其文体学。所谓文体的超稳定性是指文体内部结构的稳定性和发展进程的稳定性。这种稳定性是经历代文体发展演变逐渐形成的。中国古代《尚书》中提出的"诗言志,歌永言,声依永,律和声",开始具有初步的文体意识,《论语》中的"诗三百,一言以蔽之,曰:思无邪",建立了初步的文体规范。汉代以后,作为文体学的"体"开始出现,并逐渐形成体系。据姚爱斌在《中国古代文体论思辨》中的研究:"汉末蔡邕的《独断》中已有对文类文体的系统说明。至魏晋,中国古代文体论已经发展成型,曹丕《典论·论文》和陆机《文赋》的部分内容、傅玄《七谟序》和《连珠序》、挚虞《文章流别论》、李充《翰林论》等是这一时期文体论的代表。南北朝是中国古代文体论的成熟期,在任昉《文章缘起》、刘勰《文心雕龙》和钟嵘《诗品》中,'文体'范畴都居于非常重要的位置。"[①]到明清时期,中国古代文体理论已经形成规模庞大、知识结构完善的体系,吴讷的《文章辨体序说》、徐师曾的《文体明辨序说》、杨慎的《词品》、贺复征的《文章辨体汇选》、姚鼐的《古文辞类纂》、沈德潜的《说诗晬话》、吴乔的《围炉诗话》、刘熙载的《艺概》等,从不同角度、以不同方法,对中国古代文体的各个方面进行了系统的辨析,阐述了古代文体的基本内涵和文体范畴,构建了一个不可动摇的文体理论系统。这个系统既是对中国古代文学艺术创造的美学概括和理论升华,也是中国文学的价值尺度的体现,在本体论、方法论、形态论、风格论以及范畴论等方面,形成了中国古代特殊的价值体系,呈现出独特的美学特征和价值标准。中国古代文体理论历经千年,不断成熟,不断丰富,不断发展,已经成为"古代文学的核心问题,

---

① 姚爱斌《中国古代文体论思辨》,北京大学出版社2012年版,第3页。

是本体性的问题",①成为极为稳定的理论体系。

对于中国现代文学及其文体理论来说,这个庞大的系统性的文体理论体系至少说明了以下两个问题:第一,中国古代文学及其文体理论是成熟的,是封闭的、自足的,以至于它本身不可能有任何变革发展的要求。所以,即使处于晚清民国时期的王国维,仍然怀念古代文学的时代:"古代文学之所以有不朽之价值者,岂不以无名之见者存乎?至文学之名起,于是有因之以为名者,而真正文学乃复托于不重于世之文体以自见。"②因而当新文学兴起之后,不断遭到坚持古典文学立场者如林纾、章士钊、吴宓等人的激烈反对。第二,古代文学及其文体理论尽管随着时代的变化而发生这样或那样的变化,但其内部并未产生现代性的因素。中国古代文学创作与理论中的若干因素,可以被现代作家吸收并转化为创作中的艺术表现技巧,但是,这种吸收、继承并非因为古代文学中的这些因素具有现代性特征。恰恰相反,正因为它们呈现出的古典特质,传统的因素,诸如意象、意境、节奏、文眼等美学特征,才更能为现代文学所吸收、容纳。

换一个角度来说,古典文学无论在理论形态上还是在创作实践上,都无法直接转化为现代文学。古典文学自身既无中国文学现代转型的内在因素,也缺少必要的向现代转型的诉求。也就是说,1902年梁启超提倡"小说界革命""诗界革命""文界革命"并引发了中国文学的现代性变革,从理论上到创作上导致中国文学的现代转型,所有这一切并不是中国文学自身变化,而是中国文学依靠外力所进行的一场非文学性的文学革命。

所谓中国现代文学的"非文学性的文学革命"主要是指中国现代文学的发生与变革并非是一场文学的革命,而是中国社会革命通过文学表现出来的。近代以来,康有为、梁启超等人主张变法维新。1898年"百日维新"受挫之后,他们将变法失败及其引发的一系列社会危机转嫁为国民的不理解、不支持革命。于是,一场以"新民"为口号的被称之为启蒙运动的思想文化活动成为梁启超寻找到的新的救国救民的途径,突然发现了文学尤其是小说的巨大功能:"欲新一国之民,不可不先新一国之小说。故欲新道德,必新小说;欲新宗教,必新小说;欲新政治,必新小说;欲新风俗,必新小说;欲新学艺,必新小说;乃至欲新人心,欲新人格,必新小说。何以故?小说有不可思议之力支配人道故。"③梁启超的努力只能是他试图转嫁社会危机的一种方式,因为他打着"新民"的旗号所进行的一系

---

① 吴承学《中国古代文体学研究》,人民出版社2011年版,第2页。
② 王国维《文学小言》,《王国维集》(第1册),中国社会科学出版社2008年版,第23页。
③ 饮冰《论小说与群治之关系》,《新小说》1902年第1号。

列文学革命与"新民"并无直接关系。他的所谓的维新变法失败的原因在于国民的不理解不支持革命,也只是其借口之一,以此借口所推行的文学革命同样与文学没有关系。梁启超极力倡导的小说、诗文,不仅不能被国民所接受,距离国民越来越远,而且越来越远离了文学,既无法完成其"新民"的任务,也不可能产生真正的现代文学。因此,梁启超及其同人提倡文学革命的过程中,人们更多的是通过他们的论述看到了他们对文学功能的无限夸大,而很少看到他们如何潜心于文学,以及阐述文学文体的艺术创造。

中国现代文学及其文体理论也深受西方文学及其文体理论的影响,无论梁启超还是王国维,无论是侠民还是林纾,无论是鲁迅还是胡适,对于中国古典文学的传承以及社会革命向文学的转移,仅仅是形成文体理论的一个方面,他们几乎都在建立文体观念过程中,不同程度地受到外国文学的影响。"新小说报社"的《中国唯一之文学报〈新小说〉》就说:"泰西论文学者必以小说首屈一指,岂不以此种文体曲折透达,淋漓尽致,描人群之情状,批天地之窾奥,有非寻常文家所能及者耶!"①侠人在比较中西小说时也说:"中国小说每一书中所列之人,所叙之事,其种类必甚多,而能合为一炉而冶之。……西洋则不然,一书仅叙一事,一线到底。"②在这种文体比较中,侠人看到了中国小说的特长,也看到了西洋小说的优势,并以此建立起自己的小说观。某种意义上说,外国文体理论对中国作家、理论家的影响,不仅在于文体观念与美学思想的影响,而且在于为中国作家、理论家提供了一个参照,使其能够在中西文学的比较中发现现代文体的创造。

表面看来,20世纪第一个10年兴起的都市报刊小说是延续了梁启超的"小说界革命"及其"新小说"之势。其实这是一个误解。借助于现代都市的崛起及其现代报刊的兴盛而发展起来的都市流行小说,与梁启起的"新小说"可谓南辕北辙。梁启超的"新小说"主要是一种政治小说,缺少必要的艺术性和小说文体的创造,而都市流行小说则是在中国古代章回小说基础上,借助现代报刊发展起来的文体。相反,1915年《新青年》创刊之后胡适等人发起的文学革命,与梁启超存在密切的关系。只不过胡适的《文学改良刍议》《建设的文学革命论》《谈新诗》以及傅斯年、刘半农等人的论述是从文学的文体内部探讨文学的变革,更接近文学,而梁启超、陈独秀则试图从社会革命出发谈论文学。中国现代文学的复杂性在于,从其产生的源流开始,文学的概念及其内涵就已经被改写。梁启超所说的"文学"与同时期王国维所说的"文学"不是同一个概念,鲁迅所说的"文学"

---

① 新小说报社《中国唯一之文学报〈新小说〉》,《新民丛报》1902年第14号。
② 侠人《小说丛话》,《新小说》1905年第13号。

与他的老师章太炎所说的"文学"也相去甚远。而周作人笔下的散文、美文、小品文等概念与其后王统照、林语堂、陈望道、徐懋庸等人所说的小品文、杂感等也不是在同样的语境中使用的。

二

中国现代文体理论基本上采用了"四分法"的文体分类方法,小说、诗歌、散文、戏剧四种文体构成了中国现代文学文体的基本类型。但是,所谓"四分法"只是一个大概的、笼统的文体分类办法,是现代文体理论在不断分化、凝聚,不断深化现代文体认识与理解基础上所能达成的基本共识。在这个过程中,现代文学对文体的认识从"大文学"的文体边界朦胧到逐渐清晰明确,在对相关概念的辨析与整理中逐步建立起相对完整的文体意识。

与中国古代文体理论相比,现代文学显然缺少完备的文体分类方法。无论提倡文学革命的胡适,还是积极响应的傅斯年、刘半农,都没有从学理上讨论过中国现代文学的文体分类方法与文体类型的相关问题。之所以出现这种现象,主要原因在于参与文学革命的倡导者们,缺少足够的新文学文体理论的准备,当他们以主要精力提倡与实验白话文学时,主要落脚于语言问题,而较少关注文体类型的相关理论,只能简单地从外国文学那里借用文体类型及其分类方法。1917 年 7 月 1 日,《新青年》第 3 卷第 5 号发表的易明的《改良文学之第一步》,在呼应胡适、陈独秀的文学革命的同时,提出了自己的有关文学改良的想法,认为白话俗语适用于几种不同的文体,诸如论说类、书简类、小说类等类型,这些"有裨益于社会造福于国家者"①的文类,适用于白话俗语,应该作为文学改良的先行者。1919 年 2 月《新潮》第 1 卷第 2 号发表的傅斯年的《怎样做白话文?》是一篇讨论白话文文体的论文,文章把文学分为韵文和无韵文,"讨论的范围,限于无韵文",而在无韵文里又专门讨论散文,即"解论(exposition)、辩议(argumentation)、记叙(narration)、形状(doscription)四种散文"。这种分类方法显然受到西方文学的影响。西方文学将文学分为诗和散文,诗为韵文,而散文则主要是指无韵文,包括韵文的诗之外的所有文章,如散文、小说、演讲、辩论等,即傅斯年所说的解论(exposition)、辩议(argumentation)、记叙(narration)、形状(doscription)四种言说的方式。五四时期,胡适、周作人、刘半农等作家、理论家也大多支持这种观点,区别了"文学"与"非文学",或者"文学之文"和"应用之文"②。这

---

① 易明《改良文学之第一步》,《新青年》1917 年 7 月,第 3 卷第 5 号。
② 陈独秀《文学革命论》,《新青年》1917 年 2 月,第 2 卷第 6 号。

些文体分类的方法与西方文学中"韵文与无韵文"的分类有其相似之处,但又迥然不同。中国文学中的"文学与非文学"或者"纯文学与杂文学"主要指向文学的性质,或者说白话文学的合理性与合法性问题,而欧洲文学的分类则主要表明文学的类型。以"文学"与"非文学"或"文学之文"和"应用之文"作为文学的分类方法,只是从一个特定的角度对文学进行了笼统模糊的分类,而没有真正获得文体类型的分类方法。

显然,上述新文学的分类方法不仅简单粗糙,而且主要是为了适应创建新文学的需要而进行的类型区分,缺乏必要的文体意识和文类意识。对此,学衡派代表人物梅光迪曾提出过尖锐的批评:"吾国文学,汉魏六朝则骈体盛行,至唐宋则古文大昌,宋元以来,又有白话体小说戏曲。彼等乃谓文学随时代而变迁,以为今人当兴文学革命,废文言而用白话。夫革命者,以新代旧,以此易彼之谓。若古文白话之递兴,乃文学体裁之增加,实非完全变迁,尤非革命也。"①在梅光迪看来,文言白话仅仅是一种体裁的递兴,而非革命的结果,因此,白话也仅仅适用于小说戏曲的体裁,而不能应用于诗词等体裁。在胡适那里,文学是一个笼统的概念,诗、白话诗、新诗可以相互替代,相互转用。对此,钱锺书在批评周作人根据"文以载道"和"诗以言志"进行分派的问题时也曾有过论述:"在传统的批评上,我们没有'文学'这个综合的概念,我们所有的只是'诗'、'文'、'词'、'曲'这许多零碎的门类。……'诗'是'诗','文'是'文',分茅设蕝,各有各的规律和使命。'文以载道'的'文'字,通常只是指'古文'或散文而言,并不是用来涵盖一切近世所谓'文学';而'道'字……是有客观的存在的,……诗本来是'古文'之余事,品类(genre)较低,目的仅在乎发表主观的情感——'言志',没有'文'那样大的使命。"②钱锺书的批评不仅仅指向周作人,而且包括五四时期提倡新文学的胡适、刘半农、鲁迅等,指向五四时期对文学类型的一种观念。正是由于五四时期提倡新文学的过程中,忽视或故意模糊了文学的文体类型,混淆了不同文类的文体特征,所以才造成了后来作家、批评家对相关文学概念认识上的模糊和实践上的含混。当人们将诗与诗歌混为一谈,将小说与 novel 煮为一锅,将抒情小说、诗化小说、散文化小说作为一种文体概念应用于文学批评与研究时,实际上存在着梁实秋所批评的"型类的混杂"的问题。

对于中国现代文体的进一步分类,是俞平伯在《社会上对于新诗的各种心理观》中所提出的三分法:"现在新文艺约包有戏剧小说诗歌三种作品。戏剧小说

---

① 梅光迪《评提倡新文化者》,《学衡》1922 年 1 月,第 1 期。
② 中书君(钱锺书)《评〈中国新文学的源流〉》,《新月》1933 年第 4 卷第 4 期。

可以用白话做,差不多大家承认,因为社会上所欢迎的'皮黄''秦腔'是用白话的,所喜欢看的《红楼梦》《水浒》也是用白话的。"俞平伯之所以将新文艺分为戏剧、小说、诗歌,而置散文于不顾,主要原因在于他是从"白话的应用"的角度而言的。所以,俞平伯又分析说:"中国本没有文学的戏剧小说——已死的昆曲和最少数的好小说在外——所以创造新的大有'破竹'之势。至于诗在中国文学上久已占极重要的位置,几千年的各家著作已'汗牛充栋',而且都是句法整齐韵脚严重的文言作品,今天忽然有人要用他们一向视为'搢绅先生难言之'的白话,来代替他们'师师相承'的正宗文言;一方又讲什么诗体解放呵,要做无韵的散文诗,一方又改换他们所用的材料,来描写社会上种种的生活状态和群众运动——罢工示威等等。他们自然要惊诧不置,糊糊涂涂嘴里就说道,'荒谬''胡闹'。"①俞平伯将文体类型与白话文学结合在一起,从语言变革的角度进行文类区分,既照顾到了中国古代文学的文体分类方法,又关注了外国文学的文体类型学方法,在同时代文体理论中,俞平伯的文章比较准确地把握了中国现代文学的文类特点。

由于缺少必要的文体类型的理论与及其分类方法,新文学诞生后,所使用的各种文体类型的概念,大多存在概念漂移不定、含义模糊不清的现象。就现代文学的"四分法"所使用的小说、诗歌、散文、戏剧概念而言,多从古代文学或外国文学借用而来,但无论内涵还是外延,这些概念都存在这样或那样的问题,或者与中国古代文学或外国文学根本不是同一个概念。如小说文体,这一概念从字面意义来说,是从古代小说借用而来,其来源之一是《庄子》所说的"饰小说以干县令"以及《汉书》所言"小说家者流,盖出于稗官"。但现代小说在其形成与发展过程中,又吸收借鉴了外国小说的文体特征,尤其梁启超借用了外国文学的"novel"文体类型,形成了"中西合璧"的中国现代小说,从而使现代小说这一概念发生了重要变化。而在随后的小说文体的变迁中,作家对小说概念的理解和使用都发生了质的变化,既与古代小说不同,又与外国小说有别,形成了属于现代中国的小说文体。与此同时,现代小说又从唐宋传奇、话本、拟话本以及明清章回小说继承了诸多叙事技巧和文体特征,建立了现代小说的独特文体。诗歌文体的概念也是如此,五四以来的新诗文体在承继中国古典诗词艺术的同时,接受了外国诗的影响,但又不同于中国古典诗词和外国诗的文体。不仅如此,即使是被人们作为同一概念使用的"诗""新诗""诗歌"等,无论其内涵还是外延,都相距甚远。胡适的《谈新诗》和宗白华的《新诗略谈》使用的"诗"或者"新诗"并不是同一个概念。在胡适那里,所谓"诗"或者"新诗"主要是"白话诗",而在宗白华那里的

---

① 俞平伯《社会上对于新诗的各种心理观》,《新潮》1919年10月,第3卷第1号。

"诗"或者"新诗"则是"新体诗"。胡适的笔下也讲"新体诗",但他所说的"新体诗"主要表现在语言方面,是用白话写作而成的不讲究音节格律的白话诗。而在宗白华那里的"新体诗",就是"用一种美的文字——音律的绘画的文字——表写人底情绪中的意境"①。郭沫若的《论诗三札》中所说的"诗"也与闻一多的《诗的格律》或梁实秋的《诗的将来》中所说的"诗"不完全一致,朱光潜的《诗论》与艾青的《诗论》,无论如何不能看作同一种"诗"论。这种复杂的概念混淆的情况,极大地制约了中国现代文学新诗理论及其新诗文体的发展,以至于在新诗百年的发展历程中,多种不同的诗歌体式、不同的诗歌概念并存于"诗歌"这一目录之下,使人们无法真正分清什么是真正的"诗",什么是真正的"诗歌"。因此,人们有理由混用同一概念下不同的文体,将同一概念而不同一文体或同一文体而不同一概念的作品、理论批评纳入同一范畴之中,从而导致梁实秋所忧虑的"型类的混杂"的现象逍遥于文体论或文学史著作之中。

文体意识模糊或文体边界意识不清晰,也表现在作家、批评家选编作品文集的活动之中。

1936年,由林徽因选编、大公报馆出版发行的《大公报文艺丛刊小说选》,就出现过比较有意思的现象。《大公报·文艺副刊》创刊于1933年9月23日,是沈从文与杨振声应《大公报》之邀在北平编辑的,沈从文主持了大部分编辑事务。巴金、朱光潜、何其芳、李广田、卞之琳、萧乾、芦焚、朱自清等作家应邀为副刊写稿。沈从文作为京派重要的作家和主要编辑,为这一报纸副刊的创办与发展做了大量工作,他不仅负责大部分编辑事务,还在上面发表了大量的作品,《大公报·文艺副刊》第1期就发表了沈从文写于青岛的《〈记丁玲女士〉跋》,随后也发表过一些散文随笔一类的文章。沈从文也将自己的小说如《过岭者》发表在《大公报·文艺副刊》上。《大公报文艺丛刊小说选》选编的是在《大公报·文艺副刊》发表的京派作家的小说作品,如萧乾的《蚕》《小蒋》、李同愈的《报复》、老舍的《听来的故事》、李辉英的《驿路上》等。但林徽因在选编京派重要作家沈从文的作品时,除《过岭者》之外,又收录了发表在《大公报·文艺副刊》上《湘行散记》中的三篇作品:《箱子岩(湘行散记之一)》《一九三四年一月八日(湘行散记之一)》《一个戴水獭皮帽子的朋友(湘行散记之二)》。一般来说,《湘行散记》是沈从文的一部散文作品集,"散记"作为散文文体形态之一,属于写事记人的体裁。但林徽因将其三篇作品收入"小说选"中,并非没有道理。人们普遍认为沈从文是一位文体作家,但他又是一位并非特别讲究文体界限的作家。他的作品中以小说的方式写

---

① 宗白华《新诗略谈》,《少年中国》1920年2月,第1卷第8期。

散文或者以散文的手法写小说的例子并不少见。《边城》《阿黑小史》《黔小景》等作品中就多有散文笔法,而《湘行散记》中的一些篇章也多有小说叙事的艺术手法。因此,林徽因将沈从文《湘行散记》中的三篇作品收入《大公报文艺丛刊小说选》算是合情合理,从一个方面反映了现代文学史上文体不分家的现象。

类似的事例也发生在刘半农编选《初期白话诗稿》上面。《初期白话诗稿》由刘半农编,1933年北平星云堂书店影印出版,收"作者八人,共诗26首"①。但"诗稿"所收录的作品并非全部符合"白话诗"的文体要求,如沈尹默的《公园里的"二月蓝"》《月》《雪》《除夕》《白杨树》《秋》《三弦》《耕牛》,沈兼士的《山中西风大作》等,虽然大都具有一定的韵味,却少有诗的文体要素。刘半农将这些作品收入其中,主要考虑到了这些作品的"白话诗"特征,这里不仅有初期白话的特点,而且作为散行的作品,在口语化的句式中,尽力营造了诗的意境。作为初期白话诗的一种形态,被后来的文学史家认定为散文诗。

上述"作品选"的选编行为,说明现代作家文体边界意识并不清晰,人们并不是特别讲究准确的文体边界,甚至有意模糊了不同文体之间的界限。这种文体模糊恰恰表现出早期作品的文体审美特征,散文中有诗的美学特征,诗歌中有散文的文体美,小说中有散文的笔法,散文中融入了小说的文体美学,你中有我,我中有你,不同的文体相互交叉,相互补益,虽然存在着梁实秋所批评的"文类的混杂"的问题,但同时呈现了文体交融而来的美。

三

1946年底,批评家李长之曾撰文指出:"从五四运动起,中国的新文艺批评入了'正史'。"②李长之的意思不仅是指中国新文艺批评的历史化、经典化,而且也是指文艺批评与新文艺发展的内在关系,从五四时期到抗日战争结束后的30年时间过程中,批评与创作相互依存,互为补充,从而形成了一条清晰的文学批评发展的历史线路。在这其中,文体理论扮演了重要的角色。

中国现代文体理论从文学语言问题出发,首先冲击了中国传统诗词的文体观念。胡适提倡白话文反对文言文,不仅是语言的问题,而且直指中国古典文学观念,将诗词格律拉下神坛,改变了被中国文学承认为正宗的古典文体。从中国现代文体理论的发展过程来看,当中国传统的古典文体不再作为正统出现在人们的审美视野中时,现代文体几乎是在正统与民间、古典与世俗的矛盾对立形态

---

① 刘半农编《初期白话诗稿》,北京出版社2010年版,第3页。
② 李长之《统计中国新文艺批评发展的轨迹》,《文潮》月刊1947年1月,第2卷第3期。

中变化发展的。并且在不断的大众化浪潮中，民间化、大众化的现代文体逐渐占据主流地位，而本来处于主流地位的古典形态的文学不断被边缘化，甚至被逐出文学史。尤其1930年以后出版的各种版本的《中国新文学史》或《中国现代文学史》，完全成为中国现代文学史，基本上看不到古典文学形态的文学，文学的世俗化通过文学史的书写，被合理化、合法化。

　　如果从文体流变的角度来看，中国现代文学也是一个不断走向民间化与世俗化的过程。如果说古代文学中的小说文体是一种文学存在，那么现代小说则是通过作家、理论家的倡导以及文学史家的有意识的书写，才被确立起其文学史地位的。1902年梁启超提倡"新小说"，并不是从文体创造上改造并优化小说叙事，而是通过集群式、轰炸式的宣传与推广，强行提升小说的社会功能，通过夸大小说与新民新社会的关系，强行进入文学史。楚卿在《论文学上小说之位置》中就说："小说为文学之最上乘，亦有说乎？曰：彼其二种德四种力，足以支配人道左右群治者，时贤既言之矣；至以文学之眼观察之，则其妙谛，犹不止此。"为什么作为一种文学文体的小说会有如此之大的功能？因为"小说者，专取目前人人共解之理，人人习闻之事，而挑剔之、指点之者也。惟其专为习闻之事也故易记，惟其为共解之理也故易悟。故读他书如战，读小说如游；读他书如算，读小说如语；读他书如书，读小说如画；读他书如作客，读小说如家居；读他书如访新知，读小说如逢故人。"所以，"古文之不如今文，亦以其普及之性质，一有限一无限而已"。也就是说，在梁启超等人那里，小说的通俗性与维新改良的新民是一致的，"俗语文体之流行，实文学进步之最大关键也"①。倡导小说，提升小说文体的社会地位，"惟在开导妇女与粗人而已"②，虽然"新小说"也追求其高尚的审美品格，却是与小说文体背道而驰。一方面看不起小说的美学品格，一方面又想通过提高小说的理想品格而提高其地位，这种矛盾的心理纠结在早期"新小说"倡导者那里，期望小说能有古代经传的品质，以补救小说的粗俗之弊。五四以后，诸小说家、理论家，更加致力于阐述小说的文学特性，自觉不自觉地回避其通俗特点。1921年，文学研究会成立后，更是否定小说的通俗性，认为"将文艺当作高兴时的游戏或失意的消遣的时候，现在已经过去了"③。以反对小说世俗化的方式承认小说的世俗化，这是现代文体理论非典型性论述方法。

　　诗歌也是在中国文学现代化过程中被民间化与世俗化的文体。1919年胡

---

① 楚卿《论文学上小说之位置》，《新小说》1903年第7号。
② 平子《小说丛话》，《新小说》1903年第7号。
③ 周作人等《文学研究会宣言》，《小说月报》1921年1月，第12卷第1号。

适发表在《星期评论》上的《谈新诗》,是对提倡文学革命以来新文学成就进行总结的文章,他在这篇文章中称新诗的成立是辛亥革命"八年来一件大事"。之所以认为新诗是一件大事,主要在于只有国语韵文成功了,白话能够入诗,才能说明白话文学的最后成功。正如胡适在文章中所说:"文学革命的目的是要替中国创造一种'国语文学'——活的文学。这两年来的成绩,国语的散文是已经过了辩论的时期,到了多数人实行的时期了,只有国语的韵文——所谓'新诗'——还脱不了许多人的怀疑。但是现在做新诗的人也就不少了。报纸上所载的,自北京到广州,自上海到成都,多有新诗出现。"从这个意义上说,只有改变诗的性质,使作为贵族的上流社会的诗成为平民的世俗社会的诗歌,才有可能真正做到白话入诗。也就是说,白话入诗不仅仅是语言的问题,而是诗的性质的改变。胡适的白话诗的意义不在于他将白话应用于诗的写作,而在于用白话表达了一种平民文化精神,彻底将中国传统的诗拉到世俗的文化之中。在《谈新诗》中,胡适洋洋自得的《应该》,是他早期白话诗中的代表性作品,他认为:"这首诗的意思神情都是旧体诗所表达不出的。别的不消说,单说'他也许爱我,——也许还爱我'这十个字的几层意思,可是旧体诗能表达得出的吗?"①这种古典诗词不能表达的意思,也正是现代文化所张扬的平民文化精神,是一种自由表达、自由爱情的精神,是"关关雎鸠,在河之洲。窈窕淑女,君子好逑"(《诗经》)无法表达的意思,也是"后宫佳丽三千人,三千宠爱在一身"(白居易《长恨歌》)不一样的感情表达。在胡适的《人力车夫》《鸽子》《一颗星儿》《老鸦》等白话诗中,同样表达了鲜明的民间化、平民化的艺术精神。可以说,平民化与白话语言的对应关系,才是构成白话诗成立的基本要素。

1922年初,由中国新诗社编辑出版的《诗》,不仅以头条位置发表了俞平伯的《诗十六首》,而且发表了俞平伯的理论文章《诗底进化的还原论》,批评了有些新诗离现实人生太远,进而提倡诗的平民化。这篇文章发表后,在文学界和诗歌界引起了强烈的反响,支持者、反对者围绕诗歌的平民化与贵族化所展开的讨论,比较集中地反映出人们对新诗性质的基本理解。实际上,俞平伯的观点虽然遭到后来新月派如梁实秋等人的反对,却表明现代诗歌发展的问题,即新诗大众化、平民化发展成为现代新诗的基本趋向,也反映了现代文学发展的平民化趋向。五四新文化运动时期,这种平民化趋向又以启蒙文化为旗帜,在大众启蒙的引导下,文学的平民化、民间化以"大众文化"为名义,被广泛推广,并形成了现代

---

① 胡适《谈新诗——八年来一件大事》,《胡适文集》第2卷,北京大学出版社1998年版,第133~135页。

文体理论和文学的清晰的发展脉络。

四

以上简单勾勒了中国现代文体理论发生发展的几个问题，梳理了现代文体理论的发展脉络，意在说明中国现代文体理论既是中国现代文学的先导，文体理论从特定的方面呈现出现代文学的基本特点，构成了现代文学美学评价体系，又与中国现代文学同在，作为现代文学有机组成部分，文体理论标志着新文学新的美学观念、叙事方法、抒情方法、言说方法的演化与进步，标志着新文学在理论形态与创作形态方面的合理性与局限性。

我们认为，文体理论与文学理论既有密切的联系，而又有所区别。文体理论是文学理论的组成部分，是文学理论的重要内容之一。陈思和主编的《中国现代文论选》（上海教育出版社，2010年版）、陈雪虎主编的《中国现代文论新编》（北京师范大学出版社，2010年版）、孔范今等选编的《中国现代新人文文论》（山东文艺出版社，2005年版）等，多侧重于文学的基本理论问题，着重于中国现代文学的本体论、文体论、作家论等方面，或者从文学的思想与体制、政治与审美、社会主义文学艺术的形成与发展等方面，讨论中国现代文学的理论问题，或者从某一具有流派特征的理论思潮出发，概括现代文学思潮的发生发展。文体理论着重于文学发展中的文体论，即从文体的角度思考文学的形成与发展。这里包含着文体类型与文体风格两个大的范畴，既关注文体的分类与不同文体类型的特征，诸如小说、诗歌、散文、戏剧四种不同文体类型各自所呈现的文体特征，探讨文体内部的构成与变化，又关注文体风格，诸如文体语言、文体结构、文体的雅俗、风格等。本书选取包括各种文体类型理论和文体风格理论的有代表性的理论文章，努力从不同的角度，不同的作家、理论家和不同的历史时期，呈现中国现代文体理论的风貌。

本书所选，为中国现代文体理论（1902—1949），分为小说理论、散文理论、诗歌理论、戏剧理论和文体综论五个部分。每篇选文一般选自初刊本、初版本或权威的作家全集、选集。选文前有作者简介，后有导读。部分比较易查找、篇幅较长的理论文章，只做存目。

编者

2020年3月

目 录

1 前言

小说理论

2 论小说与群治之关系 / 梁启超

6 余之小说观 / 觉 我

12 论短篇小说 / 胡 适

21 小说之概念 / 君 实

23 自然主义与中国现代小说（存目）/ 茅 盾

25 论中国现代创作小说（存目）/ 沈从文

27 关于小说的话 / 郁达夫

31 关于新的小说的诞生（存目）/ 冯雪峰

33 《中国新文学大系·小说二集》导言 / 鲁 迅

46 武侠小说在下层社会 / 张恨水

散文理论

51 美文 / 周作人

53 散文的分类 / 王统照

60 日记与尺牍 / 周作人

63 絮语散文（节选）/ 胡梦华

66	试谈小品文（存目）/ 钟敬文
68	论现代中国的小品散文 / 朱自清
73	《鲁迅杂感选集》序言 / 瞿秋白
90	杂谈小品文 / 鲁　迅
93	论现代中国散文（存目）/ 孙席珍
95	论速写（存目）/ 胡　风
97	报告文学简论 / 沈起予
100	论文艺杂感 / 孔另境
105	新闻文艺论 / 曹聚仁
113	散文的声音节奏（存目）/ 朱光潜

诗歌理论

116	诗与小说精神上之革新 / 刘半农
124	谈新诗 / 胡　适
138	新诗底我见 / 康白情
151	论诗三札（存目）/ 郭沫若
153	论小诗 / 周作人
159	诗的格律 / 闻一多
165	新诗的格调及其他（存目）/ 梁实秋
167	《新月诗选》序言 / 陈梦家
175	诗论 / 戴望舒
185	谈诗（存目）/ 梁宗岱
187	论新诗（存目）/ 叶公超
189	诗论（节选）（存目）/ 艾　青
191	中国诗的节奏与声韵的分析（下）：论韵（存目）/ 朱光潜

戏剧理论

- 193　戏剧改良各面观 / 傅斯年
- 206　《爱美的戏剧》概论 / 陈大悲
- 212　国剧 / 赵太侔
- 219　术语的解释 / 洪　深
- 232　戏剧大众化和大众化戏剧 / 田　汉
- 236　戏剧的本质 / 向培良
- 240　话剧民族化与旧剧现代化(存目) / 张　庚
- 242　历史剧所感(存目) / 夏　衍

文体综论

- 245　古雅之在美学上之位置 / 王国维
- 250　文学革新申议 / 傅斯年
- 258　《艺术论》译本序 / 鲁　迅
- 266　论文 / 林语堂
- 275　民族形式与大众文学 / 巴　人
- 287　马克思主义与文艺(存目) / 周　扬
- 289　文学的内容与形式 / 李广田

小说理论

论小说与群治之关系

梁启超

【作者简介】

梁启超(1873—1929),字卓如,号任公,又号饮冰室主人,广东新会人。清朝光绪年间举人,中国近代思想家、政治家、教育家、史学家、文学家,中国近代维新变法运动的代表人物。曾师从于康有为。1895年起,先后在北京编辑《中外纪闻》,在上海主编《时务报》。1898年维新变法失败后,流亡日本。在此期间,先后创办并主编《清议报》《新民丛报》与《新小说》杂志。晚年从教于清华大学。其著作主要有《饮冰室合集》《中国近三百年学术史》《中国历史研究法》《变法通议》等。

　　欲新一国之民,不可不先新一国之小说。故欲新道德,必新小说;欲新宗教,必新小说;欲新政治,必新小说;欲新风俗,必新小说;欲新学艺,必新小说;乃至欲新人心,欲新人格,必新小说。何以故?小说有不可思议之力支配人道故。

　　吾今且发一问:"人类之普通性,何以嗜他书不如其嗜小说?"答者必曰:"以其浅而易解故,以其乐而多趣故。"是固然,虽然,未足以尽其情也。文之浅而易解者,不必小说,寻常妇孺之函札,官样之文牍,亦非有艰深难读者存也,顾谁则嗜之?不宁惟是,彼高才赡学之士,能读《坟》《典》《索》《邱》,能注虫鱼草木,彼其视渊古之文与平易之文,应无所择,而何以独嗜小说?是第一说有所未尽也。小说之以赏心乐事为目的者固多,然此等顾不甚为世所重;其最受欢迎者,则必其可惊、可愕、可悲、可感,读之而生出无量噩梦,抹出无量眼泪者也。夫使以欲乐故而嗜此也,而何为偏取此反比例之物而自苦也?是第二说有所未尽也。吾冥思之,穷鞠之,殆有两因:凡人之性,常非能以现境界而自满足者也。而此蠢蠢躯壳,其所能触能受之境界,又顽狭短局而至有限也。故常欲于其直接以触以受之外,而间接有所触有所受,所谓身外之身、世界外之世界。此等识想,不独利根众生有之,即钝根众生亦有焉。而导其根器,使日趋于钝,日趋于利者,其力量无大于小说。小说者,常导人游于他境界,而变换其常触常受之空气者也。此其一。人之恒情,于其所怀抱之想像,所经阅之境界,往往有行之不知、习矣不察者。无论为哀、为乐、为怨、为怒、为恋、为骇、为忧、为惭,常若知其然而不知其所以然。欲摹写其情状,而心不能自喻,口不能自宣,笔不能自传。有人焉和盘托出,澈底而发露之,则拍案叫绝曰:善哉善哉!如是如是!所谓"夫子言之,于我心有戚戚焉"。感人之深,莫此为甚。此其二。此二者实文章之真谛,笔舌之能事。苟能批此窾、导此窍,则无论为何等之文,皆足以移人。而诸文之中能极其妙而神其技者,莫小说若。故曰:小说为文学之最上乘也!由前之说,则理想派小说尚焉;由后之说,则写实派小说尚焉。小说种目虽多,未有能出此两派范围外者也。

  抑小说之支配人道也,复有四种力:一曰熏。熏也者,如入云烟中而为其所烘,如近墨朱处而为其所染。《楞伽经》所谓"迷智为识,转识成智"者,皆恃此力。人之读一小说也,不知不觉之间,而眼识为之迷漾,而脑筋为之摇飏,而神经为之营注;今日变一二焉,明日变一二焉,刹那刹那,相断相续;久之而此小说之境界,遂入其灵台而据之,成为一特别之原质之种子。有此种子故,他日又更有所触所受者,旦旦而熏之,种子愈盛,而又以之熏他人,故此种子遂可以遍世界。一切器世间、有情世间之所以成、所以住,皆此为因缘也。而小说则巍巍焉具此威德以操纵众生者也。二曰浸。熏以空间言,故其力之大小,存其界之广狭;浸以时间言,故其力之大小,存其界之长短。浸也者,入而与之俱化者也。人之读一小说也,往往既终卷后数日或数旬而终不能释然。读《红楼》竟者,必有余恋,有余悲;读《水浒》竟者,必有余快,有余怒。何也?浸之力使然也。等是佳作也,而其卷帙愈繁、事实愈多者,则其浸人也亦愈甚!如酒焉,作十日饮,则作百日醉。我佛从菩提树下起,便说偌大一部《华严》,正以此也。三曰刺。刺也者,刺激之义也。熏、浸之力,利用渐;刺之力,利用顿。熏、浸之力,在使感受者不觉;刺之力,在使感受者骤觉。刺也者,能使人于一刹那顷,忽起异感而不能自制者也。我本蔼然和也,乃读林冲雪天三限、武松飞云浦厄,何以忽然发指?我本愉然乐也,乃读晴雯出大观园,黛玉死潇湘馆,何以忽然泪流?我本肃然庄也,乃读实甫之《琴心》《酬简》,东塘之《眠香》《访翠》,何以忽然情动?若是者,皆所谓刺激也。大抵脑筋愈敏之人,则其受刺激力也愈速且剧,而要之必以其书所含刺激力之大小为比例。禅宗之一棒一喝,皆利用此刺激力以度人者也。此力之为用也,文字不如语言。然语言力所被,不能广,不能久也,于是不得不乞灵于文字。在文字中,则文言不如其俗语,庄论不如其寓言。故具此力最大者,非小说末由!四曰提。前三者之力,自外而灌之使入;提之力,自内而脱之使出,实佛法之最上乘也。凡读小说者,必常若自化其身焉——入于书中,而为其书之主人翁。读《野叟曝言》者,必自拟文素臣;读《石头记》者,必自拟贾宝玉;读《花月痕》者,必自拟韩荷生若韦痴珠;读《梁山泊》者,必自拟黑旋风若花和尚。虽读者自辩其无是心焉,吾不信也。夫既化其身以入书中矣,则当其读此书时,此身已非我有,截然去此界以入于彼界,所谓华严楼阁,帝网重重,一毛孔中万亿莲花,一弹指顷百千浩劫,文字移人,至此而极!然则吾书中主人翁而华盛顿,则读者将化身为华盛顿;主人翁而拿破仑,则读者将化身为拿破仑;主人翁而释迦、孔子,则读者将化身为释迦、孔子,有断然也。度世之不二法门,岂有过此?此四力者,可以卢牟一世,亭毒群伦,教主之所以能立教门,政治家所以能组织政党,莫不赖是。文家能得其一,则为文豪;能兼其四,则为文圣。有此四力而用之于善,则可以福亿兆人;有此四力而用之于恶,则可以毒万千载。而此四力所最易寄者惟小说。可爱哉小说!可畏哉小说!

　　小说之为体,其易入人也既如彼,其为用之易感人也又如此,故人类之普通性,嗜他文终不如其嗜小说,此殆心理学自然之作用,非人力之所得而易也。此天下万国凡有血气者莫不皆然,非直吾赤县神州之民也。夫既已嗜之矣,且遍嗜之矣,则小说之在一群也,既已如空气如菽粟,欲避不得避,欲屏不得屏,而日日相与呼吸之餐嚼之矣。于此其空气而苟含有秽质也,其菽粟而苟含有毒性也,则其人之食息于此间者,必憔悴,必萎病,必惨死,必堕落,此不待蓍龟而决也。于此而不洁净其空气,不别择其菽粟,则虽日饵以参苓,日施以刀圭,而此群中人之老、病、死、苦,终不可得救。知此义,则吾中国群治腐败之总根原,可以识矣。吾中国人状元宰相之思想何自来乎?小说也。吾中国人佳人才子之思想何自来乎?小说也。吾中国人江湖盗贼之思想何自来乎?小说也。吾中国人妖巫狐鬼之思想何自来乎?小说也。若是者,岂尝有人焉,提其耳而诲之,传诸钵而授之也?而下自屠爨贩卒、妪娃童稚,上至大人先生、高才硕学,凡此诸思想必居一于是。莫或使之,若或使。盖百数十种小说之力,直接间接以毒人,如此其甚也。(即有不好读小说者,而此等小说,既已渐渍社会,成为风气,其未出胎也,固已承此遗传焉;其既入世也,又复受此感染焉,虽有贤智,亦不以自拔,故谓之间接。)今我国民,惑堪舆,惑相命,惑卜筮,惑祈禳,因风水而阻止铁路,阻止开矿,争坟墓而阖族械斗,杀人如草,因迎神赛会而岁耗百万金钱,废时生事,消耗国力者,曰惟小说之故。今我国民慕科第若膻,趋爵禄若鹜,奴颜婢膝,寡廉鲜耻,惟思以十年萤雪,暮夜苞苴,易其归骄妻妾、武断乡曲一日之快,遂至名节大防,扫地以尽者,曰惟小说之故。今我国民轻弃信义,权谋诡诈,云翻雨覆,苛刻凉薄,驯至尽人皆机心,举国皆荆棘者,曰惟小说之故。今我国民轻薄无行,沉溺声色,绻恋床笫,缠绵歌泣于春花秋月,销磨其少壮活泼之气;青年子弟,自十五岁至三十岁,惟以多情、多感、多愁、多病为一大事业,儿女情多,风云气少,甚者为伤风败俗之行,毒遍社会,曰惟小说之故。今我国民绿林豪杰,遍地皆是,日日有桃园之拜,处处为梁山之盟,所谓"大碗酒,大块肉,分秤称金银,论套穿衣服"等思想,充塞于下等社会之脑中,遂成为哥老、大刀等会,卒至有如义和拳者起,沦陷京国,启召外戎,曰惟小说之故。呜呼!小说之陷溺人群,乃至如是!乃至如是!大圣鸿哲数万言谆诲之而不足者,华士坊贾一二书败坏之而有余!斯事既愈为大雅君子所不屑道,则愈不得不专归于华士坊贾之手。而其性质,其位置,又如空气然,如菽粟然,为一社会中不可得避、不可得屏之物,于是华士坊贾,遂至握一国之主权而操纵之矣。呜呼!使长此而终古也,则吾国前途,尚可问耶?尚可问耶?故今日欲改良群治,必自小说界革命始;欲新民,必自新小说始。

【导读】

《论小说与群治之关系》最初发表于1902年《新小说》创刊号,后收入1948年广益书局出版的《饮冰室合集全编》第2卷。上文选自广东人民出版社2018年出版的《梁启超集》。

1898年维新变法失败以后,梁启超流亡日本,随即将重心转移到文学上来。1902年梁启超创办《新小说》,正式扬起了"新小说"的大旗。《论小说与群治之关系》作为发轫之作,具有纲领性意义,被称为"小说界革命"的宣言书。梁启超以小说取代说部或传奇、话本、稗史等概念,不仅仅是一次表述方式上的变化,而是对一种新的文体形态的认同。在梁启超的眼中,"新小说"之"新"既不是区别于中国古代小说的"旧",也不是指欧美小说的"新",主要是指在中国传统小说和欧美小说基础上创造而成的小说,是通过一定的手段使小说发生新的变化。在梁启超看来,小说具有改造社会、改造民心的作用,这主要是因为小说具有支配人道的熏、浸、刺、提四种艺术力量。所以要用"新小说",来改造民心,进而改造社会。借小说叙述其社会理想,言说"新中国"的大道理。

梁启超的这篇文章条理清晰,系统性强,使得小说的文体地位得到提升,小说创作更加繁荣,加快了古典向现代的转型,推动了中国文学现代性与世界性的发展,深刻影响着现代文学乃至今天的文学创作。

(徐桂方)

余之小说观

觉 我

【作者简介】

　　觉我(1875—1908),原名蒸义,字念慈,后又改字彦士,别号觉我、东海觉我,江苏常熟人。著名翻译家、作家。1897年组织中西学社,研讨学术,1903年起开始文学创作,创办小说林社,任编辑主任,后又任《小说林》杂志译述编辑。精通英文、日文,致力于翻译事业,翻译了大量外国小说,其创作的科幻小说《新法螺先生谭》被称为"中国近代创作科幻小说的先行者"。小说理论包括《余之小说观》《小说林缘起》等篇,其译作主要有《黑行星》《美人妆》《新舞台》等。

　　昔德意志哲学家康德氏,论时势之推移也,譬之厚褥高枕,安睡于黑甜之乡,而不知外界之变动,内容之代谢,仍有一息之未尝间断者;一经有心人之警告,始不禁恍然悟而瞿然惊矣。今者亚东进化之朝流,所谓科学的、实业的、艺术的,咸骎骎乎若揭鼓而求亡子,岌岌乎若褰裳而步后尘,以希共进于文明之域;即趋于美的一方面之音乐、图画、戏剧,亦且改良之声,喧腾耳鼓,亦步亦趋,不后于所谓实业科学也。然而此中绝尘而驰者,则当以新小说为第一。

　　小说曷言乎新? 以旧时流行之籍,其风俗习惯,不适于今社会,则新之;其记事陈义,不合于今理想,则新之;其机械变诈,钩稽报复,足以启智慧而昭惩戒焉,则新之。所以译著杂出,年以百计,与他种科学教科各书相比例,有过之而无不及。则小说者,诚有可以研究之价值,而于今日,要不容其冥冥进行,若康德氏所言之长夜漫漫,不知何时达旦者也。余不敏,尝约举数事,以为攻错;贡一得之愚,陈诸左右。

一、小说与人生

　　小说者,文学中之以娱乐的,促社会之发展,深性情之刺戟者也。昔冬烘头脑,恒以鸩毒莓菌视小说,而不许读书子弟,一尝其鼎,是不免失之过严;近今译籍稗贩,所谓风俗改良、国民进化,咸惟小说是赖,又不免誉之失当。余为平心论之,则小说固不足生社会,而惟有社会始成小说者也。社会之前途无他,一为势力之发展,一为欲望之膨胀。小说者,适用此二者之目的,以人生之起居动作,离合悲欢,铺张其形式,而其精神湛结处,决不能越乎此二者之范。故谓小说与人生,不能沟而分之,即谓小说与人生,不能阙其偏端,以致仅有事迹,而失其记载,为人类之大缺憾,亦无不可。

二、著作小说与翻译小说

之二者之得失,今世未定问题,而亦未曾研究之问题也。综上年所印行者计之,则著作者十不得一二,翻译者十常居八九。是必今之社会,向以塞聪蔽明,不知中国外所有之人种、所有之风俗、所有之饮食男女、所有之仪节交际,曾以犬羊鄙之,或以神圣奉之者,今得于译籍中,若亲见其美貌,若亲居于庄岳也,且得与今社会,成一比例,不觉大快。而于摹写今日家庭之状态,社会之现象,以为此固吾人耳熟能详者,奚事赘陈耶?此著作与翻译之观念有等差,遂至影响于销行有等差,而使执笔者,亦不得不搜索诸东西籍,以迎合风尚,此为原因之一。抑或译书,呈功易,卷帙简,卖价廉,与著书之经营久,笔墨繁,成本重,适成一反比例,因之舍彼取此,乐是不疲与〔欤〕?亦为原因之一。由后之说,是借不律以为米盐日用计者耳。此间不乏植一帜于文学界者,吾愿诸君之一雪其耻也。

三、小说之形式

大别之有三。其一综合各种,而以第几集第几种名之者;其一以小说之内容,而以侦探、历史、科学、言情等等名之者;其一漫画花卉人物于书画,而于本书事迹,有合有不合者。余谓第一法,本我国刊刻丛书旧例,强绝不相侔者,汇而置之一帙,已属无谓。况旧刻之丛书,搜辑遗简,合成一集,其大小长短,装潢文饰,无一不相同;其出版焉,亦无有今日出此,明日出彼者。今则反是,则第一法之不可通也。若第二法,则侦探、言情等,种种标目,似无不妥,然小说之所以耐人寻索,而助人兴味者,端在其事之变幻,其情之离奇,其人之复杂。大都一书中,有生者,有死者,有男子,有妇人,有种种色目人;其事有常者,有变者。举一端以概之,恒有失之疏略者。余于是见有以言情、侦探、冒险,名其一小说者矣,有以历史、科学、军事、地理,名其一小说者矣;及观其内容,窃恐此数者,尚不足以概之也。是则第二法之更不可通也。至第三法,以花卉人物,饰其书面,是因小说者,本重于美的一方面,用精细之画图,鲜明之刷色,增读书者之兴趣,是为东西各国所公认,无待赘论。然余谓其用意未尝不佳,惟不可无良工以继其后。今者图画之学尚未精造,印刷不尽改良,往往所绘者不堪入目。即绘事工矣,而设色之劣,红绿黑白,滥用杂施,遂使印出之品,不及儿童所玩之花纸,不能鼓兴趣,设〔适〕以增厌恶也。是则第三法之本可通,而不可不力求改良者也。余谓不能尚文,何如务实？书名某为,则亦某之而已,又何事效颦刻鹄为哉？

四、小说之题名

不嫌其奇突而谲诡也。东西所出者,岁以千数,有短至一二字者,有多至成句者,有以人名者,有以地名者,有以一物名者,有以一事名者,有以所处之境地名者,种种方面,总以动人之注意为宗旨。今者竞尚译本,各不相侔,以致一册数译,彼此互见。如《狡狯童子》之即《黄钻石》,《寒牡丹》之即《彼得警长》,《白云塔》之即《银山女王》,《情网》之即《情海劫》,《神枢鬼藏录》之即《马丁休脱》。在译者售者,均因不及检点,以致有此骈拇枝指,而购者则蒙其欺矣。此固无善法以处之,而能免此弊病者。余谓不得已,只能改良书面、改良告白之一法耳。譬如一西译书,而于其面,书明原著者谁氏,原名为何,出版何处,皆印出原文；今名为何,译者何人。其于日报所登告白亦如之,使人一见而知,谓某书者,即原本为某,某氏之著也。至每岁之底,更联合各家,刊一书目提要,不特译书者有所稽考,即购稿者亦不至无把握,而于营业上之道德,营业上之信用,又大有裨益也。

五、小说之趋向

亦人心趋向之南针也。日本蕞尔三岛,其国民咸以武侠自命,英雄自期,故博文馆发行之押川春浪各书,若《海底军舰》,则二十二版,若《武侠之日本》,则十九版,若《新造军舰》、《武侠舰队》（即本报所译之《新舞台》三）、《新日本岛》等,一书之出,争先快睹,不匝年而重版十余次矣。以少于我十倍之民族,其销书之数,千百倍于我如是,我国民之程度,文野之别,不容讳言矣。而默观年来,更有痛心者,则小说销数之类别是也。他肆我不知,即"小说林"之书计之,记侦探者最佳,约十之七八；记艳情者次之,约十之五六；记社会态度,记滑稽事实者又次之,约十之三四；而专写军事、冒险、科学、立志诸书为最下,十仅得一二也。夫侦探诸书,恒于法律有密切关系,我国民公民之资格未完备,法律之思想未普及,其乐于观侦探各书也,巧诈机械,浸淫心目间,余知其欲得善果,是必不能。艳情诸书,又于道德相维系,不执于正,则狭斜结契,有借自由为借口者矣,荡检踰闲,丧廉失耻,穷其弊,非至婚姻礼废、夫妇道苦不止。而尽国民之天职,穷水陆之险要,阐学术之精蕴,有裨于立身处世诸小说,而反忽焉。是观于此,不得不为社会之前途危矣。

六、文言小说与白话小说

之二者,就今日实际上观之,则文言小说之销行,较之白话小说为优。果国民国文程度之日高乎?吾知其言之不确也。吾国文字,号称难通,深明文理者,百不得一;语言风俗,百里小异,千里大异,文言白话,交受其困。若以臆说断之,似白话小说,当超过文言小说之流行。其言语则晓畅,无艰涩之联字;其意义则明白,无幽奥之隐语,宜乎不胫而走矣。而社会之现象,转出于意料外者,何哉?余约计今之购小说者,其百分之九十,出于旧学界而输入新学说者,其百分之九,出于普通之人物,其真受学校教育,而有思想、有才力、欢迎新小说者,未知满百分之一否也?所以林琴南先生,今世小说界之泰斗也,问何以崇拜之者众?则以遣词缀句,胎息史汉,其笔墨古朴顽艳,足占文学界一席而无愧色。然试问此等知音,可责诸高等小学卒业诸君乎?遑论初等。可责诸章句帖括冬烘头脑乎?遑论新学(余非谓研究新学诸君概不若冬烘头脑也,若斟酌字义、考订篇法,往往今不逮昔。即有文学彪炳者,试问果自学校中得来者否)。宜乎以中国疆土之广袤,衣冠之跄济,而所推为杰作者,其印数亦不足万,较之他国庸碌之作家,亦瞠乎后也。夫文言小说,所谓通行者既如彼,而白话小说,其不甚通行者又若是,此发行者与著译者,所均宜注意者也。

七、小说之定价

说者咸谓定价太昂,取利太厚,以致阅者裹足。吾亦非不谓然,但版权工价之贵,印刷品物之费,食用房价一切开支之巨,编译、印刷、装订、发行,经历岁月之久,其利果厚乎否耶?果厚也,何以上海为中国第一之商埠,而业书者,不论新旧,去年中曾未闻有得赢巨款者。且年中各家所刊行者,亦曾稍稍领悟矣,丁未定价与丙午定价相比,大约若五与四之比,而其销行速率,乃若二与三之比,销数总核,又若三与四之比。现象若是,欲其发达,不綦难乎?窃谓定价之多寡,与销售之迟速,最有密切关系。吾愿业此者,大贬其价值,以诱起社会之欲望。姑一试之,法果效也,则遵而行之,洵坦途哉;即不然,而积货之去,转货新者,亦未始无益也。此有资本以营商业者,所宜忖度者也。

八、小说今后之改良

其道有五:一、形式;二、体裁;三、文字;四、旨趣;五、价值。举要言之,务合于社会之心理而已。然头绪千万,更仆难悉,吾姑即社会人类而研究之。

一、学生社会。今之学生，鲜有能看小说者（指高等小学以下言），而所出小说，实亦无一足供学生之观览。余谓今后著译家，所当留意，宜专出一种小说，足备学生之观摩。其形式，则华而近朴，冠以木刻套印之花面，面积较寻常者稍小。其体裁，则若笔记，或短篇小说；或记一事，或兼数事。其文字，则用浅近之官话，倘有难字，则加音释，偶有艰语，则加意释；全体不逾万字，辅之以木刻之图画。其旨趣，则取积极的，毋取消极的，以足鼓舞儿童之兴趣，启发儿童之智识，培养儿童之德性为主。其价值，则极廉，数不逾角。如是则足辅教育之不及，而学校中购之，平时可为讲谈用，大考可为奖赏用。想明于教育原理，而执学校之教鞭者，必乐有此小说，而赞成其此举。试合数省学校折半计之，销行之数，必将倍于今也。

一、军人社会。军人平日，非有物以刺戟激励其心志，必将坚忍、勇往、耐苦、守法诸美德，日即沦丧，而遇事张皇，临机畏葸，贻国家忧者，余谓今后著译家，所当留意，专出军人观览之小说。其形式、体裁、文字、价值，当与学生所需者，同一改良；而其旨趣，则积极、消极兼取。死敌之可荣，降敌之可耻；勇往之可贵，退缩之可鄙；机警者之生存，顽钝者之亡灭，足供军人前车之鉴、后事之师者，一一写之。如是则不啻为军队教育之补助品，而为军界之所欢迎矣。

一、实业社会。我国农工蠢蠢，识文字者，百不得一；小商贩负，奔走终日，无论矣。吾见髫年火伴，日坐肆中，除应酬购物者外，未尝不手一卷，《三国》、《水浒》、《说唐》、《岳传》，下及秽亵放荡诸书，以供消磨光阴之用，而新小说无与焉。盖译编，则人名地名，诘屈聱牙，不终篇而辍业；近著，则满纸新字，改良特别，欲索解而无由；转不若旧小说之合其心理。余谓今后著译家，所当留意，专出商人观览之小说。其形式，则概用薄纸，不拘石印铅印，而以中国装订；其体裁，用章回；其文字，用通俗白话，先后以四五万字为率，加入回首之绣象；其旨趣，则兼取积极与消极，略示以世界商业之关系、之趋势、之竞争、之信用诸端之不可忽；其价值廉取，数册者不逾圆。如是则渐通行千夥计朝奉间，使新拓心计，如对良朋，咸得于无意中，收其效益也。

一、女子社会。其负箧入塾，隶学生籍者，吾姑勿论。即普通闺阁，茶余饭罢，酒后灯前，若"天花藏才子书"，若《天雨花》、《安邦》、《定国》诸志，若《玉娇梨》、《双珠凤》、《珍珠塔》、《三笑》诸书，举其名不下数百，何一非供女界之观览者？其内容则皆才子佳人，游园赠物，卒至状元宰相，拜将封侯，以遂其富贵寿考之目，戕志丧品，莫此为甚！然核其售数，月计有余，而小说改良后，曾无一册，合普通女子之心理，使一新耳目，足涤其旧染之污，以渐赴于文明之域者，则操觚者殊当自愧矣。余谓今后著作家，所当留意，专出女子观览之小说。其形式、体裁、文字、价值,与商人观览者略同,而加入弹词一类,诗歌、灯谜、酒令、图画、音乐趋重于美的诸事;其旨趣,则教之以治家琐务、处事大纲,巨如政治伦常,细至饮食服用,上而孝养奉亲,下若义方教子,示以陈迹,动其兴感。如是则流行于阃以内,香口诵吟,檀心倾倒,必有买丝罗以绣者矣。

是为小说之进步,而使普通社会,亦敦促而进步,则小说者,诚足占文学界之上乘。其影响之及于同胞者,将见潜蓄之势力,益益发展,将来之欲望,益益膨胀,而有毅力以赴之,耐性以守之,深情以感触之,效用日大,斯不至为正士所鄙夷,大义所排斥矣。其诸君子有意于是乎?

【导读】

《余之小说观》的第1至5部分发表于1908年《小说林》第9期,第6到8部分发表于《小说林》第10期,后收录于1997年北京大学出版社出版的《二十世纪中国小说理论资料(第1卷)1897—1916》。上文引自《小说林》1908年第9期。

自1902年起,"小说界革命"的浪潮使小说的社会功用愈发突出,小说与社会的关系越来越紧密,小说成为当时知识界启蒙的重要工具之一。

觉我发表的这篇小说专论,顺应时势,在小说与社会的关系上做了更加科学、具体的讨论。他提出了小说与人生的辩证关系,提到"小说固不足生社会,而惟有社会始成小说者也"。他认为小说不仅能描绘现实,且小说中美的特质与精神也会影响社会的发展,两者相互促进。觉我这一观点的提出,纠正了当时对小说作用过于绝对突出的问题。

觉我对小说的相关问题讨论,具有很强的现实针对性。例如,注意到译书在商业化的影响下,翻译小说的市场优势大于著作小说;在文言小说的销量优势中,对当时购书者的水平进行了客观分析。这些都是具有现实意义的,小说在承载社会内容的范围上也更加广泛。由于对社会现象的严密论证,使得《余之小说观》也具有一定的史料参考价值。同时觉我也关注小说自身的细节,比如对小说的署名、出版方式、小说的定价等问题,都提出了具体详尽的建议。

觉我从人类社会学的角度对小说今后的改良问题提出了多方面的建议。不仅关注小说自身的文学性,同时将小说与社会密切联系在一起,论述内容庞博,眼光深远,丰富了小说文体的类型。他既受西方文化的影响,又注意继承本民族的文化传统,使他的小说观念综合、具体、有效。不得不说,觉我的小说观顺应了时代发展的趋向,小说发展到现代,与时代的关系依然是密切的。

(苗慧婷)

论短篇小说

胡 适

【作者简介】

胡适(1891—1962),原名嗣穈,字希疆,后改名胡适,字适之。笔名天风、藏晖,安徽绩溪上庄村人。现代著名文学家、哲学家、诗人,五四新文化运动的先驱者之一。1917年1月在《新青年》发表《文学改良刍议》,提倡白话文、新文学。1920年出版中国现代文学第一部白话诗集《尝试集》,开现代文学之风气。先后参与创办《努力周报》《独立评论》《自由中国》等报刊。其著述主要有《中国哲学史大纲》《白话文学史》《胡适文存》等。

这一篇乃是三月十五日在北京大学国文研究所小说科讲演的材料。原稿由研究员傅斯年君记出,载于《北京大学日刊》。今就傅君所记,略为更易,作为此文。

一、什么叫做"短篇小说"?

中国今日的文人大概不懂"短篇小说"是什么东西。现在的报纸杂志里面,凡是笔记杂纂,不成长篇的小说,都可叫做"短篇小说"。所以,现在那些"某生,某处人,幼负异才,……一日,游某园,遇一女郎,睨之,天人也,……"一派的烂调小说,居然都称为"短篇小说"!其实这是大错的。西方的"短篇小说"(英文叫做Short story)。在文学上有一定的范围,有特别的性质,不是单靠篇幅不长便可称为"短篇小说"的。

我如今且下一个"短篇小说"的界说:

短篇小说,是用最经济的文学手段,描写事实中最精彩的一段,或一方面,而能使人充分满意的文章。

这条界说中,有两个条件最宜特别注意。今且把这两个条件分说如下:

(一)"事实中最精采的一段或一方面" 譬如把大树的树身锯断,懂植物学的人看了树身的"横截面",数了树的"年轮",便可知道这树的年纪。一人的生活,一国的历史,一个社会的变迁,都有一个"纵剖面"和无数"横截面"。纵面看去，须从头看到尾，才可看见全部。横面截开一段，若截在要紧的所在，便可把这个"横截面"代表这个人，或这一国，或这一个社会。这种可以代表全部的部分，便是我所谓"最精采"的部分。又譬如西洋照相术未发明之前，有一种"侧面剪影"(siahouette)，用纸剪下人的侧面，便可知道是某人（此种剪像曾风行一时。今虽有照相术，尚有人为之）。这种可以代表全形的一面，便是我所谓"最精采"的方面。若不是"最精采"的所在，决不能用一段代表全体，决不能用一面代表全形。

（二）"最经济的文学手段" 形容"经济"两个字，最好是借用宋玉的话："增之一分则太长，减之一分则太短；着粉则太白，施朱则太赤。"须要不可增减，不可涂饰，处处恰到好处，方可当"经济"二字。因此，凡可以拉长演作章回小说的短篇，不是真正"短篇小说"；凡叙事不能畅尽、写情不能饱满的短篇，也不是真正"短篇小说"。

能合我所下的界说的，便是理想上完全的"短篇小说"。世间所称"短篇小说"，虽未能处处都与这界说相合，但是那些可传世不朽的"短篇小说"，绝对没有不具上文所说两个条件的。

如今且举几个例。西历 1870 年，法兰西和普鲁士开战，后来法国大败，巴黎被攻破，出了极大的赔款，还割了两省地，才能讲和。这一次战争，在历史上，就叫做普法之战，是一件极大的事。若是历史家记载这事，必定要上溯两国开衅的远因，中记战争的详情，下寻战与和的影响；这样记去，可满几十本大册子。这种大事到了"短篇小说家"的手里，便用最经济的手腕去写这件大事的最精采的一段或一面。我且不举别人，单举 Daudet 和 Maupassant 两个人为例。Daudet 所做普法之战的小说，有许多种。我曾译出一种叫做《最后一课》，(《La derniere classe，初译名《割地》，登上海《大共和日报》，后改用今名，登《留美学生季报》第三年）。全篇用法国割给普国两省中一省的一个小学生的口气，写割地之后，普国政府下令，不许再教法文法语。所写的乃是一个小学教师教法文的"最后一课"。一切割地的惨状，都从这个小学生眼中看出，口中写出。还有一种，叫做《柏林之围》(Le sèrge de Brelin，曾载《甲寅》第四号）。写的是法皇拿破仑第三出兵攻普鲁士时，有一个曾在拿破仑第一麾下的老兵官，以为这一次法兵一定要大胜了，所以特地搬到巴黎，住在凯旋门边。准备着看法兵"凯旋"的大典。后来这老兵官病了，他孙女儿天天假造法兵得胜的新闻去哄他。那时普国的兵已打破巴黎。普兵进城之日，他老人家听见军乐声，还以为是法兵打破了柏林奏凯班师呢！这是借一个法国极强时代的老兵来反照当日法国大败的大耻，两两相形，真可动人。

Maupassant 所做普法之战的小说也有多种。我曾译他的《二渔夫》(《Deux amis》,写巴黎被围的情形,却都从两个酒鬼身上着想。还有许多篇,如"Mile Fifi"之类(皆未译出)或写一个妓女被普国兵士掳去的情形,或写法国内地村乡里面的光棍,乘着国乱,设立"军政分府",作威作福的怪状,……都可使人因此推想那时法国兵败以后的种种状态。这都是我所说的"用最经济的手腕,描写事实中最精彩的片断,而能使人充分满意"的短篇小说。

二、中国短篇小说的略史

"短篇小说"的定义既已说明了,如今且略述中国短篇小说的小史。

中国最早的短篇小说,自然要数先秦诸子的寓言了。《庄子》、《列子》、《韩非子》、《吕览》诸书所载的"寓言",往往有用心结构可当"短篇小说"之称的。今举二例。第一例见于《列子·汤问》篇:

太形王屋二山,方七百里,高万仞,本在冀州之南,河阳之北。

北山愚公者,年且九十,面山而居,惩山北之塞出入之迂也,聚室而谋曰:"吾与汝毕力平险,指通豫南,达于汉阴,可乎?"杂然相许。其妻献疑曰:"以君之力,曾不能损魁父之丘。如太形王屋何?且焉置土石?"

杂曰:"投诸渤海之尾,隐土之北!"

遂率子孙荷担者三夫,叩石垦壤,箕畚运于渤海之尾。邻人京城氏之孀妻,有遗男,始龀,跳往助之。寒暑易节,始一反焉。

河曲智叟笑而止之曰:"甚矣,汝之不慧!以残年余力,曾不能毁山之一毛,其如土石何?"

北山愚公长息曰:"汝心之固,固不可彻,曾不若孀妻弱子!虽我之死,有子存焉。子又生孙,孙又有子,子又有子,子又有孙。子子孙孙,无穷匮也,而山不加增。何苦而不平?"

河曲智叟亡以应。

"操蛇之神"闻之,惧其不已也,告之于帝。帝感其诚,命夸娥氏二子负二山,一厝朔东,一厝雍南。自此,冀之南,汉之阴,无陇断焉。

这篇大有小说风味。第一,因为他要说"至诚可动天地",却平空假造一段太形、王屋两山的历史。第二,这段历史之中,处处用人名、地名,用直接会话,写细事小物,即写天神也用"操蛇之神"、"夸娥氏二子"等私名,所以写来好像真有此事。这两层都是小说家的家数。现在的人一开口便是"某生"、"某甲",真是不曾懂得做小说的 ABC。

第二例见于《庄子·无鬼》篇：

> 庄子送葬，过惠子之墓，顾谓从者曰：
>
> 郢人垩漫其鼻端，若蝇翼，使匠石斫之。匠石运斤成风，听而斫之，尽垩而鼻不伤。郢人立不失容。
>
> 宋元君闻之，召匠石曰："尝试为寡人为之！"
>
> 匠石曰："臣则尝能斫之。虽然，臣之质死久矣！"
>
> 自夫子(谓惠子)之死也，吾无以为质矣！吾无与言之矣！

这一篇写"知己之感"，从古至今，无人能及。看他写"垩漫其鼻端，若蝇翼"，写"匠石运斤成风"，都好像真有此事，所以有文学的价值。看他寥寥七十个字，写尽无限感慨，是何等"经济的"手腕！

自汉到唐这几百年中，出了许多"杂记"体的书，却都不配称做"短篇小说"。最下流的如《神仙传》和《搜神记》之类，不用说了。最高的如《世说新语》，其中所记，有许多很有"短篇小说"的意味，却没有"短篇小说"的体裁。如下举的例：

(1)桓公(温)北征，经金城，见前为琅琊时种柳，皆已十围，慨然曰："木犹如此，人何以堪！"攀枝执条，泫然流泪。

(2)王子猷(徽之)居山阴，夜大雪，睡觉开室，命酌酒，四望皎然。因起彷徨，咏左思《招隐诗》，忽忆戴安道，时戴在剡，即便夜乘小船就之。经宿方至，造门不前而返。人问其故。王曰："吾本乘兴而来，兴尽而返。何必见戴！"

此等记载，都是拣取人生极精彩的一小段，用来代表那人的性情品格，所以我说《世说》很有"短篇小说"的意味。只是《世说》所记都是事实，或是传闻的事实，虽有剪裁，却无结构，故不能称做"短篇小说"。

比较说来，这个时代的散文短篇小说还该数到陶潜的《桃花源记》。这篇文字，命意也好，布局也好，可以算得一篇用心结构的"短篇小说"。此外，便须到韵文中去找短篇小说了。韵文中《孔雀东南飞》是一篇很好的短篇小说，记事言情，面面都到。但是比较起来，还不如《木兰辞》更为"经济"。《木兰辞》记木兰的战功，只用"将军百战死，壮士十年归"十个字；记木兰归家的那一天，却用了一百多字。十个字记十年的事，不为少。一百多字记一天的事，不为多。这便是文学的"经济"。但是比较起来，《木兰辞》还不如古诗《上山采蘼芜》更为神妙。那诗道：

上山采蘼芜，下山逢故夫。长跪问故夫："新人复何如？""新人虽言好，未若故人姝。颜色类相似,手爪不相如。""新人从门入,故人从阁去。""新人工织缣,故人工织素。织缣日一匹,织素五丈余。将缣来比素,新人不如故。"

这首诗有许多妙处。第一,他用八十个字,写出那家夫妇三口的情形,使人可怜那被逐的"故人",又使人痛恨那没有心肝,想靠着老婆发财的"故夫"。第二,他写那人弃妻娶妻的事,却不用从头说起:不用说"某某,某处人,娶妻某氏,甚贤;已而别有所爱,遂弃前妻而娶新欢……"。他只从这三个人的历史中挑出那日从山上采野菜回来遇着故夫的几分钟,是何等"经济的手腕"!是何等"精采的片断"!第三,他只用"上山采蘼芜,下山逢故夫"十个字,便可写出这妇人是一个弃妇,被弃之后,非常贫苦,只得挑野菜度日。这是何等神妙手段!懂得这首诗的好处,方才可谈"短篇小说"的好处。

到了唐朝,韵文散文中都有很妙的短篇小说。韵文中,杜甫的《石壕吏》是绝妙的例。那诗道:

暮投石壕村,有吏夜捉人,老翁逾墙走,老妇出门看。吏呼一何怒!妇啼一何苦!听妇前致词:"三男邺城戍。一男附书至,二男新战死。存者且偷生,死者长已矣!室中更无人,惟有乳下孙,有孙母未去,出入无完裙。老妪力虽衰,请从吏夜归,急应河阳役,犹得备晨炊。"夜久语声绝,如闻泣幽咽。……天明登前途,独与老翁别!

这首诗写天宝之乱,只写一个过路投宿的客人夜里偷听得的事,不插一句议论,能使人觉得那时代征兵之制的大害,百姓的痛苦,丁壮死亡的多,差役捉人的横行:——都在眼前。捉人捉到生了孙儿的祖母老太太,别的更可想而知了。

白居易《新乐府》五十首中,尽有很好的短篇小说。最妙的是《新丰折臂翁》一首。看他写"是时翁年二十四,兵部牒中有名字,夜深不敢使人知,偷将大石捶折臂",使人不得不发生"苛政猛于虎"的思想。白居易的《琵琶行》也可算得一篇很好的短篇小说。白居易的短处,只因为他有点迂腐气,所以处处要把做诗的"本意"来做结尾;即如《新丰折臂翁》篇末加上"君不见开元宰相宋开府"一段,便没有趣味了。又如《长恨歌》一篇,本用道士见杨贵妃,带来信物一件事作主体。白居易虽做了这诗,心中却不信道士见杨妃的神话;所以他不但说杨妃所在的仙山"在虚无缥缈中";还要先说杨妃死时"金钿委地无人收,翠翘金雀玉搔头",竟直说后来"天上"带来的"钿合金钗"是马嵬坡拾起的了!自己不信,所以说来便不能叫人深信。人说赵子昂画马,先要伏地作种种马相。做小说的人,也要如此,也要用全副精神替书中人物设身处地,体贴入微。做"短篇小说"的人,格外应该如此。为什么呢？因为"短篇小说"要把所挑出的"最精采的一段"作主体，才可有全神贯注的妙处。若带点迂气，处处把"本意"点破，便是把书中事实作一种假设的附属品，便没有趣味了。

唐朝的散文短篇小说很多，好的却实在不多。我看来看去，只有张说的《虬髯客传》可算得上品的"短篇小说"。《虬髯客传》的本旨，只是要说"真人之兴，非英雄所冀"。他却平空造出虬髯客一段故事，插入李靖，红拂一段情史，写到正热闹处，忽然写"太原公子褐裘而来"，遂使那位野心豪杰绝心于事国，另去海外开辟新国。这种立意布局，都是小说家的上等工夫。这是第一层长处。这篇是"历史小说"。凡做"历史小说"不可全用历史上的事实，却又不可违背历史上的事实。全用历史的事实，便成了"演义"体，如《三国演义》和《东周列国志》，没有真正"小说"的价值（《三国》所以稍有小说价值者，全靠其能于历史事实之外，加入许多小说的材料耳）。若违背了历史的事实，如《说岳传》使岳飞的儿子挂帅印打平金国，虽可使一班愚人快意，却又不成"历史的"小说了。最好是能于历史事实之外，造成一些"似历史又非历史"的事实，写到结果却又不违背历史的事实。如法国大仲马的《侠隐记》（商务出版。译者君朔，不知是何人。我以为近年译西洋小说当以君朔所译诸书为第一。君朔所用白话，全非抄袭旧小说的白话，乃是一种特创的白话，最能传达原书的神气。其价值高出林纾百倍。可惜世人不会赏识），写英国暴君查尔第一世为克林威尔所囚时，有几个侠士出了死力百计想把他救出来，每次都到将成功时忽又失败；写来极闹热动人，令人急煞，却终不能救免查理第一世断头之刑，故不违背历史的事实。又如《水浒传》所记宋江等三十六人是正史所有的事实。《水浒传》所写宋江在浔阳江上吟反诗，写武松打虎杀嫂，写鲁智深大闹和尚寺……等事，处处闹热煞，却终不违背历史的事实（《荡寇志》便违背历史的事实了）。《虬髯客传》的长处正在他写了许多动人的人物事实，把"历史的"人物（如李靖、刘大静、唐太宗之类）和"非历史的"人物（如虬髯客、红拂）穿插夹混，叫人看了竟像那时真有这些人物事实。但写到后来，虬髯客飘然去了，依旧是唐太宗得了天下，一毫不违背历史的事实。这是"历史小说"的方法，便是《虬髯客传》的第二层长处。此外还有一层好处。唐以前的小说，无论散文韵文，都只能叙事，不能用全副气力描写人物。《虬髯客传》写虬髯客极有神气，自不用说了。就是写红拂、李靖等"配角"，也都有自性的神情风度。这种"写生"手段，是这篇的第三层长处。有这三层长处，所以我敢断定这篇《虬髯客传》是唐代第一篇"短篇小说"。宋朝是"章回小说"发生的时代。如《宣和遗事》和《五代史平话》等书，都是后世"章回小说"的始祖。《宣和遗事》中记杨志卖刀杀人,晁盖等八人路劫生辰纲,宋江杀阎婆惜诸段,便是施耐庵《水浒传》的稿本。从《宣和遗事》变成《水浒传》,是中国文学史上一大进步。但宋朝是"杂记小说"极盛的时代,故《宣和遗事》等书,总脱不了"杂记体"的性质,都是上段不接下段,没有结构布局的。宋朝的"杂记小说"颇多好的,但都不配称做"短篇小说"。"短篇小说"是有结构局势的;是用全副精神气力贯注到一段最精彩的事实上的。"杂记小说"是东记一段,西记一段,如一盘散沙,如一篇零用账,全无局势结构。这个区别,不可忘记。

明、清两朝的"短篇小说",可分白话与文言两种。白话的"短篇小说"习用《今古奇观》做代表。《今古奇观》是明末的书,大概不全是一人的手笔(如《杜十娘》一篇,用文言极多,远不如《卖油郎》,似出两人手笔)。书中共有四十篇小说,大要可分两派:一是演述旧作的,一是自己创作的。如《吴保安弃家赎友》一篇,全是演唐人的《吴保安传》,不过添了一些琐屑节目罢了。但是这些加添的琐屑节目,便是文学的进步。《水浒》所以比《史记》更好,也只在多了许多琐屑细节。《水浒》所以比《宣和遗事》更好,也只在多了许多琐屑细节。从唐人的吴保安,变成《今古奇观》的吴保安;从唐人的李汧公,变成《今古奇观》的李汧公;从汉人的伯牙子期,变成《今古奇观》的伯牙子期:——这都是文学由略而详,由粗枝大叶而琐屑细节的进步。此外那些明人自己创造的小说,如《卖油郎》,如《洞庭红》,如《乔太守》,如《念亲恩孝女藏儿》,都可称很好的"短篇小说"。依我看来,《今古奇观》的四十篇之中,布局以《乔太守》为最工,写生以《卖油郎》为最工。《乔太守》一篇,用一个李都管做全篇的线索,是有意安排的结构。《卖油郎》一篇写秦重、花魁娘子、九妈、四妈,各到好处。《今古奇观》中虽有很平常的小说(如《三孝廉》、《吴保安》、《羊角哀》诸篇),比起唐人的散文小说,已大有进步了。唐人的小说,最好的莫如《虬髯客传》。但《虬髯客传》写的是英雄豪杰,容易见长。《今古奇观》中大多数的小说,写的都是些琐细的人情世故,不容易写得好。唐人的小说大都属于理想主义(如《虬髯客传》、《红线》、《聂隐娘》诸篇)。《今古奇观》中如《卖油郎》、《徐老仆》、《乔太守》、《孝女藏儿》,便近于写实主义了。至于由文言的唐人小说,变成白话的《今古奇观》,写物写情,都更能曲折详尽,那更是一大进步了。

只可惜白话的短篇小说,发达不久,便中止了。中止的原因,约有两层。第一,因为白话的"章回小说"发达了,做小说的人往往把许多短篇略加组织,合成长篇。如《儒林外史》和《品花宝鉴》名为长篇的"章回小说",其实都是许多短篇凑拢来的。这种杂凑的长篇小说的结果,反阻碍了白话短篇小说的发达了。第二,是因为明末清初的文人,很做了一些中上的文言短篇小说。如《虞初新志》、

《虞初续志》、《聊斋志异》等书里面，很有几篇可读的小说。比较看来，还该把《聊斋志异》来代表这两朝的文言小说。《聊斋》里面，如《续黄粱》、《胡四相公》、《青梅》、《促织》、《细柳》……诸篇，都可称为"短篇小说"。《聊斋》的小说，平心而论，实在高出唐人的小说。蒲松龄虽喜说鬼狐，但他写鬼狐却都是人情世故；于理想主义之中，却带几分写实的性质。这实在是他的长处。只可惜文言不是能写人情世故的利器。到了后来，那些学《聊斋》的小说，更不值得提起了。

三、结论

最近世界文学的趋势，都是由长趋短，由繁多趋简要。——"简"与"略"不同，故这句话与上文说"由略而详"的进步，并无冲突。——诗的一方面，所重的在于"写情短诗"（Iyrica Poerty 或译"抒情诗"）。像 Homer, Mihon, Dante 那些几十万字的长篇，几乎没有人做了；就有人做（十九世纪尚多此种），也很少人读了。戏剧一方面，萧士比亚的戏，有时竟长到五出二十幕（此所指乃 Hanflet 也），后来变到五出五幕，又渐渐变成三出三幕；如今最注重的是"独幕戏"了。小说一方面，自十九世纪中段以来，最通行的是"短篇小说"。长篇小说如 Tostoy 的《战争与和平》，竟是绝无而仅有的了。所以我们简直可以说，"写情短诗"，"独幕剧"，"短篇小说"三项，代表世界文学最近的趋向。这种趋向的原因，不止一种。（一）世界的生活竞争一天忙似一天，时间越宝贵了，文学也不能不讲究"经济"；若不经济，只配给那些吃了饭没事的老爷太太们看，不配给那些在社会上做事的人看了。（二）文学自身的进步，与文学的"经济"有密切关系。斯宾塞说，论文章的方法，千言万语，只是"经济"一件事，文学越进步，自然越讲求"经济"的方法。有此两种原因，所以世界的文学都趋向这三种"最经济的"体裁。今日中国的文学，最不讲"经济"。那些古文家和那"《聊斋》滥调"的小说家，只会记"某时到某地，遇某人，作某事"的死账，毫不懂状物写情是全靠琐屑节目的。那些长篇小说家又只会做那无穷无极《九尾龟》一类的小说，连体裁布局都不知道，不要说文学的经济了。若要救这两种大错，不可不提倡那最经济的体裁——不可不提倡真正的"短篇小说"。

【导读】

《论短篇小说》最初发表于1918年3月22日至27日《北京大学日刊》，又载于1918年5月15日《新青年》第4卷第5号，后收录于1921年亚东图书馆出版的《胡适文存》第1卷；又收录于2003年安徽教育出版社出版的《胡适全集》第1

卷。上文选自北京大学出版社1998年出版的《胡适文集》(第2卷)。

此文是胡适于1918年3月15日在北京大学国文研究所小说科讲演的材料。胡适选取了小说文体中独特的一类,初步提出了短篇小说的文体规范。其思路缜密清晰,层层递进,主要从"什么叫做短篇小说""中国短篇小说的史略"和"结论"三个方面展开论述。

胡适深受西方文化的影响,借鉴西方"短篇小说"的性质特点提出中国短篇小说的概念,并列举西方小说来论证其观点。他认为"短篇小说是用最经济的文学手段,描写事实中最精彩的一段,或一方面,而能使人充分满意的文章",强调写作方式和描写内容两方面的条件。胡适认为短篇小说是要描写有代表性、概括性的"最精彩的一段,或一方面",但换一角度想,短篇小说一定都要描写精彩之处吗?这在一定程度上限制了小说文体的丰富性。胡适对短篇小说经济有效的界定,更多的是从西方小说的角度出发,是五四时期的特定产物。

在梳理史略时胡适又转换思路,回到中国古代文学的视野,从历史进化的角度进行简略梳理。值得一提的是,他将先秦诸子的寓言和韵文也收入其中,我们能看出胡适眼界之广,以及对于短篇小说立意和布局上的要求。最后胡适又运用世界文学的眼光,从时代与文学的关系出发,指出现在社会上讲"经济的"文学趋势,由此来推行他的小说主张。

胡适从西方小说入手,融合对古典小说的认识,确立了现代短篇小说立意、结构层面上的规范,对于当时的小说创作提供了一定的理论基础。与胡适这篇文章同时发表的还有鲁迅的短篇小说《狂人日记》,一篇理论,一篇创作,编辑有意无意地成就了现代小说的辉煌。

(苗慧婷)

小说之概念

君实

【作者简介】

君实（1889—1969），原名章锡琛，字雪村，又字君实，浙江绍兴人。近代出版家、编辑家。1912—1925年任上海商务印书馆《东方杂志》编辑、《妇女杂志》主编、国文部编辑，曾以君实的笔名在报刊上发表大量文章。1926年创办开明书店，1949年任出版总署处长、专员。先后编辑并主持出版包括鲁迅、郭沫若、茅盾、叶圣陶、巴金、瞿秋白等现代文学巨匠的作品在内的大批著作及翻译作品，其主要著译有《文学概论》（日译本）、《文史通义选注》《马氏文通校注》等。

吾国人对于小说之概念，可以一般人所称之自"闲书"二字尽之。所谓"闲书"之意义有二：其一，作者为闲人，以消闲之目的而作。其一，读者为闲人，以消闲之目的而读之也。《汉书·艺文志》溯小说之起源，谓其出于稗官，街谈巷议道听途说者之所造。清代《四库书目》析小说之目为三：曰杂事，叙述旧闻者属之；曰异闻，记录神怪者属之；曰琐语，缀辑琐屑者属之。要而言之，皆所谓"游戏笔端资助谈柄"而已。

故自古以来，小说之著作汗牛充栋，大都用以消闲，无关宏旨。通人硕儒，所不屑道。其中或有寓儆世之微意，具劝俗之苦心者，无论惩一劝百，收效綦难。即作者精神之所专注，亦不尽在是。惟元代以曲取士，文人学士多专心从事于此，其所著作，较含有文学的意味。然曲为词之变，本非小说之正宗。况其大多数，俱惟雕斫字句、斟酌宫商是务，固未足侪于文学之高深者乎。

近年自西洋小说输入，国人对于小说之眼光，始稍稍变易。其最称高尚而普遍者，莫如视小说为通俗教育之利器。但质言之，仍不过做儆世劝俗之意味而已。以言小说，固非仅此一义所能概括也。

盖小说本为一种艺术。欧美文学家，往往殚精竭虑，倾毕生之力于其中，于以表示国性，阐扬文化。读者亦由是以窥见其精神思想，尊重其价值。不特不能视为游戏之作，而亦不敢仅以儆世劝俗目之。其文学之日趋高尚，时辟新境，良非无故。

吾国输入新小说后，垂二十年。旷观最近小说界，其能文字整洁，稍知致意于通俗教育者,已颇自矜贵,不可多得。而卑污猥琐、芜秽陈腐、败俗伤风之作,几于触目皆是。盖其根本原因,实在一般人之视小说,仍不脱所谓"闲书"之眼光。而著作者出版者,复视为利薮。因缘为奸,遂致每况愈下,不知所届。欲图改良,不可不自根本上改革一般人对于小说之概念。使读者作者,皆确知文学之本质,艺术之意义,小说在文学上艺术上所处之位置,不复敢目之为"闲书"。而后小说之廓清可期,文学之革新有望矣。若徒沾沾于文字之末,拘拘于惩劝之见,无当也。

【导读】

《小说之概念》发表于1919年1月《东方杂志》第16卷第1号,后收录于1997年北京大学出版社出版的《二十世纪中国小说理论资料·第2卷·1917—1927》。上文选自《东方杂志》1919年第16卷第1号。

自古以来,小说相较于诗歌、散文等其他文体,一直处于不受重视的地位,被认为是"小道文学",不登大雅之堂。而到了20世纪初,小说因其现实性、敏锐性,成为中国现代文学的主要文体,与时代变动、文化转型息息相关。

君实在该文对小说概念进行讨论,针对当时小说被定义为"闲书"的状况,借鉴西方小说对艺术性的追求,提出了改革今日小说的必然趋势。他认为当时人们对小说的态度,大多视其为消遣之书。"作者为闲人,以消闲之目的而作;读者为闲人,以消闲之目的而读之",他从作者与读者两方面进行了解释。同时君实从古代小说的发展中探其源头,指出小说自古都是"游戏笔端资助谈柄",且文学意味大多也被忽略。直至近代,小说也只是充当"通之教育之利器",仅有惩劝功能。

中国小说的发展深受西方小说观念的影响,君实观察了小说近20年的发展,借鉴西方小说的精神特质,提出摆脱小说是"闲书"的观念才是革新正确之道。"使读者作者,皆确知文学之本质,艺术之意义,小说在文学上艺术上所处之位置",作者要专心投入写作,赋予意义,读者则能窥见精神,尊其价值,小说才能获得良性发展。

君实以对五四时期小说概况的敏锐感受,梳理了存在的弊端,从源头提出了小说概念的革新要求,除社会功用之外,更要提升小说自身的文学价值,也就是强调小说在文学性、艺术性方面的革新。只有这样,小说才能顺应文学革命的趋势。君实的眼光是超前的,在现代小说发展过程中对于小说概念的确立具有重要的借鉴意义。

(苗慧婷)

自然主义与中国现代小说（存目）

茅 盾

【作者简介】

茅盾（1896—1981），原名沈德鸿，字雁冰，笔名玄珠等，浙江桐乡人。中国现代著名作家、文学评论家、文化活动家等。1916年，北京大学预科班毕业后进入商务印书馆工作。曾组织成立了文学研究会，并加入左翼作家联盟。抗战期间，曾任中华全国文艺界抗敌协会理事，主编了《文艺阵地》《立报·言林》等刊物。新中国成立后，担任中国文学艺术界联合会副主席、中央人民政府文化部部长等职。短篇小说集有《春蚕》《野蔷薇》等，中长篇小说有《子夜》等，散文集有《白杨礼赞》等，论著有《中国神话研究ABC》《世界文学名著讲话》等。

【导读】

《自然主义与中国现代小说》一文最初发表于1922年7月的《小说月报》第13卷第7号，1981年收入上海文艺出版社的《茅盾文艺杂论集》，1989年收入人民文学出版社的《茅盾全集》第18卷。

1921年，茅盾等人组织成立了文学研究会，主张"研究介绍世界文学，整理中国旧文学，创造新文学"。文学研究会的主要批判对象是与之观点相左的鸳鸯蝴蝶派、学衡派等。诞生于"十里洋场"的鸳鸯蝴蝶派，继承了中国古典主义文学中章回小说的特点，其文学创作以市场为导向，以娱乐大众为目的，它的游戏消遣的金钱主义文学观念与文学研究会关怀人生、关怀社会文学观念的矛盾不可调和。

在《自然主义与中国现代小说》一文中，茅盾提出了中国现代小说存在的主要问题以及主张通过引入自然主义来解决问题。茅盾认为描写是小说创作中的重要因素，而现代小说家却难逃前人的窠臼，注重记账式的叙述，除此之外，作者不注重文学创作的理论研究，而以迎合读者的阅读趣味为目的，这就导致了文学作品中游戏消遣的金钱主义观念和未经实地观察的杜撰。这种局面导致中国的文学作品缺乏艺术性和思想性，而且在题材选择上也略显浅薄。为了解决这个问题，茅盾主张引入西方自然主义的观点，力求真实。描写方法要通过实地观察来解决,作者在描写过程中,要运用纯客观的心理,而非加入个人的主观因素。西方近代科学的发展为文学创作提供了多样的题材,作者要有目的地选择题材,且在创作文学作品之前要对题材进行充分了解。然而,茅盾对自然主义也并非照单全收,他主要提倡的是自然主义在文学表现技巧和文学题材方面的优点,用以解决我国现代小说创作中的问题,而排除掉自然主义中机械的命运论等思想。

  茅盾借助自然主义突出了文学创作中的真实性,吸收了注重"实证"的近代科学精神,增强了现代小说的审美特质,纠正了当时小说创作中的一些问题。

(宫麒康)

论中国现代创作小说（存目）

沈从文

【作者简介】

沈从文（1902—1988），原名沈岳焕，笔名休芸芸、甲辰等，乳名茂林，字崇文，湖南凤凰人。中国著名作家，历史文物研究者，京派小说的代表人物。14岁时投身行伍，1922年北上求学，1924年开始文学创作，与胡也频合编《京报副刊》和《民众文艺》周刊。1928年与胡也频、丁玲编辑《红黑》《人间》杂志。1929年，任教于中国公学。1930年在武汉大学、国立青岛大学任教。1934年起编辑北平和天津的《大公报》副刊《文艺》。抗战爆发后，到西南联大任教。1946年回到北京大学任教，编辑《大公报》《益世报》等文学副刊。1949年新中国成立后，在中国历史博物馆从事研究工作。代表作有《边城》《湘西》《长河》《八骏图》《月下小景》《虎雏》等。

【导读】

《论中国现代创作小说》最初发表于1931年由文艺出版社出版的《文艺月刊》第2卷4号、5～6号。后收入1984年花城出版社出版的《沈从文文集》第11卷、1987年上海书店出版的《沫沫集》、2002年北岳文艺出版社出版的《沈从文全集》第16卷。

这篇批评文章是对五四新文学运动以来现代小说创作的概括、分析、评论，对现代小说发展线索进行了梳理，描绘了现代小说的基本风貌。

沈从文注重对文学整体风格的把握，他认为中国小说的创作在第一个时期内的成就不大，是朴素、幼稚但明朗健康的。第二个时期，作者认为小说创作题材上并没有大的突破，更多的是语言文字上的个性实验，后来小说创作由"人生严肃"转到"人生游戏"，这是没有多大意义的。对于文学研究会和创造社这两个重要的文学社团，沈从文依旧从宏观的印象上指出其审美风格的差异，他认为前者作家创作风格是"微温的、细腻的、惑疑的、淡淡寂寞的憧憬"，而后者作家风格则是"夸大的、英雄的、粗率的、无忌无畏的气势"。在对40多位小说家的评价上，沈从文从比较思维出发，对于题材相近的作家，指出风格上的差异，例如同样是写年轻人恋爱的哀伤,郭沫若、张资平、郁达夫创作上的不同。沈从文多从作家作品的语言文字、组织结构、题材内容及其对文学发展的意义方面进行批评。值得注意的是,沈从文对于中国现代小说的论述并非只凭自己的印象感悟,也十分注重读者的心理需求,注意提升读者的主体地位。这在当时是不多见的。

《论中国现代创作小说》宏观上有着对当时文坛小说创作概况的准确论述,微观上,对具体作家作品的评价,真挚扼要,为后人研究提供了宝贵的资料,促进了中国现代小说的进一步发展。

(徐桂方)

关于小说的话

郁达夫

【作者简介】

郁达夫(1896—1945),原名郁文,字达夫,浙江富阳人,中国现代著名作家。早年曾留学日本,1921年,与郭沫若、成仿吾等人成立文学社团"创造社",后又加入"太阳社"、左翼作家联盟等文学社团。曾先后任教于北京大学、国立武昌师范大学、中山大学等。抗日战争期间,曾担任中华全国文艺界抗战协会理事,并在香港、新加坡一带从事抗日活动。编辑过《创造季刊》《创造周报》《大众文艺》等杂志。著有短篇小说集《沉沦》,散文集《屐痕处处》《日记九种》等,译作有《几个伟大的作家》等。

一

小说到了现在,似乎也同议会政治、独裁政治一样,走进了一条前路不通的死弄了。但是十九世纪以下一直到二十世纪初半为止,却的确是小说独盛的时代,就是在最保守旧习,最尊重国故的中国,这中间小说也盛极一时,虽然好的小说在中国独不曾出现几多,然而改头换面的下劣抄袭小说,与夫旧时的通俗小说的翻印,由量上统计起来,怕也敌得过英德法三国的小说全部。一八九二年,当左拉(Zola)的小说 La Debacle 的英译本出世的时候,在周刊 Weekly Times and Echo 志上,曾有一段左拉与该志记者 Robert H. Sherard 的谈话发表。左拉于详说他的做这篇小说(英译名 The Downfall, Translated by Ernst A. Vizetelly)的苦心与夫内容的错综之后,更申述他对于小说一般的态度说:

"我的写小说。常怀有着一个较更严正的目的在的,并不是光为使人娱乐而才执笔。对于小说的这一种表现形式,我是付与它以一个重大意义的——我觉得它和抒情诗相并,是文学表现的最高形式,正如在前世纪里,戏剧曾经是文学表现的最高形式一样——正是为此之故,所以我选取了小说这一个形式来发表我的意见给世界大众,以小说来说出凡是回环在有思想的人们的脑里的一切关于社会、科学、心理的问题。若不是如此的话,那我或许选取了另外的一种表现形式而将我的意见发表了也说不定。今日的小说地位已经不同前世纪一样了，已经从茶余酒后的消闲文字堆里钻脱了出来而提高了。那时候的小说只是消磨无聊的时刻的消闲之具，其地位之低，系介在荒唐寓言与田园牧歌之间的东西。今日的小说却是包括着，或者是被作成了包括着一切的一种文学形式；正因为我的信条是如此，所以在这意义上我是一个小说家。我以为我自己对于思想界关于有些问题不得不提呈一些贡献，我之选取小说这一个形式，就因为她是最好的手段而作这些贡献之故。"

  这就是左拉对于小说的信条，这实在也是在十九世纪中的小说的实际情形。所以在这前后，英德法意各国，小说的出产特多，而好的小说也真层出不穷，在小说这一门类里建立起了辉光灿烂的金字高塔。在小说技巧这一方面，也差不多把所有的矿脉都掘尽了。

  世界大战起来之后，接着就有了各国的政治与社会的变动，思想文艺界也自然不得不受这大浪的波及，于是战后的文艺界，有因苦闷而主张破坏一切的法国颓颓衣士姆（Dadaisme），与嫌平淡而抗争的意国未来派等的兴起。同时因科学的进步与生活的紧迫之故，战后的欧洲，觉得光是白纸上的黑字，光是平面上的空谈，不能满足一般的欲望了，所以主张文艺是宣传的人们就有传单口号式的文学的创制，想于最短的时间里得到最大的刺激者就有及时（Jazz）狂舞的发见，天花乱坠，百鬼夜行，时代在暴风雨里，The Age of Revolution 之后，是 The Age of Jazz 的世纪了。昼夜颠倒，上下易位。外界的狂风暴雨来得愈大，内部的麻醉激刺要求得愈深。在这一个当儿，小说的功效，显见得不能和在十九世纪的时候一样，再维持它的特有的地位了，于是集科学之大成，把现代人所要求的一切都容易表现出来的电影，就应运而生，取了它的地位而代之。所以若照左拉之所说，则左拉假使生在现代的话，那他将不做一个小说家，而在经营电影。做一个名导演与高级的 Scenario 的编者无疑。因为电影是最易于传播思想的现代新兴艺术。

  所以现代的电影一出来，一切旧时的各种艺术的精华都被它吸收了去。溶成了一炉，造出了新样。于是演剧本的舞台，述情节的小说，挑拨肉感的跳舞，怡神悦耳的歌声——Sound Picture——，奏送和音的乐器，甚至于抒写真情的诗句，都不得不受它的影响，完全屈伏在它的脚下。近年来欧洲剧场的不振，新小说出版的减少，文学界的衰落，虽说是由于一般人对于艺术的观念的变更，然而实际上却也是因这一个声光的巨兽在那里作怪的缘故。

  所以我说，小说到了现在，似乎也同议会政治、独裁政治一样，走进了一条前路不通的死弄了。不过凡事穷极则变，是一定的道理。既有了五六百年的光荣历史,与几万万人的曾经爱护维持,就是现在也不知有几千万人还在盼望它的复兴的这小说,也终不能就此灭亡。是以最近的小说界,似乎又在酝酿着新的革命。关于这新的方向,若想简明地来解说分析的话,那我们却不得不把它分成两部分来观察。就是第一,技巧上的革新,第二,内容的变换。

新的小说的技巧,似乎在竭力地把现代人的呼吸,现代生活的全景和拍子,缩入到文学里去。最浅近的例,譬如所谓新感觉派与表现主义以及心理分析派的技巧,就是如此。结构总须得新异而不冗,造句务求其明快而有力,叙事又致意在简洁与深沉,无论是那一节或那一句文字,你漫然读去,总觉得没甚意思,必须费尽脑筋,思索好久,才能赏识到它的好处,看出来它的真意。当然这些文字,并不是空弄弄文笔,光修饰修饰外表的前代技巧派的模仿,它们是都有背景,都有深意存在着的。至如咬文嚼字的文章游戏,堆砌雕琢的耽美精神,则中国的六朝金粉,欧洲世纪末的象征作家,都已经受世人的厌弃而失去了它的存在理由了,所以新小说的技巧,是系和内容紧接在一气的技巧,并不是涂抹在俗妇面上的浓艳的粉白黛绿。

其次是新的小说的内容了。新的小说内容的最大要点,就是把从前的小我放弃了,换成了一个足以代表全世界的多数民众的大我。把一时一刻的个人感情扩大了,变成了一时代或一阶级的汇聚感情。一样的是一个人生,从前的小说里的人生是以人生一代之中最有余裕的纯情时代为主的,譬如三角四角的恋爱小说,挑拨肉感的性欲小说之类就是。现在的小说却不然了,表现人生,务须拿住人生最重要的处所,描写苦闷,专在描写比性的苦闷还要重大的生的苦闷,因为性欲不就是人生的全部。人的一生,在男女的性交之外,重要的事情还不知有多少。人生的重要意义,若只在恋爱的话,那一部小说,或千部万部小说,只须接连描写着十几次,最多也不过百次的性交形容状貌,男女主人公就都可以脱阳而死了,床笫之外,更还有什么社会世界呢?这就是新旧小说的着眼不同之点,也就是小说到了极路而在作新的飞跃的预备。

上举两部分的,即小说的新的技巧和新的内容的溶合的结果,创生出来的新的小说,自然地成了一种新的小说的形式。关于这些小说的新型的话,当待有机会时,再来介绍。

【导读】

《关于小说的话》最初发表于1931年上海光华书局的《文艺创作讲座》第1卷,1933年收入上海北新书局的《达夫全集》第7卷,1983年收入花城出版社的

《郁达夫文集》第 6 卷，1992 年收入浙江文艺出版社的《郁达夫全集》第 5 卷。上文选自花城出版社 1983 年出版的《郁达夫文集》（第 6 卷）。

  小说这种文体自文艺复兴以来，在世界范围内已繁荣发展了五六百年。郁达夫在文章中引用了左拉的观点，认为小说作为一种文体，逐渐从文学的边缘走向中心，小说的功能也随之发生变化。小说不再是人们茶余饭后无聊的消遣，而是成为反映社会、反映人生的一面镜子。19 世纪末 20 世纪初，中国的小说虽然在传播数量上胜于西方，但是从质量上讲，仍然是以旧小说的面貌面向大众，大多是"改头换面的低劣小说"或是"旧的通俗小说"，仍然是以消遣大众为目的，小说的创作也并非从文学本身出发。

  为了避免小说的发展"进入一条前路不通的死弄"，郁达夫主张对小说进行革新，开辟一条新的发展道路。这种革新分为两个方面，分别是技巧的革新和内容的革新。在技巧方面，郁达夫主张放弃小说创作中咬文嚼字的文字游戏，转向对其内在的探求，小说中隐藏的深意需要读者细细地品，才能体会到其妙处。此外，技巧方面的革新还要注意关注现代人的生活方式，将其以"摄像术"的方式融进文学创作中，力求展现人生。在内容方面，郁达夫放弃了早期那种以"苦闷"和"颓废"来抵抗社会的方式，放弃小我，选择一种能够代表整个民族甚至世界的"大我"来描绘，把个人一个时期的情感延伸为一个民族一个时代的情感。用最重要、最具有代表性的事情来表达人生的苦闷，而不是深陷在小情小爱中无法自拔。技巧与内容的革新自然能引起小说形式的变革。

  郁达夫提出了小说应当描写时代精神，在其小说创作中融入了现实要素和历史意识，拓宽了小说的题材范围，促进了新小说的发展，也实现了郁达夫的意识形态自我与艺术自我的统一。

（宫麒康）

关于新的小说的诞生(存目)

——评丁玲的《水》

冯雪峰

【作者简介】

冯雪峰(1903—1976),原名冯福春,笔名雪峰、何丹仁、画室、洛扬等,浙江义乌人。中国现代著名诗人、作家、文艺理论家、文学翻译家、文艺活动家。早年组织文学团体晨光社,又与应修人等结成湖畔诗社。1926年开始翻译日本、苏联的文学作品及文艺理论专著。1928年在上海开始与鲁迅接触,编辑出版《萌芽》月刊,并与鲁迅共同编辑《科学的艺术论丛书》。1929年参加筹备中国左翼作家联盟,1930—1933年领导左翼文化战线。1943年到重庆,从事统战和文化工作。新中国成立后,先后担任上海市文学工作者协会主席、上海市文学艺术界联合会副主席和党组书记、人民文学出版社社长兼总编辑、《文艺报》主编等职。主要著作有诗集《湖畔》,杂文集《乡风与市风》,寓言集《今寓言》,鲁迅研究著作《鲁迅和他少年时候的朋友》《回忆鲁迅》等。

【导读】

《关于新的小说的诞生——评丁玲的〈水〉》发表于1932年1月20日《北斗》第2卷第1期,署名丹仁,后收入1982年天津人民出版社出版的《丁玲研究资料》、1983年人民文学出版社出版的《冯雪峰文集》第2卷、2003年人民文学出版社出版的《冯雪峰选集》(论文编)。

丁玲是20世纪20年代中后期成长起来的青年作家,以《梦珂》《莎菲女士的日记》等小说引起文坛的关注。进入20世纪30年代后,丁玲的思想和创作风格都发生了较大变化,从"莎菲"时期的个人主义思想转向左翼思潮,从写莎菲式的"新女性"形象,转向写群体形象。1931年丁玲任"左联"机关刊物《北斗》的主编,同年的9月到11月,丁玲的小说《水》在《北斗》发表。《水》既是丁玲创作转向的代表作,也是左翼文学的标志性成果,呈现了诸多"新的小说"的艺术特点。作者作为丁玲的挚友和左翼主要领导人之一,一直关注丁玲的创作动向。《关于新的小说的诞生——评丁玲的〈水〉》便是冯雪峰以丁玲的《水》为中心,探讨"新的小说"的思想艺术特征的文章。

　　丁玲的《水》发表后,就被很多主张左翼文学的理论家们誉为"新的小说的诞生",作者对此是肯定的。作者认为"新的小说"在题材上要取现实中重大的事件,关注现实,描写上应从个人心理描写转变为集体行动的开展,群体成为主人公,人物塑造上要有发展性,这些在《水》中都有所体现。对于新的小说家的要求,作者提出作家改造的问题,认为新小说要写成,首先小说家要"新"。作者通过举丁玲经过自身的努力变成新作家的例子,指出当时的作家应该厉行清算自己,同自己的坏倾向、坏习气斗争,实现思想上的转变,从以前的浪漫主义转变为现实主义。作者还指出《水》的缺陷,《水》的篇幅过短,内容和形式不相符,人物形象不突出,文字组织过于累赘和笨重,在此意义上,作者认为丁玲的《水》只是新的小说的萌芽。作者站在左翼的立场上,借丁玲的《水》对于左翼文学的规范和要求进行阐释,促进了左翼作家和文学"范式"的转变,对整个左翼文学的创作具有重要的意义。

(徐桂方)

《中国新文学大系·小说二集》导言

鲁 迅

【作者简介】

鲁迅(1881—1936),原名周树人,字豫才,浙江绍兴人。著名文学家、思想家、民主战士,五四新文化运动的重要参与者,中国现代文学的奠基人。1902年留学日本,曾任北京大学、北京师范大学、厦门大学、中山大学教授,1927年参加和领导中国左翼作家联盟等革命社团,主要著作有小说集《呐喊》《彷徨》《故事新编》等,散文诗集《野草》,散文集《朝花夕拾》,杂文集《坟》《热风》《华盖集》《三闲集》《而已集》等。

一

凡是关心现代中国文学的人,谁都知道《新青年》是提倡"文学改良",后来更进一步而号召"文学革命"的发难者。但当一九一五年九月中在上海开始出版的时候,却全部是文言的。苏曼殊的创作小说,陈嘏和刘半农的翻译小说,都是文言。到第二年,胡适的《改良文学刍议》发表了,作品也只有胡适的诗文和小说是白话。后来白话作者逐渐多了起来,但又因为《新青年》其实是一个论议的刊物,所以创作并不怎样著重,比较旺盛的只有白话诗;至于戏曲和小说,也依然大抵是翻译。

在这里发表了创作的短篇小说的,是鲁迅。从一九一八年五月起,《狂人日记》,《孔乙己》,《药》等,陆续的出现了,算是显示了"文学革命"的实绩,又因那时的认为"表现的深切和格式的特别",颇激动了一部分青年读者的心。然而这激动,却是向来怠慢了绍介欧洲大陆文学的缘故。一八三四年顷,俄国的果戈理(N.Gogol)就已经写了《狂人日记》;一八八三年顷,尼采(Fr.Nietzsche)也早借了苏鲁支(Zarathustra)的嘴,说过"你们已经走了从虫豸到人的路,在你们里面还有许多份是虫豸。你们做过猴子,到了现在,人还尤其猴子,无论比那一个猴子"的。而且《药》的收束,也分明的留着安特莱夫(L.Andreev)式的阴冷。但后起的《狂人日记》意在暴露家族制度和礼教的弊害,却比果戈理的忧愤深广,也不如尼采的超人的渺茫。此后虽然脱离了外国作家的影响,技巧稍为圆熟,刻划也稍加深切,如《肥皂》,《离婚》等,但一面也减少了热情,不为读者们所注意了。

从《新青年》上,此外也没有养成什么小说的作家。

较多的倒是在《新潮》上。从一九一九年一月创刊,到次年主干者们出洋留学而消灭的两个年中,小说作者就有汪敬熙,罗家伦,杨振声,俞平伯,欧阳予倩和叶绍钧。自然,技术是幼稚的,往往留存着旧小说上的写法和语调;而且平铺直叙,一泻无余;或者过于巧合,在一刹时中,在一个人上,会聚集了一切难堪的不幸。然而又有一种共同前进的趋向,是这时的作者们,没有一个以为小说是脱俗的文学,除了为艺术之外,一无所为的。他们每作一篇,都是"有所为"而发,是在用改革社会的器械,——虽然也没有设定终极的目标。

俞平伯的《花匠》以为人们应该屏绝矫揉造作,任其自然,罗家伦之作则在诉说婚姻不自由的苦痛,虽然稍嫌浅露,但正是当时许多智识青年们的公意;输入易卜生(H.Ibsen)的《娜拉》和《群鬼》的机运,这时候也恰恰成熟了,不过还没有想到《人民之敌》和《社会柱石》。杨振声是极要描写民间疾苦的;汪敬熙并且装着笑容,揭露了好学生的秘密和苦人的灾难。但究竟因为是上层的智识者,所以笔墨总不免伸缩于描写身边琐事和小民生活之间。后来,欧阳予倩致力于剧本去了;叶绍钧却有更远大的发展。汪敬熙又在《现代评论》上发表创作,至一九二五年,自选了一本《雪夜》,但他好像终于没有自觉,或者忘却了先前的奋斗,以为他自己的作品,是并无"什么批评人生的意义的"了。序中有云——

我写这些篇小说的时候,是力求着去忠实的描写我所见的几种人生经验。我只求描写的忠实,不搀入丝毫批评的态度。虽然一个人叙述一件事实之时,他的描写是免不了受他的人生观之影响,但我总是在可能的范围之内,竭力保持一种客观的态度。

因为持了这种客观态度的缘故,我这些短篇小说是不会有什么批评人生的意义。我只写出我所见的几种经验给读者看罢了。读者看了这些小说,心中对于这些种经验有什么评论,是我所不问的。

杨振声的文笔,却比《渔家》更加生发起来,但恰与先前的战友汪敬熙站成对蹠:他"要忠实于主观",要用人工来制造理想的人物。而且凭自己的理想还怕不够,又请教过几个朋友,删改了几回,这才完成一本中篇小说《玉君》,那自序道——

若有人问玉君是真的,我的回答是没有一个小说家说实话的。说实话的是历史家,说假话的才是小说家。历史家用的是记忆力,小说家用的是想象力。历史家取的是科学态度,要忠实于客观;小说家取的是艺术态度,要忠实于主观。一言以蔽之,小说家也如艺术家,想把天然艺术化,就是要以他的理想与意志去补天然之缺陷。

他先决定了"想把天然艺术化",唯一的方法是"说假话","说假话的才是小说家"。于是依照了这定律,并且博采众议,将《玉君》创造出来了。然而这是一定的:不过一个傀儡,她的降生也就是死亡。我们此后也不再见这位作家的创作。

二

"五四"事件一起,这运动的大营的北京大学负了盛名,但同时也遭了艰险。终于,《新青年》的编辑中枢不得不复归上海,《新潮》群中的健将,则大抵远远的到欧美留学去了,《新潮》这杂志,也以虽有大吹大擂的豫告,却至今还未出版的"名著绍介"收场;留给国内的社员的,是一万部《孑民先生言行录》和七千部《点滴》。创作衰歇了,为人生的文学自然也衰歇了。

但上海却还有着为人生的文学的一群,不过也崛起了为文学的文学的一群。这里应该提起的,是弥洒社。它在一九二三年三月出版的《弥洒》(Musai)上,由胡山源作的《宣言》(《弥洒临凡曲》)告诉我们说——

我们乃是艺文之神;
我们不知自己何自而生,
也不知何为而生:
••••••••••••••••••
我们一切作为只知顺着我们的 Inspiration!

到四月出版的第二期,第一页上便分明的标出了这是"无目的无艺术观不讨论不批评而只发表顺灵感所创造的文艺作品的月刊",即是一个脱俗的文艺团体的刊物。但其实,是无意中有着假想敌的。陈德征的《编辑余谈》说:"近来文学作品,也有商品化的,所谓文学研究者,所谓文人,都不免带有几分贩卖者底色彩!这是我们所深恶而且深以为痛心疾首的一件事。……"就正是和讨伐"垄断文坛"者的大军一鼻孔出气的檄文。这时候,凡是要独树一帜的,总打着憎恶"庸俗"的幌子。

一切作品,诚然大抵很致力于优美,要舞得"翩跹回翔",唱得"宛转抑扬",然而所感觉的范围却颇为狭窄,不免咀嚼着身边的小小的悲欢,而且就看这小悲欢为全世界。在这刊物上,作为小说作者而出现的,是胡山源,唐鸣时,赵景沄,方企留,曹贵新,钱江春和方时旭,却只能算作速写的作者。从中最特出的是胡山源,他的一篇《睡》,是实践宣言,笼罩全群的佳作,但在《樱桃花下》(第一期),却正如这面的过度的睡觉一样,显出那面的病的神经过敏来了。"灵感"也究竟要露出目的的。赵景沄的《阿美》,虽然简单,虽然好像不能"无所为",却强有力的写出了连敏感的作者们也忘却了的"丫头"的悲惨短促的一世。

一九二四年中发祥于上海的浅草社,其实也是"为艺术而艺术"的作家团体,但他们的季刊,每一期都显示着努力:向外,在摄取异域的营养,向内,在挖掘自己的魂灵,要发见心里的眼睛和喉舌,来凝视这世界,将真和美歌唱给寂寞的人们。韩君格,孔襄我,胡絮若,高世华,林如稷,徐丹歌,顾璜,莎子,亚士,陈翔鹤,陈炜谟,竹影女士,都是小说方面的工作者;连后来是中国最为杰出的抒情诗人冯至,也曾发表他幽婉的名篇。次年,中枢移入北京,社员好像走散了一些,《浅草》季刊改为篇叶较少的《沉钟》周刊了,但锐气并不稍衰,第一期的眉端就引着吉辛(G.Gissing)的坚决的句子——

而且我要你们一齐都证实……
我要工作啊,一直到我死之一日。

但那时觉醒起来的智识青年的心情,是大抵热烈,然而悲凉的。即使寻到一点光明,"径一周三",却更分明的看见了周围的无涯际的黑暗。摄取来的异域的营养又是"世纪末"的果汁:王尔德(Oscar Wilde),尼采(Fr.Nietzsche),波特莱尔(Ch.Baudelaire),安特莱夫(L.Andrev)们所安排的。"沉自己的船"还要在绝处求生,此外的许多作品,就往往"春非我春,秋非我秋",玄发朱颜,却唱着饱经忧患的不欲明言的断肠之曲。虽是冯至的饰以诗情,莎子的托辞小草,还是不能掩饰的。凡这些,似乎多出于蜀中的作者,蜀中的受难之早,也即此可以想见了。

不过这群中的作者们也未尝自馁。陈炜谟在他的小说集《炉边》的"Proem"里说——

但我不要这样;生活在我还在刚开头,有许多命运的猛兽正在那边张牙舞爪等着我在。可是这也不用怕。人虽不必去崇拜太阳,但何至于懦怯得连暗夜也要躲避呢?怎的,秃笔不会写在破纸上么?若干年后,回想此时的我,即不管别人,在自己或也可值眷念罢,如果值得忆念的地方便应该忆念。……

自然,这仍是无可奈何的自慰的伤心之言,但在事实上,沉钟社却确是中国的最坚韧,最诚实,挣扎得最久的团体。它好像真要如吉辛的话,工作到死掉之一日;如"沉钟"的铸造者,死也得在水底里用自己的脚敲出洪大的钟声。然而他们并不能做到,他们是活着的,时移世易,百事俱非;他们是要歌唱的,而听者却有的睡眠,有的槁死,有的流散,眼前只剩下一片茫茫白地,于是也只好在风尘澒洞中,悲哀孤寂地放下了他们的箜篌了。

后来以"废名"出名的冯文炳,也是在《浅草》中略见一斑的作者,但并未显出他的特长来。在一九二五年出版的《竹林的故事》里,才见以冲淡为衣,而如著者所说,仍能"从他们当中理出我的哀愁"的作品。可惜的是大约作者过于珍惜他有限的"哀愁",不久就更加不欲像先前一般的闪露,于是从率直的读者看来,就只见其有意低徊,顾影自怜之态了。

冯沅君有一本短篇小说集《卷葹》——是"拔心不死"的草名,也是一九二三年起,身在北京,而以"淦女士"的笔名,发表于上海创造社的刊物上的作品。其中的《旅行》是提炼了《隔绝》和《隔绝之后》(并在《卷葹》内)的精粹的名文,虽嫌过于说理,却还未伤其自然;那"我很想拉他的手,但是我不敢,我只敢在间或车上的电灯被震动而失去它的光的时候,因为我害怕那些搭客们的注意。可是我们又自己觉得很骄傲的,我们不客气的以全车中最尊贵的人自命。"这一段,实在是五四运动之后,将毅然和传统战斗,而又怕敢毅然和传统战斗,遂不得不复活其"缠绵悱恻之情"的青年们的真实的写照。和"为艺术而艺术"的作品中的主角,或夸耀其颓唐,或衔鬻其才绪,是截然两样的。然而也可以很归于平安。陆侃如在《卷葹》再版后记里说:"'淦'训'沈',取《庄子》'陆沈'之义。现在作者思想变迁,故再版时改署沅君。……只因作者秉性疏懒,故托我代说。"诚然,三年后的《春痕》,就只剩了散文的断片了,更后便是关于文学史的研究。这使我又记起匈牙利的诗人彼兑菲(Petofi Sandor)题 B.S.夫人照像的诗来——

听说你使你的男人很幸福,我希望不至于此,因为他是苦恼的夜莺,而今沉默在幸福里了。苛待他罢,使他因此常常唱出甜美的歌来。

我并不是说:苦恼是艺术的渊源,为了艺术,应该使作家们永久陷在苦恼里。不过在彼兑菲的时候,这话是有些真实的;在十年前的中国,这话也有些真实的。

三

在北京这地方,——北京虽然是"五四运动"的策源地,但自从支持着《新青年》和《新潮》的人们,风流云散以来,一九二〇至二二年这三年间,倒显着寂寞荒凉的古战场的情景。《晨报副刊》,后来是《京报副刊》露出头角来了,然而都不是怎么注重文艺创作的刊物,它们在小说一方面,只绍介了有限的作家:蹇先艾,许钦文,王鲁彦,黎锦明,黄鹏基,尚钺,向培良。

蹇先艾的作品是简朴的,如他在小说集《朝雾》里说——

……我已经是满过二十岁的人了,从老远的贵州跑到北京来,灰沙之中彷徨了也快七年,时间不能说不长,怎样混过的,并自身都茫然不知。是这样匆匆地一天一天的去了,童年的影子越发模糊消淡起来,像朝雾似的,袅袅的飘失,我所感到的只有空虚与寂寞。这几个岁月,除近两年信笔涂鸦的几篇新诗和似是而非的小说之外,还做了什么呢?每一回忆,终不免有点凄寥撞击心头。所以现在决然把这个小说集付印了……借以纪念从此阔别的可爱的童年。……若果不失赤子之心的人们肯毅然光顾,或者从中间也寻得出一点幼稚的风味来罢?……

诚然,虽然简朴,或者如作者所自谦的"幼稚",但很少文饰,也足够写出他心曲的哀愁。他所描写的范围是狭小的,几个平常人,一些琐屑事,但如《水葬》,却对我们展示了"老远的贵州"的乡间习俗的冷酷,和出于这冷酷中的母性之爱的伟大,——贵州很远,但大家的情境是一样的。

这时——一九二四年——偶然发表作品的还有裴文中和李健吾。前者大约并不是向来留心创作的人,那篇《戎马声中》,却拉杂的记下了游学的青年,为了炮火下的故乡和父母而惊魂不定的实感。后者的《终条山的传说》是绚烂了,虽在十年以后的今日,还可以看见那藏在用口碑织就的华服里面的身体和灵魂。

蹇先艾叙述过贵州,裴文中关心着榆关,凡在北京用笔写出他的胸臆来的人们,无论他自称为用主观或客观,其实往往是乡土文学,从北京这方面说,则是侨寓文学的作者。但这又非如勃兰兑斯(G.Brandes)所说的"侨民文学",侨寓的只是作者自己,却不是这作者所写的文章,因此也只见隐现着乡愁,很难有异域情调来开拓读者的心胸,或者眩耀他的眼界。许钦文自名他的第一本短篇小说集为《故乡》,也就是在不知不觉中自招为乡土文学的作者,不过在还未开手来写乡土文学之前,他却已被故乡所放逐,生活驱逐他到异地去了,他只好回忆"父亲的花园",而且是已不存在的花园,因为回忆故乡的已不存在的事物,是比明明存在,而只有自己不能接近的事物较为舒适,也更能自慰的——

父亲的花园最盛的几年距今已有几时,已难确切的计算。当时的盛况虽曾照下一像,如今挂在父亲的房里,无奈为时已久,那时乡间的摄影又很幼稚,现已模糊莫辨了。挂在它旁边的芳姊的遗像也已不大清楚,惟有父亲题在像上的字

句却很明白:'性既执拗,遇复可怜,一朝痛割,我独何堪!'

……………

我想父亲的花园就是能够重行种起种种的花来,那时的盛况总是不能恢复的了,因为已经没有了芳姊。

无可奈何的悲愤,是令人不得不舍弃的,然而作者仍不能舍弃,没有法,就再寻得冷静和诙谐来做悲愤的衣裳;裹起来了,聊且当作"看破"。并且将这手段用到描写种种人物,尤其是青年人物去。因为故意的冷静,所以也刻深,而终不免带着令人疑虑的嬉笑。"虽有忮心,不怨飘瓦",冷静要死静;包着愤激的冷静和诙谐,是被观察和被描写者所不乐受的,他们不承认他是一面无生命,无意见的镜子。于是他也往往被排进讽刺文学作家里面去,尤其是使女士们皱起了眉头。

这一种冷静和诙谐,如果滋长起来,对于作者本身其实倒是危险的。他也能活泼的写出民间生活来,如《石宕》,但可惜不多见。

看王鲁彦的一部分的作品的题材和笔致,似乎也是乡土文学的作家,但那心情,和许钦文是极其两样的。许钦文的苦恼的是失去了地上的"父亲的花园",他所烦冤的却是离开了天上的自由的乐土。他听得"秋雨的诉苦"说——

地太小了,地太脏了,到处都黑暗,到处都讨厌。人人只知道爱金钱,不知道爱自由,也不知道爱美。你们人类的中间没有一点亲爱,只有仇恨。你们人类,夜间像猪一般的甜甜蜜蜜的睡着,白天像狗一般的争斗着,撕打着……

这样的世界,我看得惯吗?我为什么不应该哭呢?在野蛮的世界上,让野兽们去生活着罢,但是我不,我们不……唔,我现在要离开这世界,到地底去了……

这和爱罗先珂(V. Eroshenko)的悲哀又仿佛相像的,然而又极其两样。那是地下的土拨鼠,欲爱人类而不得,这是太空的秋雨,要逃避人间而不能。他只好将心还给母亲,才来做"人",骗得母亲的微笑。秋天的雨,无心的"人",和人间社会是不会有情愫的。要说冷静,这才真是冷静;这才能够和"托尔斯小"的无抵抗主义一同抹杀"牛克斯"的斗争说;和"达我文"的进化说一并嘲弄"克鲁屁特金"的互助论;对专制不平,但又向自由冷笑。作者是往往想以诙谐之笔出之的,但也因为太冷静了,就又往往化为冷话,失掉了人间的诙谐。

然而,"人"的心是究竟还不尽的,《柚子》一篇,虽然为湘中的作者所不满,但在玩世的衣裳下,还闪露着地上的愤懑,在王鲁彦的作品里,我以为倒是最为热烈的了。

我所说的这湘中的作家是黎锦明,他大约是自小就离开了故乡的,在作品里,很少乡土气息,但蓬勃着楚人的敏感和热情。他一早就在《社交问题》里,对易卜生一流的解放论者掷了斯忒林培黎(A. Strindberg)式的投枪;但也能精致而明丽的说述儿时的"轻微的印象"。待到一九二六年,他布告不满于自己了,他在《烈火》再版的自序上说——

在北京生活的人们,如其有灵魂,他们的灵魂恐怕未有不染遍了灰色罢,自然,《烈火》即在这情形中写成,当我去年春时来到上海,我的心境完全变了,对于它,只有遗弃的一念。……

他判过去的生活为灰色,以早期的作品为童騃了。果然,在此后的《破垒集》中,的确很换了些披挂,有含讥的轻妙的小品,但尤其显出好的故事作者的特色来;有时如中国的"磊砢山房"主人的瑰奇;有时如波兰的显克微支(H. Sienkiewicz)的警拔,却又不以失望收场,有声有色,总能使读者欣然终卷。但其失,则又即在立旨居陆离光怪的装饰之中,时或永被沉埋,倘一显现,便又见得鹘突了。

《现代评论》比起日报的副刊来,比较的着重于文艺,但那些作者,也还是新潮社和创造社的老手居多。凌叔华的小说,却发祥于这一种期刊的,她恰和冯沅君的大胆,敢言不同,大抵很谨慎的,适可而止的描写了旧家庭中的婉顺的女性。即使间有出轨之作,那是为了偶受着文酒之风的吹拂,终于也回复了她的故道了。这是好的,——使我们看见和冯沅君,黎锦明,川岛,汪静之所描写的绝不相同的人物,也就是世态的一角,高门巨族的精魂。

四

一九二五年十月间,北京突然有"莽原社"出现,这其实不过是不满于《京报副刊》编辑者的一群,另设《莽原》周刊,却仍附《京报》发行,聊以快意的团体。奔走最力者为高长虹,中坚的小说作者也还是黄鹏基,尚钺,向培良三个;而鲁迅是被推为编辑的。但声援的很不少,在小说方面,有文炳,沅君,霁野,静农,小酩,青雨等。到十一月,《京报》要停止副刊以外的小幅了,便改为半月刊,由未名社出版,其时所绍介的新作品,是描写着乡下的沉滞的氛围气的魏金枝之作:《留下镇上的黄昏》。

但不久这莽原社内部冲突了,长虹一流,便在上海设立了狂飙社。所谓"狂飙运动",那草案其实是早藏在长虹的衣袋里面的,常要乘机而出,先就印过几期周刊;那"宣言",又曾在一九二五年二月间的《京报副刊》上发表,但尚未以"超人"自命,还带着并不自满的声音——

黑沉沉的暗夜，一切都熟睡了，死一般的，没有一点声音，一件动作，阒寂无聊的长夜呵！

这样的，几百年几百年的时期过去了，而晨光没有来，黑夜没有止息。

死一般的，一切的人们，都沉沉的睡着了。

于是有几个人，从黑暗中醒来，便互相呼唤着：

——时候到了，期待已经够了。

——是呵，我们要起来了。我们呼唤着，使一切不安于期待的人们也起来罢。

——若是晨光终于不来，那么，也起来罢。我们将点起灯来，照耀我们幽暗的前途。

——软弱是不行的，睡着希望是不行的。我们要作强者，打倒障碍或者被障碍压倒。我们并不惧怯，也不躲避。

这样呼唤着，虽然是微弱的罢，听呵，从东方，从西方，从南方，从北方，隐隐的来了强大的应声，比我们更要强大的应声。

一滴水泉可以作江河之始流，一片树叶之飘动可以兆暴风之将来，微小的起源可以生出伟大的结果。因为这个缘故，我们的周刊便叫作《狂飙》。

不过后来却日见其自以为"超越"了。然而拟尼采样的彼此都不能解的格言式的文章，终于使周刊难以存在，可记的也仍然只是小说方面的黄鹏基，尚钺，——其实是向培良一个作者而已。

黄鹏基将他的短篇小说印成一本，称为《荆棘》，而第二次和读者相见的时候，已经改名"朋其"了。他是首先明白晓畅的主张文学不必如奶油，应该如刺，文学家不得颓丧，应该刚健的人；他在《刺的文学》（《莽原》周刊二十八期）里，说明了"文学绝不是无聊的东西"，"文学家并不一定就是得天独厚的特等民族"，"也不是成天哭泣的鲛人"。他说——

我以为中国现代的作品，应该是像一丛荆棘。因为在一片沙漠里，憧憬的花都会慢慢地消灭的，社会生出荆棘来，他的叶是有刺的，他的茎是有刺的。以至于他的根也是有刺的。——请不要拿植物生理来反驳我——一篇作品的思想，的结构，的练句，的用字，都应该把我们常感觉到的刺的意味儿表现出来。真的文学家……应该先站起来，使我们不得不站起来。他应该充实自己的力，让人们怎样充实他自己的力，知道他自己的力，表现他自己的力。一篇作品的成功至少要使读者一直读下去，无暇辨文字的美恶，——恶劣的感觉，固然不好，就是美妙的感觉，也算失败。——而要想因循，苟且而不得。怎样抓着他的病的深处，就很利害地刺他一下。一般整饬的结构，平凡的字句，会使他跑到旁处去的，我们应该反对。

"'沙漠里遍生了荆棘，中国人就会过人的生活了！'这是我相信的。"

朋其的作品的确和他的主张并不怎么背驰，他用流利而诙谐的言语，暴露，描画，讽刺着各式人物，尤其是智识者层。他或者装着傻子，说出青年的思想来，或者化为渝腿，跑进阔佬们的家里去。但也许因为力求生动，流利的缘故罢，抉剔就不能深，而且结末的特地装置的滑稽，也往往毁损掉全篇的力量。讽刺文学是能死于自身的故意的戏笑的。不久他又"自招"（《荆棘》卷首）道："写出'刺的文学'四字，也不过因了每天对于霸王鞭的欣赏，和自己的'生也不辰'，未能十分领略花的意味儿，"那可大有徘徊之状了。此后也没有再看见他"刺的文学"。

尚钺的创作，也是意在讥刺，而且暴露，搏击的，小说集《斧背》之名，便是自提的纲要。他创作的态度，比朋其严肃，取材也较为广泛，时时描写着风气未开之处——河南信阳——的人民。可惜的是为才能所限，那斧背就太轻小了，使他为公和为私的打击的效力，大抵失在由于器械不良，手段生涩的不中里。

向培良当发表他第一本小说集《飘渺的梦》时，一开首就说——

"时间走过去的时候，我的心灵听见轻微的足音，我把这个很拙笨地移到纸上去了，这就是我这本小册子的来源罢！"

的确，作者向我们叙述着他的心灵所听到的时间的足音，有些是借了儿童时代的天真的爱和憎，有些是借着羁旅时候的寂寞的闻和见，然而他并不"拙笨"，却也不矫揉造作，只如熟人相对，娓娓而谈，使我们在不甚操心的倾听中，感到一种生活的色相。但是，作者的内心是热烈的，倘不热烈，也就不能这么平静的娓娓而谈了，所以他虽然间或休息于过去的"已经失去的童心"中，却终于爱了现在的"在强有力的憎恶后面，发现更强有力的爱"的"虚无的反抗者"，向我们介绍了强有力的《我离开十字街头》。下面这一段就是那不知名的反抗者所自述的憎恶——

"为什么我要跑出北京？这个我也说不出很多的道理。总而言之：我已经讨厌了这古老的虚伪的大城。在这里面游离了四年之后，我已经刻骨地讨厌了这古老的虚伪的大城。在这里面，我只看见请安，打拱，要皇帝，恭维执政——卑怯的奴才！卑劣，怯懦，狡猾，以及敏捷的逃躲，这都是奴才们的绝技！厌恶的深感在我口中，好似生的腥鱼在我口中一般；我需要呕吐，于是提着我的棍走了。"

在这里听到了尼采声,正是狂飙社的进军的鼓角。尼采教人们准备着"超人"的出现,倘不出现,那准备便是空虚。但尼采却自有其下场之法的:发狂和死。否则,就不免安于空虚,或者反抗这空虚,即使在孤独中毫无"末人"的希求温暖之心,也不过蔑视一切权威,收缩而为虚无主义者(Nihilist)。然而巴札罗夫(Bazarov)是相信科学的;他为医术而死,一到所蔑视的并非科学的权威而是科学本身,那就成为沙宁(Sanin)之徒,只好以一无所信为名,无所不为为实了。但狂飙社却仅止于"虚无的反抗",不久就散了队,现在所遗留的,只有向培良的这响亮的战叫,说明着半绥惠略夫(Sheveriov)式的"憎恶"的前途。

未名社却相反,主持者韦素园,是宁愿作为无名的泥土,来栽植奇花和乔木的人,事业的中心,也多在外国文学的译述。待到接办《莽原》后,在小说方面,魏金枝之外,又有李霁野,以锐敏的感觉创作,有时深而细,真如数着每一片叶的叶脉,但因此就往往不能广,这也是孤寂的发掘者所难以两全的。台静农是先不想到写小说,后不愿意写小说的人,但为了韦素园的奖励,为了《莽原》的索稿,他挨到一九二六年,也只得动手了。《地之子》的后记里自己说——

"那时我开始写了两三篇,预备第二年用。素园看了,他很满意我从民间取材;他遂劝我专在这一方面努力,并且举了许多作家的例子。其实在我倒不大乐于走这一条路。人间的酸辛和凄楚,我耳边所听到的,目中所看见的,已经是不堪了;现在又将它用我的心血细细地写出,能说这不是不幸的事么?同时我又没有生花的笔,能够献给我同时代的少男少女以伟大的欢欣。"

此后还有《建塔者》。要在他的作品里吸取"伟大的欢欣",诚然是不容易的,但他却贡献了文艺;而且在争写着恋爱的悲欢,都会的明暗的那时候,能将乡间的死生,泥土的气息,移在纸上的,也没有更多,更勤于这作者的了。

五

临末是,关于选辑的几句话——

一,文学团体不是豆荚,包含在里面的,始终都是豆。大约集成时本已各个不同,后来更各有种种的变化。在这里,一九二六年后之作即不录,此后的作者的作风和思想等,也不论。

二,有些作者,是有自编的集子的,曾在期刊上发表过的初期的文章,集子里有时却不见,恐怕是自己不满,删去了。但我间或仍收在这里面,因为我以为就是圣贤豪杰,也不必自惭他的童年;自惭,倒是一个错误。

三，自编的集子里的有些文章，和先前在期刊上发表的，字句往往有些不同，这当然是作者自己添削的。但这里却有时采了初稿，因为我觉得加了修饰之后，也未必一定比质朴的初稿好。

以上两点，是要请作者原谅的。

四，十年中所出的各种期刊，真不知有多少，小说集当然也不少，但见闻有限，自不免有遗珠之憾。至于明明见了集子，却取舍失当，那就即使并非偏心，也一定是缺少眼力，不想来勉强辩解了。

一九三五年三月二日写讫。

【导读】

《中国新文学大系·小说二集》"导言"载于1935年7月15日良友图书印刷公司版《中国新文学大系·小说二集》，后收入1938年鲁迅全集出版社出版的《鲁迅全集》（第6卷）。上文选自人民文学出版社1981年出版的《鲁迅全集》（第6卷）。

《中国新文学大系》是中国新文学最早的大型选集，是新文学第一个10年（1917—1927）的理论、创作、史料的汇录，共分为10卷，其中小说有3卷，分别由茅盾、鲁迅、郑伯奇进行编选。各编选者就所选内容写了长篇导言，在中国现代文学研究中，"导言"的影响比《中国新文学大系》本身更加深远。

这篇文章是鲁迅对新文学第一个10年时期除文学研究会和创造社以外的小说状况的评述，是鲁迅从重要的文学刊物和新文学社团进行概括评价的基础上，对各团体中重要作家创作的总体特征做出准确的评论。

鲁迅以中西文学对比的视角进行审视，坚守五四精神，坚持以文学是"为人生"的标准进行评论，对持有文学"有所为""绝不是无聊的东西"态度的社团和作家倍加赞扬，例如新潮社的作家还有寒先艾、许钦文、黄鹏基、尚钺、向培良等。对于主张"为艺术而艺术"的社团以及作家，鲁迅也总能从中找出"为人生"的成分，并加以肯定，例如弥洒社中赵景云的《阿美》和浅草—沉钟社坚韧的战斗精神。还有一部分作家，初期是讲究"为人生"的，后来却因种种原因转变。鲁迅承认转变后作品更具艺术价值，但不提倡这种转变，因其离"为人生"的主张越来越远。对于他们"为人生的文学的衰歇"，鲁迅很是遗憾。例如汪敬熙、杨振生、废名等。

鲁迅还借彼兑菲的故事在文中提出了他对于文艺创作的观点，即"苦恼是艺术的渊源"。值得注意的是，鲁迅在本文中首次提出了"乡土文学"这一文学史概念,并提出创作乡土文学要质朴,还要有一点冷静和诙谐。鲁迅是较早从文学流派的角度阐述文学现象的作家之一,他认为"文学团体不是豆荚,包含在里面的,始终都是豆"。文学社团中的作家创作可能与宣言不一致,社团流派的宣言并不一定就是可靠的。

鲁迅以文学史家和作家的视野,对现代小说的梳理和论述,极为深刻地指出了五四新文学以来小说创作及其流派的特征,使人们更清晰地认识了现代小说的发展变化。

(徐桂方)

武侠小说在下层社会

张恨水

【作者简介】

张恨水(1895—1967),原名张心远,生于江西广信,是中国现代著名的章回小说家。1911年,张恨水开始发表作品。1924年,在《世界晚报·夜光》上开始连载的长篇小说《春明外史》使他一举成名。后曾担任天津《益世报》和芜湖《工商日报》的驻京记者,兼任世界通讯社总编辑。1949年以后,曾担任文化部顾问、中央文史馆馆员、中国作家协会理事等职务。著有《金粉世家》《啼笑因缘》《八十一梦》等。

××兄:

您要我写点杂感,我很为难。我常和朋友定约,别拉我演讲,也别拉我写杂文,硬是推不掉。演讲我就讲落了伍的章回小说。杂文我就写点风花雪月扯淡的东西。我想,你们根本不和人帮闲,我也不好意思在你报纸上扯淡。那末,三句话不离本行,我还是谈点章回小说罢。若是您认为还不算过分敷衍的话,以后,有功夫就谈点章回小说。但是我保证,决不藉着章回小说散毒菌。现在,我先来谈散在下层阶级里的章回体武侠小说。手边没书,全是靠记忆写的。如有错误请代为纠正。下面是我对武侠小说的感想。

中国下层社会,对于章回小说,能感到兴趣的,第一是武侠小说。第二是神怪小说。第三是历史小说。爱情小说,属于小唱本(包括弹词),只是在妇女圈子里兜转。江浙人有一部分下层社会,也爱看爱情故事,但那全是弹词,不属于章回范围,这里不谈。所以概括的说,中国下层社会里的人物,他们的思想,始终有着模糊的英雄主义的色彩,那完全是武侠故事所教训的。这种教训,有个极大的缺憾。第一,封建思想太浓,往往让英雄变为奴才式的。第二,完全是幻想,不切实际。第三,告诉人的斗争方法,也有许多错误。自然,这里不是完全没有意义的。武侠小说,曾教读者反抗暴力,反抗贪污,并告诉被压迫者联合一致,牺牲小我。因为执笔者(包括说话人)他们不能和读者打成一气,他们所说,也只是个"想当然耳",所以他们的说法和想法,不是下层社会心窝子里的话,也就不能帮助他们什么。

那末，为什么下层阶级被武侠小说所抓住了呢？这是人人所周知的事。他们无冤可伸，无愤可平，就托诸这幻想的武侠人物，来解除脑中的苦闷。有时，他们真很笨拙的干着武侠故事，把两只拳头，代替了剑仙口里一道白光。因此惹下大祸。这种人虽说是可怜，也非不可教。所以二三百年前的武侠小说执笔人，若有今日先进文艺家的思想，我敢夸大一点说，那会赛过许多平民读本的能力。可惜是恰站在反面。

截至现在为止，武侠小说在下层社会势力最大的，是如下几部分：

《彭公案》《施公案》《济公传》《七侠武义》及《小武义》，七十一回本《水浒》。此外如《七剑十三侠》，《五剑十八侠》，《隋唐演义》，也拥有相当的读者。《彭公案》《施公案》是康熙雍正年间的说评书人底本，乾隆年间出版。《七侠五义》来源相同，出世稍晚，是北人石玉崐写的，原名《忠义侠烈传》，又名《三侠武义》。俞曲园后加修正，改名《七侠五义》，比较上是有点文艺性的作品。《济公传》，原是明人的《醉菩提》，其原书不过十回。到了清代改为《济公传》，一续再续，有七八续之多，完全是说评书人胡闹的底本，最缺乏文艺性（但《醉菩提》相当幽默）。

《水浒》《隋唐》来源，人所周知。《七剑八侠》，无从考证，总括的说一句，都是清初以来，盛行民间的书。他们所反映的，也是那个时代的社会。若要找社会背景，倒是彭公施公两案，含有着丰富的材料。这两书里，告诉了我们奴才主义横行天下，满清帝室管"皇粮"，守"皇庄"的小奴才，整百万亩的没收人民的土地。而且鱼肉人民，贱视官吏，无恶不作。其次是无官不贪，绿林中人，简直不单称官，而统称之曰"贼官"。保甲长是小奴才的小奴才，和土豪劣绅打成一片。于是乎，农村社会，被迫着只有走上两条路：其一是各村筑堡自守，但必须一方面敷衍奴才，一方面与盗匪妥协；其二是干脆去当强盗，整个村子化巢穴。大地主当寨主，佃农和自耕农当喽罗。这样，中国变成了寸步难行的国家（至少黄河两岸，淮河两岸是如此），大路上到处是黑店，商人搬运货物，没有人保镖，休想走。亲民之官，如知府知县，装着一概不知。上面的人更是不管，一切听其自然。文学史上，不是告诉我们，这个时代，由考据到一切文艺（除了谈理学的文艺，因为那包有民族思想问题在内），都在勃兴中吗？而社会却是黑暗到如此。这可见庙堂文艺和人民不关痛痒到什么程度了。

虽然，人民的不平之气，究竟是要喊出来的。于是北方的说书人，就凭空捏造许多侠客锄强扶弱，除暴安民。可是他们不知道什么叫革命，这八个字的考语，不敢完全加在侠客身上。因之在侠客之外，得另行拥出一个清官来当领袖。

换一句话说,安定社会的人,还是吾皇万世爷的奴才。因为如此,所以他们写出来的黄天霸,白玉堂之流,尽管是如何生龙活虎的英雄,见了施大人包大人就变成一条驯服的走狗。试就《施公案》说说,由剪除大恶霸到小土匪的指挥官,都是施大人。而制造恶霸土匪的贪官污吏,却轻描淡写的放过。只是在强盗口里多喊几声贼官而已。这样的武侠小说,教训了读者,反贪污只有去作强盗。说强盗,又不能不写他杀人放火,反是成了社会罪人,只好再写出一批侠客来消灭反贪污的强盗。而这些侠客呢,他们并非社会的朱农郭解,都是投入衙门去当"捕快",充当走狗。以侠客而当捕快,可谓侮辱英雄已极,作者自己,大概也难于自圆其说,只有他们是拥护清官,便又写一批反贪污的强盗,也来投降当走狗。因之,他们的逻辑是由反贪污当强盗,再由反强盗而当走狗,这才算是英雄。这种矛盾复杂的说教,请问,知识有限,甚至不曾识字的下层社会大众,有什么手腕来处理?所以他们崇拜英雄的认识,是十分模糊的。不过,公道究竟是存在人心的,你只看搬演"施公"的京戏,在《三义绝交》里面,并没有人同情黄天霸。而对连环套这出戏,观众都是百分之百,同情窦尔敦。可见以英雄而当走狗,却非大众所许可。只是武侠小说,并不赞扬民间英雄,读者也无从去学习。你尽管不赞成当走狗,却也不能在走狗以外你作一个标准英雄。因此,有一部分人,反模糊地走上了绿林的一条路。总括的来说,武侠小说,除了一部分除暴尚可取而外,对于观众是有毒害的。自然,这类小说,还是下层社会所爱好,假如我们不能将武侠小说拉杂堆烧的话,这倒还是谈民众教育的一个问题。

【导读】

《武侠小说在下层社会》一文原载于1945年7月11日的《新华日报》,后又以《论武侠小说》为题载于1945年11月的《周刊》第11期。1995年,又被收入安徽文艺出版社的《张恨水散文》(第3卷)。2015年,收入时代文艺出版社的《张恨水散文全集·写作生涯回忆》。上文选自安徽文艺出版社1995年出版的《张恨水散文》(第3卷)。

《武侠小说在下层社会》一文是张恨水就武侠小说在当时下层社会的接受状况发表的自己的见解,一方面他从辩证的角度说明了武侠小说对下层人民产生的影响,另一方面主张用现代化的观点改造武侠小说。张恨水认为武侠小说之所以在下层社会广受欢迎,一是因为下层民众都有一个英雄梦,有把自己幻想成武侠英雄的思想倾向,希望在武侠小说中找到自己的影子;二是平民百姓内心的不平之气借助武侠小说喊出来,通过武侠人物来解除苦闷,武侠小说是他们的精神寄托。虽然武侠小说教会了平民反抗暴力、反抗贪污,但是武侠小说中也存在着问题,其封建思想浓厚、内容不切实际、表达的错误斗争方法等使英雄主义思想蒙上了一层模糊的面纱,容易使平民百姓在现实中迷失自己的方向。

对于武侠小说,张恨水既看到了它的消极影响,也看到了它作为人们喜闻乐见的艺术形式之一在社会中的作用。在辩证地认识武侠小说的基础之上,张恨水认为对待武侠小说既不能放任其自由发展,消磨人们的意志,也不能全盘否定其在文学史上的作用。张恨水主张立足于现实,在武侠小说的发展中注入时代精神,使读者在阅读武侠小说的过程中得到关于人生的启迪。

张恨水对于武侠小说创作的理论,使传统的武侠小说叙事模式发生了转变,极大地提升了武侠小说的品格。他通过对武侠小说改良的方式,将知识分子的精英意识与家国情怀融入通俗小说,使民众在作品的趣味性中接受启蒙教育。

(宫麒康)

散文理论

美 文

周作人

【作者简介】

周作人(1885—1967),初名櫆寿,号星灼,1901年去南京水师学堂学习时改名周作人,又名起孟,1909年又改号启明,常用的笔名有岂明、开明、仲密、遐寿等,浙江绍兴人。

1901—1905年,周作人在南京求学期间开始参与文学活动。1906年跟随鲁迅赴日求学,1918年出任北京大学文科教授,1920年加入新潮社,先后参与创办过文学研究会、语丝社等。抗日战争期间曾任日伪的北京大学文学院院长、华北教育总署署长等职。主要著述有《自己的园地》《谈龙集》《谈虎集》《艺术与生活》《知堂文集》《苦茶随笔》《苦竹杂记》《药堂语录》等。

外国文学里有一种所谓论文,其中大约可以分作两类。一批评的,是学术性的。二记述的,是艺术性的,又称作美文,这里边又可以分出叙事与抒情,但也很多两者夹杂的。这种美文似乎在英语国民里最为发达,如中国所熟知的爱迭生,阑姆,欧文,霍桑诸人都做有很好的美文,近时高尔斯威西,吉欣,契斯透顿也是美文的好手。读好的论文,如读散文诗,因为他实在是诗与散文中间的桥。中国古文里的序、记与说等,也可以说是美文的一类。但在现代的国语文学里,还不曾见有这类文章,治新文学的人为什么不去试试呢?我以为文章的外形与内容,的确有点关系,有许多思想,既不能作为小说,又不适于做诗,(此只就体裁上说,若论性质则美文也是小说,小说也就是诗,《新青年》上库普林作的《晚间的来客》,可为一例,)便可以用论文式去表他。他的条件,同一切文学作品一样,只是真实简明便好。我们可以看了外国的模范做去,但是须用自己的文句与思想,不可去模仿他们。《晨报》上的《浪漫谈》,以前有几篇倒有点相近,但是后来(恕我直说)落了窠臼,用上多少自然现象的字面,衰弱的感伤的口气,不大有生命了。我希望大家卷土重来,给新文学开辟出一块新的土地来,岂不好么?

【导读】

《美文》最初于 1921 年 6 月 8 日发表于《晨报》,署名子严,后收入《谈虎集》,又收入 2009 年由钟叔河编订,广西师范大学出版社出版的《周作人散文全集》(第 2 卷)。

五四时期散文取得的成就是公认的,但不能忽视的一个普遍的现象是,与小说、戏剧和诗歌相比,作为文学文体的散文成就出现得较晚,这也就是周作人说的"新文学中白话散文的成功比较容易,却也比较迟,原来都是事实"。五四新文化运动提倡白话文之初,散文是被摒弃在文学之外的,最开始在梁启超、茅盾、陈独秀等大多数人看来,现代散文都不算是文学。正是因为学界对散文概念的不确定性延缓了中国现代散文发展的进程。

由于五四时期思想启蒙的需要,现代散文中最先兴起的是议论时政的杂感短论,"文学革命"之后,刘半农等"新青年"同人又提出了"文学散文"的概念,强调新散文的"文学性"。1917 年刘半农提出"文学的散文",1919 年傅斯年提出将散文看作与诗歌、戏剧、小说并列的文体,旨在提高散文的文学地位。直到 1921 年 5 月,周作人发表《美文》,再度探讨现代散文的文学本质问题,提出散文的"美文性",现代散文概念才逐渐清晰。

周作人的《美文》既探讨了散文的文体本质,又期望中国的散文能够朝两个方面发展,即除了匕首和投枪式的杂文,还有记述的、艺术性的"美文"。他试图把"美文"当作白话散文的纯文学化形式。在《美文》中,他提出的"美文"是记述的,是艺术的。这种"美文"在外国有,如英国的爱迭生、阑姆等的文章;在中国也有,如中国古文里的序、记与说等,唯独在现代的国语文学里不曾见有此类文章。因此作者提倡治新文学的人去试试,并为其提出建议,不适合于小说或者诗的思想,不妨用论文式来表达,如《新青年》上库普林的《晚间的来客》;创作的条件是"真实简明",用自己的文句表达自己的思想。不可一味去模仿外国的模范,最后落了窠臼,这种模仿的失败在《晨报》上也有过例子。周作人在《美文》最后,发出自己的倡议,"希望大家卷土重来,给新文学开辟出一块新的土地来"。

周作人的《美文》提出了现代散文文学上的审美特质和真实简明的创作要求,具有散文文体学上的意义;它也具有新文化革命方面的意义,正如胡适在《五十年来中国之文学》中所说的,提到"这一类作品的成功,就可彻底打破那'美文不能用白话'的迷信了"。

(姜蓉艳)

散文的分类

王统照

【作者简介】

王统照（1897—1957），字剑三，笔名息序、容庐，山东诸城人。中国新文学运动的奠基者之一，长期从事文学创作和中国文学史教授工作。1921年文学研究会成立时，他是发起人之一，编辑过《曙光》《晨光》《文学旬刊》等杂志。曾任中国大学教授兼出版部主任，开明书店编辑，暨南大学、国立山东大学教授，山东省文联主席，山东省文化局局长等。主要著述有诗歌集《童心》，长篇小说《山雨》《春花》《一叶》，短篇小说集《春雨之夜》《华亭鹤》等。

散文与诗歌比较上还容易区别，但说到散文与小说及戏曲有些人以为是难划分；因为除开有神味，韵律，节奏的有韵的诗歌以外，其他的文学几乎皆可以呼之为散文，但如果散文可以包括这许多非韵文的文字时，那末，我们尽可不必将小说戏剧等分门别类地去指示出。固然散文之成立是由于谋与韵文相对待。韵文发生得最早，差不多在"衣皮茹血"的先民中已会叶韵而歌，其发源由于天籁。由于自然的感兴，不是如今后来的小说等须有主张，有剪裁，有深密的观察，有丰富的经验等等。最初有文字而后能纪述时用之于纪事，用之于传达出神话，事物，一时人的思想与发明为便于留传及考查，自然不能像"仰天击缶而呼呜呜"与"鼓腹击壤随口而歌"地那样简单与顺其天然的冲动感于心而达于外的办法，想用一种易于了解而又能有条理的记载的文字以应时用，于是散文藉此机会遂以出世。所以讲散文的原理是由于自然的及历史的 Natural and Historical 二种原因，其后事物愈多，一切由合而分，于是散文的种类扩大，其分别亦渐渐细密，所以才有 Prose Types 的名称及研究。

散文，我们平常的概念总以为除却韵文之外都是散文，那末，散文分类的研究却大为困难，小说，戏剧，传略，罗曼司，寓言，演说，书札文等统统在内，历来有这种主张的，自然就不乏其人，不过小说、戏剧等不乏有韵文的组织及体裁（古代较多），如此统合起来研究，时感不便，况且集合无量的凡属于无韵的文学类的文字都归合到散文的范围以内那真是不胜评判与分别。小说、戏剧等等虽也是一种散文,但他们在文学的领域内自有其阔大的地带,不过因其发源是多数由散文的形式中创出,至于其研究及分类上似不可羼入此文所讨论的散文之内。这等关系很多一时不能殚述,今先将纯散文的分类拣其重要的叙述于下。

散文之分类也与论其他学术的分类一样,可以分为时代的、种族的及著作者的体裁等等。以时代分的,例如古典与近代的散文 Classic and Modern Prose 以及伊里沙白时的及奥古司丁时散文的 Elizabethan and Augustan Prose;以种族及国家分的,如亚细亚及欧罗巴的散文 Asiatic and European Prose;以著作的体裁分的,如哥德的及凯莱尔的散文 Goethean and Carlylean Prose。类如此等的分类,不止是易于重复,而且也难免挂一漏万的弊病,不能统合集类加以研究。还是以散文的性质与其趋向来分类比较上易于了解,至于国别的,种族的,个人的散文,可以让专门家去研索去。

第一,历史类的散文。在散文中这是最先发达与最普通的一种,又可名之为叙述的散文 Narrative Prose。历史类的散文在时间上最有显著的特色,无论其为古代的近代的。他能藉用优美、生动、有趣的文笔将历史的事实写出,既不是如小说的单注重想象的创造,又不同纯历史干枯的记载,其形式最单纯,能感人的力量亦最深入。在散文的界限中有此一类如同歌在诗中为最早发达的体裁一样。不过历史类的散文之成功多出于有文才的历史家及传纪家如买桑 Mosson,麦考莱 Macaulay,迈尔斯 Marsh 及怀尔耐 Whilney 诸人,在中国如著名的历史家及文学家司马迁,刘知几,章实斋。类如此等人,他们的成就就自然是他们在历史上有特识的眼光及辨别的识力,然而经他们整理出来的历史却特别为人悦读,不与其他平庸的述史者一样,是为其散文的成功。麦考莱的历史知识是有名的,然经他作的各种传略及论文同时除开其中的事实与见地不论外,其文字的动人也是使读者赞扬的地方。司马迁思想的恢奇,文笔的雄健,刘知几的缜密的方法,章实斋文字的流利都能分外增加其文章的语势及价值,而能成为历史的散文。历史的散文的方法可以降为两种:(一)是年代学的或叙述的方法,(一)是逻辑的或反映的方法。第一种是发生最早且甚简单的方法,如叙述一件事或一个故事须彻头彻尾说得明了。因这种方法重在援引或复引事实,然后加上文学的形式及论其结果。其实因偏于纪述,即附有文学的形式的意味究不能十分重要。为体裁所限固无可如何。其后有一些聪明的历史学者避去了止是为一个纪年史者的错误,移其论点到反映的与逻辑的领域之中。实则用反映及逻辑的方法来治历史,使其除了事实之外更予人一种文学的兴趣是更繁复而困难的工作。历史家如休谟 Hume 诸人,只是专用记述的方法——即第一种方法,在中国的历史家多数陷入于此等状态直至一部"廿四史无从说起"。至于第二种的方法系用几种原理来容纳，选择资料——即事实，此时则历史的著作者除了是一个叙述者以外，还须有眼光看事实背后的因果，以及其原则等等。他要对于事实加上理论、反映去求得一个合理的结论。如威尔斯的历史学就是用此方法最好的一个，何况他更有其特殊文学上的天才！

这类的散文最重要的是传记与历史本质——公民的与教会的（就西洋史说）。无论其为他人作传记或自传，皆为散文中的主要材料。准确的文学传记为费尔德 Field 的《Yesterday With Authors》又如买桑的《Life and Times of Milton》以及伊尔文的《The Life of Gold—Smith》以及美国的普通丛书内所载的多有纯文学的价值，即《史记》上的项羽传，游侠传等皆可与西洋此类散文的作品相比拟。至于关于公民的论教会的域于历史一面的散文也异常的繁多。自来好的历史家都是将各方面集合来的资料再运用自己的眼光，艺术，将它们作成有系统、有见解的文章。最主要的，加上文学性 Literary Qualities 是统一，连续，单纯，优美，外形的技艺，清显与准确，惟其能如此，则中心的事实既可在著作家的逻辑的次第中现出——在有艺术的体裁中决定，——又可达到精细描摹的勇力的过程；既不曾失却真实，又能引起人感兴的趣味，这方是历史散文家的手腕，岂是只知按定死板的事实写"断烂朝报"，或东拉西凑"捋扯成文"的所可比拟。如果愿到此地位只须于事实以外寻得文学上的趣味，体裁等等加以变化成文，自然可以合有历史及文学两方的价值。

第二，描写的散文。描写的散文其注重艺术之点较历史的散文为尤重要。因为历史的散文当是以事实为根据，而描写则偏倾于风景与视力之中绘画事实加以理想化。所以有人说这种散文是在文艺局部中的口说的照相之一种，以其为真正画片的艺术的缘故。此类散文须有想象的融化——再现如其显现相同——受象示的支配比受事实的支配为大，其理想的与意象之真实的表现及其活动，恰与实体的东西无异。用这种形式作出自然中可看见的物体与风景的描写，例如嚣俄的滑铁卢之战 The Battle of Waterloo 的描写，如中国《左传》上的巩之战、郧之战的文字。至于纯凭想象作不能看见的物体与风景的描写的如霍桑，罗斯金，伊尔文诸人的小品文字多属此类。因为它们既难名之为纯粹的短篇小说，故称之为描写的散文还妥贴些。中国的唐人小说与清代的《聊斋》等是多数可归于此类。但这类的散文有时与描写的小说 Descriptive Novel 与诗歌的散文 Poetic Prose 颇难分限。第一的主要性，就是此等散文须有清显的想象要素在内，绝不能如历史类的散文只凭事实加以逻辑的及原理的证实与反映即可完了。因此便扩充其领域到小说的地位中去,不过此处说的小说是以生活与状态的小说 The Novel of Life and Manner 为限。如狄肯司及沙克雷诸人的小说多与此相近。至于与诗歌的散文相似之点也很显著。在抒情诗及戏剧、自然派的韵文等皆与描写的散文相似。淮特易儿 Whittier 的家庭的韵文也是如此,他能将事物加以想象化描写出,正与描写散文的功用相同。陶潜的《桃花源记》,邵长蘅的《青门老圃传》,据我的观察正是中国的描写一派的散文。此外如霍桑与伊尔文诸人的旅行记事更与此类散文有一样的形式及艺术。

其次,此类文学的主要性质,是要有"活泼"、"有力"及易于令人感兴、记忆的方法。因惟有这几种性质他方能将物体、风景的安置作有力的表象。欲求得文学上的价值及其永久性,在此类散文之中,非有宽阔深入的想象及活泼、具有生力的文字不成功。

总括上二种散文皆是文学产生的原始的形式,也是历史与小说的发达的基础。

第三,演说类的散文。演说类的散文在中国向来是没有的,即从历史上可以勉强找一点材料,但多是短短的有趣味的谈话,绝没有长篇的结构与精神。欧洲自古代便有专门演说的学问及人才,如罗马的 Antony 有名的为恺撒复仇的演说,即甚有文学上的价值。其后用之于政治上社会上及讨论专门的问题,往往利用此种形式加入文学的组织,以便于使人受激刺而易于感动。演说类的散文有时也说它是激动的散文(Impassioned Prose),与叙述散文及描写散文的纯在静止状态中者不一样。因为这类散文,无论如何,是要用语势,情感,从文学与口述中激动人的,所以演说类的散文属于鼓励与兴奋的散文的种类,与其说其以神感及冲动为准则,不如说其以教训或快乐为准则。此类散文多以意志,动力,及意识,向一种行为及事实上加以论断与叙述,所以也叫作训诲散文。从前培根曾说:"是为意志的更好运动而起的理性与想象的适用"。演说不仅是理论的叙述,更须从理论之中加以强烈的意志使人遵循,想象的组织使人激动,必如此则听者读者既不生厌倦与干枯之感,而说者的人格上可显示出来。如西赛罗(Cicero)米雷阜(Mirabeau)以表现其个性,所以俱在散文中占有一种重要的地位。

在此类散文中又分为裁判或辩论的散文及民众的散文。自来演说多应用之于法庭,政治的集会,及公开的演讲时,所以自然会分为此数种。

第四,教训的散文。所谓 Didactic Prose 是含有训导与指正的意味。于其形式以外更从题材上加以教知与解释,不仅为记述事实与描写景物之用。以有解释作用在内故须指明给予题材上的条理,谈话的意念与真理的论点。所以又可称之为说明散文(Expository Prose),类此的形式,在中国的散文里有多数的文章。作此类散文第一须先捉到事实的真理与其末后的效果,利用想象的或诗歌的方法描写出能以分外使其题材扩大与有证的。这是一种科学的散文形式(The Science Form of Prose),用专门的表现使事实更明,而且给示的真理更为确切;因此,可以使读者更能心悦诚服不失却教导的本意。由此推知教训的散文有时与哲学的散文(Philosophical Prose)(注意,此处所用的"哲学"的名词不是种专门学术的术语,只是智慧与反映的较宽范围,包有心灵的活动从文字上加以正确的判断事实而信服的意思。)相似,哲学的散文是用散文的形式传导准正与可法则的哲理及思想,如培根的《学习之进步》,巴司克尔(Pascal)的《思想》,霍克儿(Hooker)的《政休论》,爱墨孙的《论文集》等皆属此种的散文。他们都能将正确的由批判而来的知识用文学的形式、形象,传道于群众以收教训的功效。哲学的散文最主要的性质即教训,范围更广些说,即是觉醒。此类散文与叙述散文在历史的哲学中颇有相似之点。在小说家如伊里特(George Eliot)就其哲学的描写方面可以看出多少含有教训的意味。如圣波韦(Sainte Beuve)及考笛基(Coleridge)的著作中可以看到哲学的感想,同时也有教训散文的形式。此外类如韦伯司德(Webster)倍根(Bacon)爱墨孙(Emerson)诸人的散文都有此明显的趋向。不过所谓教训的散文并不是处处要用这样教育的形式,只是它常利用教导的模式去描写与改正而已。至于甚么是此类散文次序的最后效果?那末只有"心灵的激刺"(Mental Stimulus)可以复答。此处所谓心灵的激刺是从文字所包涵的道理中使读者坚持与改正的信念更加增大,更使他有激动的力量,向来心灵的运动或冲动比只有情绪的冲动为有力量,所以教训的散文与描写的散文有别之处在此。

第五,时代的散文。时代的散文是指随时发表于杂志报纸之文字而具有文学的趣味者,并非纯粹指以时代隔离的散文。在英国此类散文的起始由于丹福(De Foe)的时候,那时各种报纸,周报,月报,年报等皆已发达,故此类散文应运而生。时代的散文亦可名之为杂散文(Miscellaneous Prose),因发布的迅速及其形式的便利殊甚风行。此类散文所以异于前几种的,是在形式上反对分开阶级以及没有明显的分类在一定的界限之内。其优长能以包括许多形式就中取得论列上的便利及文字上不受任何形式的拘束易于自由挥发,其缺处亦即在此;因为形式的不划分,于是方法上也不易成功。作此等散文利在许多形式之中将主要的题目立定,同时又可以集合诸形式之书而善于表现,如约翰孙博士便是作此类散文中的能手。其次如论文者培根亦是用此等形式作成散文的成功著作者之一。作者最要的是凝结的艺术(Art of Condensation),集合众长而运用自由,独抒所见,所谓文艺的经济之法则作时代的散文时不可不悉心研究。惟其能及此地步则作者可将体裁的次序简洁机敏的提示于读者之前,否则形式既包括得太纷杂,更无简明的体裁甚易至于使读者迷惑莫解。

于此则时代的散文其不易作得成功之困难如何已可明悉,但主要的几个字可以作救济的方法的是"范围虽广大须有要领","提示得虽多须有趣味",此外更须有"逻辑上的联合"及"逻辑上的宽容力量",方能以减少松懈、乱杂等等的弊病。自有时代的散文产生以来,给予散文以伟大的生力,如我们要研究欧洲的散文当然将欧洲的杂文包括在内;所谓杂文即合诸多形式而创成的新散文;尤其在美国,时代的散文更居主要的地位。达尔凯、倍根皆是,其中最可令人注意的便是丹福的评论(De Foe's Review)。其在他国亦有几许作此类散文的名家。所谓杂文,内容甚广,包有乔律纳散姆(Jaurnolisn)书札论文及评论皆其主要的,至于旅行记,故事之类也皆列入杂散文之内。英国的此类作家尤多。如斯威夫德(Swift)台蒲耳(Temple)瓦包儿(Walpole)兰姆勃(Lamb)麦考莱(Macaulay)罗斯金(Ruskin)安诺德(M. Arnold)司蒂芬孙(Stevenson)诸人皆常利用此散文的形式作最好的表现而成功者。不过杂散文最普通与最主要的表现是论文(Essay),然而在形式中必有描写与批评的二种。第一种是代表光明、自由及普遍的艺术,第二种是文学批评的特书。在事实上,理想的文学的模式必将真理与知识涵于可容纳的形式,活力、清明及良好的趣味之中表现出来,至于其中最高的形式——批评——虽说各人不同,但也有其文学上的标准可以为多数作者的依据,惟于其目的艺术上当然相异。所以时代的散文既负有此两种重要的使命,更无怪近代的杂散文乃能于小说,诗歌,戏剧诸文学的形式之外而成批评与指示的重要的形式了。

上说五种分类,取材于韩德的书中而加以我个人的论断,虽不能说可以包括一切的散文形式,也可以谓为稍备。不过所谓纯散文绝不能与韵文的诗歌,及纯粹小说戏剧等文学作品混为一谈,无论其为记述的描写的……以及时代的散文,与传记,书札,演说,琐记等文字有关,而不可以散文为除掉有韵的诗歌便无所不包。在字面上看去诚然无误,但在其本质上加以考察便可明白所谓纯散文的散文并不如我们凭想象所定的它的范围那样宽阔。

散文之在近代应用尤广,而力量愈为宏大,中国的新文坛上对于散文的研究与著作实属少极;其实作纯散文的天才上是与小说家诗人一样的难得。但我存有我们早日提倡与研究纯散文的思想已久,因为诗,小说,戏剧,都各有其特殊的界限,不能如作纯散文那样自由说话,作指导与评论的工具,我很希望对于散文之研究的人共出提倡,则更可使文坛上另放射出一道虹光,辟一道宽坦的大道。

【导读】

《散文的分类》最初发表于1924年2月21日和3月1日的《晨报副刊·文学旬刊》第26、27号,上文即选于此。后收入1984年由俞元桂主编,广西人民出版社出版的《中国现代散文理论》。

五四文学革命初期,散文创作以议论时政的杂感短论和记叙抒情散文为主,但缺乏对散文概念的明确界定。在这种背景下,周作人发表《美文》,王统照发表《纯散文》,又于1924年《晨报副刊·文学旬刊》第26、27号接连发表了《散文的分类》一文,继续提倡和推进纯散文的发展。本文是根据美国文艺学家韩德的《文学概论》中的部分内容,"加以我个人的判断",对纯散文进行的分类和理论论述。

王统照以散文的性质及其趋向将散文分为五大类,在阐释时,简要概括各类散文的性质、写作特点和表现作用,并且分别援引东西方散文的例子来说明,易于读者理解。第一,历史类的散文,又称作"叙述的散文",这是在散文中最先发达与最普通的一种。第二,描写的散文。此类散文偏倾于物体与风景的描写,主要性质是"活泼""有力"及易于令人感兴、记忆的方法。第三,演说类的散文,也可称为"训诲散文",这类散文在中国是没有的。第四,教训的散文,这在中国的散文里有很多,算是一种科学的散文形式。第五,时代的散文,又称为"杂散文",指的是"随时发表于杂志报纸之文字而具有文学的趣味者,并非纯粹指以时代隔离的散文"。作者着重介绍了杂散文的内涵和外延,还认为正是时代散文中"论文(essay)和文学批评的特书"这两种表现形式,使得近代的散文成为与小说、诗歌、戏剧并立的一种文学形式。

不难看出,王统照对纯散文的分类依旧比较宽泛,甚至存在着交叉的现象,但是这一分类从方法上和理论上对散文研究与创作起到重要推动作用。作者在最后提出"我很希望对于散文之研究的人共出提倡,则更可使文坛上另放射出一道虹光,辟一道宽坦的大道",这既表达出散文当时在文坛的艰难状况,又寄予了新文学家们对散文复兴的热切期望。

(姜蓉艳)

日记与尺牍

周作人

　　日记与尺牍是文学中特别有趣味的东西,因为比别的文章更鲜明的表出作者的个性。诗文小说戏曲都是做给第三者看的,所以艺术虽然更加精炼,也就多有一点做作的痕迹。信札只是写给第二个人,日记则给自己看的(写了日记预备将来石印出书的算作例外),自然是更真实更天然的了。我自己作文觉得都有点做作,因此反动地喜看别人的日记尺牍,感到许多愉快。我不能写日记,更不善写信,自己的真相仿佛在心中隐约觉到,但要写他下来,即使想定是私密的文字,总不免还有做作,——这并非故意如此,实在是修养不足的缘故,然而因此也愈觉得别人的日记尺牍之佳妙,可喜亦可贵了。

　　中国尺牍向来好的很多,文章与风趣多能兼具,但最佳者还应能显出主人的性格。《全晋文》中录王羲之杂帖,有这两章:

　　吾顷无一日佳,衰老之弊日至,夏不得有所啖,而犹有劳务,甚劣劣。

　　不审复何似？永日多少看未？九日当采菊不？至日欲共行也,但不知当晴不耳？

　　我觉得这要比"奉橘三百枚"还有意思。日本诗人芭蕉(Basho)有这样一封向他的门人借钱的信,在寥寥数语中画出一个飘逸的俳人来。

　　　　欲往芳野行脚,希惠借银五钱。此系勒借,容当奉还。唯老夫之事,亦殊难说耳。
　　去来君
　　　　　　　　　　　　　　　　　　　　　　芭蕉。

　　日记又是一种考证的资料。近阅汪辉祖的《病榻梦痕录》上卷,乾隆二十年(1755)项下有这几句话:

　　绍兴秋收大歉。次年春夏之交,米价斗三百钱,丐殍载道。

同五十九年(1794)项下又云:

　　夏间米一斗钱三百三四十文。往时米价至一百五六十文,即有饿殍,今米常贵而人尚乐生,盖往年专贵在米,今则鱼虾蔬果无一不贵,故小贩村农俱可糊口。

这都是经济史的好材料,同时也可以看出他精明的性分。日本俳人一茶(Lssa)的日记一部分流行于世,最新发见刊行的为《一茶旅日记》,文化元年(1804)十二月中有记事云:

二十七日阴,买锅。
二十九日雨,买酱。

十几个字里贫穷之状表现无遗。同年五月项下云:

七日晴,投水男女二人浮出吾妻桥下。

此外还多同类的记事,年月从略:

九日晴,南风。妓女花井火刑。
二十四日晴。夜,庵前板桥被人窃去。
二十五日雨。所余板桥被窃。

这些不成章节的文句却含着不少的暗示的力量,我们读了恍忽想见作者的人物及背景,其效力或过于所作的俳句。我喜欢一茶的文集《俺的春天》,但也爱他的日记,虽然除了吟咏以外只是一行半行的纪事,我却觉得他尽有文艺的趣味。

在外国文人的日记尺牍中有一两节关于中国人的文章,也很有意思,抄录于下,博读者之一粲。倘若读者不笑而发怒,那是介绍者的不好,我愿意赔不是,只请不要见怪原作者就好了。

夏目漱石日记,明治四十二年(1909)

七月三日

晨六时地震。夜有支那人来,站在栅门前说把这个开了。问是谁,来干什么。答说我你家里的事都听见,姑娘八位,使女三位,三块钱。完全象个疯子。说你走罢也仍不回去。说还不走要交给警察了,答说我是钦差,随出去了。是个荒谬的东西。

以上据《漱石全集》第十一卷译出。后面是从英译《契诃夫书简集》中抄译的一封信。

契诃夫与妹书:

一八九〇年六月二十九日,在木位伏夫轮船上。

我的舱里流星纷飞,——这是有光的甲虫,好像是电气的火光。白昼里野羊游泳过黑龙江。这里的苍蝇很大。我和一个契丹人同舱,名叫宋路理,他屡次告诉我,在契丹为了一点小事就要"头落地"。昨夜他吸鸦片烟醉了,睡梦中只是讲话,使我不能睡觉。二十七日我在契丹瑷珲城近地一走。我似乎渐渐的走进一个怪异的世界里去了。轮船播动,不好写字。

明天我将到伯力了。那契丹人现在起首吟他扇上所写的诗了。

十四年三月

【导读】

《日记与尺牍》最初发表于1925年3月《语丝》第17期,后收录于1931年北新书局出版的《雨天的书》,又收录于2009年由广西师范大学出版社出版的《周作人散文全集》第4卷,上文选自此书。

周作人的散文成就是非常显著的。他首次对散文进行定义,称为"美文",将散文提到与小说、戏剧、诗歌同等的地位。其中日记与尺牍这类在古代属于一种日常应用文体,也是文人们喜爱运用的一种文人化的文体类型,能够展示作家独特的个性,表现个人真挚的情感。

周作人在《日记与尺牍》中强调日记与尺牍的特点与优势,开头便说道:"日记与尺牍是文学中特别有趣味的东西,因为比别的文章更鲜明的表出作者的个性。"在《周作人书信·序信》中也提道:"尺牍即此所谓信,原是不拟发表的私书,文章也是寥寥数句,或同情愫,或叙事实,而片言只语中发有足以窥见性情之处,此其特色也。"正因为这两种文体具有私人化和个性化的特性,使得文人群体广泛推崇,不仅拉近了读者与作者的距离,也能产生心灵上的情感沟通。

在文章中周作人对日记与尺牍一类的文章表达了喜爱。这种传统文人的表达方式,与周作人的自然、平常、追求趣味的文风不无关系。同时需要注意的是,日记与尺牍这类文体看起来似乎不讲格式,书写自由,但周作人指出它们也"尽有文艺的趣味"。即在自由漫谈的形式基础上,仍然坚持对文学的追求,对情感的追求。

周作人在文人情怀及平常、随意而谈的文学风格的影响下,从中西综合的眼光出发,论述了日记与尺牍的文体特征,对日记与尺牍这类文体做出肯定,在一定程度上丰富了现代散文的样式。

(苗慧婷)

絮语散文（节选）

胡梦华

【作者简介】

胡梦华（1903—1983），名昭佐、字圉苏，安徽绩溪人。1920年考入南京高等师范英文科，随校转国立东南大学（今东南大学），入西洋文学系。1927年毕业留校任教，后任商务印书馆编辑、安徽省立第一师范学校校长。20世纪30年代，在北平主编过《人民评论》《真理杂志》等刊物。历任国民党河北省党部委员、河北省代主席、天津市社会局局长等。1928年汇编25篇文艺理论批评文章结集出版，定名为《表现的鉴赏》。

近世自我（egotism）的解放和扩大曾促进两种文学质和量上的惊人进步：——一种是我们常谈到的抒情诗（lyric poetry），一种是现在要介绍的絮语散文（familiar essay）。自从浪漫主义发达以后直至自然主义盛行以前，西洋文坛上的作品要算这两种最超奇而受人欢迎了。什么是抒情诗和谁是抒情诗的大作家，在中国好像已经有了模糊的影子，并且不在本篇范围以内；于今要说的是絮语散文和它的一切。

絮语散文是什么？看了这"絮语"二字，就不难想象而知了。这种散文不是长篇阔论的逻辑的或理解的文章，乃如家常絮语，用清逸冷隽的笔法所写出来的零碎感想文章。这里面未尝没有逻辑的议论，甚至还有很激烈的争辩。但它不像批评文或理论文带着很庄严的态度，令人看了好像纸上露着肝火很旺的样子，怒目咬牙的形状。它乃如家人絮语，和颜悦色的唠唠叨叨地说着。有时似乎是恭维你，但骨子里已挖苦得你难堪了。至于它的内容虽不限于个人经历、情感、家常掌故、社会琐事，然而这种经历、情感、掌故、琐事确是它最得意的题材。国家政闻、社会舆论不大说的，有时也许讨论得着，但不是严词正意地有头有序的纪出来，只是散漫地零碎地写着。那末，一个絮语散文家怎样叙述或批评一件时事呢？——举一个例子罢。就好像你看了报纸，或在外边听了什么新闻回来，围着桌子低声细语的讲给你的慈母、爱妻或密友听。我再把它的意义说显一点罢，——就好像你们常经验过的茶余酒后的闲谈。

你要问我絮语散文在中国有具体的例子没有，倘若我顺口举出吴稚晖先生的文章不能令你满意，就请你到茶馆里、浴室里、公园里去留意那般浪漫文士的谈话。你把它用笔录下来，或许可以得着一篇绝妙的絮语散文。

说到这里，不要误会絮语散文是这样简单的，是这样平淡无奇的。它自有它文学上一定的美质。上节提过的"家常絮语"、"家人絮语"当然是很重要的特性；还有比较重要的就是作者和作品的关系了。我们仔细读了一篇絮语散文，我们可以洞见作者是怎样一个人：他的人格的动静描画在这里面，他的人格的声音歌奏在这里面，他的人格的色彩渲染在这里面，并且还是深刻的描画着，锐利的歌奏着，浓厚的渲染着。所以它的特质是个人的（personal），一切都是从个人的主观发出来，和那些非个人的、客观的批评文、议论文、叙事文、写景文完全不同。因为它是由个人主观散漫地、琐碎地、随便地写出来，所以它的特质又是不规则的（irregular）、非正式的（informal）。又从表面看来虽然平常精细的考察一下，却有惊人的奇思，苦心雕刻的妙笔，并有似是而非的反语（irony），似非而是的逆论（paradox）。还有冷嘲和热讽，机锋和警句。而最足以动人的要算热情（pathos）和诙谐（humor）了。说到这里我们大概可以相信絮语散文是一种不同凡响的美的文学。它是散文中的散文就如同济慈（Keats）是诗人中的诗人。

所以一个絮语散文家固然要有絮语散文家天生的扩大的意志，还要有抒情诗人的缠绵的情感，自然派小说家的敏锐的观察力；更要有卓绝的艺术手段把这些意志的、情感的、观察力的结晶融会贯通，笼统地含蓄在暗示里，让细心的读者去领会。

【导读】

《絮语散文》最初于1926年3月10日发表于《小说月报》第17卷第3期，后收入1928年3月上海现代书局出版社出版的《表现的鉴赏》。上文选自《小说月报》1926年3月第17卷第3期。

《絮语散文》全篇包括"概论""孟田""孟田以后""蓝穆和韩士立""余论"五个部分，上文节选了第一部分"概论"。

五四时期，散文处于一个不断被命名和阐释的时代，例如周作人的《美文》，王统照的《纯散文》《散文的分类》等。1924年，鲁迅翻译日本厨川白村的《出了象牙之塔》，介绍了essay这种文体。1926年，胡梦华借西洋文坛上的絮语散文（familiar essay）来建构中国的现代散文。

《絮语散文》通过因"自我的解放"带来的现代西洋文坛上抒情诗和絮语散文

这两种最受人欢迎的文学,引出了文章要说的"絮语散文"。文章开头便提出絮语散文的概念,"这种散文不是长篇阔论的逻辑的或理解的文章,乃如家常絮语,用清逸冷隽的笔法所写出来的零碎感想文章"。絮语散文的题材领域比较广泛,涉及个人经历、情感、家常掌故、社会琐事等,即使偶有谈到国家政闻、社会舆论,也只是散漫零碎地写着,更像是茶余酒后的闲谈。絮语散文题材的广泛,笔法的清逸,"家常絮语"般的自由形式都是它的特性。

文章重点介绍了"絮语散文"的文学美质,除了上述"家人絮语"之外,更能反映它文学特质的是作者和作品的关系。作者的人格在散文中深刻地描画着,所以它的特质是个人的、不规则的、非正式的。一篇絮语散文"表面看来虽然平常,精细的考察一下,却有惊人的奇思,苦心雕刻的妙笔……而最足以动人的要算热情(pathos)和诙谐(humor)了"。所以,絮语散文看似平淡无奇、家常闲谈的表象,其实是作者真情实感与卓绝艺术手段有机结合的体现。作者也因此认为絮语散文是不同凡响的美的文学,是"散文中的散文"。

在第一部分最后,作者提到了对絮语散文家的要求,絮语散文家要有"天生的扩大的意志""缠绵的情感""敏锐的观察力",更要有"卓绝的艺术手段把这些意志的、情感的、观察力的结晶融会贯通,笼统地含蓄在暗示里"。这既突出了絮语散文的个人特质,又暗含着作者对絮语散文"含蓄""暗示"文体风格的要求。

在《絮语散文》第一部分"概论"中,作者清晰有逻辑地对絮语散文展开论述,所阐释的絮语散文的概念、题材、文学上的美质都是具体明确的,不仅指出它"家常絮语"的美质,而且说明了它的个人特质,为散文追求"自我"的真实提供了理论支撑。

(姜蓉艳)

试谈小品文（存目）

钟敬文

【作者简介】

钟敬文（1903—2002），原名钟谭宗，笔名静文、静君、金粟，广东海丰人。中国著名民俗学家、民间文学大师、诗人、散文家、教育家，曾任教于中山大学、浙江大学、辅仁大学、北京师范大学等。20世纪20年代中期开始文艺创作，是新文学运动中卓有成就的散文作家之一。1928年开始从事民俗学、民间文学研究。曾任中国民间文艺家协会主席、中国民俗学会理事长、北京师范大学中文系主任等，被誉为"中国民俗学之父"。著述有散文集《荔枝小品》《西湖漫拾》《湖上散记》，新诗集《海滨的二月》，文艺短篇集《柳花集》，诗集《未来的春》，学术著作《民间文艺丛话》《民间文学概论》《民俗学概论》《钟敬文民间文学论集》《民俗学通史》等。

【导读】

《试谈小品文》最初发表于1928年12月《文学周报》第349期，后收入1929年群众图书公司出版的《柳花集》。

《试谈小品文》是钟敬文在胡梦华《絮语散文》的基础之上来讨论现代小品文概念的一篇文章。作者认为现在"小品"二字用得过于广滥而不具备文体的特征，而之前被胡梦华译为"絮语散文"的英文familiar essay，被译为"小品文"刚好确切。钟敬文强调"小品文"最重要的两个元素是情绪和智慧，并且进一步说明是"深醇的情绪"和"超越的智慧"。通篇阅读，可以看出作者与胡梦华都赞同散文是个人的，但作者更强调小品文思想感情的真诚和深远，无论个人和文章的姿态如何变化，只要文章精悍、隽永，表露创作者的真情实感，就能打动读者的心灵。

在钟敬文看来，美丽的小品文古今是相通的，这些小品文都是幽隽的，饱含作者个人情绪的，如古代的《庄子》《桃花源记》《五柳先生》《与子俨等疏》等都是经典之作；现代文学之中，小品文虽然是初创时期，但周作人等人已有很好的成绩。在古代和现代小品基础上，钟敬文找到他心目中小品文的共通之点，即形式上精悍、隽永，内容上情思深醇、明妙。他认为小品文这类短文，需要才力、文笔、经验与情思的有机结合才能被称之为精美的小品文。

  钟敬文对小品文的见解，对推动我国现代散文小品的发展有积极的意义。到20世纪20年代末，现代"小品文"的概念已经比较清晰地界定下来并成为新文学散文中的一种主要形式，"小品文"热的潮流里面有着钟敬文对"小品文"概念的讨论和他《荔枝小品》《西湖漫拾》《湖上散记》等散文创作上的支持。

（姜蓉艳）

论现代中国的小品散文

朱自清

【作者简介】

朱自清(1898—1948),原名朱自华,字佩弦,号秋实,笔名柏香等,江苏东海人。中国现代著名诗人、散文家、学者等。曾就读于北京大学哲学系,加入文学研究会,参与发起新文学史上第一个诗歌团体"中国新诗社",创办第一个诗歌杂志《诗》月刊等。先后任教于清华大学、西南联合大学等高校。抗战期间,曾任中华全国文艺界抗敌协会理事等职。著有散文集《背影》《踪迹》《欧游杂记》等,论著《诗言志辨》《新诗杂话》等。

胡适之先生在一九二二年三月,写了一篇《五十年来中国之文学》;篇末论到白话文学的成绩,第三项说:

"白话散文很进步了。长篇议论文的进步,那是显而易见的,可以不论。这几年来,散文方面最可注意的发展,乃是周作人等提倡的'小品散文'。这一类的小品,用平淡的谈话,包藏着深刻的意味;有时很像笨拙,其实却是滑稽。这一类作品的成功,就可彻底打破那'美文不能用白话'的迷信了。"

胡先生共举了四项。第一项白话诗,他说"可以算是上了成功的路了";第二项短篇小说,他说"也渐渐的成立了";第四项戏剧与长篇小说,他说"成绩最坏"。他没有说那一种成绩最好;但从语气上看,小品散文的至少不比白话诗和短篇小说的坏。现在是六年以后了,情形已是不同:白话诗虽也有多少的进展,如采用西洋诗的格律,但是太迂缓了;文坛上对于它,已迥非先前的热闹可比。胡先生那时预言,"十年之内的中国诗界,定有大放光明的一个时期";现在看看,似乎丝毫没有把握。短篇小说的情形,比前为好,长篇差不多和从前一样。戏剧的演作两面却已有可注意的成绩,这令人高兴。最发达的,要算是小品散文。三四年来风起云涌的种种刊物,都有意或无意地发表了许多散文。近一年这种刊物更多,各书店出的散文集也不少。《东方杂志》从二十二卷(一九二五)起,增辟"新语林"一栏,也载有许多小品散文。夏丏尊、刘薰宇两先生编的《文章作法》,于记事文,叙事文,说明文,议论文而外,有小品文的专章。去年《小说月报》的"创作号"(七号),也特辟小品一栏。小品散文,于是乎极一时之盛。东亚病夫在今年三月《复胡适的信》(《真美善》一卷十二号)里,论这几年文学的成绩说:"第一是小品文学,含讽刺的,析心理的,写自然的,往往着墨不多,而余味曲包。第二是短篇小说……第三是诗……"这个观察大致不错。

但是举出"懒惰"与"欲速",说是小品文和短篇小说发达的原因,那却是不够的。现在姑且丢开短篇小说而论小品文:所谓"懒惰"与"欲速",只是它的本质的原因之一面;它的历史的原因,其实更来得重要些。我们知道,中国文学向来大抵以散文学为正宗,散文的发达,正是顺势。而小品散文的体制,旧来的散文学里也尽有;只精神面目,颇不相同吧了。试以姚鼐的十三类为准,如序跋,书牍,赠序,传状,碑志,杂记,哀祭七类中,都有许多小品文学;陈天定选的《古今小品》,甚至还将诏令,箴铭列入,那就未免太广泛了。我说历史的原因,只是历史的背景之意,并非指出现代散文的源头所在。胡先生说,周先生等提倡的小品散文,"可以打破'美文不能用白话'的迷信"。他说的那种"迷信"的正面,自然是"美文只能用文言文"了;这也就是说,美文古已有之,只周先生等才提倡用白话去做罢了。周先生自己在《杂拌儿》序里说:

"……明代的文艺美术比较地稍有活气,文学上颇有革新的气象,公安派的人能够无视古文的正统,以抒情的态度做一切的文章,虽然后代批评家贬斥它为浅率空疏,实际却是真实的个性的表现,其价值在竟陵派之上。以前的文人对于著作的态度,可以说是二元的,而他们则是一元的,在这一点上与现代写文章的人正是一致……,以前的人以为文是"以载道"的东西,但此外另有一种文章却是可以写了来消遣的;现在则又把它统一了,去写或读可以说是本于消遣,但同时也就传了道了,或是闻了道……。这也可以说是与明代的新文学家的意思相差不远的。在这个情形之下,现代的文学——现在只就散文说——与明代的有些相像,正是不足怪的,虽然并没有去模仿,或者也还很少有人去读明文,又因时代的关系在文字上很有欧化的地方,思想上也自然要比四百年前有了明显的改变。"

这一节话论现代散文的历史背景,颇为扼要,且极明通。明朝那些名士派的文章,在旧来的散文学里,确是最与现代散文相近的。但我们得知道现代散文所受的直接的影响还是外国的影响;这一层周先生不曾明说。我们看,周先生自己的书,如《泽泻集》等,里面的文章,无论从思想说,从表现说,岂是那些名士派的文章里找得出的?——至多"情趣"有一些相似吧了。我宁可说,他所受的"外国的影响"比中国的多。而其余的作家,外国的影响有时还要多些,像鲁迅先生,徐志摩先生。历史的背景只指给我们一个趋势,详细节目,原要由各人自定;所以说了外国的影响,历史的背景并不因此抹杀的。但你要问,散文既有那样历史的优势,为什么新文学的初期,倒是诗,短篇小说和戏剧盛行呢?我想那也许是一种反动。这反动原是好的;但历史的力量究竟太大了,你看,它们支持了几年,终于懈弛下来,让散文恢复了原有的位置。这种现象却又是不健全的;要明白此层,就要说到本质的原因了。

分别文学的体制,而论其价值的高下,例如亚里士多德在《诗学》里所做的,那是一件批评的大业,包孕着种种议论和冲突;浅学的我,不敢赞一辞。我只觉得体制的分别有时虽然很难确定,但从一般见地说,各体实在有着个别的特性;这种特性有着不同的价值。抒情的散文和纯文学的诗,小说,戏剧相比,便可见出这种分别。我们可以说,前者是自由些,后者是谨严些;诗的字句、音节,小说的描写,结构,戏剧的剪裁与对话,都有种种规律(广义的,不限于古典派的),必须精心结撰,方能有成。散文就不同了,选材与表现,比较可随便些,所谓"闲话",在一种意义里,便是它的很好的诠释。它不能算作纯艺术品,与诗,小说,戏剧,有高下之别。但对于"懒惰"与"欲速"的人,它确是一种较为相宜的体制。这便是它的发达的另一原因了。我以为真正的文学发展,还当从纯文学下手,单有散文学是不够的;所以说,现在的现象是不健全的。——希望这只是暂时的过渡期,不久纯文学便会重新发展起来,至少和散文学一样!但就散文论散文,这三四年的发展,确是绚烂极了:有种种的样式,种种的流派,表现着,批评着,解释着人生的各面,迁流曼衍,日新月异。有中国名士风,有外国绅士风,有隐士,有叛徒,在思想上是如此。或描写,或讽刺,或委屈,或缜密,或劲健,或绮丽,或洗炼,或流动,或含蓄,在表现上是如此。

我是大时代中一名小卒,是个平凡不过的人。才力的单薄是不用说的,所以一向写不出什么好东西。我写过诗,写过小说,写过散文。二十五岁以前,喜欢写诗;近几年诗情枯竭,搁笔已久。前年一个朋友看了我偶然写下的《战争》,说我不能做抒情诗,只能做史诗;这其实就是说我不能做诗。我自己也有些觉得如此,便越发懒怠起来。短篇小说是写过两篇。现在翻出来看,《笑的历史》只是庸俗主义的东西,材料的拥挤,像一个大肚皮的掌柜;《别》的用字造句,那样扭扭捏捏的,像半身不遂的病人,读着真怪不好受的。我觉得小说非常地难写;不用说长篇,就是短篇,那种经济的、严密的结构,我一辈子也学不来!我不知道怎样处置我的材料,使它们各得其所。至于戏剧,我更是始终不敢染指。我所写的大抵还是散文多。既不能运用纯文学的那些规律,而又不免有话要说,便只好随便一点说着;凭你说"懒惰"也吧,"欲速"也吧,我是自然而然采用了这种体制。近年来我编了一本《背影》将由开明书店出版,便是四年来所写的散文。我的散文也许有两篇,有些像小说;但你最好只当作散文看。那是彼此有益的。我把这本小书分作两辑。是因为两辑的文学,风格有些不同,怎样不同,我想看了便会知道。关于这两类文章,我的朋友们有相反的意见。郢看过《旅行杂记》,来信说,他不大喜欢我做这种文章,因为是在模仿着什么人;而模仿是要不得的。这其实有些冤枉,我实在没有一点意思要模仿什么人。他后来看了《飘零》,又来信说,这与《背影》是我的另一面,他是喜欢的。但《火》就不如此。他看完《踪迹》,说只喜欢《航船中的文明》一篇;那正是《旅行杂记》一类的东西。这是一个很有趣的对照。我自己是没有什么定见的,只当时觉着要怎样写,便怎样写了。我意在表现自己,尽了自己的力便行;仁智之见,是在读者。

【导读】

《论现代中国的小品散文》于1928年10月以《〈背影〉自序》为题发表于《晨报》副刊《辰星》第4期,11月又以《论中国现代的小品散文》为题发表于《文学周报》第345期,上文即选自此处。后收入开明书店1928年10月出版的《背影》,又收入江苏教育出版社1988年出版的《朱自清全集》第1卷。

朱自清不仅是一位优秀的散文家,他在散文理论方面也颇有建树。在《论现代中国的小品散文》一文中,朱自清主要论述了小品散文的历史背景与影响因素、取得成就的原因。朱自清对散文的认识直接指向周作人的观点,周作人认为现代小品散文的历史来源是明代的公安派、竟陵派等,因为他们在创作中以抒情做文章,表现真实的个性。朱自清则认为,我国的小品散文之所以在新文化运动中大放异彩,是因为"欧化"文化的引入,就受影响的广度和深度而言,显然外国文学对现代小品散文的影响更大,而明代小品文仅为现代小品散文的发展提供了历史背景。朱自清认为从周作人本人的作品中就能看出,无论是在表现还是思想上,其作品与明代小品散文都存在着差异,即"精神面貌"的差异。

朱自清在文中从多方面探讨了小品散文在现代广受欢迎的原因。他认为原因之一是中国文学有以散文为正统的传统,小品散文之所以在现代文学里不同凡响,正是顺应古代文学趋势的发展。原因之二是古代文学中的散文以"载道"

为目的,而现代散文则更加注重表现作者个人。但精妙的是,现代小品散文能够在表现自我的同时承担"载道"的功能,在抒发作者情感的同时饱含深意。原因之三是小品散文与诗歌、戏剧等纯文学相比,更加自由随意,不拘泥于题材、形式等,生活中信手拈来的材料都可以成就一篇好的小品散文。

朱自清作为文学研究会最早的成员之一,把"文学为人生"的观点深深嵌入了自己的散文理论中,为自己的散文创作提供了支持,更为现代散文理论的建构和拓展做出了贡献。

(宫麒康)

《鲁迅杂感选集》序言

瞿秋白

【作者简介】

瞿秋白(1899—1935),本名双,后改名瞿爽、瞿霜,字秋白,号熊伯(或雄魄),江苏常州人。1923年主编中共中央机关刊物《前锋》,参加编辑《向导》。1925年起,先后在中国共产党第四、五、六次全国代表大会上当选为中央局委员和中央政治局委员,成为中共领袖之一。1927年自编《瞿秋白论文集》。1934年任中华苏维埃共和国中央执委会委员、人民教育委员会委员、教育部部长等职。有《瞿秋白文集》。

自己背着因袭的重担,肩住了黑暗的闸门,放他们到宽阔光明的地方去……
——鲁迅《坟》

象牙塔里的绅士总会假清高的笑骂:"政治家,政治家,你算得什么艺术家呢!你的艺术是有倾向的!"对于这种嘲笑,革命文学家只有一个回答:

你想用什么来骂倒我呢?难道因为我要改造世界的那种热诚的巨大火焰,它在我的艺术里也在燃烧着么?
——卢纳察尔斯基《高尔基作品选集序》

革命的作家总是公开地表示他们和社会斗争的联系;他们不但在自己的作品里表现一定的思想,而且时常用一个公民的资格出来对社会说话,为着自己的理想而战斗,暴露那些假清高的绅士艺术家的虚伪。高尔基在小说戏剧之外,写了很多的公开书信和"社会论文"(Publicist article),尤其在最近几年——社会的政治的斗争十分紧张的时期。也有人笑他做不成艺术家了,因为"他只会写这些社会论文"。但是,谁都知道这些讥笑高尔基的,是些什么样的蚊子和苍蝇!

鲁迅在最近十五年来,断断续续的写过许多论文和杂感,尤其是杂感来得多。于是有人给他起了一个绰号,叫做"杂感专家"。"专"在"杂"里者,显然含有鄙视的意思。可是,正因为一些蚊子苍蝇讨厌他的杂感,这种文体就证明了自己的战斗的意义。鲁迅的杂感其实是一种"社会论文"——战斗的"阜利通"(Feuilleton)。谁要是想一想这将近二十年的情形,他就可以懂得这种文体发生的原因。急遽的剧烈的社会斗争,使作家不能够从容的把他的思想和情感熔铸到创作里去,表现在具体的形象和典型里;同时,残酷的强暴的压力,又不容许作家的言论采取通常的形式。作家的幽默才能,就帮助他用艺术的形式来表现他的政治立场,他的深刻的对于社会的观察,他的热烈的对于民众斗争的同情。不但这样,这里反映着"五四"以来中国的思想斗争的历史。杂感这种文体,将要因为鲁迅而变成文艺性的论文(阜利通——Feuilleton)的代名词。自然,这不能够代替创作,然而它的特点是更直接的更迅速的反应社会上的日常事变。

现在选集鲁迅的杂感,不但因为这里有中国思想斗争史上的宝贵的成绩,而且也为着现时的战斗:要知道形势虽然会大不相同,而那种吸血的苍蝇蚊子,却总是那么多!

鲁迅是谁?我们先来说一通神话罢。

神话里有这么一段故事:亚尔霸·龙迦的公主莱亚·西尔维亚被战神马尔斯强奸了,生下一胎双生儿子:一个是罗谟鲁斯,一个是莱谟斯;他们俩兄弟一出娘胎就丢在荒山里,如果不是一只母狼喂他们奶吃,也许早就饿死了;后来罗谟鲁斯居然创造了罗马城,并且乘着大雷雨飞上了天,做了军神;而莱谟斯却被他的兄弟杀了,因为他敢于蔑视那庄严的罗马城,他只一脚就跨过那可笑的城墙。莱谟斯的命运比鲁迅悲惨多了。这也许因为那时代还是虚伪统治的时代。而现在,吃过狼奶的罗谟鲁斯未必再去建筑那种可笑的象煞有介事的罗马城,更不愿意飞上天去高高的供在天神的宝座上,而完全忘记了自己的乳母是野兽。虽然现代的罗谟鲁斯也曾经做过一些这类的傻事情,可是,他终于屈服在"时代精神"的面前,而同着莱谟斯双双的回到狼的怀抱里来。莱谟斯是永久没有忘记自己的乳母的,虽然他也很久的在"孤独的战斗"之中找寻着那回到"故乡"的道路。他憎恶着天神和公主的黑暗世界,他也不能够不轻蔑那虚伪的自欺的纸糊罗马城,这样一直到他回到"故乡"的荒野,在这里找着了群众的野兽性,找着了扫除奴才式的家畜性的铁扫帚,找着了真实的光明的建筑,——这不是什么可笑的猥琐的城墙,而是伟大的簇新的星球。

是的,鲁迅是莱谟斯,是野兽的奶汁所喂养大的,是封建宗法社会的逆子,是绅士阶级的贰臣,而同时也是一些浪漫谛克的革命家的诤友!他从他自己的道路回到了狼的怀抱。

俄国的贵族地主之间,"也发展了十二月十四日的人物。这是英雄的队伍,他们象罗谟鲁斯和莱谟斯似的,是野兽的奶汁所喂养大的。这是些勇将,从头到脚都是纯钢打成的,他们是活泼的战士,自觉地走上明显的灭亡的道路,为的要惊醒下一辈的青年去取得新的生活,为的要洗清那些生长在刽子手主义和奴才主义环境里的孩子们。"(赫尔岑)

辛亥革命前的这些勇将们,现在还剩得几个?说近一些,五四时期的思想革命的战士,现在又剩得几个呢?"有的高升,有的退隐,有的前进,我又经历了一回同一战阵中的伙伴不久还是会这么变化。"(鲁迅:《自选集序言》)。

鲁迅说"又经历了一回"!他对辛亥革命的那一回,现在已经不敢说,也真的不忍说了。那时候的"纯钢打成的"人物,现在不但变成了烂铁,而且……真金不怕火烧,到现在,才知道真正的纯钢是谁呵!辛亥革命前的士大夫的子弟,也有一些维新主义的老新党,革命主义的英雄,富国强兵的幻想家。他们之中,客观上领导了民权主义的群众革命运动的人,也并不是没有,而且,似乎也做了一番轰轰烈烈的事业。鲁迅也是士大夫阶级的子弟,也是早期的民权主义的革命党人。不过别人都有点儿惭愧自己是失节的公主的亲属。本来帝国主义的战神强奸了东方文明的公主,这是世界史上的大事变,谁还能够否认?这种强奸的结果,中国的旧社会急遽的崩溃解体,这样,出现了华侨式的商业资本,候补的国货实业家,出现了市侩化的绅董,也产生了现代式的小资产阶级的智识阶层。从维新改良的保皇主义到革命光复的排满主义,虽然有改良和革命的不同,而士大夫的气质总是很浓厚的。文明商人和维新绅董之间的区别,只在于绅董希望满清的第二次中兴,用康、梁去继承曾、左、李的事业,而商人的意识代表(也是士大夫),却想到了另外一条出路:自己来做专权的诸葛亮,而叫四万万阿斗做名义上的主人。在这种根本倾向之下,当时的思想界,多多少少都早已埋伏着复古和反动的种子,要想恢复什么"固有文化"。独有现代式的小资产阶级智识阶层的萌芽,能够用对于科学文明的坚决信仰,来反对这种复古和反动的预兆。鲁迅和当时的早期革命家,同样背着士大夫阶级和宗法社会的过去。但是,他不但很早就研究过自然科学和当时科学上的最高发展阶级。而且他和农民群众有比较巩固的联系。他的士大夫家庭的败落,使他在儿童时代就混进了野孩子的群里,呼吸着小百姓的空气。这使得他真象吃了狼的奶汁似的,得到了那种"野兽性"。他能够真正斩断"过去"的葛藤,深刻的憎恶天神和贵族的宫殿,他从来没有摆过诸葛亮的臭架子。他从绅士阶级出来,他深刻的感觉到一切种种士大夫的卑劣、丑恶和虚伪。他不惭愧自己是私生子,他诅咒自己的过去,他竭力的要肃清这个肮脏的旧茅厕。

现代最伟大的革命政治家说过:"吃人经济的存在,剥削的存在永远要产生反对这种制度的理想,在被剥削的群众自己之中是如此,在所谓智识阶层的个别代表之中也是如此。这些理想对于马克思主义者都是很宝贵的。"辛亥革命之前,譬如一九〇七年的时候,除出富国强兵和立宪民治之外,还有什么理想呢?不是伟大的天才,有敏锐的感觉和真正的世界的眼光,就不能够跳过"时代的限制";就算只是容纳和接受外国的学说,也要有些容纳和接受的能力。而鲁迅在一九〇七年说:

> 轻才小慧之徒,于是竞言武事。……谓钩爪锯牙,为国家首事,又引文明之语,用以自文。……虽兜牟深隐其面,威武若不可陵,而干禄之色,固灼然现于外矣!计其次者,乃复有制造商估立宪国会之说。前二者素见重于中国青年间,纵不主张,治之者亦将不可缕数。盖国若一日存,固足以假力图富强之名,博志士之誉;即有不幸,宗社为墟,而广有金资,大能温饱……若夫后二,可无论已。……将事权言议,悉归奔走干进之徒,或至愚屯之富人,否亦善垄断之市侩……呜呼,古之临民者,一独夫也;由今之道,且顿变而为千万无赖之尤,民不堪命矣,于兴国究何与焉。(《坟》:《文化偏至论》)。

这在现在看来,几乎全是预言!中国的资产阶级,经过了短期间的革命,而现在,那些一九〇七年时候的青年,热心于提倡而实行"制造商估"的青年,正在一面做"志士",一面预备亡国,而且更进一步,积极的巧妙的卖国了。至于千万无赖之尤的假民权,也正在粉刷着新的立宪招牌。自然,鲁迅当时的思想基础,是尼采的"重个人非物质"的学说。这种学说在欧洲已经是资产阶级反动的反映,他们要用超人的名义,最"先进"的英雄和贤哲的名义,去抵制新兴阶级的群众的集体的进取和改革,说一切群众其实都是守旧的,阻碍进步的"庸众"。可是,鲁迅在当时的倾向尼采主义,却反映着别一种社会关系。固然,这种个性主义,是一般的智识分子的资产阶级性的幻想。然而在当时的中国,城市的工人阶级还没有成为巨大的自觉的政治力量,而农村的农民群众只有自发的不自觉的反抗斗争。大部分的市侩和守旧的庸众,替统治阶级保守着奴才主义,的确是改革进取的阻碍。为着要光明,为着要征服自然界和旧社会的盲目力量,这种发展个性,思想自由,打破传统的呼声,客观上在当时还有相当的革命意义。只要看鲁迅当时的《摩罗诗力说》,他是要"举一切诗人中,凡立意在反抗,指归在动作,而为世所不甚愉悦者悉入之。"摩罗是梵文,欧洲人说"撒但",意思是天魔。鲁迅的叙说这些天魔诗人(裴伦等等),目的正在于号召反抗,推翻一切传统的重压的"东方文化"的国故僵尸。他是真正介绍欧洲文艺思想的第一个人。

在那时候——一九〇七年,他的这些呼声差不多完全沉没在浮光掠影的粗浅的排满论调之中,没有得到任何的回响。如果不是《坟》里保存了这几篇历史文献,也许同中国的许多"革命档案"一样,就这么失散了。这些文献的意义,在于回答当时思想界的一个严重问题:群众这样落后怎么办?对于这个问题,当时革命思想界里有一个现成的答复,就是说,群众落后是天生的,因此,不要他们起来革命,等编练了革命军队来替他们革命,而革命成功之后也还不能够民众自由,而要好好的教训他们几年。而鲁迅所给的答案却有些不同,他是说,因为民众落后,所以更要解放个性,更要思想的自由,要有"自觉的声音",使它"每响必中于人心,清晰昭明,不同凡响"。这虽然也不是正确的立场,然而比"革命的愚民政策"总有点儿不同罢。问题是在于当时中国"亦颇思历举前有之耿光,特未能言,则姑曰左邻已奴,右邻且死,择亡国而较量之,冀自显其佳胜",有了这种阿Q式的自譬自解,大家正在飘飘然的得意得很,所以始终是诸葛亮式的革命理论"胜利",而对于科学艺术的努力进取的呼声反而沉没了。

鲁迅在当时不能够不感觉到非常之孤独和寂寞,他问:"今索诸中国,为精神界之战士者安在?"他说俄国文学家科罗连珂的《末光》里,叙述一个老人在西伯利亚教书,书上有黄莺,而那地方却冷得什么也没有,他的学生听说这黄莺会在樱花里唱出美妙的歌声,就只能够侧着头想象那黄莺叫的声音。这种想望多么使人感动呵。"吾人其亦沉思而已夫,其亦惟深思而已夫!"(《坟》:《摩罗诗力说》)。

然而鲁迅其实并不孤独的。辛亥革命的怒潮,不在于一些革命新贵的风起云涌,而在于"农人野老的不明大义",他们以为"革命之后从此自由"(《总理全集》:《民元杭州欢迎会上演说辞》)。不明大义的贫民群众的骚动,固然是给革命新贵白白当了一番苦力,固然有时候只表现了一些阿Q的"白铠白甲"的梦想,然而他们是真的光明斗争的基础。精神界的战士只有同他们一路,才有真正的前途。

辛亥革命之后,中国的思想界就不可避免的完成了第一次的"伟大的分裂";反映着群众的革命情绪和阶级关系的转变,中国的士大夫式的智识阶层就显然的划分了两个阵营:国故派和欧化派。这是在"五四"的前夜,《新青年》早期的新文化运动的开始时期。当时德谟克拉西先生和赛因思先生的联盟,继续开展了革命的斗争;这是资产阶级民权革命的深入,也就是现代式的智识阶层生长发展的结果。鲁迅的参加"思想革命"是在这时候就开始的。我们说他的"参加"开始,是因为在这之前,还没有什么可以参加的,他还只能够孤独的"沉思"。而在

《新青年》发动了"新文化斗争"之后,反国故派方才成为整个的队伍。

辛亥之后,大家都可以懂得革命是失败了。但是,并不是个个人都觉得到继续统治的是谁。鲁迅说,这是些"现在的屠杀者";"杀了'现在',也便杀了'将来'。——将来是子孙的时代。"而杀"现在"的自然是一些僵尸。那时候,还是完全的僵尸统治呵。

这些僵尸,封建性的军阀,官僚式的买办,自然要竭力维持一切种种的国故:宗法社会的旧道德,忠孝节义和腐烂发臭的古文化。他们——好比"妻女极多的阔人,婢妾成行的富翁,乱离时候,照顾不到,一遇'逆兵'(或是'天兵'),就无法可想。只得救了自己,请别人都做烈女;变成烈女,'逆兵'便不要了。他便待事定以后,慢慢回来,称赞几句。"(《坟》:《我的节烈观》)这些将到"被征服的地位"的人,一定要提倡守节,一定要称赞烈女。而且为着保持自己的统治,自然更要提倡忠孝,因为活人总要想前进,青年总想活动,只有死人可以拖住活的,老人可以管住小孩子,这样就天下太平了。

我想:暴君的专制使人们变成冷嘲,愚民(应当说是僵尸)的专制使人们变成死相。大家渐渐死下去,而自己反以为卫道有效……世上如果还真有要活下去的人们,就先该敢说,敢笑,敢哭,敢怒,敢骂,敢打,在这可诅咒的地方击退了可诅咒的时代!(《华盖集》:《忽然想到之五》)。

这固然是黎明期的新文化运动的一般精神,然而鲁迅在这时代已经表现了他的特点。新文化运动的领袖,大家都不免要想做青年的新的导师;而诚实的愿意做一个"革命军马前卒"的,却是鲁迅。他自己"背着因袭的重担,肩住了黑暗的闸门,放他们到宽阔光明的地方去"……他没有自己造一座宝塔,把自己高高供在里面,他却砌了一座"坟",埋葬他的过去,热烈的希望着这可诅咒的时代——这过渡的时代也快些过去。他这种为着将来和大众而牺牲的精神,贯穿着他的各个时期,一直到现在,在一切问题上都是如此。举一个例说罢。白话运动初起的时候,钱玄同之流不久就开倒车,说《三国演义》那种的文言白话夹杂的"言语"就是"合于实际的"模范,理想不可以过高。而另一方面,也有人着重的说明文章的好坏不在于文言白话的分别,而都靠天才,或者要白话好还应该懂古文。这样,每一个新文学家,都在运用"天才"创造新白话文的模范。鲁迅说:"这实在使我打了一个寒噤。……自己却正苦于背了这些古老的鬼魂,摆脱不开,"而"许多青年作者又在古文,诗词中摘些好看而难懂的字面,作为变戏法的手巾,来装潢自己的作品了。"(《坟》:《写在"坟"后面》)。"新文学兴起以来,未忘积习而常用成语如我的和故意作怪而乱用谁也不懂的生语如创造社一流的文字，都使文艺和大众隔离。"（《三闲集》：《"小小十年"小引》）。他自己以为只不过是"桥梁中的一木一石，并非什么前途的目标，范本"，"应该和光阴偕逝，逐渐消亡"（《写在"坟"后面》）。然而正因为如此，他这"桥梁"才是真正通达到彼岸的桥梁，他的作品才成了中国新文学的第一座纪念碑；也正因为如此，他的确成了"青年叛徒的领袖"。

"五四"前后，《新青年》的领导作用是谁也不能否认的。当时反对宗法礼教，反对国故，主张妇女和青年的解放，主张白话文学，——"理想"的浪潮又激动起来，革命的智识青年开始寻找新的出路，新的前途。然而大家都应该记得，这时期之前不久，正是辛亥革命之后的反动，——横梗在思想界前面的重要问题，是理想没有用处，革命的乱闹就是由于一味理想。当时的反动派，的确"提高了他的喉咙含含胡胡说：ّ狗有狗道理，鬼有鬼道理，中国与众不同，也自有中国的道理。道理各各不同，而一味理想，殊堪痛恨'"（《热风》：《随感录》三十九）。对于这个问题的答复，却是新文化运动内部分化的开始。不用说，那些治国平天下的老革命党其实是被反动派难倒了，他们赶紧悔过，说以前我们只会破坏，现在要考究建设了；至于理想过高，民众总是不知不觉的，叫他们"一味去行"，让我们替他们建设理想好了！这是老革命党的投降。而新革命党呢？"五四"之后不久，"新青年"之中的胡适之派，也就投降了；反动派说一味理想不行，胡适之也赶着大叫"少研究主义，多研究问题"。这种美国市侩式的实际主义，是要预防新兴阶级的伟大理想取得思想界的威权。而鲁迅对于这个问题——革命主义和改良主义的分水岭的问题，——是站在革命主义方面的。他揭穿那些反理想重经验的人的假面具，指出他们的所谓"经验"正是皇帝和奴才的经验！

鲁迅在"五四"前的思想，进化论和个性主义还是他的基本。他热烈的希望着青年，他勇猛的袭击着宗法社会的僵尸统治，要求个性的解放。可是，不久他就渐渐的了解到封建的等级制度和中国社会里的层层压榨。一九二四——二五年，他的《春末闲谈》，《灯下漫笔》，《杂忆》（《坟》），以及整部的《华盖集》，尤其是一九二六的《华盖集续编》，都包含着猛烈的攻击阶级统治的火焰。自然，这不是社会科学的论文，这只是直感的生活经验。但是他的神圣的憎恶和讽刺的锋芒都集中在军阀官僚和他们的叭儿狗。"五四"到"五卅"前后，中国思想界里逐步的准备着第二次的"伟大的分裂"。这一次已经不是国故和新文化的分别，而是新文化内部的分裂：一方面是工农民众的阵营，别方面是依附封建残余的资产阶级。这新的反动思想，已经披了欧化，或所谓五四化的新衣服。这个分裂直到一九二七年下半年方才完成,而在一九二五——二六的时候,却已经准备着,只要看当时段祺瑞章士钊的走狗现代评论派,在一九二七年之后是怎样的得其所哉,就可以知道这中间的奥妙。而鲁迅当时的《语丝》,革命的小资产阶级的文艺思想和批评,正是针对着这些未来的"官场学者"的。现在的读者往往以为《华盖集》正续编里的杂感,不过是攻击个人的文章,或者有些青年已经不大知道"陈西滢"等类人物的履历,所以不觉得很大的兴趣。其实,不但"陈西滢",就是章士利(孤桐)等类的姓名,在鲁迅的杂感里,简直可以当做普通名词读,就是认做社会上的某种典型。他们个人的履历倒可以不必多加考究,重要的是他们这种"媚态的猫","比它主人更严厉的狗","吸人的血还要预先哼哼地发一通议论的蚁子","嗡嗡地闹了半天,停下来舐一点油汗,还要拉上一点蝇矢的苍蝇"……到现在还活着,活着! 揭穿这些卑劣,懦怯,无耻,虚伪而又残酷的刽子手和奴才的假面具,是战斗之中不可少的阵线。

的确,旧的卫道先生们渐的没落了,于是需要在他们这些僵尸的血管里,注射一些"欧化"的西洋国故和牛津、剑桥、哥伦比亚的学究主义,再加上一些洋场流氓的把戏,然后僵尸可以暂时"复活",或者多留恋几年"死尸的生命"。这些欧化绅士和洋场市侩,后来就和"革命军人"结合了新的帮口,于是僵尸统治,变成了戏子统治。僵尸还要做戏,自然是再可怕也没有了。

"中国的原始积累式的商业资本,在乡村之中和封建统治的地主有一种特别形式的结合。中国的军阀和一切残酷无情抢劫民众的文武官僚,都是中国这种特别形式的结合的上层建筑。帝国主义和他们所有的一切财政上军事上的力量,就在中国维持并且推动这些封建残余以及它们的全部军阀官僚的上层建筑,使它们欧化,又使它们守旧。"(约瑟夫)这就是中国僵尸欧化的原因。袁世凯以来的北洋军阀要想稳定这种新的统治,但是,他们只会运用一些"六君子"之类"开国元勋","后来的武人可更蠢了,……除了残虐百姓之外,还加上轻视学问,荒废教育的恶名"(《华盖集续编》:《一点比喻》)。问题是在于统治奴隶就要有一定的奴隶规则(《坟》:《灯下漫笔》)。而新的奴隶规则,要新的:"山羊"来帮忙才定得出来。这样的山羊,"脖子上还挂着一个小铃铎,作为智识阶级的徽章。……能领了群众稳妥平静地走去,直到他们应该走到的所在。……这是说:虽死也应该如羊,使天下太平,彼此省力"(《华盖集续编》:《一点比喻》)。段祺瑞章士钊时代——五卅时代的陈西滢们,就企图做成这样的"山羊"。虽然这企图延长了若干年,而他们现在是做"成功"了! 新的朝代,有了新的"帮忙文人",而且已经象生殖力最强的猪猡和臭虫似的,生出了许许多多各种各式的徒子徒孙。当时——一九二五,二六年——他们的努力,例如剿杀"学匪",或者请出西哲勋本霍尔来痛打女师大的"毛丫头"之类,总算不是枉费的。

鲁迅当时反对这些欧化绅士的战斗,虽然隐蔽在个别的甚至私人问题之下,然而这种战斗的原则上的意义,越到后来就越发明显了。统治者不能够完全只靠大炮机关枪,一定需要某种"意识代表"。这些代表们的虚伪和戏法是无穷的。暴露这些"做戏的虚无主义者"(《华盖集续编》:《马上支日记》),也就必须有持久的韧性的斗争。

他们在"五卅"的时候,说打倒帝国主义的口号是"分裂与猜忌的现象"(徐志摩),说中国人的"打,打,宣战,宣战",是"这样的中国人,呸!"——这意思是中国人被打而不做声(陈西滢)。他们在"三一八"之后,立刻就说:"执政府前原是'死地',……群众领袖应负道义上的责任"。这些"墨写的谎说"难道掩得住"血写的事实吗"!?然而鲁迅在这一次做了一个"错误":"我向来是不惮以最坏的恶意,来推测中国人的,然而我还不料,也不信竟会下劣凶残到这地步。"(《华盖集续编》:《记念刘和珍君》)。他在当时已经说是"民国以来最黑暗的一天",然而他更不料一两年后的黑暗会超越"三一八"屠杀的几百千倍,鲁迅如果有"错误",那么,我们不能够不同意他自己的批评:"我还欠刻毒!"地主官僚和资产阶级社会的丑恶,实在远超出于文学家最深刻的"构陷别人的罪状"!而文饰这种丑恶的,正是那些山羊式的文人。

所以当"五卅"时期,一般人,甚至革命者的思想,都在"一致对外"的口号之下,多多少少忽略了国内的阶级战争的同时开展;这又是新的阶级的更加严重的问题。而鲁迅就提出这样的质问:"然而中国有枪阶级的焚掠平民,屠杀平民,却向来不很有人抗议。"(《华盖集》:《忽然想到之十一》)。回答这个问题的,是"五卅"之后的巨大的群众革命浪潮。革命是在进到新的阶级,"死者的遗给后来的功德,是在撕去许多东西的人相,露出那出于意料之外的阴毒的心,教给继续战斗者以别种方法的战斗"。(《华盖集续集》:《空谈》)这就是要打倒帝国主义和军阀,就必须打倒这些阴毒"东西"——动物!就不再是请愿,不只是"和平宣传",不是合法主义,而是……

血债必须用同物偿还。拖欠得愈久,就要付更大的利息!

(《华盖集续集》:《无花的蔷薇之二》)

此后的"血债"是越拖越多了。

泪揩了,血消了;

屠伯们逍遥复逍遥,
用钢刀的,用软刀的。
然而我只有"杂感"而已。(《而已集·题辞》)

僵尸的统治转变成戏子的统治,这个转变完成之后不善于做戏的僵尸虽然退了位,而会变戏法的僵尸就更加猖獗起来。活人和死人的斗争,灭亡路上的阶级的挣扎和新兴阶级领导的群众的反抗,经过一番暴风雨的剧变而进到了新阶级。鲁迅说:"我是在二七年被血吓得目瞪口呆,离开广东的,那些吞吞吐吐,没有胆子直说的话,都载在《而已集》里。"就是以后的《三闲集》(一九二八——二九),《二心集》(一九三〇——三一),又何尝不是哭笑不得的"而已"!可是,正是这期间鲁迅的思想反映着一般被蹂躏被侮辱被欺骗的人们的仿徨和愤激,他才从进化论最终的走到了阶级论,从进取的争求解放的个性主义进到了战斗的改造世界的集体主义。如果在以前,鲁迅早就感觉到中国社会里的科举式的贵族阶级和租佃官僚制度之下的农奴阶级之间的对抗,那么,现在他就更清楚的见到那种封建式的阶级对抗之外,正在发展着资本和劳动的对抗。他"一向是相信进化论的,总以为将来必胜于过去,青年必胜于老人",然而他"目睹了同是青年,而分成两大阵营,或则投书告密,或则助官捕人的事实"!他的"思路因此轰毁"(《三闲集》:《序言》)。是的,以前"父与子"的辈分斗争只是前一阶级的阶级斗争的外套。现在——封建宗法残余的统治搀杂了一些流氓资本的魔术,——不便更明显的露出劳动和资本的阶段战斗,而且反封建残余的斗争也不再是纯粹的"父与子"斗争的形式。同时,新兴阶级的领导展开了真正推翻帝国主义和僵尸,推翻流氓资本和地主官僚的新结合的远景。贫民小资产阶级和革命知识阶层,终于发见了他们反对剥削度的朦胧的理想,只有同着新兴的社会主义的先进阶级前进,才能够实现,才能够在伟大的斗争的集体中达到真正的"个性解放"。

这样,当时革命"过程"在思想界的反映,就是五四式的智识阶层的最终的分化:一些所谓欧化青年完全暴露了自己是"丧家的"或者"不丧家的""资本家的乏走狗",替新的反动去装点一下摩登化的东洋国故和西洋国故;而另外一些革命的智识青年却更确定更明显的走到劳动民众方面来,围绕着革命的营垒。最优秀的最真诚的不肯自己背叛自己的光明理想的分子,始终是要坚决的走上真正革命的道路的。

最早期的真正革命文学运动——五四式的新文学分化之后的革命文学运动,——不能够不首先反对摩登化的遗老遗少,反对重新摆上的"吃人的筵宴",以及这种筵宴旁边的鼓乐队。蹂躏革命"战士的精神和血肉……赏玩,攀折这花,摘食这果实的人们",这些流氓式的戏子,扶着几乎断送"死尸的生命"的僵尸,"稳定了"他们的新的统治。于是乎他们的鼓乐队里,就搀和了些"意大利的唐南遮,德国的霍普德曼(冤枉!)西班牙的伊本纳兹,中国的吴稚晖"等等,而偏偏还要说这是革命文学!这其实是"在指挥刀的掩护之下,斥骂他的敌手的"低能儿(《而已集》:《革命文学》)。这其实是段政府之下的陈西滢们的徒子徒孙。据说是段祺瑞张学良等投降了"革命",陈西滢们"转变了"方向;然而就社会的意义上来说,究竟是谁投降了谁,谁转变了方向,是大成问题的。这时候的新鲜戏法,只在于:"'命'自然还是要革的,然而又不宜太革……剩了一条'革命文学'的独木小桥,所以外来的许多刊物,便通不过,扑通!扑通!都掉下去了。"(《而已集》:《扣丝杂感》)。

"独木小桥"始终只是独木小桥。那些"扑通!扑通"掉下去的却学会了游水。真正的革命文艺思想正在这一时期开始深入的发展。在这新阶级上,革命文艺思想经过内部的斗争而逐渐的形成新的阵营。这种不可避免的斗争提出了新的问题,这已经不是父与子的问题,也不仅是暴露指挥刀后的屠伯们的问题。这是关于革命队伍的战略的争论。

新兴阶级的文艺思想,往往经过革命的小资产阶级作家的转变,而开始形成起来,然后逐渐的动员劳动民众和工人之中的新的力量。集中新的队伍,克服过去的"因袭的重担",同时,扩大同路人的阵线。这不但在日本、美国、德国,甚至于在苏联,也经过波格唐诺夫式的幼稚病。关于这种幼稚病,德国的皮哈曾经说过:一些小集团居然自以为独得了"工人阶级的文化代表的委任状"——包办代表事务。这大概是"历史的误会"。创造社的转变,太阳社的出现,只在这方面讲来,是有客观上的革命意义的。

然而革命军进行的时候,"时时有人退伍,有人落荒,有人颓唐,有人叛变,然而只要无碍于进行,则愈到后来,这队伍也就愈成为纯粹,精锐的队伍了。"(《二心集》:《非革命的急进革命论者》)无产阶级和周围的各种小资产阶级之间本来就没有一座万里长城隔开着。何况小资产阶级又有各种各样不同的阶层和集团呢。

小资产阶级的智识阶层之中,有些是和中国的农村,中国的受尽了欺骗、压榨、束缚、愚弄的农民群众联系着。这些农民从几千百年的痛苦经验之中学会了痛恨老爷和田主,但是没有学会,也不能够学会怎样去回答这些问题,怎样去解除这种痛苦。"旧社会将近崩坏之际,是常常会有近似带革命性的文学作品出现的,然而其实并非真的革命文学。例如:或者憎恶旧社会,而只是憎恶,更没有对于将来的理想;或者也大呼改造社会,而问他要怎样的社会,却是不能实现的乌托邦。"(《三闲集》:《现今的新文学的概观》)。然而,宽泛些说,这种文艺当然也是革命的文学,因为它至少还能够反映社会真相的一方面,暗示改革应当注意的方向。而同时,这些早期的革命作家,反映着封建宗法社会崩溃的过程,时常不是立刻就能够脱离个性主义——怀疑群众的倾向的;他们看得见群众——农民小私有者的群众的自私、盲目、迷信、自欺,甚至于驯服的奴隶性,可是,往往看不见这种群众的"革命可能性",看不见他们的笨拙的守旧的口号背后隐藏着革命的价值。鲁迅的一些杂感里面,往往有这一类的缺点,引起他对于革命失败的一时的失望和悲观。

另一方面,"五四"到"五卅"之间中国城市里迅速的积聚着各种"薄海民"(Bohemian)——小资产阶级的流浪人的智识青年。这种智识阶层和早期的士大夫阶级的"逆子贰臣",同样是中国封建宗法社会崩溃的结果,同样是帝国主义以及军阀官僚的牺牲品,同样是被中国畸形的资本主义关系的发展过程所"挤出轨道"的孤儿。但是,他们的都市化和摩登化更深刻了,他们和农村的联系更稀薄了,他们没有前一辈的黎明期的清醒的现实主义——也可以说是老实的农民的实事求是的精神——反而传染了欧洲的世纪末的气质。这种新起的智识分子,因为他们的"热度"关系,往往首先卷进革命的怒潮,但是,也会首先"落荒"或者"颓废",甚至"叛变",——如果不坚决的克服自己的浪漫谛克主义。"这种典型最会轻蔑的点着鼻子说:'我不是那种唱些有机的工作、实际主义和渐进主义的赞美歌的人。'这种典型的社会根源是小资产者,他受着战争的恐怖,突然的破产,空前的饥荒和破坏的打击而发疯了,他歇斯底里地乱撞,寻找着出路和挽救,一方面信仰无产阶级而赞助它,别方面又绝望地狂跳,在这两方面之间动摇着。"(乌梁诺夫)这种人在文艺上自然是"才子",自然不肯做"培养天才的泥土",而很早"便恨恨地磨墨,立刻写出很高明的结论道:'唉,幼稚得很。中国要天才!'"(《坟》:《未有天才之前》)革命的怒潮到了,他们一定革命的;革命的暂时失败了,他们之中也一定有些消极,有些叛变,有些狂跳,而表示一些"令人'知道点革命的厉害',只图自己说得畅快的态度,也还是中了才子+流氓的毒"(《二心集》:《上海文艺之一瞥》)。于是要"包办"工人阶级文艺代表的"事务"。

《三闲集》以及其他杂感集之中所保留着的鲁迅批评创造社的文章,反映着二七年以后中国文艺界之中这两种态度,两种倾向的争论。自然,鲁迅杂感的特点,在那时特别显露那种经过私人问题去照耀社会思想和社会现象的笔调。然而创造社等类的文学家,单说真有革命志愿的(象叶灵凤之流的投机分子,我们不屑去说到了),也大半扭缠着私人的态度、年纪、气量以至酒量的问题。至少,这里都表现着文人的小集团主义。

这时期有争论和纠葛转变到原则和理论的研究,真正革命文艺学说的介绍,那正是革命普洛文学的新的生命的产生。而还有人说,那是鲁迅"投降"了。现在看来,这种小市民的虚荣心,这种"剥削别人的自尊心"的态度,实在天真得可笑。

这是已经过去的问题了,也应当是过去的了。

鲁迅现在说:"我有一件事要感谢创造社的,是他们'挤'我看了几种科学底文学论,明白了先前的文学史家们说了一大堆,还是纠缠不清的疑问……以救正我——还因我而及于别人——的只信进化论的偏颇。"(《三闲事》:《序言》)。"我时时说些自己的事情,怎样地在'碰壁',怎样地在做蜗牛,好象全世界的苦恼,萃于一身,在替大众受罪似的:也正是中产的智识阶级分子的坏脾气。"(《二心集》:《序言》)。

鲁迅从进化论进到阶级论,从绅士阶级的逆子贰臣进到无产阶级和劳动群众的真正的友人,以至于战士,他是经历了辛亥革命以前直到现在的四分之一世纪的战斗,从痛苦的经验和深刻的观察之中,带着宝贵的革命传统到新的阵营里来的。他终于宣告:"原先是憎恶这熟识的本阶级,毫无可惜它的溃灭,后来又由于事实的教训,以为惟新兴的无产者才有将来。"(《二心集》:《序言》)关于最近期间,"九一八"以后的杂感,我们不用多说,他是站在战斗的前线,站在自己的哨位上。他在以前,就痛切的指出来:"大小无数的人肉的筵宴,即从有文明以来一直排到现在,人们就在这会场中吃人,被吃,以凶人的愚妄的欢呼,将悲惨的弱者的呼号遮掩,更不消说女人和小儿。这人肉的筵宴现在还排着,有许多人还想一直排下去。扫荡这些食人者,掀掉这筵席,毁坏这厨房,则是现在的青年的使命!"(《坟》:《灯下漫笔》)。而现在,这句话里的"青年"两个字上面已经加上了新的形容词,甚至于完全换了几个字,——他在日本帝国主义动手瓜分,英美国联进行着共管,而中国的绅商统治阶级耍着各种各样的戏法零趸发卖中国的时候,——忍不住要指着那些"民族主义文学者"说:"他们(老年和青年的——凝注)将只尽些送丧的任务,永含着恋主的哀愁,须到……阶级革命的风涛怒吼起来,刷洗山河的时候,这才能脱出这沉滞猥劣和腐烂的运命。"(《二心集》:《"民族主义文学"的任务和运命》)。

然而鲁迅杂感的价值决不止此。他自己说:"因为从旧垒中来,情形看得较为分明,反戈一击,易制强敌的死命。"(《坟》:《写在"坟"后面》)从满清末期的士大夫、老新党、陈西滢们……一直到最近期的洋场无赖式的文学青年,都是他所亲身领教过的。刽子手主义和僵尸主义的黑暗,小私有者的庸俗、自欺、自私、愚笨,流浪赖皮的冒充虚无主义、无耻、卑劣,虚伪的戏子们的把戏,不能够逃过他的锐利的眼光。历年的战斗和剧烈的转变给他许多经验和感觉,经过精炼和融化之后,流露在他的笔端。这些革命传统(revolutionary tradition)对于我们是非常之宝贵的,尤其是在集体主义的照耀之下:

第一,是最清醒的现实主义。"中国人向来因为不敢正视人生,只好瞒和骗,由此也生出瞒和骗的文艺来,由这文艺,更令中国人更深地陷入瞒和骗的大泽中,甚而至于已经自己觉得。"(《坟》:《论睁了眼看》)。这种思想其实反映着中国的最黑暗的压迫和剥削制度,反映着当时的经济政治关系。科举式的封建等级制度,给每一个"田舍郎"以"暮登天子堂"的幻想;租佃式的农奴制度给每一个农民以"独立经济"的幻影和"爬上社会的上层"的迷梦。这都是几百年来的"空前伟大的"烟幕弹。而另一方面,在极端重压的没有出路的情形之下,散漫的剥夺了取得智识文化的可能的小百姓,只有一厢情愿的找些"巧妙"的方法去骗骗皇帝官僚甚至于鬼神。大家在欺人和自欺之中讨生活。统治阶级的这种"文化遗产"甚至于象沉重的死尸一样,压在革命队伍的头上,使他们不能够迅速的摆脱。即使"到处听不见歌吟花月的声音了,代之而起的是铁和血的赞颂。然后倘以欺瞒的心,用欺瞒的嘴,则无论说 A 和 O,或 Y 和 Z,一样是虚假的。"(同上)鲁迅是竭力暴露黑暗的,他的讽刺和幽默,是最热烈最严正的对于人生的态度。那些笑他"三个冷静"的人,固然只是些嗡嗡嗡的苍蝇。就是嫌他冷嘲热讽的"不庄严"的,也还是不了解他,同时,也不了解自己的"空城计"式的夸张并不是真正的战斗。可是,鲁迅的现实主义决不是第三种人的超然的旁观的所谓"科学"态度。善于读他的杂感的人,都可感觉到他的燃烧着的猛烈的火焰在扫着猥劣腐烂的黑暗世界。"世界日日改变,我们的作家取下假面,真诚地,深入地,大胆地看取人生并且写出他的血和肉来的时候早到了;早就应该有一片崭新的文场,早就应该有几个凶猛的闯将!"(同上)。

第二,是"韧"的战斗。"对于旧社会和旧势力的斗争,必须坚决,持久不断,而且注重实力。……我们急于要造出大群的新的战士;但同时,在文学战线上的还要'韧'。"(《二心集》:《对于左翼作家联盟的意见》)。"野牛成为家牛,野猪成为猪,狼成为狗,野性是消失了,但只足使牧人喜欢,于本身并无好处。……我以为还不如带些兽性,如果合于下列的算式倒是不很有趣的:人+家畜性=某一种人。"(《而已集》:《略论中国人的脸》)。而兽性就在于有"咬筋",一口咬住就不放,拼命的刻苦的干去,这才是韧的战斗。牧人们看见小猪忽然发一阵野性,等忽儿可驯服了,他们是不忧愁的。所以这种兽性和韧的战斗决不是歇死底里的可以干得来的。一忽儿"绝望的狂跳",一忽儿又"委靡而颓伤",一忽儿是嚣张的狂热,一忽儿又捣着胸脯忏悔,那有什么用处。打仗就要象个打仗。这不是小孩子赌气,要结实的立定自己的脚跟,躲在壕沟里,沉着的作战,一步步的前进,——这是鲁迅所谓"壕堑战"的战术。这是非合法主义的战术。如果敌人用"激将"的办法说:"你敢走出来",而你居然走了出去,那么,这就象许褚的赤膊上前阵,中了箭是活该。而笨到会中敌人的这一类的奸计的人,总是不肯,也不会韧战的。

第三,是反自由主义。鲁迅的著名的"打落水狗"(《坟》:《论费厄泼赖应该缓行》),真正是反自由主义,反妥协主义的宣言。旧势力的虚伪的中庸,说些鬼话来羼杂在科学里,调和一下,鬼混一下,这正是它的诡计。其实这斗争的世界,有些原则上的对抗事实上是决不会有调和的。所谓调和只是敌人的缓兵之计。狗可怜到落水,可是它爬出来仍旧是狗,仍旧要咬你一口,只要有可能的话。所以"要打就得打到底"——对于一切种种黑暗的旧势力都应当这样。但是死气沉沉的市侩,——其实他们对于在自己手下讨生活的人一点儿也不死气沉沉,——表面上往往会对所谓弱者"表同情",事实上他们有意的无意的总在维持着剥削制度。市侩,这是一种狭隘的浅薄的东西,它们的头脑(如果可以说这是头脑的话),被千百年来的现成习惯的和思想圈住了,而在这个圈子里自动机似的"思想"着。家庭,私塾,学校,中西"人道主义"的文学的影响,一切所谓"法律精神"和"中庸之道"的影响,把市侩的脑筋造成了一种简单机器,碰见什么样"新奇"的,"过激"的事情,立刻就会象留声机似的"啊呀呀"的叫起来。这种"叭儿狗""虽然是狗,又很象猫,折中,公允,调和,平正之状可掬,悠悠然摆出别个无不偏激,唯独自己得了'中庸之道'似的脸来"。鲁迅这种暴露市侩的锐利的笔锋,充分的表现着他的反中庸的,反自由主义的精神。

第四,是反虚伪的精神。这是鲁迅——文学家的鲁迅,思想家的鲁迅的最主要的精神。他的现实主义,他的打硬仗,他的反中庸的主张,都是用这种真实,这种反虚伪做基础。他的神圣的憎恶就是针对着这个地主资产阶级的虚伪社会,这个帝国主义的虚伪世界。他的杂感简直可以说全是反虚伪的战书,譬如别人不大注意的《华盖集续编》就是许多猛烈而锐利的攻击虚伪的文字,久不再版的《坟》里的好些长篇也是这样。而中国的统治阶级特别善于虚伪,他们有意的无意的要把虚伪笼罩群众的意识;他们的虚伪是超越了全世界的记录了。"中国的一些人,至少是上等人,他们的对于神、宗教、传统的权威,是'信'和'从'呢,还是'怕'和'利用'? 只要看他们的善于变化,毫无特操,是什么也不信从的,便总要摆出和内心两样的架子来。要寻虚无党,在中国实在很不少;……"他们什么都不信,但是他们"虽然这么想,却是那么说,在后台这么做,到前台那么做"……这叫做"做戏的虚无党。"(《华盖集续编》:《马上支日记》)。虚伪到这地步,其实是顶老实了。西洋资产阶级的民族主义或者民权主义者,或者改良妥协的所谓社会主义者,至少在最初黎明期的时候,自己也还蒙在鼓里,一本正经的信仰着什么,或者理论,或者宗教,或者道德——这种客观上的欺骗作用比较的强些。——而中国的是明明知道什么都是假的,不过偏要这么说说,做做,骗骗人,或者简直武断地乱吹一通,拿来做杀人的理论。自然,自从西洋发明了法西斯主义,他们那里也开始中国化了。呜呼,"先进的"中国呵。

自然,鲁迅的杂感的意义,不是这些简单的叙述所能够完全包括得了的。我们不过为着文艺战线的新的任务,特别指出杂感的价值和鲁迅在思想斗争史上的重要地位,我们应当向他学习,我们应当同着他前进。

一九三三,四,八,北平。

【导读】

本文是瞿秋白为青光书局1933年7月出版的《鲁迅杂感选集》所写的序言,后收入人民文学出版社1953年出版的《瞿秋白文集》(第3卷),上文即选自此书,又收入1959年人民文学出版社出版的《瞿秋白选集》。

1932—1933年间,瞿秋白根据鲁迅的建议编选了《鲁迅杂感选集》,选入鲁迅自1918至1932年的杂文74篇。1933年春,瞿秋白为本书撰写了长篇序言。为鲁迅、为杂感、为时代所写得这篇序言,不仅是瞿秋白和鲁迅友谊的表现,也关系到社会上对鲁迅的思想地位及其杂感价值的认识。

文章开头以鲁迅杂文《我们现在怎样做父亲》开始,表达了革命的作家总是在作品中公开地表示自己和社会斗争的联系,为自己的理想而战斗。作者认为杂感这种文体就是应时代而产生的,在剧烈的社会斗争和强暴的压力下,作家用艺术的形式把自己的思想和情感熔铸在作品之中,就形成杂感,它最大的特点就是直接迅速地反应社会上的事变。作者高度评价鲁迅的杂感,称其为"'社会论文'——战斗的'阜利通'"。作者尤其看重鲁迅自身的战斗精神带给杂感的战斗性,认为杂感这种文体会因为鲁迅而变成文艺性论文的代名词。对于鲁迅因为杂感多而被讽刺为"杂感专家"的问题,作者认为正是有了蚊子苍蝇才更能证明这种文体战斗的意义。

作者按照历史发展的进程分析了鲁迅不同时期杂感中体现的战斗性精神及

其思想的变化,认为他的杂感始终照耀着社会现象和思想。通过分析不同时期鲁迅杂感中对社会清醒的认识和猛烈的斗争,总结了鲁迅杂感形成的革命传统,认为鲁迅杂感集中体现了他最清醒的现实主义、"韧"的战斗、反自由主义和反虚伪的精神四个特点。其中反虚伪的精神是文学家、思想家的鲁迅最主要的精神,他在杂感中猛烈揭露一切的现实主义,沉着打硬战的"韧"的战斗,反中庸,对原则问题不调和的主张都是以反虚伪为基础的,通过看鲁迅的《华盖集续篇》《坟》,就能看到他的杂感几乎是反虚伪的战书,作者通过对这些文体特征的分析充分展示出鲁迅杂感中的战斗精神,这种文体特征的确定也有利于文艺战线新任务的开展。

  编定《鲁迅杂感选集》并为其作序是瞿秋白在文学史上很重要的成绩,序言中作者对鲁迅杂感价值的高度评价,对鲁迅思想特点及其发展道路的论述都对鲁迅研究者产生很大影响。尽管序言没有涉及鲁迅晚年更成熟的作品,但对当时正确认识鲁迅杂感的战斗性意义起到重要作用。这篇序言也为毛泽东对鲁迅的评价奠定基调。序言本身就是经典。

(姜蓉艳)

杂谈小品文

鲁 迅

自从"小品文"这一个名目流行以来,看看书店广告,连信札,论文,都排在小品文里了,这自然只是生意经,不足为据。一般的意见,第一是在篇幅短。

但篇幅短并不是小品文的特征。一条几何定理不过数十字,一部《老子》只有五千言,都不能说是小品。这该像佛经的小乘似的,先看内容,然后讲篇幅。讲小道理,或没道理,而又不是长篇的,才可谓之小品。至于有骨力的文章,恐不如谓之"短文",短当然不及长,寥寥几句,也说不尽森罗万象,然而它并不"小"。

《史记》里的《伯夷列传》和《屈原贾谊列传》除去了引用的骚赋,其实也不过是小品,只因为他是"太史公"之作,又常见,所以没有人来选出,翻印。由晋至唐,也很有几个作家;宋文我不知道,但"江湖派"诗,却确是我所谓的小品。现在大家所提倡的,是明清,据说"抒写性灵"是它的特色。那时有一些人,确也只能够抒写性灵的,风气和环境,加上作者的出身和生活,也只能有这样的意思,写这样的文章。虽说抒写性灵,其实后来仍落了窠臼,不过是"赋得性灵",照例写出那么一套来。当然也有人像感到危难,后来是身历了危难的,所以小品文中,有时也夹着感愤,但在文字狱时,都被销毁,劈板了,于是我们所见,就只剩了"天马行空"似的超然的性灵。

这经过清朝检选的"性灵",到得现在,却刚刚相宜,有明末的洒脱,无清初的所谓"悖谬",有国时是高人,没国时还不失为逸士。逸士也得有资格,首先即在"超然","士"所以超庸奴,"逸"所以超责任:现在的特重明清小品,其实是大有理由,毫不足怪的。

不过"高人兼逸士梦"恐怕也不长久。近一年来,就露了大破绽,自以为高一点的,已经满纸空言,甚而至于胡说八道,下流的却成为打诨,和狠鄙丑角,并无不同,主意只在挖公子哥儿们的跳舞之资,和舞女们争生意,可怜之状,已经下于五四运动前后的鸳鸯蝴蝶派数等了。

为了这小品文的盛行,今年就又有翻印所谓"珍本"的事。有些论者,也以为可虑。我却觉得这是并非无用的。原本价贵,大抵无力购买,现在只用了一元或数角,就可以看见现代名人的祖师,以及先前的性灵,怎样叠床架屋,现在的性灵,怎样看人学样,啃过一堆牛骨头,即使是牛骨头,不也有了识见,可以不再被生炒牛角尖骗去了吗?

不过"珍本"并不就是"善本",有些是正因为它无聊,没有人要看,这才日就灭亡,少下去;因为少,所以"珍"起来。就是旧书店里必讨大价的所谓"禁书",也并非都是慷慨激昂,令人奋起的作品,清初,单为了作者也会禁,往往和内容简直不相干。这一层,却要读者有选择的眼光,也希望识者给相当的指点的。

十二月二日

【导读】

本文最初发表于 1935 年 12 月 7 日上海《时事新报·每周文学》,署名旅隼。后收入《且介亭杂文二集》,又收入 1981 年人民文学出版社出版的《鲁迅全集》(第 6 卷)。上文选自上海文艺出版社 1987 年出版的《中国新文学大系 1927—1937·文学理论集一》。

20 世纪 30 年代的小品文论争是现代文学史上的重要事件,主要是争论现代散文的五四传统与发展方向。这次论争也是小品文发展的转折。

鲁迅在 1933 年发表过《小品文的危机》,分析了小品文在不同时期发挥的作用,批评了把小品文当作"小摆设"的观念,并指出:在"风沙扑面,狼虎成群"的时候,需要的是"匕首和投枪""小品文的生存,也只仰仗着挣扎和战斗的"。我们从中能看到鲁迅对当时小品文状况的危机感,也能看到鲁迅当时是肯定小品文中记叙、抒情等能带给人愉快的部分。到 1935 年的《杂谈小品文》时,鲁迅已经很反感文坛所谓的"小品文"了,文章中也透露着要与"小品文"划清界限的态度。

鲁迅认为"讲小道理,或没道理,而又不是长篇的,才可谓之小品"。这是否定了自"小品文"流行以来社会上对它使用范畴无限扩大,甚至成为散文代名词的现象,同时否定了用篇幅短来定义小品文的标准。鲁迅不再像 1933 年《小品文的危机》中那样努力使小品文"匕首投枪"化,而是把虽短但不"小"的有"骨力的文章"和"小品文"区分开来,在作者定义的"小品"概念基础之上,继续对其进行讨论。作者认为即使在古代,小品文中也有夹着感愤的,但经过清朝拣选之后,只剩下"性灵"了,通过对明清"抒写性灵"的来历,"赋得性灵"的落入窠臼与假借"性灵"而行插科打诨、猥鄙丑陋之实的溯源,实现了对小品文的批评。同时作者分析了现在高人逸士推崇小品文的原因,也在分析过程中得出小品文发展不会长久的断言,并且通过举文坛上翻印所谓的"珍本"的例子,讽刺了现在的小品文写作者创作的丑态,提醒读者要有眼光去选择读本。

鲁迅清醒地意识到20世纪30年代"小品文"概念使用过于广泛,但实际创作内容越来越狭窄的现象,这为现实社会和散文的整体发展敲响警钟。但单独从文学创作上看,"抒写性灵"的小品文中不乏有艺术水平的散文,从文学角度来看鲁迅的对小品文的批评有些过于激烈和绝对了。

(姜蓉艳)

论现代中国散文（存目）

孙席珍

【作者简介】

孙席珍（1906—1984），原名孙志新，笔名丁非、丁飞、明琪等，浙江绍兴平水镇人。现代诗人、小说家和文艺活动家。1922年进入北京大学并任《晨报副刊》校对，与赵景深、焦菊隐、于毅夫、寒先艾等组织绿波社，编辑《京报文学周刊》，有"京华才子"之称，鲁迅曾称誉他为"诗孩"。1930年同潘漠华、台静农等发起组织北方"左联"，并与吴承仕、齐燕铭等合编综合性刊物《文史》。主要著作有《凤仙姑娘》《战场上》《战场中》《战后》《近代文艺思潮》《外国文学论集》《东方文学史简编》《古希腊文学史》《现代散文选》，译著《东印度故事》《雪莱生活》《莫泊桑生活》《高尔基评传》等。

【导读】

《论现代中国散文》最初作为"附录"收录于1935年1月由孙席珍编选、北平人文书店出版的《现代散文选》。

20世纪30年代，现代散文发展繁荣，散文选本也随之出现。作为现代文学的亲历者，在现代散文的编选上，孙席珍迥异于当时左翼流行的批评立场，他坚持以真正的文学性为标准，对新文化运动以来的散文创作进行独特的编选，该文便是孙席珍对于收编作家的独到总结，表现出他独特的散文观。

关于散文是什么，孙席珍引用了厨川白村在《说Essay》中的论述进行说明，他认为散文是题材广泛、抒发作者真情实感的一种文艺性作品。孙席珍看重散文的艺术性和思想性。在对于作家散文风格的总结上，孙席珍多引用其他学者对于所选作家的评价来说明自己的观点，可知作者对于散文的编选做了充足的准备。从知人论世出发，孙席珍多从作家作品的文字风格、题材选择、整体特点以及作家在散文上的成就等几个方面进行评论，言简意赅，鞭辟入里。孙席珍对周作人、鲁迅、俞平伯、朱自清十分尊崇，对郁达夫也极钦佩，认为周作人对于散文贡献最大，是周作人在现代文学园地里为散文重新开辟了一方土地。然而，作者并非只选收有名气的作家作品，其编收的作家作品中有三分之一的作家是当时为人所少知的,例如徐蔚南、陈醉云、吴伯箫等,可见作者是坚持客观的标准,对新文化运动以来的散文作品进行的编收。孙席珍对作家散文文体风格的独特性总结成为后人研究现代散文的必读资料,对现代中国散文的发展发挥着积极的作用。

(徐桂方)

论速写（存目）

胡 风

【作者简介】

胡风（1902—1985），原名张光人，笔名谷非、高荒、张果等，湖北蕲春人。现代文艺理论家、诗人、作家、编译家和文学翻译家。1929年赴日留学，受普罗文学运动和苏联文学影响，曾为中国左翼作家联盟东京分盟负责人之一。1933年被日本当局逮捕、监禁，直至驱逐出境。回上海后曾任"左联"宣传部长，行政书记。抗日战争爆发后主编《七月》，同时编辑出版《七月诗丛》《七月文丛》，形成"七月诗派"。"文协"成立后，他任常委。1945年，主编《希望》。离职后，胡风开始职业作家生活。主要著作有《文艺笔谈》《文学与生活》《论民族形式问题》《论现实主义的路》等。

【导读】

《论速写》最初发表于1935年生活书店出版的《文学》第4卷第2号，原题为《关于速写及其他》。1936年，收入文学社丛书出版社出版的《文艺笔谈》。1943年，收入国光出版社出版的《文艺笔谈》。1984年，收入人民文学出版社出版的《胡风评论集》。

20世纪30年代初，报告文学作为一个舶来名词，由日本传入中国。由于特定的历史条件，在很短的时间内报告文学迅速发展，成为时代的主流文体之一。胡风的《论速写》就是在这样的背景下诞生的。

胡风认为速写是杂文的姊妹。混乱动荡、瞬息万变的时代背景是他们存在的理由之一，但更重要的原因是两者自身特征满足了创作者的创作追求——能够迅速地表现对于社会现象的态度或者解剖进而批判社会现象。创作者们运用他们敏锐的观察从瞬息万变的社会现象中做出自己的正确认识，及时迅速地传达给读者，有着积极的社会意义。胡风认为在这种情况下，速写和杂文应该得到积极评价，它们能够完成其他文学创作活动不能完成的任务。

虽然杂文和速写有着同样的社会基础和同样的社会意义，但是胡风指出了两者的不同，杂文是文艺性的论文，更偏重于议论性。而速写是文艺性的纪事，更偏重于形象性。

胡风认为一篇好的速写应是非虚构的,人物和事件都是社会现象中的,具有真实性,作品中的要素能够直接表现本质,不描写无关的细节。

胡风的《论速写》同1936年周立波发表的《谈谈报告文学》都属于早期报告文学理论的重要成果。胡风对于速写的评论极大地促进了当时报告文学的创作,推动了此后报告文学的发展。

(徐桂方)

报告文学简论

沈起予

【作者简介】

沈起予（1903—1970），重庆巴县人，毕业于日本京都帝国大学。1927年回国，在上海参加创造社、抗敌协会，1930年参加"左联"，后历任《光明》半月刊主编、《新闻报》《新民晚报》副刊编辑、上海群益出版社主任编辑、中国作协第一届理事等。1928年开始发表文学作品，1952年加入中国作家理事协会。主要著作有《残碑》《火线内》《人性的恢复》等，译作有《自我批评论文集》《欧洲文学发展史》等。

"报告文学"是从英文"报告"这动词转来的名辞 Reportage 一字的译语；由于中国文的名词与动词在形式上往往无区别，本来仅译作"报告"也就可以了，可是近年来，因其在文学上渐渐形成了一个新的格局，所以一般人多称之为"报告文学"，犹如间或有人称"戏曲"为"剧文学"一样。一面，因为"报告"文字的种类很多，如官厅中的报告，军队中的报告，商业上的报告等都是，而为示区别计，将含文学性的报告文字特称为"报告文学"，这也许是这几个字之连成了一串的另一原因。

所以，我以为报告文学不能仅仅是"报告"，而首先必须是"文学"。街头巷尾的日常茶饭不是报告的对象，纯旁观的记载，不是报告文学的手法。它必须有特殊的事件，特殊的内容，而且描写也必须与其他的文学样式同样地要求形象化。要这样的题材才值得我们"报告"，要这样写出来的东西才对读者有强烈的申诉力。

所谓特殊的事件和内容者，是指客观社会中发生的非常动人的变故或现象——而这种变故与现象，又是完全不为普遍大众所知道，或完全被歪曲地传达了出来，并且也还时时刻刻在演进，在转化，使一般人不容易捉摸其真象及本质者。从这点说来，报告者的第一个义务，必须使报告出来的内容合乎真实，而这，就需得他是一个该事件的参加者，或至少也是一个亲临实地的调查者。根据新闻杂志等的材料来写关于西班牙内战的报告文学，这简直是不可能的事，而仅据道听途说来写意大利水兵的捣毁上海大戏院，也不会有优秀的报告文学产生。

普通的小说之类可容许作者的想象力的驰骋，报告文学则绝对排斥作者对事件的自由创造。

除了报告的内容合乎真实面外，报告者的第二个义务就是作品的能够动人。我曾读过一篇未发表的报告文学的投稿，内容是写前些时的青岛日本纱厂的大罢工。这题材算是合乎报告文学的条件，而作者也依据了一个由罢工而被开除了的失业工人的口述，所写各节，当不致于失真实了，可是唯其是根据别人的口传，自己既未亲身参加过该事件，而该事件发生时亦未脚踏实地去调查过，致不能将一切场面形象化出来，读者读了过后，仅仅从理智上了解一点当时劳资两方的经济关系而外，在感情上却很少受到感动，所以这简直是与一篇经济报告无异，不是很好的报告文学了。

在中国，从事报告文学写作的人一天天地加多，但许多人尚只作到"报告"而不曾作到"报告文学"。这，在不久的将来，我相信会有一个量与质的转换，而且也应当有一个量与质的转换的。第一、报告文学的繁荣的社会条件，是该社会的政治事件和社会情况的多样和多变，比如战争的爆发，震动人心的大事件的频来等；因为这一切的社会现象都不是普通的文学样式所能迅速地反映得出来，而必须借重于报告文学。然而，现在中国的社会环境，就恰恰具备着这些条件：外来的敌人，天天干着神出鬼没的走私，侵害国家的经济命脉，到处遍设"特务机关"，阴谋搅乱社会的秩序。这一切足以致民族死命的侵略都是一般人所愿意知道其真实而常不能知道，都是负有救亡使命的文人所应当反映而又是普遍的文学样式所不能迅速地反映出来的。至于国内汉奸的无耻卖国和民众的英勇救亡等事件的复杂错综，以及前线抗敌将士的可歌可泣的行为，件件都是报告文学的材料，而也只有用报告文学的形式，才能在文学上正确、敏捷地传达出来。

剩下的问题，是我们的报告者如何习得熟练的手法，如何获得写作报告文学的才能。对此，我觉得报告者除了一般的文学知识必须具备外，外国的报告文学家们的写作是值得我们用心观摩的。自从西班牙发生内战（其实最近也多是德、意两国的军队在向西班牙政府军作战了）以来，这类的作品更产生得不少，如爱伦堡，如马尔洛等都常有短篇的报告，……至于有名的德国报告文学家基希以中国为题材所写出来的《秘密的中国》、《夜的上海》等更是一般人所知道的了。

【导读】

《报告文学简论》最初发表于 1937 年 4 月 10 日《新中华》第 5 卷第 7 期，后收录于 1987 年上海文艺出版社出版的《中国新文学大系 1927—1937 · 文学理论集一》。上文选自上海文艺出版社1987年出版的《中国新文学大系1927—1937·文学理论集一》。

报告文学在五四时期就成为作家描绘现实、书写情怀的重要体裁，一直发展到20世纪30年代。文学以不同的形式介入历史，报告文学则成为战争与革命期间一种重要的写作方式，但在当时也仍然存在一些文体自觉意识尚不清晰的问题。

这篇简论就从报告文学的文学性入手，强调报告的内容选择与情感表达。由于当时的一些文章为了配合斗争的需要，在艺术上显得有些粗糙，沈起予则提出："报告文学不能仅仅是'报告'，而首先必须是'文学'。"作为一种文学样式，它是对现实生活的真实反映，报告者需要具有审美选择与艺术加工的能力。沈起予在文中提出了取材特殊化及手法形象化两方面的要求。同时提出了报告者的两项义务：内容要真实，作品能够动人。沈起予立足文学性提出了自己的建议，在一定程度上为报告文学的文体规范提供了借鉴。

沈起予在文中也提到了当前报告文学的发展势头越来越猛，相信未来定会有一个"量与质"的转换，对报告文学的发展寄予了热切的期望。他看到了当前错综复杂的社会形势，重大的政治事件和社会情况都需要被快速、真实地反映出来，报告文学的材料十分充足，至于如何提升文体的形式内容，沈起予则关注到了西方报告文学的写作手法。

报告文学能及时反映现实，揭示事件的真相与本质，所以它除具有时代特性外，更应有其文学价值。这篇《报告文学简论》就从强调"报告"的文学性出发，结合时代变化，确立了这一文体的价值意义，以文学上的理论规范，促进了报告文学的正向发展。

（苗慧婷）

论 文艺杂感

孔另境

【作者简介】

孔另境(1904—1972),原名孔令俊,字若君,笔名东方曦,浙江桐乡人。现代作家、出版家。1924年用笔名"另境"发表作品,此后孔另境成为他的常用名。历任武汉前敌总指挥部宣传部科长、中共杭州县委宣传部秘书、苏北解放区慈区中学校长、上海大公职业学校校长、山东齐鲁大学教授。曾任《剧本丛刊》《改造日报》《新文学》(月刊)、《今文学》(月刊)的主编,上海春明出版社经理兼编审部主任、上海文化出版社、上海文艺出版社、上海出版社的编审等。

著有小说集《斧声集》,散文集《齐声集》,杂文集《横眉集》,戏剧剧本《李太白》,文学理论《青年写作讲话》等。

正名

近来"杂文"一语,驰骋文场,论辩驳难,且有宗风,可见社会对之,已甚重视,文场天地,得占一席了。

可是一个名词的设立,应该有所确指;一种文体的建立,也应以内容的统一为标准。现在的所谓"杂文",究竟是指那一类的文章,它的内容如何?一般论者都是略过不提,读者也大都随声附和,无暇去仔细揣摹。这情形,于"杂文"的发展实有害而无利,因此就大胆地来范畴一下,也是所谓"爱之欲其生"的微意吧。

所谓"杂文",其实是不足为一种文体的专名的,犹之从前杂志上有"杂俎"一栏,它里边可以包括着序跋、书简、墓志以及诗、词、歌赋,因为名目繁杂,分量太少,不足分立栏目,于是统归之曰"杂俎"。然而现在的所谓"杂文",其意并非如此,它是指一种含有文艺性的政治和社会的杂感,我们觉得若被以"杂文"之名,实在有些不成话了。

现在有所谓"杂文集",这名词是可以成立的,因为它里边包含着各种体裁的文章,犹之把出版的刊物名为"杂志",然而倘将上述的文艺性杂感的文集而名曰"杂文集"就不通了,因为内容实在并不"杂",我们无论从它的内容或形式上都可以找出它的统一性来的,因之,所谓"杂文家"一名——倘是指上述的写杂感文艺的一般作家而言——也是不切实的。现在有一种人专把"杂文家"的帽子套在写文艺杂感的作家头上,意思仿佛讥笑他什么正品都写不来,只好写写不成品的杂文,是含有恶意的侮辱的。其实要是严格的说,那一个作家不是"杂文家",谁生平仅写一种体裁的作品,我们所谓"小说家""诗人"者,无非以他的主要作品和写的分量而言而已。所以被称为"杂文家"者大可不必气愤,而给人戴帽子者的微意倒是落了空的。

其实是文艺性的政治和社会的杂感而名为"杂文",是应该纠正过来的,所谓"杂文",该是指各种文体的综合而言,为容易使人理解起见,我以为"文艺杂感"一词最为妥当,质之高明以为如何?

孔子曰:"必也正名乎",于是乎"正名"。

迹原

一种文体的建立,必有所自从,如曲之于词,词之于诗或赋,蜕变之迹可寻,而"文艺杂感"者,究何自而蜕变呢?查我国自来文体的分类,十分庞杂,要从这许多庞杂的分类中考迹它的来源,实在不是一桩容易的事情。清姚鼐的"古文辞类纂"一般人认为分类的最洽当的书,他把各种文体,分为十三类,即:论辨、序跋、奏议、书说、赠序、诏命、传状、碑志、杂记、箴铭、颂赞、辞赋、哀祭等。照字面上看,也许"杂记"和"箴铭"近之,其实"杂记"乃是碑文之属,为记事之文,而"箴铭"一类,照姚氏说,则有一部分倒是稍近的,姚氏说:

"箴铭类者,三代以来,有其体矣。圣贤所以自戒警之意,其词尤质,而意尤深。"

刘勰的"文心雕龙"上说:

"夫'箴'诵于官,'铭'题于器,名目虽异,而警戒实同。'箴'全御过,故文资确切;'铭'兼褒赞,故体贵弘润。其取事也,必核以辨;其擒文也,必简而深;此其大要也。"

照此说来,则文艺杂感实含有箴铭之意在内,而刘氏所说的"文资确切""体贵弘润"和"其取事也,必核以辨,其擒文也,必简而深";确为文艺杂感的必要法则。然而文艺杂感究竟并非是"诵于官"或"题于器"的东西,它是要给大众读的,有"箴"和"铭"的意思在内,然也不完全是"箴"和"铭",它里边也含有"论"和"辨"的,而且更有"议"和"难"的,可是我们倘把它入于"论辨"一类,又觉不伦,因为"论辨"是属于政治社会的时论,其中并无半点文艺气味,而文艺杂感却究竟是文艺的一部门。总而言之,我们若必要附会,则内容颇有些似"箴铭"和"论辨",而形式则就"于古无征"了。

  我以为这一种体式,于古虽无足征,于近顷半世纪却颇可一说的。

  清代学术的中心是朴学,朴学是一种训诂之学,它所以兴盛的原因,乃是清代文纲之祸的结果。士人既回避政治乃不得不从故纸堆中求生存。及其末造,政治日愈腐败,国势日愈凌替,于是前之拒汉人于千里外者,至此即不得不稍假宽容。经太平军后,前之不许汉人插足之军权,至是全落入汉人之手,于是汉人在政治上的势力也日渐发展,继之即有戊戌政变发生,政变之中心人物如康梁,即为一介文士,他们的政论文章,风靡全国。当时,写政论文章的这般人,其实都并非政治家而是学者,对于文学都是有着极高深的造诣的,如梁启超的政论文章,严几道的时事评论,清松流利之外,还包含有极浓厚的情感气氛,读之往往会使人忘却是一篇严肃的政论,故虽数千言的长篇也自不觉其沉闷。像这样的文章,在政论中固别开一生面,在文学上实亦有其地位。浸润日久,渐渐造成了一种文章的风格,它在论说文中虽觉组织欠严密和整饬,然在散文中却觉别具风韵,浸润日久,从之者众,此后文人之对政治或社会有所发泄者,无不受此风格的影响。

  稍后,文学革命发生,刊物之出版风起云涌,如《新青年》,如《新潮》,都是当日最受社会欢迎的中心杂志。因为五四运动,并非是纯粹的文学改革运动,乃是一般的社会和文化的改革运动,故反映在当时刊物中的,也往往是对社会多面的探讨。在各种杂志中,除了长篇论说以外,几乎都另辟有"杂感"(名目则各有不同)一栏,这一栏的文字大都短小精悍,一针见血之言,对社会政治文化等方面,给予无情的攻击和讥刺,或明嘲或暗讽,其行文或质直或屈曲,现在我们从鲁迅最早的杂感集"热风"中还可看见这类文字的面目。

  文艺杂感的泉源,稍远我们可以追迹康梁的政论,略近则五四以来的"杂感",实为其胎。不过现在的文艺杂感并不就和五四时代的杂感相同,它还是有所改变和发展的。这只要一看鲁迅先生的十多本杂感集就可看出这个变化之迹来的。大致在去今较远的,文多率直,去今愈近,则文愈屈曲而涩晦,这原因可分为两方面说,一方面自然是随政治环境允许给文人说话的自由的限度而不同,一方面则为这一种文体的本身的发展和进步,而这两者又实相成,因政治环境的不自由,使说话者不能不有所顾忌,因此作者要表达他的意思就不得不更技巧地来说,使统治者无所借口,同时却同样达到作者的目的,这最好的方法莫如多用暗示,而暗示本为文艺构成的一种要素,暗示愈多,文艺性也愈浓,结果就形成了借了文艺的手法达到了政治和社会的讥刺了。

发展之路

　　一种文体的发生和发展，必有其主观和客观的原因存在。造成文艺杂感发生的，在客观方面是对社会的指摘和暴露的需要，在主观方面则为文学者对于政治问题和社会问题的关心和兴趣。两者相成，乃有成就。文艺杂感至今日，无可讳言已有甚大之发展了，然谓已发展至极峰，则亦未必。

　　在这方面最大的成就，自然要推鲁迅先生。他一生十数本的杂感集，几乎可代表了过去整个文艺杂感的业绩。从这些业绩里，我们不但可以追踪出文艺杂感的发展之迹来，而且还可以使后继者学得许技巧和方法。

　　以内容说，文艺杂感的发展至今已入第二阶段，这界限以抗战的发生划分。在这以前，作为文艺杂感的内容的，是对统治者的攻击和嘲讽，对社会恶劣现象的暴露和指摘，对新生中国的愿望和鼓励，对进步势力的督责和宣传。自从抗战发生，全国民众和各党派团结成民族统一战线，于是前之将统治者和自己划分为两个阶级的，至此已混而为一，前之攻击和敌对，现时已变为拥护，前之将新生的中国仅作为愿望者，今已因抗战建国而渐断实现，故此时的文艺杂感的内容，势必和以前完全异趣了。自然，文艺杂感的对象有许多还是继续存在着的，如社会的腐化恶化势力，统治者中的若干成分的不健全性，不过作为主要的对象的显然已另有所指了，那就是我们国家和民族的敌人，和一切汉奸的行为。这些内容的更变，使文艺杂感跨上了一个新的阶段，这阶段自然并非永久的，会随历史的进展而有改变。在这阶段中，我以为文艺杂感的任务，应以袭击性为主，而辅以暴露。因为在这个时候，无论国外和国内的敌人，已经十分明显，而且他们已成为全国一致的敌人，对于这般人，我们已无用其讥嘲或讥刺，只有给他们无情的剥露和袭击才能置他们于死地。

　　随内容的更变，形式上也可以划分着同样的两个阶段的。不过在前一阶段中，形式的发展还是有些变化的，最早的杂感大概比较来得质朴一些，文章的结构和文字的技巧大都不甚注意，文章往往近于随笔，如把鲁迅先生的"热风"和以后的"伪自己书"等一较，则前者质朴得多了，我们要是以文艺杂感的标准尺度去衡量，自然后者较前者为高，但此乃一种文体由新生而发展上的一般现象，要之，在前一阶段中的文艺杂感，因政治环境的煎迫，使其形式方面近乎怪僻，仿佛是一种"预言"似的，读者一定要详细推敲，从它的字里行间去细嚼，才能透露出一点消息给你，否则读完全文，一定仍是茫无所知的。然在第二阶段的发展，应该是有所不同了，现在的政治环境已答应我们说话，而且需要我们说话，我以为此后的发展应该从"言简而深"的一点上去努力,至于行文,大可以质朴而雄浑一些了。

还有一点值得一说的,即文艺杂感是否一定要像鲁迅先生似的博古征今,现在有的则在继续鲁迅先生的作风而发展,有的则认为大可不必的。其实这一点,不必反对也不必提倡的,鲁迅先生因为博学,所以能随手拈出古书古事为证,则在学不如鲁迅的人勉强东找西翻,是不可能的事,但倘有随手记得的书,能博引一点自然也并非坏事,至于有人以为一定要似鲁迅那么博古征今才是写文艺杂感的条件,那么就不免谬于千里了。

【导读】

本文最初发表在 1938 年 12 月 21—23 日《文汇报·世纪风》,后收入 1939 年 7 月上海世界书局出版社出版的《横眉集》。上文选自上海文艺出版社 2006 年出版的《秋窗晚集——孔令境文史随笔》。

文章总共分为"正名""迹原"和"发展之路"三个部分。作者首先为当时盛行的文艺性的政治和社会的杂感正名,认为应该由"杂文"纠正为"文艺杂感",因为"所谓'杂文',该是指各种文体的综合而言",为了容易使人理解和文体的建立,只有"文艺杂感"才是一种以内容的统一为标准的文体名称。其次,作者为"文艺杂感"的来源找寻历史依据,在古代概念的基础上把现代此类作品归为一种文艺创作,并提出更符合文体特征的概念。文章从清代姚鼐的"古文辞类纂"中考迹"文艺杂感"的来源,得出"内容颇有些似'箴铭'和'论辨',而形式则就'于古无征'"的结论。就文体的形式来说,"稍远我们可以追迹康梁的政论,略近则五四以来的'杂感',实为其胎"。最后作者分析了文艺杂感这种文体发生、发展的原因,指出"文艺杂感"因为抗战的发生进入第二阶段,其内容的变更也带来了形式上的变化。在大环境需要"文艺杂感"的创作基础上,提出对"文艺杂感"的创作建议,即现在的杂文家在技巧上不用刻意去学前人博古征今的作风,总体上应"从'言简而深'的一点上去努力,至于行文,大可以质朴而雄浑一些了",争取让这种文体有新的发展和创造。

孔另境把人们习惯上使用的"杂文"正名为"文艺杂感",这体现了他对这种文体的重视和强烈的文体观念。作者研究其历史来源、发展的原因、发展阶段和提出的建议,都是为了找到更符合文体特征的概念。尽管"杂文"的名称被广泛认可,但文学史上也有"文艺杂感"的地位。整篇文章在概念定形过程中对文体的思考及创作的建议都推动着这种文体的发展和成熟。

(姜蓉艳)

新闻文艺论

曹聚仁

【作者简介】

曹聚仁(1900—1972),字挺岫,笔名陈思等,浙江浦江人。中国现代著名记者、作家。毕业于浙江省立第一师范学院,先后任教于上海复旦大学、暨南大学等,曾主编过《涛声》《芒种》等杂志。抗日战争期间,曾任战地记者。1950年以后,移居香港,任新加坡《南洋商报》驻港特派记者。著有散文集《我与我的世界》《万里行记》《文坛五十年》等,报告文学集《采访新记》《鲁迅评传》等,论著《文史讨论集》《国学概论》《国学大纲》等。

一

不久以前,我在曲江曾做了一件傻事:一位年青的朋友向某书店买一本题名为《新闻记者工作入门》的书,那书定价很高。那青年又珍爱又踌躇,从他的动作上看出他心头的"郑重其事"。我就很冒昧地对他说:"当作随意浏览,你也不必踌躇,若认真以为读了这小书,就可以进入新闻记者工作的门槛,那又把这小书看得太珍重了。这也不过几个新闻从业人的生活报道,算不上指引初学的入门书。"我后来一想,这话说得狠傻:不仅打破了一注别人的买卖,而且辜负了编者"宝筏渡人"的主意;再者,那青年若进问一句:"要从事于新闻记者的工作,究竟从何入门?"我又将怎么答复他呢。

近年来,中国新闻界显然青黄不接,前后脱了节似的,有采访经验的熟手记者,大都生活富裕,留恋都市,已经搁下他那枝精练的笔;那些上战场去的,也都是热血青年,爱写作而缺少采访经验,所写作的多系小品文而非新闻文艺;还有许多有志新闻记者的青年彷徨歧途,摸不着门径,也是一件当前的切要工作。(我所不曾对那青年作复的答案,事实上原非作答不可)。如李却特·波里士拉夫斯基(Kichard Boleslauskg)所作《演技六讲》那样的入门书,应当早日编起来的,这是一切有采访经验的熟手记者们的责任。

二

什么叫做新闻文艺呢？（新闻文艺或称报告文学。——Reportage。）

它，并不是纯文艺，乃是史笔；它的成分，要让"新闻"占得多；那艺术性的描写，只有加强对读者诱导的作用，并不能代替新闻的重要地位。换言之，不管用文艺手法描写得怎样高明，只要那新闻本身缺乏真实性，那篇通讯即失去了意义。

有人以为"特写"便是"新闻文艺"，那也是错误的："特写"乃是一切艺术作者处理事件的一种技术，一种夸张的手法；凡电影，剧曲，小说，漫画，当作者认为某细小事件足以做某类社会现象的征象，就用夸张的笔法来渲染起来，新闻文艺中，也有用得着"特写"的地方，并不是"特写"便是"新闻文艺"。

有人以为身边琐事，便是"新闻"；于是喝茶闹酒，都当作新闻来报道，这也是极大的错误。"记者"本人除用以标示"时""地""关系"以外，原不必在通讯出现，记者的私生活，绝没有新闻的意义，更不必写入通讯中去。——记者更不应该把写通讯当作自我宣传的工作。

我们要了解新闻文艺的含义，必须扫去主观上的文艺看法，新闻记者并不是文艺作家的兼差，并不是能写文艺作品的，便可写出优秀的新闻文艺来。历史上，许多文学家编史书编得非常拙劣，文人写新闻，每每写得很坏，这个理由是相同的。

让我举一个例吧！英记者勃脱兰的《华北前线》，楔子第二节，开场写道：

"山边的小河，流过了拥有丛柏的两岸，河水澄澈而阴凉。我们的船夫是黝黑而壮实的渔人，他们把那只平底船缓缓地向着逆流上驶。眼前的风景也正像一幅着色的图画，它有着星罗棋布的小丘和整洁的木屋。天空是像阵雨后的澄澈。

在我们船的前头，两个人涉足在河流当中，手里拿着渔网。另一人携着一只鸬鹚，它是替我们捉鱼的。当鱼网撒下去的时候那鸬鹚就奋身跃入水中，动作很是敏捷，并不需要渔人去指使。它贪馋地吞着吞着嘴里不时翻出银色的闪光。渔人敏捷地把鱼从它喉咙中取出来，再把它抛到鱼篮里去。那鸬鹚一次复一次地没水和出水，一次复一次地被强迫着吐出。它似乎永不会餍足似的。"

这段秀美的描写我们仿佛在读屠格涅夫的小说；但这段描写所以有意义，并不在于他的秀美字句；他的主要目的，不在景物的描写而在下文所指出的象征意味。他接着写道：

"'这正是一个象征日本工业的日本寓言，'我这样想着，很悠闲地注视着这个过程无止境地在重复表现，'那鸬鹚是否知道它是受骗了的？是否知道它是在为人作嫁？为什么它不继续罢工呢？然而果如这样，它的主人就会把它饿起来，直至它再愿意作工。'"

这么一来,便成为一篇好的新闻文艺了。他所以那么夸张描写,正在说明日本社会内在的矛盾。可是他的杰出手法,还在下面,读者请再看下去,他写道:

"'这是很美丽的,坐着看流水的悠逝'。一个曼美的声调打断了我的思路。说话的人是我在东京邂逅而遇的一个医院里的医生。他很为我所敬佩,认为足以代表自由职业家的效能和尊严的一个模范人物。他舒适地躺着,他的草帽掩盖着他的前额。他继续肯定说:'日本人爱自然,是你所知道的;因为一个日本人都有诗人的心情。'

有一件事是确实的,日本人有时具有像少年维特那样的感情:经过大战而澌灭了的欧洲人的多情善感性,却在日本复活了。"

这样,他有了极有价值的另一面的成就了;原来,他是身处在中日战事爆发的前夜,要从日本的民族性的根柢上来解释这侵略战的成因;这是一段好的新闻文艺,不仅是一段好的描写。

我们要说勃脱兰《华北前线》那个新闻文艺集子的优点,先要说起他的透辟观察力,其次再说及他的井然的材料处置,再次方说及他的秀美描写;这是构成新闻文艺的几个基本条件。

三、新闻眼

因此我们先来谈谈一个记者所必须养成的透辟观察力——新闻眼。

我们每个人每小时间所闻所见的事物,若全部丝毫不遗地记述下来,至少可以印成三百页的册子;当然谁也不会这么傻,把所闻所见的都保留着,各人都加以主观的选择,大部分"听而不闻,视而不见"让它忽略过去。因此,吾人对这个现实的世界,所知实在有限得很,除了和自我利害有关涉的,其余一切,可说是蒙无所知。我们不妨说,每个人若非经过相当训练,不会有观察事物的能力;正如每个人入水必沉没下去,除非学习过游泳的技能,才能从水中浮起来。

一个新闻记者,他就首先要脱去以"自我"为中心的世界观,学习着观察这个客观的社会和世界。客观现象是变动不居的,我们心胸中先要从变动中构成一个鸟瞰式的轮廓和波浪式的史的概念,申言之,事件的发生有其来龙,也有其去脉,把每一事件放到一串事件的发展过程中去看,才可以明瞭其正确的意义,例如吴佩孚将军逝世了,我们非有北洋派发展过程及中华民国政治社会史的轮廓,即无从估量他的事业和人格;而他晚年言行的估价,也非把他放在中日政治活动的过程中去看不可,孟子所谓知人论世,即是养成透辟观察力的第一步。

横的方面，世间也决无孤立的事件，一件真的新闻，若只是一件孤立的或片面的新闻，并不一定是正确的新闻。我们在战地上，访问一个亲身作战的士兵；我们若不明瞭那一战役的整个阵营的配置，不明瞭那士兵个人的任务是什么，单把他所叙述的所批评的记载下来，我敢说这节新闻的正确性一定很低。以我个人的经验来说，每觉得愈接近战线，所得的消息愈零碎，愈真实但未必正确；而能设法接近高级指挥部，所得的消息愈是综合的愈增加正确性。例如时人爱谈台儿庄的胜利，当时究竟如何胜利。我们在台儿庄正面阵地的一群记者，并不十分明瞭。因为四月六日那天，正面孙总司令部和侧翼汤军团部失去了情报上的联络；单就正面阵地来说，台儿庄的五分之四阵地已被日军所攻占，只留下了河边五分之一的阵地；孙军虽有死守的决心，尚无必胜的把握。那天晚上我向徐州中央社报告反攻台儿庄已经得手的消息，指挥作战的田镇南军长，尚以"发表过早"为言。可是在徐州的胡定芬兄从司令长官部得到侧翼的消息，便确然断定已经获得了大胜利，比我们在正阵地上的记者正确得多了。是使用显微镜与使用望远镜的不同之处，一个新闻记者必须学习使用望远镜。

　　初做新闻记者的朋友，和各方面的人物相接触，或搜集了每事件的各方面材料，每抚掌兴叹，以为每个人的谈话都不可信，各方面的材料都相互矛盾，消息太不容易正确了。（历史家也说一切口头，或纸面上的史料，都缺少正确性。）在这些缺少正确性的新闻原料上，我们怎样整理去，才能成为正确的新闻呢？这便是养成新闻眼的第三步。不错，每个人的谈话都有点歪曲事实或夸张手法来叙述；但一事件所关连的各方面人物，他们所歪曲的所夸张的并不相同。所歪曲所夸张何以不相同呢？此中有着各人的主观色彩存在的，我们看清楚这主观色彩的成分，推求其所以不相同的原因，就可以构成一个切实的对象——三个"谣言"，便可以构成一个"真实"。编辑室的编辑也是如此，他接受了许多方面的新闻报道，有的互相矛盾，有的时序颠倒，有的先后重复，就揆各方面的"情"，度"必然""或然"的"界"，——加以鉴别，便重新组成一件正确的新闻出来了。

　　"新闻眼"的最大障碍，还是我们自己心理上的几种弱点。第一，我们不免为好奇心所激动，一个事件，只要它刺激了一般人的视听，合了我们的好奇口味，就不估计这事件的社会意义，当作一件重要新闻来记述。第二，我们一半受社群心理的影响，一半受文艺描述习惯的影响，当执笔时，每不能保持客观的冷静态度，把强烈的情感注入文句，乃成为夸张式的记述，因而失去了全部正确性。第三，我们每相信自己的记忆力，以为亲闻亲见必十分可靠；其实记忆是不可靠的，可回忆中所能唤起的印象，都是渺茫的。（据可靠研究，至多只有百分之二十的可靠性)每当执笔时,我们容易和一般人一样,当记忆不真时,加以主观的修正和补充。第四,我们所使用的语言文字,意义是非常暧昧的;"普通习用的字眼儿,特别是形容词,常不免与实物相去甚远。"但我们执笔以前并不受严格的训练,以至我们报道,也和一般人一样的意义暧昧。

以我看来,"新闻眼"是必须养成的,却非一朝一夕所能养成的,我们知道打弹子,打网球,打台球这类小游戏,得费很多次的练习长期间不断的练习,才会获得正确,"观察力"之养成,该比这类小游戏更艰难些;我希望一个初执笔的青年朋友不要过于相信自己的判断力。

四、材料处理

若有人问我:民国以来,中国新闻记者那一个最成功?我应该举出黄远庸来。何故?因为他善于处理材料。假使有人问我:战事报道,那一种写得最成功?我应该举出《兴登堡自传》来。何以故?假若有人问我:我们应该向那一个去学习?我应该举出司马迁来。何以故?因为他善于处理材料。处理材料乃是新闻技术的中心;(所谓史才)一个新闻记者的成功和失败,就从这方面表现出来。

一事件的发展,有似一棵大树的成长,我们怎样来处理它呢?固然可以顺着萌芽,抽枝,开花,结果的时序看去,也可以截断树干看它的年轮;原不妨到树下去看那树叶花果的分布状态,也可登山冈远望,看那棵大树在原野村落中的位置。司马迁之作《史记》,拆开来是一段一节的记录,合拢来便是一件完整的制作。其中有"纵"的叙述,则为本纪与年表,有"横"的叙述则有以人物为中心的世家和列传,还有"综合"的述叙,则有以制度为中心的八书,明白了这个道理,就可以知道处理新闻材料,用之以作纵的,横的,或综合的叙述,其方法原不同,而有相得益彰之妙。(报馆中朋友,常以写通信者不善处理材料为叹,所举通病有五:(一)述战事必从"卢沟桥事变以来"开端,闲话说了许许多多。(二)个人的生活起居写了一大堆,落到正题,便草草了事。(三)轻重详略安排得不妥当,每每详其所略而略其所详,弄得头重脚轻。(四)前后不相照应,使读者摸不着头脑。(五)头绪纷纭,东说一句西说一句,没有一贯的线索。这些毛病,皆由不知剪裁组织之故。)

前人爱提及《史记》的《廉颇蔺相如列传》,这篇列传写蔺相如的事功,把完璧归赵和渑池之会两件大事写得有声有色,而写那位疆场立功身经数十战的勇将廉颇,并不写他在战场上的事迹,只写他老年时,赵王派人看他还能不能作战,他自示不老,"一饭斗米,肉十斤披甲上马"情况,以及他对蔺相如负荆请罪的情况。

司马迁何以这么来写呢？因为描写战场的勇战，不足以写廉颇的忠勇人格，所以他从小处着笔，而蔺相如的经纶却从两件外交大事表现出来，所以他从大处落墨，一详一略，一正面，一侧面，他把材料处理得非常得当。又如《李广列传》，写性格处比写事功处为详；写事功，大抵综述几笔，偶有铺述，也多侧笔来陪衬，其写性格，无论说到他的骑射，应战，料敌，及处众应世，都活龙活现，一幅有一幅的妙境。而《项羽本纪》，则写事功比写性格为详，其写性格常见之于其应对吐属之中不用"特写"之笔，写事功，则巨鹿之战，鸿门之会，楚汉战争，垓下之围，各有各的铺述法，千头万绪中有一很清晰的系统。司马迁若来做战地记者，他定用《项羽本纪》的手法来叙述淞沪战役，鲁南战役，武汉战役，至为张自忠将军作传，定用《李广列传》的笔法，关于格局的安排，材料的弃取，都得有一番考核的，我们在鲁南随军那么多的新闻记者中，应该自己抱恨，就是那么多的通信，不仅没有一篇及得上陈辞修将军的谈话；而且综合叙述过那么少，以至读者看了我们的回信，还看不清战局的轮廓。

我们再来看兴登堡的自传，全书二十万字中，记他自己个人生活不及二十分之一，第三卷中，有一节记大本营生活，仅四千余字，可是他在引端中说："在巨大世界事件中，是有些人不愿注意这些小事的，我请他们把下列数页翻过不看。知道这些事於了解大时代是不必须的。"这正是他的取材审慎处，他的取材原以使读者能了解大时代的动态为主。兴登堡将军，他是造成坦能堡胜利的主角，我们且看他笔下的"杉山之役"；（即坦能堡战役）全文约七千字；先写敌情判断约一千字，写德方应付策略的一千五百字，写战斗经过，约四千余字，写大胜利收场，只用五百字的简笔；其中除录了一份向皇帝报告的电文，只有下文一段有力的字句：

"我在阿伦斯泰因本路军新指挥部，踏进古骑士宫殿附近教堂里，时正举行祈祷。教士说了最后祈祷时，所有在座的人，少年兵和老年国民军统统在所经历的巨大印像之下跪着。这是他们勇敢行为一个可敬的结局。"

他这七千字的战役纪载，几乎不可增删一字，可谓剪裁得其至当。

五、艺术笔触特写

用艺术的笔触来作"特写"，那是属于新闻报道中一种辅助之笔，我在前面已经提过了。（中国新文学运动，只有短短二十年的历史；所有文学部门作品，戏曲，诗歌，小说都没有什么成就。民国二十一年以后兴起的小品文，也只是文学作品的初步练习，不能算作文学作品。许多人把"特写"当作新闻文艺，盖由小品文流行所造成的错误观念。）我们作新闻报道，究竟在怎样情形之下得用艺术之笔来写的地方都是加强力量提示读者注意的地方。我们叙述一件故事，无论多少头绪，必有一个中心；枝枝叶叶，常用简括的叙述，入到中心，就得渲染一番，渲染处即可作一"特写"。许多事件，从正面着笔，每易枯窘难于舒展，就改从侧面着笔；作侧笔时，我们也爱用"特写"。又当主题未出，我们已安排它的背景用阴影来衬托主题；大抵作阴影时也常用"特写"。一切艺术的笔触，都有诱导的意味，所谓引人入胜；但新闻中的特写，当以完成诱导作用为限度，过了这个限度，即失了作"特写"的本意。

再引勃脱兰的华北前线来作例子，楔子第一段，岛国的人民，开端那一小节记他自己和日本警察的谈话是一个特写，这一特写即可衬出日本人对中国国情的不了解，这不了解由于日本人的自大性所造成。第二节叙述他所见所闻中日战争前夜的明流暗流，从正面着笔。第三节又转入侧笔，写他和一位经济教授的谈话，也是一个特写，他要用这位经济教授的议论来解释日本社会矛盾；看是最不经意之处，却正是脉络所在处。我们试读下面一段记载：

"'很可惜'，我的同伴一心牵记着花的话题上，便对我说：'你错过了春天的花，但你尚可看到鸢尾花。日本'——他对这本国的英文名字，虽然说来，是不甚纯熟，但说得也像一个很可抚爱的东西——'是一个花国哟。这里的景色是常青的，不像中国那样，那里是没有树木的。'

对于这最后怪异的论调，我不赞一词地让它过去了。'日本的人民对于中国究竟是怎样看法呢？'他深深地叹了一口气，宛如我提出了一个使他沉痛的问题似的。'我们能怎么办呢？日本愿意做中国的朋友，可是中国人不了解，他们时常同我们闹别扭。……'从他想像中的中国，我很快的得了个影象：似乎一个广大无垠的大地，黑沉沉的罩着云雾，没有树木，却满地拥挤着鬼怪似的东西，个个对太阳旗作粗暴无礼的姿势，'我们只是要帮助中国，可是中国却毫无诚意，这就很难了。……'"

我们说这段特写很成功，就因为他无意之中把主题烘托出来。

关于新闻的写作的话，我想停在这儿，不再写下去了，否则拖拖拉拉，会像是一本作法入门一类的小册子呢！

一九四二年在曲江

【导读】

《新闻文艺论》最初发表于1940年的《学生月刊》第1卷第8期。上文选自于此。1963年，改题为《报告文学论》编入《现代中国报告文学选》（甲编），由香港三育图书文具公司出版。1995年,收入中国广播电视出版社的《曹聚仁文选》(上)。上文选自1940年《学生月刊》第1卷第8期。

《报告文学论》是曹聚仁关于报告文学的创作问题提出的理论指导。报告文学在经历了20世纪30年代的繁荣以后,到20世纪40年代,其创作逐渐走向低迷。在这个时期,青年记者们对待报告文学的创作空有一腔热血,而不能正确认识这种文体的特性和创作需求,这就阻碍了他们产出优秀作品。它作为一种文体来反映真实的社会人生,其创作技巧是需要训练的。此外,报告文学兼具真实性和艺术性的特点,但两者在其中的占比程度却值得注意,艺术性是不能掩盖新闻的真实性的。

作为一位从事新闻工作几十年的记者,曹聚仁对于报告文学的理解是精辟而特别的,他对周围的事物也有着敏锐的观察力,他从"报告文学"的概念入手,引出了报告文学创作所要锻炼的三个技巧。曹聚仁认为,一篇好的报告文学的成型,在准备阶段需要透辟的观察力——学习观察客观的社会和世界。在纵向方面表现为要搞清楚事情的来龙去脉,在横向方面表现为要把一件事物放到其发展的整体背景下,而这过程中,均需要创作者脱离以自我为中心的导向,避免作品主观化的倾向。在创作的过程中,要使手头的材料发挥最大的价值。沿着一条线索,合理安排文章的整体布局,使之详略得当,使读者一下子就可以抓住重点。报告文学中的"特写"只是为了在不经意中突出主题,这也是报告文学艺术性的体现。

《报告文学论》是曹聚仁对自己十几年媒体生涯经验的总结,为20世纪40年代及以后创作报告文学的新闻记者提供了一个条理清晰的思路,对中国报告文学的繁荣起到了促进作用,为今天的学者研究报告文学理论提供了借鉴。

(宫麒康)

散文的声音节奏(存目)

朱光潜

【作者简介】

朱光潜(1897—1986),字孟实,笔名孟石,安徽桐城人。现当代著名美学家、文艺理论家、教育家、翻译家。早年在桐城、武昌高等师范学校学习,肄业于香港大学文学院。1925年出国留学,获得英国爱丁堡大学硕士学位和法国斯塔斯堡大学博士学位。1933年回国,先后在国立北京大学、国立四川大学、国立武汉大学任教。抗战胜利后,重返北京大学任西语系教授,曾代理文学院院长。1962年转入哲学系,讲授美学,任博士生导师。主要著作有《悲剧心理学》《文艺心理学》《西方美学史》《谈美》《谈文学》《谈美书简》等。

【导读】

《散文的声音节奏》最初发表在1946年光明书店出版的《谈文学》中,后收入1982年上海文艺出版社出版的《朱光潜美学文集》第2卷,后收入1988年安徽教育出版社出版的《朱光潜全集》第4卷。

20世纪20年代,朱光潜发表《无言之美》一文,开始了对白话文创作以及现代语体文(白话文)的建设问题的关注。20世纪30年代,他开始对散文理论产生兴趣,经常在文艺和美学的论著中涉及对散文的讨论。20世纪40年代,朱光潜发表的《散文的声音节奏》标志着他进入散文理论研究的新阶段。

朱光潜从声音节奏的角度来研究散文,深信声音节奏对于文章来说是第一件要事,因为"文学须表现情趣,而情趣就大半要靠声音节奏来表现""领悟文字的声音节奏,是一件极有趣的事"。文章对声音对文章极重要这一观点,从古到今、从中到西分别举例展开论述,从行文中,我们能看到作者受到西方文学和桐城派文学的影响。

作者通过援引韩退之、范文正公等例子,说明音与义的关系,即声音有时更能带动意义,也举了古文通过重视虚字来讲究声音的例子,说明古人做文章对声音节奏很讲究。进而提到只要是文章就离不开声音节奏,现代语体文的节奏与古文相比,只存在"声音节奏形式化的程度大小",如果讲究得好,语体文比古文的声音节奏应该更生动，更有味。作者分别举《红楼梦》的正面例子和现代刊物上的反面例子来分析说明，好的文章骈散交错，长短相间，声音节奏起伏顿挫，这是自然的；而文章写得不好，声音不响亮流畅的深层原因是"作者的思路不清楚，情趣没有洗炼得好，以及驾驭文字的能力薄弱"，绝非仅表面看到的文白杂糅，或者欧化文没有锤炼好的原因。作者在文末说"语体文还在试验时期，错误人人都难免"，并且再次建议创作者把思想情感洗炼好，下笔时让思想情感自然流露，加之以艺术上的剪裁，这样文章节奏就会流畅。

朱光潜西学与国学的双重视野，让他能更理性地把握中西方的思想和文化，使各种思想在比较中深化，他对散文声音节奏和情感自然流露的追求，都体现出他对散文审美的自觉，这也为现代散文语言美的建设奠定了基础。

（姜蓉艳）

诗歌理论

诗与小说精神上之革新

刘半农

【作者简介】

刘半农(1891—1934),名复,初字半农,后改半农,原名寿彭,晚号曲庵,笔名有寒星、范奴冬等,江苏江阴人。中国新文化运动先驱,文学家、语言学家和教育家。1911年参加辛亥革命,1912年在上海以向"鸳鸯蝴蝶派"报刊投稿为生,1917年参与编辑《新青年》,推行白话运动。1920年留学英法,学习语言学,1925年回国任北京大学国学系教授,教授语音学。1934年在北京病逝。出版诗集《瓦釜集》《扬鞭集》,其他著作有《半农文集》《中国文法通论》《初期白话诗稿》,译著《法国短篇小说集》《茶花女》等。

我尝说诗与小说,是文学中两大主干,其形式上应行改革之处,已就鄙见所及,说过一二。此篇专就精神上立论,分述如下。

一、曰诗

朱熹《诗传序》曰,"人生而静,天之性也。感于物而动,性之欲也。夫既有欲矣,则不能无思。既有思矣,则不能无言。既有言矣,则言之所不能尽,而发于咨嗟咏叹之余者,必有自然之音响节奏而不能已焉。此诗之所以作也。"曹文埴《香山诗选序》曰,"自知诗之根于性情,流于感触,而非可以牵强为者。而彼尚戋戋焉比拟于字句声调间也。则曷反之于作诗之初心,其亦有动焉否耶。"袁枚《随园诗话》有曰,"须知有性情,便有格律。格律不在性情外。三百篇半是劳人思妇,率意言情之事。谁为之格,谁为之律,而今之谈格调者,能出其范围否。"可见作诗本意,只须将思想中最真的一点,用自然音响节奏写将出来,便算了事,便算极好。故曹文埴又说"三百篇者,野老征夫游女怨妇之辞皆在焉。其悱恻而缠绵者,皆足以感人心于千载之下。"可怜后来诗人,灵魂中本没有一个"真"字。又不能在自然界及社会现象中,放些本领去探出一个"真"字来。却看得人家做诗,眼红手痒,也想勉强胡诌几句,自附风雅。于是真诗亡而假诗出现于世。

《国风》是中国最真的诗,——《变雅》亦可勉强算得,——以其能为野老征夫游女怨妇写照，描摹得十分真切也。后来只有陶渊明白香山二人，可算真正诗家。以老陶能于自然界中见到真处，老白能于社会现象中见到真处。均有绝大本领，决非他人所及。然而三千篇"诗"，被孔丘删剩了三百十一篇。其余二千六百八十九篇中，尽有绝妙的《国风》，这老头儿糊糊涂涂，用了那极不确当的"思无邪"的眼光，将他一概抹杀，简直是中国文学上最大的罪人了。

现在已成假诗世界。其专讲声调格律，拘执着几平几仄方可成句，或引古证今，以为必如何如何始能对得工巧的，这种人我实在没工夫同他说话。其能脱却这窠臼，而专在性情上用功夫的，也大都走错了路头。如明明是贪名爱利的荒伧，却偏喜做山林村野的诗。明明是自己没甚本领，却偏喜大发牢骚，似乎这世界害了他什么。明明是处于青年有为的地位，却偏喜写些颓唐老境。明明是感情淡薄，却偏喜做出许多极恳挚的"怀旧"或"送别"诗来。明明是欲障未曾打破，却喜在空阔幽渺之处立论，说上许多可解不解的话儿，弄得诗不像诗，偈不像偈。请如此类，无非是不真二字，在那儿捣鬼。自有这种虚伪文学，他就不知不觉，与虚伪道德互相推波助澜、造出个不可收拾的虚伪社会来。至于王次回一派人，说些肉麻淫艳的轻薄话，便老着脸儿自称为情诗。郑所南一派人，死抱了那"但教大宋在，即是圣人生"的顽固念头，便摇头摆脑，说是有肝胆有骨气的爱国诗，亦是见理未真之故（余尝谓中国无真正的情诗与爱国诗，语虽武断，却至少说中了一半）。近来易顺鼎樊增祥等人，拚命使着烂污笔墨，替刘喜奎梅兰芳王克琴等做斯文奴隶，尤属丧却人格，半钱不值，而世人竟奉为一代诗宗。又康有为作"开岁忽六十"一诗长至二百五十韵，自以为前无古人，报纸杂志，传载极广。据我看来，即置字句之不通，押韵之牵强于不问，单就全诗命意而论，亦恍如此老已经死了，儿女们替他发了通哀启。又如乡下大姑娘进了城，回家向大伯小叔摆阔。胡适之先生说，仿古文章，便做到极好，亦不过在古物院中，添上几件"逼真赝鼎"。我说此等没价值诗，尚无进古物院资格，只合抛在垃圾桶里。

朋友！我今所说诗的精神上之革新，实在是复旧；因时代有古今，物质有新旧，这个真字，却是唯一无二，断断不随着时代变化的。约翰生论此甚详，介绍其说如下（约翰生博士，Dr. Samuel Johnson 生于一七〇九年，殁于一七八四年。为十八世纪英国文学界中第一人物。性情极僻，行事极奇，我国杂志中，已有译载其本传者，兹不详述。氏所著书，以《英文字典》(*English Dictionary*)《诗人传》(*The Lives of English Poets*)两种为毕生事业中最大之成就。而《拉塞拉司》(*Rasseias*)，《人类愿望之虚幻》(*Vanity of Human Wishes*)，《漫游人》(*The Rabler*)诸书，亦多为后世珍重。此段即从《拉塞拉司》中译出。书为寓言体，言

"亚比西尼亚 abyssinia 有一王子,曰拉塞拉司,居快乐谷 The Happy Valle 中,谷即人世'极乐地'Paradice。四面均属高山,有一秘密之门,可通出入。王子居之久,觉此中初无乐趣,与二从者窃门而逃,欲一探世界中何等人最快乐。卒至遍历地球,所见所遇,在在均是苦恼。然后兴尽返谷,恍然于谷名之适当云。"氏思想极高,文笔以时代之关系,颇觉深奥难读。本篇所译,力求平顺翔实,要以句句不失原义而止)。

"应白克曰,'……我辈无论何往,与人说起做诗,大都以为这是世间最高的学问。而且将他看得甚重,似乎人之所能供献于神的自然界者,便是个诗。然有一事最奇怪,世界不论何国,都说最古的诗,便是最好的诗。推求其故,约有数说。一说为别种学问,必须从研究中渐渐得来。诗却是天然的赠品,上天将他一下子送给了人类,故先得者独胜。又一说谓古时诗家,于榛狉蒙昧之世,忽地做了些灵秀婉妙的诗出来,时人惊喜赞叹,视为神圣不可几及。后来信用遗传,千百年后,仍于人心习惯上,享受当初的荣誉。又一说谓诗以描写自然与情感为范围,而自然与情感,却始终如一,永久不变的。古时诗人,既将自然界中最足动人之事物,及情感界中最有趣味的遭遇,一概描写净尽,半些儿没有留给后人。后人做诗,便只能跟着古人,将同样的事物,重新抄录一通,或将脑筋中同样的印象,翻个花样布置一下,自己却造不出什么。此三说,孰是孰非,且不必管。总而言之,古人做诗,能把自然界据为己有,后人却只有些技术。古人心中,能有充分的魄力与发明力,后人却只有些饰美力与敷陈力了。

"我甚喜作诗,且极望微名得与前此至有光荣之诸兄弟(指诗人)并列。波斯及阿刺伯诸名人诗集,我已悉数读过,又能背通麦加大回教寺中所藏诗卷。然仔细想来,徒事摹仿,有何用处。天下岂有从摹仿上着力,而能成其为伟人哲士者。于是我爱好之心,立即逼我移其心力于自然与人生两方面。以自然为吾仆役,恣吾驱使,而以人生为吾参证者,俾是非好坏,得有一定之依据。自后无论何物,倘非亲眼见过,决不妄为描写。无论何人,倘其意向与欲望,尚未为我深悉,我亦决不望我之情感,为彼之哀乐所动。

"我既立意要作一诗家,遂觉世上一切事物,各各为我生出一种新鲜意趣来。我心意所注射的地城,亦于刹那间拓充百倍,自知无论何事,无论何种知识,均万不可轻轻忽过。我尝排列诸名山诸沙漠之印象于眼前,而比较其形状之同异。又于心头作画,凡森林中有一株之树,山谷中有一朵之花,但令曾经见过,即收入幅中。岩石之高顶,宫阙之塔尖,我以等量之心思观察之。小河曲折,细流淙淙,我必循河徐步,以探其趣。夏云倏起,弥布天空,我必静坐仰观,以穷其变。所以然者,深知天下无诗人无用之物也。而且诗人理想,尤须有并蓄兼收的力量。事物美满到极处,或惨怖到极处,在诗人看来,却是习见。大而至于不可方物,小而至于纤眇不能目睹,在诗人亦视为相狎有素,不足为奇。故自园中之花,森林中之野鲁,以至地下之矿藏,天上之星象,无不异类同归,互相联结,而存储于诗人不疲不累之心栈中。因此等意思,大有用处。能于道德或宗教的真理上,增加力量。小之,亦可于饰美上增进其自然真确之描画。故观察愈多,所知愈富,则做诗时愈能错综变化其情景,使读者睹此精微高妙之讽辞,心悦诚服,于无意中受一绝好之教训。

"因此之故,我于自然界形形色色,无不心研习。足迹所至,无一国无一地不以其特有之印像见惠,以益我诗力而偿我行旅之劳。"

拉塞拉司曰,"君游踪极广,见闻极博,想天地间必尚有无数事物,未经实地观察。如我之偏处群山之中,身既不能外出,耳目所接,悉皆陈旧。欲见所未见,观察所未观察而不可得,则如何。"

应白克曰,"诗人之事业,是一般特性的观察,而非各个的观察。但能于事物实质上大体之所备具,与形态上大体之所表见,见着个真相便好。若见了郁金香花,便一株株的数他叶上有几条纹,见了树林,便一座座的量他影子是方是圆,多长多阔,岂非麻烦无谓。即所做的诗,亦只须从大处落墨,将心中所藏自然界无数印象,择其关系最重而情状最足动人者,一一陈列出来。使人人见了,心中恍然于宇宙的真际,"原来如此。"至于意识中认为次一等的事物,却当付诸删削。然这删削一事,也有做得甚认真,也有做得甚随便,这上面就可见出诗人的本分,究竟谁是留心,谁是贪懒了。

"但是诗人观察自然,还只下了一半功夫,其又一半,即须娴习人生现象。凡种种社会种种人物之乐处苦处,须精密调查,而估计其实量。情感的势力,及其相交相并之结果,须设身处地以观察之。人心的变化,及其受外界种种影响后所呈之异象,与夫因天时及习俗的势力,所生之临时变化,自人人活泼康健的儿童时代起,直至其颓唐衰老之日止,均须循其必经之轨道,穷迹其去来之踪。能如是,其诗人之资格犹未尽备。必须自能剥夺其时代上及国界上半不可破之偏见,而从轴象的及不变的事理中判一是非。尤须不为一时的法律与舆论所羁累,而超然高举,与至精无上,圆妙无极,万古同一的真理相接触。如此,则心中不特不急急以求名,且以时人的推誉为可厌,只把一生欲得之报酬,委之于将来真理彰明之后。于是所做的诗,对于自然界是个天人联络的译员,对于人类是个灵魂中的立法家。他本人也脱离了时代与地方的关系,独立太空之中,对于后世一切思想与状况,有控御统辖之权。

"虽然,诗人所下苦工,犹未尽也。不可不习各种语言,不可不习各种科学。诗格亦当高尚,俾与思想相配。至措词必如何而后隽妙,音调必如何而后和叶,尤须于实习中求其练熟……"

二、曰小说

"小说为社会教育之利器,有转移世道人心之能力。"此话已为今日各小说杂志发刊词中必不可少之套语。然问其内容,有能不用"迎合社会心理"的工夫,以遂其"孔方兄速来"之主义者乎。愿小说出版家各凭良心一答我言。

"文情"二字,又今日谈小说者视为构成小说之原质者也。然我尝举一"文"字,问业于一颇负时名之小说家,其答语曰,"作文言小说,近当取法于《聊斋》,远当取法于'史汉'。作白话小说,求其细腻,当取法于《红楼》。求其瘦硬,当取法于《水浒》。然《红楼》又脱胎于《杂事秘辛》诸书,水浒又脱胎于《飞燕外传》诸书。则谓小说即是古文,非古文不能称小说可也。"又尝举一"情"字,问业于一喜读小说之出版家,其答语曰,"情节离奇是小说的骨子。必须起初一个闷葫芦,深藏密闭,直到临了才打破,方为上乘。其次亦当如金圣叹评'大易',所谓'手轻脚快,一路短打'方是。若在古文上用功夫,句句是乌龟大翻身,有何趣味。"由前说言,中国原有古文,已觉读之不尽,何必再做。且何不竟做古文而做此刻鹄类鹜面虎类狗之小说为。由后说言,街头巷尾,小书摊上所卖"穷秀才落难中状元,大小姐后园赠衣物"的大丛书,亦尽可消闲破闷,何必浪费笔墨,再出新书。

小说家最大的本领有二:第一是根据真理立言,自造一理想世界。如施耐庵一部《水浒》,只说了"做官的逼民为盗"一句话,是当时虽未有"社会主义"的名目,他心中已有了个"社会主义的世界"。托尔斯泰所作社会小说,亦是此旨。其宗教小说,则以"Where's Love, there's God"一语为归宿,是意中不满于原有的宗教,而别有一理想的"新宗教世界"也。此外如提福之《鲁滨生》一书,则以"社会不良,吾人是否能避此社会?"及"吾人脱离社会后。能否独立生活?"两问题,构成一"人有绝对的独立生活力"的新世界。欧文所著各书,则以"风俗浇滴,足以造成罪恶",而虚构一"浑浑噩噩之古式的新世界"。虞哥所撰各书,则破坏"一切制造罪恶的法律",而虚构一"以天良觉悟代法律的新世界"。王尔德所著各书,能于"爱情真谛"之中,辟一"永远甜蜜"的新世界。左喇所著各书,能以"悲天悯人"之念,辟一"忠厚良善"之新世界。虽各人立说不同,其能发明真理之一部分,以促世人之觉悟则一。第二是各就所见的世界,为绘一维妙维肖之小影。此等工夫,已较前稍逊。然如吾国之曹雪芹、李伯元、吴趼人。英国之狄铿士、萨克雷、吉伯林、史梯文生,法国之龚枯儿兄弟与莫泊三,美国之欧·亨利与马克吐温,其心思之细密,观察力之周至,直能将此世界此社会表面里面所具大小精粗一切事物,悉数吸至笔端,而造一人类的缩影,此是何等本领。至如惠尔司之撰科学小说,康南道尔之撰侦探小说,维廉勒苟之撰秘密小说,瑟勒勃郎之撰强盗小说,已非小说之正,且亦全无道理,与吾国《花月痕》《野叟曝言》《封神榜》《七侠五义》等书,同一胡闹。然天地间第一笨贼,却出在我国。此人为谁,曰,俞仲华之撰《荡冠志》是!

同是一头两手,同是一纸一笔,何以所做小说,好者如彼而恶劣者如此,曰,此是头脑清与不清之故。果能清也,天分高,功夫深,固可望大成;即不高不深,亦可望小成。否则说上一辈子呓话,博得俗伧叫好而已。我今介绍樊戴克之说,即是洗清头脑的一剂灵药。(樊戴克博士,Dr. Henry van Dyke 为美国当代第一流文豪。曾任 Princeton 大学英文学主讲。其著作有"Fisherman's Luck","Little Rivers","The Blue Flowers","The Ruling Passion","Music, and other poems","The House of Rimon","The Toiling of Felix, and other poems"等。首二种为纪事写生文,次二种为小说,余为诗集,均极有声誉。此节见于《The Ruling Passion》一书之篇首,标题曰"著作家之祈祷"("A Writer's Request of His Master"),盖用教会中祈祷文体,以发表其小说上之观念,正所以自明其视文学为神圣的学问也。其言甚简,却字字着实,句句见出真学问,实不可多得之短文也。)

"愿上帝佑我,永远勿任我贸然以道德问题与小说相牵涉,且永远勿任我叙述一无意义之故事。愿汝督察我,令我敬重我之材料,俾不敢轻视自己之著述。愿汝助我以诚实之心对待文字与人类,因此皆有生命之物也。愿汝示我以至清明之途径,因著书如泅水。少许之澄清,胜于多许之混浊也。愿汝导我观察事物之色相而不昧我心中潜蓄之灵光。愿汝以理想赐我,俾我得立足于纺机之线,循序织入人类之锦,然后于蒙昧不明之一大疑团中,探得其真际所在。愿汝管束我,勿令我注意书籍,有过于人类,注意技术,有过于人生。愿汝保持我,使我尽其心力,作此一节之功课,至于圆满充足而后止。既毕事,则止我。且给我以酬,如汝之意。更愿汝助我,从我安静之心中,说一感谢汝恩之亚门。"

此说专对小说立论,与约翰生之论诗,虽题目各殊,用意实出一轨。可知诗与小说仅于形式上异其趋向,骨底仍是一而二,二而一,即诗与小说而外,一切确有文学的价值之作物,似亦未必不可以此等思想绳之。

结论

前文云云,我不敢希望于今之"某老某老"之大吟坛,亦不敢希望于报纸中用二号大字刊登"洛阳纸贵""著作等身"之小说大家。即持此以与西洋十先令或一便士的廉价出版品——有时亦可贵至一元三角半或三先令六便士——之著作家说话,亦是对牛弹琴,大杀风景。然则此文究竟做给何等人看,曰,做给爱看此文者看。

"If this will not suffice, it must appear

That malice bears down truth."——Shakespeare

"Truth crashed to earth shall rise again:

The eternal years of God are hers."——Bryant

【导读】

《诗与小说精神上之革新》最初发表于1917年7月1日《新青年》第3卷第5号,后收录于1986年人民文学出版社出版的《刘半农文选》。上文选自《新青年》1917年第3卷第5号。

作为五四文学革命的提倡者,刘半农早在1917年发表文章《我之文学改良观》,主要从形式方面初步阐释散文及韵文的文体形式改良,而《诗与小说精神上之革新》在开篇就强调从精神方面阐发文学改革之真意,成为刘半农五四初期重要的文体理论之一。

刘半农在文章中从引入西方的文学观念出发,从古典文化中发现可贵之处,结合当时的创作实践,从诗与小说两方面阐述其精神革新主张。在诗一方面,他提出作诗的真实性主张,要求作诗要真情实感、由内而发。他提道,"可见作诗本意,只须将思想中最真的一点,用自然音响节奏写将出来便算了事,便算极好"。所谓"最真的一点"包含两个层面:一是真性情,二是真感受。真性情是强调诗人的品格,从大自然和社会现象中获得真感受。刘半农从古代诗论中发现"真",引出"我们现在已成假诗世界"的问题,他认为"真"是不随时代而变化的,重点强调诗歌的精神涵义,注重古今诗人的高尚诗格。

在小说创作方面,刘半农认为比起描绘现实世界的"小影",能够建立一个"理想世界"才是小说家最大的本领。也就是说,内容与理想相比,刘半农更重视其思想的建设。同时他引用樊戴克的小说《著作家之祈祷》的译文来论证小说内容与精神层面的要求,他认为在写作内容上要有观察材料、立足现实的态度,在精神上则要有追寻真理、体会人生意义的态度。

  诗歌与小说的文体形式是相异的,但刘半农认为,在精神思想上,一切有价值的文学追求都是相同的。在五四文体理论初探时期,刘半农以深邃的眼光注意到诗与小说两种文体形式之外思想层面的革新,其诗与小说精神革新理论的提出,在一定程度上实现了文学革命形式与精神上的相对平衡,潜移默化地影响了以后的文学创作风向。

(苗慧婷)

谈新诗

——八年来一件大事

胡　适

一

民国六年(一九一七)一月一日,《新青年》第二卷第五号出版,里面有我的朋友高一涵的一篇文章,题目是"一九一七年预想之革命"。他预想从那一年起中国应该有两种革命:(一)于政治上应揭破贤人政治之真相,(二)于教育上应打消孔教为修身大本之宪条。高君的预言,不幸到今日还不曾实现。"贤人政治"的迷梦总算打破了一点,但是打破他的,并不是高君所希望的"立于万民之后,破除自由之阻力,鼓舞自动之机能"的民治国家,乃是一种更坏更腐败更黑暗的武人政治。至于孔教为修身大本的宪法,依现今的思想趋势看来,这个当然不能成立;但是安福部的参议院已通过这种议案了,今年双十节的前八日北京还要演出一韵徐世昌亲自祀孔的好戏!

但是同一号的《新青年》里,还有一篇文章,叫做"文学改良刍议",是新文学运动的第一次宣言书。《新青年》的第二卷第六号接着发表了陈独秀君的"文学革命论"。后来七年四月里又有一篇"建设的文学革命论"。这一种文学革命的运动,在我的朋友高君做那篇"一九一七年预想之革命"时虽然还没有响动,但是自从一九一七年一月以来,这种革命——多谢反对党送登广告的影响——居然可算是传播得很远了。文学革命的目的是要替中国创造一种"国语的文学"——活的文学。这两年来的成绩,国语的散文是已过了辩论的时期,到了多数人实行的时期了。只有国语的韵文——所谓"新诗"——还脱不了许多人的怀疑。但是现在做新诗的人也就不少了。报纸上所载的,自北京到广州,自上海到成都,多有新诗出现。

这种文学革命预算是辛亥大革命以来的一件大事。现在《星期评论》出这个双十节的纪念号,要我做一万字的文章。我想,与其枉费笔墨去谈这八年来的无谓政治,倒不如让我来谈谈这些比较有趣味的新诗罢。

二

　　我常说，文学革命的运动，不论古今中外，大概都是从"文的形式"一方面下手，大概都是先要求语言文字文体等方面的大解放。欧洲三百年前各国国语的文学起来代替拉丁文学时，是语言文字的大解放；十八十九世纪法国嚣俄，英国华次活（Wordsworth）等人所提倡的文学改革，是诗的语言文字的解放；近几十年来西洋诗界的革命，是语言文字和文体的解放。这一次中国文学的革命运动，也是先要求语言文字和文体的解放。新文学的语言是白话的，新文学的文体是自由的，是不拘格律的。初看起来，这都是"文的形式"一方面的问题，算不得重要。却不知道形式和内容有密切的关系。形式上的束缚，使精神不能自由发展，使良好的内容不能充分表现。若想有一种新内容和新精神，不能不先打破那些束缚精神的枷锁镣铐。因此，中国近年的新诗运动可算得是一种"诗体的大解放"。因为有了这一层诗体的解放，所以丰富的材料，精密的观察，高深的理想，复杂的感情，方才能跑到诗里去。五七言八句的律诗决不能容丰富的材料，二十八字的绝句决不能写精密的观察，长短一定的七言五言决不能委婉达出高深的理想与复杂的感情。

　　最明显的例就是周作人君的《小河》长诗（《新青年》六卷二号）。这首诗是新诗中的第一首杰作，但是那样细密的观察，那样曲折的理想，决不是那旧式的诗体词调所能达得出的。周君的诗太长了，不便引证，我且举我自己的一首诗作例：

《应该》

　　他也许爱我，——也许还爱我，——
　　但他总劝我莫再爱他。
　　他常常怪我；
　　这一天，他眼泪汪汪的望着我，
　　说道："你如何还想着我？
　　想着我，你又如何能对他？
　　你要是当真爱我，
　　你应该把爱我的心爱他，
　　你应该把待我的情待他。"
　　............
　　他的话句句真不错，——

> 　　上帝帮我!
> 　　我"应该"这样做!(《尝试集》二,五六)

这首诗的意思神情都是旧体诗所达不出的。别的不消说,单说"他也许爱我,——也许还爱我"这十个字的几层意思,可是旧体诗能表得出的吗?

　　再举康白情君的《窗外》:

> 窗外的闲月,
> 紧恋着窗内蜜也似的相思。
> 相思都恼了,
> 他还涎着脸儿在墙上相窥。
> 回头月也恼了,
> 一抽身儿就没了。
> 月倒没了,
> 相思倒觉着舍不得了。(《新潮》一,四)

这个意思,若用旧诗体,一定不能说得如此细腻。

就是写景的诗,也须有解放了的诗体,方才可以有写实的描画。例如杜甫诗"江天漠漠鸟飞去",何尝不好?但他为律诗所限,必须对上一句"风雨时时龙一吟",就坏了。简单的风景,如"高台芳树,飞燕蹴红英,舞困榆钱自落"之类,还可用旧诗体描写。稍微复杂细密一点,旧诗就不够用了。如傅斯年君的《深秋永定门晚景》中的一段:

> ……那树边,地边,天边,
> 如云,如水,如烟,
> 望不断,——一线。
> 忽地里扑喇喇一响。
> 一个野鸭飞去水塘,
> 仿佛像大车音浪,漫漫的工——东——当。
> 又有种说不出的声息,若续若不响。(《新潮》一,二)

这一段的第六行,若不用有标点符号的新体,决做不到这种完全写实的地步。又如俞平伯君的《春水船》中的一段:

> ……对面来个纤人,
> 拉着个单桅的船徐徐移去。

> 双橹插在舷胯，
> 皱面开纹，
> 活活水流不住。
> 船头晒着破网。
> 渔人坐在板上，
> 把刀劈竹拍拍的响。
> 船口立个小孩，又憨又蠢，
> 不知为什么？
> 笑迷迷痴看那黄波浪。……（《冬夜》一，四）

这种朴素真实的写景诗乃是诗体解放后最足使人乐观的一种现象。

以上举的几个例，都可以表示诗体解放后诗的内容之进步。我们若用历史进化的眼光来看中国诗的变迁，方可看出自《三百篇》到现在，诗的进化没有一回不是跟着诗体的进化来的。《三百篇》中虽然也有几篇组织很好的诗如"氓之蚩蚩"、"七月流火"之类；又有几篇很好的长短句，如"坎坎伐檀兮"，"园有桃"之类；但是《三百篇》究竟还不曾完全脱去"风谣体"（Ballad）的简单组织。直到南方的骚赋文学发生，方才有伟大的长篇韵文。这是一次解放。但是骚赋体用兮，些等字煞尾，停顿太多又太长，太不自然了。故汉以后的五七言古诗删除没有意思的煞尾字，变成贯串篇章，便更自然了。若不经过这一变，决不能产生《焦仲卿妻》，《木兰辞》一类的诗。这是二次解放。五七言成为正宗诗体以后，最大的解放莫如从诗变为词。五七言诗是不合语言之自然的，因为我们说话决不能句句是五字或七字。诗变为词，只是从整齐句法变为比较自然的参差句法。唐五代的小词虽然格调很严格，已比五七言诗自然的多了。如李后主的"剪不断，理还乱，是离愁。别有一般滋味在心头"。这已不是诗体所能做得到的了。试看晁补之的《蓦山溪》：

> ……愁来不醉，不醉奈愁何？
> 汝南周，东阳沈，
> 劝我如何醉？

这种曲折的神气，决不是五七言诗能写得出的。又如辛稼轩的《水龙吟》：

> ……落日楼头，断鸿声里，江南游子，
> 把吴钩看了，阑干拍遍，
> 无人会，登临意。

这种语气也决不是五七言的诗体能做得出的。这是三次解放。宋以后,词变为曲,曲又经过几多变化,根本上看来,只逐渐删除词体里所剩下的许多束缚自由的限制,又加上词体所缺少的一些东西如衬字套数之类。但是词曲无论如何解放,终究有一个根本的大拘束;词曲的发生是和音乐合并的,后来虽有可歌的词,不必歌的曲,但是始终不能脱离"调子"而独立,始终不能完全打破词调曲谱的限制。直到近来的新诗发生,不但打破五言七言的诗体,并且推翻词调曲谱的种种束缚;不拘格律,不拘平仄,不拘长短;有什么题目,做什么诗;诗该怎样做,就怎样做。这是第四次的诗体大解放。这种解放,初看去似乎很激烈,其实只是《三百篇》以来的自然趋势。自然趋势逐渐实现,不用有意地鼓吹去促进他,那便是自然进化。自然趋势有时被人类的习惯性守旧性所阻碍,到了该实现的时候均不实现,必须用有意的鼓吹去促进他的实现,那便是革命了。一切文物制度的变化,都是如此的。

三

上文我说新诗体是中国诗自然趋势所必至的,不过加上了一种有意的鼓吹,使他于短时期内猝然实现,故表面上有诗界革命的神气。这种议论很可以从现有的新体诗里寻出许多证据。我所知道的"新诗人",除了会稽周氏弟兄之外,大都是从旧式诗,词,曲里脱胎出来的。沈尹默君初作的新诗是从古乐府化出来的。例如他的《人力车夫》:

日光淡淡,白云悠悠,
丰吹薄冰,河水不流。
出门去,雇人力车。街上行人,往来很多;车马纷纷,不知干些什么。
人力车上人,个个穿棉衣,个个袖手坐,还觉风吹来,身上冷不过。
车夫单衣已破,他却汗珠儿颗颗往下堕。(《新青年》四,一)

稍读古诗的人都能看出这首诗是得力于《孤儿行》一类的古乐府的。我自己的新诗,词调很多,这是不用讳饰的。例如前年做的《鸽子》:

云淡天高,好一片晚秋天气!
有一群鸽子,在空中游戏。
看他们三三两两,
回环来往,
夷犹如意,——

忽地里，翻身映日，白羽衬青天，鲜丽无比！（《尝试集》二，二七）

就是今年做诗，也还有带着词调的。例如《送任叔永回四川》的第二段：

你还记得，我们暂别又相逢，正是赫贞春好？
记得江楼同远眺，云影渡江来，惊起江头鸥鸟？
记得江边石上，同坐看潮回，浪声遮断人笑？
记得那回同访友，日暗风横，林里陪他听松啸？（《尝试集》二，五一）

懂得词的人，一定可以看出这四长句用的是四种词调里的句法，这首诗的第三段便不同了：

这回久别再相逢，便又送你归去，未免太匆匆！
多亏得天意多留你两日，使我做得诗成相送。
万一这首诗赶得上远行人，
替我说声"老任珍重珍重！"

这一段便是纯粹新诗体。此外新潮社的几个新诗人。——傅斯年，俞平伯，康白情，——也都是从词曲里变化出来的，故他们初作的新诗都带着词或曲的意味音节。此外各报所载的新诗，也很多带着词调的。例太多了，我不能遍举，且引最近一期的《少年中国》（第二期）里周无君的《过印度洋》：

圆天盖着大海，黑水托着孤舟，
也看不见山，那天边只有云头。
也看不见树，那水上只有海鸥。
那里是非洲？那里是欧洲？
我美丽亲爱的故乡却在脑后！
怕回头，怕回头，
一阵大风，雪浪上船头，
飕飕，吹散一天云雾一天愁。

这首诗很可表示这一半词一半曲的过渡时代了。

四

我现在且谈新体诗的音节。

现在攻击新诗的人，多说新诗没有音节。不幸有一些做新诗的人也以为新诗可以不注意音节。这都是错的。攻击新诗的人，他们自己不懂得"音节"是什么,以为句脚有韵,句里有"平平仄仄""仄仄平平"的调子,就是有音节了。中国字的收声不是韵母,(所谓阴声),便是鼻音(所谓阳声),除了广州入声之外,从没有用他种声母收声的。因此,中国的韵最宽。句尾用韵真是极容易的事,所以古人有"押韵便是"的挖苦话。押韵乃是音节上最不重要的一件事。至于句中的平仄,也不重要。古诗"相去日已远,衣带日已缓。浮云蔽白日,游子不顾返,"音节何等响亮?但是用平仄写出来便不能读了:

平仄仄仄仄,平仄仄仄仄。
平平仄仄仄,平仄仄仄仄。

又如陆放翁:

我生不逢柏梁建章之官殿,安得峨冠侍游宴?

头上十一个字是"仄平仄平仄平仄平平平仄",读起来何以觉得音节很好呢?这是因为一来这一句的自然语气是一气贯注下来的;二来呢,因为这十一个字里面,逢宫叠韵,梁章叠韵,不柏双声,建宫双声,故更觉得音节和谐了。

诗的音节全靠两个重要分子:一是语气的自然节奏,二是每句内部所用字的自然和谐。至于句末的韵脚,句中的平仄,都是不重要的事。语气自然,用字和谐,就是句末无韵也不要紧。例如上文引晁补之的词:"愁来不醉,不醉奈愁何?汝南周,东阳沈,劝我如何醉?"这二十个字,语气又曲折,又贯串,故虽隔开五个"小顿"方才用韵,读的人毫不觉得。

新体诗中也有用旧体诗词的音节方法来做的。最有功效的例是沈尹默君的《三弦》:

中午时候,火一样的太阳,没法去遮阑,让他直晒长街上。静悄悄少人行路;只有悠悠风来,吹动路旁杨树。谁家破大门里,半院子绿茸茸细草,都浮着闪闪的金光。旁边有一段低低的土墙,挡住了个弹三弦的人,却不能隔断那三弦鼓荡的声浪。

门外坐着一个穿破衣裳的老年人,双手抱着头,他不声不响。(《新青年》五,二)

这首诗从见解意境上和音节上看来,都可算是新诗中一首最完全的诗。看他第二段"旁边"以下一长句中,旁边是双声;有一是双声;段,低,低,的,土,挡,弹,的,段,荡,的,十一个都是双声。这十一字都是"端透定"(D,T)的字,模写三弦的声响,又把"挡""弹""断""荡"四个阳声的字和七个阴声的双声字(段,低,低,的,土,的,的,)参错夹用,更显出三弦的抑扬顿挫。苏东坡把韩退之《听琴诗》改为送弹琵琶的的词。开端是"呢呢儿女语,灯火夜微明,恩怨尔汝来去,弹指类和声"。他头上连用五个极短促的阴声字,接着用一个阳声的"灯"字,下面"恩怨尔汝"之后,又用一个阳声的"弹"字,也是用同样的方法。

吾自己也常用双声叠韵的法子来帮助音节的和谐。例如《一颗星儿》一首:

我爱你这颗顶大的星儿,
可惜我叫不出你的名字。
平日月明时,
月光遮尽了满天星,总不能遮住你。
今天风雨后,闷沉沉的天气,
我望遍天边,寻不见一点半点光明。
回转头来,
只有你在那杨柳高头依旧亮晶晶地。(《尝试集》二,五八)

这首诗"气"字一韵以后,隔开三十三个字方才有韵,读的时候全靠"遍,天,边,见,点,半,点"一组叠韵字(编,边,半,明,又是双声字),和"有,柳,头,旧",一组叠韵字夹在中间,故不觉得"气","地"两韵隔开那么远。

这种音节方法,是旧诗音节的精采(参看清代周春的《杜诗双声叠韵谱》),能够容纳在新诗里,固然也是好事。但是这是新旧过渡时代的一种有趣味的研究,并不是新诗音节的全部。新诗大多数的趋势,依我们看来,是朝着一个公共方向走的。那个方向便是"自然的音节"。

自然的音节是不容易解说明白的。我且分两层说:

第一,先说"节"——就是诗句里面的顿挫段落。旧体的五七言诗两个字为一"节"的。随便举例如下:

风绽—雨肥—梅(两节半)
江间—波浪—兼天—涌(三节半)
王郎—酒酣—拔剑—斫地—歌—莫哀(五节半)
我生—不逢—柏梁—建章—之—宫殿(五节半)
又—不得—身在—荥阳—京索—间(四节外两个破节)
终—不似—一朵—钗头—颤袅—向人—欹侧(六节半)

新体诗句子的长短,是无定的;就是句里的节奏,也是依着意义的自然区分与文法的自然区分来分析的。白话里的多音字比文言多得多,并且不止两个字的联合,故往往有三个字为一节,或四五个字为一节的。例如:

万——这首诗——赶得上——远行人。

门外——坐着——一个——穿破衣裳的——老年人。

双手——抱着头——他——不声——不响。

旁边——有一段——低低的——土墙——挡住了个——弹三弦的人

这一天——他——眼泪汪汪的——望着我——说道——你如何——还想着我？想着我——你又如何——能对他？

第二，再说"音"——就是诗的声调。新诗的声调有两个要件：一是平仄要自然，二是用韵要自然。白话里的平仄，与诗韵里的平仄有许多大不相同的地方。同一个字，单独用来是仄声，若同别的字连用，成为别的字的一部分，就成了很轻的平声了。例如"的"字，"了"字，都是仄声字，在"扫雪的人"和"扫净了东边"里，便不成仄声了。我们简直可以说，白话诗里只有轻重高下，没有严格的平仄。例如周作人君的《两个扫雪的人》的两行：

祝福你扫雪的人！

我从清早起，在雪地里行走，不得不谢谢你。（《新青年》六，三）

"祝福你扫雪的人"上六个字都是仄声，但是读起来自然有个轻重高下。"不得不谢谢你"六个字又都是仄声，但是读起来也有个轻重高下。又如同一首诗里的"一面尽扫，一面尽下"八个字都是仄声，但读起来不但不拗口，并且有一种自然的音调。白话诗的声调不在平仄的调剂得宜，全靠这种自然的轻重高下。

至于用韵一层，新诗有三种自由：第一，用现代的韵，不拘古韵，更不拘平仄韵。第二，平仄可以互相押韵，这是词曲通用的例，不单是新诗如此。第三，有韵固然好，没有韵也不妨。新诗的声调既在骨子里，——在自然的轻重高下，在语气的自然区分——故有无韵脚都不成问题。例如周作人君的《小河》虽然无韵，但是读起来自然有很好的声调，不觉得是一首无韵诗。我且举一段如下：

……小河的水是我的好朋友，

他曾经稳稳的流过我面前，

我对他点头，他对我微笑，

我愿他能够放出了石堰，

仍然稳稳的流着，

向我们微笑……

又如周君的《两个扫雪的人》中一段：

......一面尽扫,一面尽下:
扫尽了东边,又下满了西边;
扫开了高地,又填平了洼地。

这是用内部词句的组织来帮助音节,故读时不觉得是无韵诗。

内部的组织,——层次,条理,排比,章法,句法,——乃是音节的最重要方法。我的朋友任叔永说,"自然二字也要点研究。"研究并不是叫我们去讲究那些"蜂腰","鹤膝","合掌"等等玩意儿,乃是要我们研究内部的词句应该如何组织安排,方才可以发生和谐的自然音节。我且举康白情君的《送客黄浦》一章作例:

送客黄浦,
我们都攀着缆,——风吹着我们的衣裳,——
站在没遮阑的船楼边上。
看看凉月丽空,
才显出淡妆的世界。
我想世界上只有光,
只有花,
只有爱!
我们都谈着,——
谈到日本二十年来的戏剧,
也谈到"日本的光,的花,的爱"的须磨子。
我们都相互的看着。
只是寿昌有所思,
他不曾看着我,
他不曾看着别的那一个。
这种间充满了别意,
但我们只是初次相见。(《草儿在前集》一,一二)

五

我这篇随便的诗谈做得太长了,我且略谈"新诗的方法"作一个总结的收场。

有许多人曾问我做新诗的方法,我说,做新诗的方法根本上就是做一切诗的方法;新诗除了"新体的解放"一项之外,别无他种特别的做法。

这话说得太笼统了。听的人自然又问,那么做一切诗的方法究竟是怎样呢?

我说，诗须要用具体的做法，不可用抽象的说法。凡是好诗，都是具体的；越偏向具体的，越有诗意诗味。凡是好诗，都能使我们脑子里发生一种——或许多种——明显逼人的影像。这便是诗的具体性。

李义山诗"历览前贤国与家，成由勤俭败由奢"，这不成诗。为什么呢？因为他用的是几个抽象的名词，不能引起什么浓丽的影像。

"绿垂红折笋，风绽雨肥梅"是诗。"芹泥垂燕嘴，蕊粉上蜂须"是诗。"四更山吐月，残夜水明楼"是诗。为什么呢？因为他们都能引起鲜明扑人的影像。

"五月榴花照眼明"是何等具体的写法！

"鸡声茅店月，人迹板桥霜"是何等具体的写法！

"枯藤老树昏鸦，小桥流水人家，古道西风瘦马，夕阳西下，——断肠人在天涯！"这首小曲里有十个影像连成一串，并作一片萧瑟的空气，这是何等具体的写法！

以上举的例都是眼睛里起的影像。还有引起听官里的明了感觉的。例如上文引的"呢呢儿女语，灯火夜微明，恩冤尔汝来去，弹指泪和声"，是何等具体的写法！

还有能引起读者浑身的感觉的，例如姜白石词，"暝入西山，渐唤我一叶夷犹乘兴"。这里面"一叶夷犹"四个合口的双声字，读的时候使我们觉得身在小舟里，在镜平的湖水上荡来荡去。这是何等具体的写法！

再进一步说，凡是抽象的材料，格外应该用具体的写法。看《诗经》的《伐檀》：

坎坎伐檀兮，置之河之干兮，
河水清且涟猗，——
不稼不穑，胡取禾三百廛兮！
不狩不猎，胡瞻尔庭有县狟兮！

社会不平等是一个抽象的题目，你看他却用如此具体的写法。

又如杜甫的《石壕吏》，写一天晚上一个远行客人在一个人家寄宿，偷听得一个捉差的公人同一个老太婆的谈话。寥寥一百二十个字，把那个时代的征兵制度、战祸、民生痛苦，种种抽象的材料，都一齐描写出来了。这是何等具体的写法！

再看乐天的《新乐府》，那几篇好的——如《折臂翁》，《卖炭翁》，《上阳宫人》，——都是具体的写法。那几篇抽象的议论——如《七德舞》，《司天台》，《采诗官》，——便不成诗了。

旧诗如此，新诗也如此。

现在报上登的许多新体诗，很多不满人意的。我仔细研究起来，那些不满人意的诗犯的都是一个大毛病，——抽象的题目用抽象的写法。

那些我不认得的诗人做的诗，我不便乱批评。我且举一个朋友的诗做例。傅斯年君在《新潮》四号里做了一篇散文，叫做《一段疯话》，结尾两行说道：

> 我们最当敬重的是疯子，最当亲爱的是孩子。疯子是我们的老师，孩子是我们的朋友。我们带着孩子，跟着疯子走，走向光明去。

有一个人在北京《晨报》里投稿，说傅君最后的十六个字是诗不是文。后来《新潮》五号里傅君有一首《前倨后恭》的诗，——一首很长的诗。我看了说，这是文，不是诗。

何以前面的文是诗，后面的诗反是文呢？因为前面那十六个字是具体的写法，后面的长诗是抽象的题目用抽象的写法。我且抄那诗中的一段，就可明白了：

> 倨也不由他，恭也不由他！——
> 你还赧他。
> 向你倨，你也不削一块肉；向你恭，你也不长一块肉，
> 况且终究他要向你变的，理他呢！

这种抽象的议论是不会成为好诗的。

再举一个例。《新青年》六卷四号里面沈尹默君的两首诗。一首是《赤裸裸》：

> 人到世间来，本来是赤裸裸，
> 本来没污浊，却被衣服重重的裹着，这是为什么？
> 难道清白的身不好见人吗？那污浊的，裹着衣服，就算免了耻辱吗？

他本想用具体的比喻来攻击那些作伪的礼教，不料结果还是一篇抽象的议论，故不成为好诗。还有一首《生机》：

> 刮了两日风，又下几阵雪。
> 山桃虽是开着，却冻坏了夹竹桃的叶。
> 地上的嫩红芽，更僵了发不出。
> 人人说天气这般冷，
> 草木的生机恐怕都被摧折；
> 谁知道那路旁的细柳条，
> 他们暗地里却一齐换了颜色！

这种乐观,是一个很抽象的题目,他却用具体的写法,故是一首好诗。

我们徽州俗话说人自己称赞自己的是"戏台里喝采"。我这篇谈新诗里常引我自己的诗做例,也不知犯了多少次"戏台里喝采"的毛病。现在且再犯一次,举我的《老鸦》做一个"抽象的题目用具体的写法"的例罢:

我大清早起,
站在人家屋角上哑哑的啼。
人家讨嫌我,
说我不吉利;
我不能呢呢喃喃讨人家的欢喜!

民国八年十月

【导读】

《谈新诗》最初发表于1919年10月《星期评论》"双十节纪念专号"。后收录于1998年北京大学出版社出版的《胡适文集》第3卷,又收录于2003年安徽教育出版社出版的《胡适全集》第1卷。上文选自北京大学出版社1998年出版的《胡适文集》(第2卷)。

《谈新诗》是《星期评论》为纪念武昌起义向胡适邀稿发表在"双十节纪念号"的一篇文章。五四文学革命初期,旧诗体在语言层面已无法适应现代化的进程,诗歌革命是必然趋势。相对于小说、戏剧、散文等文体,诗歌受传统旧文学的影响根深蒂固。"八年来一件大事",胡适敏锐地发现了诗歌这一文体类型在文化现代化转型过程中所处的实验位置。白话新诗如何从旧诗体中脱胎换骨,完成新诗形式与内容的"进化"?胡适在《谈新诗》中概述了他的诗歌理论,主要包括诗体的解放、新诗体的音节、新诗的具体做法三个方面。

胡适从"历史的文学进化论"的角度论述了"诗体解放"的必然性。胡适以白话为工具,推行自由体诗。发展到近代的诗,就是把从前一切束缚精神自由的枷锁镣铐推翻,有什么材料,做什么诗;有什么话,说什么话,这样才能表达出最真实的情感。这是新诗发展的第一步。关于音节,胡适强调语气的自然节奏,每句内部所用字的自然和谐。胡适在这里给予了新诗体更多的宽容和发展空间,他认为新诗不仅有音节,而且能从旧诗体中继承发展,但无须按照旧诗词的规则去做。平仄自然、用韵自然,一切按照作者情感的需要来安排。

胡适借鉴古典诗词特有的意境列举出古典诗词中具体的做法,倡导新诗要用通俗的白话文作具体的诗,从而表达真挚的情感。在新诗内容上对于当时诗歌界创作所出现的一些浅显粗俗的问题具有一定的规范作用。

胡适《谈新诗》的发表，顺应了时代及文学机制的发展需求，对新诗文体提出了更多的创作要求，同时对于白话文学的革新具有促进意义。《谈新诗》是激流勇进的特定时代下的产物，胡适更多的是从历史的角度实验其文体理论，而中国古典诗词里的美学意蕴同样值得我们去品味。

（苗慧婷）

新诗底我见

康白情

【作者简介】

康白情（1896—1959），字鸿章，四川安岳县来凤乡人。毕业于北京大学，1918年秋组织创办"新潮社"，创办《新潮》月刊，先后发表了《草儿在前，鞭儿在后》《朝气》《和平的春里》等白话诗，对中国白话诗的发展起到推动作用。1919年7月康白情参与组织成立"少年中国学会"，任《少年中国》月刊首任编辑。先后在《新潮》《少年中国》《星期评论》《学灯》上发表文章，著有诗集《草儿》《河上集》等。

一

诗究竟是什么？

我说，我斟酌各家说法而断以己见说，在文学上，把情绪的，想象的意境，音节地戏剧地写出来，这种的作品就叫做诗。

那么都是诗了，怎么又有新诗呢？

新诗所以别于旧诗而言。旧诗大体遵格律，拘音韵，讲雕琢，尚典雅。新诗反之，自由成章而没有一定的格律，切自然的音节而不必拘音韵，贵质朴而不讲雕琢，以白话入行而不尚典雅。新诗破除一切桎梏人性底陈套，只求其无悖诗底精神罢了。

那么诗和散文没有分别了？

不然，有诗的散文；也有散文的诗。诗和散文，本没有什么体裁的分别。不过主情为诗底特质，音节也是表现于诗里的较多。诗大概起源于游戏冲动，而散文却大概起源于实用冲动。两个底起源稍异，因而作品里所寓底感情不同，因而其所流露底节奏也有差别，因而人一见就可以辨其为散文为诗。若更要追寻为什么？便只好遍问诗人或自己诉诸直觉了。

宇宙间底事事物物，无一样不是我们底诗料。他们都活鲜鲜的等着，专备诗人底运用。巧匠把断瓦残砖盖成一所华屋，拙匠把彩橡丹楹弄来没有了颜色，其操持都在匠心和匠手。物如的世界,原是蠢的;经过心底锻炼,才觉得有些美;更淘去较粗的美,而把更精的充量表出来,就是艺术。以热烈的感情浸润宇宙间底事事物物而令其理想化,再把这些心象具体化了而谱之于只有心能领取底音乐,正是新诗底本色呵。

"我想世界上只有光,
只有花,
只有爱!"

二

旧诗底好的,或者音调铿锵,或者对仗工整,或者词华秾丽,或者字眼儿精巧,在全美底一面,也自有其不可否认的价值,为什么要有新诗呢?我想为了种种的逼迫,这实在是必然的倾势:

(一)社会上经济的组织不完善,人不聊生,于是对于旧的制度文物,一切怀疑,而各色新主义应运而生,就诗坛也不能不受其潮流底撼动:一面因惯过繁琐的生活,脑质疲劳,经营物质的生活之余,更无暇用心于纤巧的事,自然见着烦琐的东西就觉得十分烦腻,想根本改造他;他一面却因思虑过多而致脑力衰弱,转成深思底病,又觉得肤浅的作品,不能满足我们享乐底欲望,谨严的格律,简单的形式,不能装入我们深远的思想,那么只好另辟境界了。我们看"变风""变雅"作于周室之衰;辞赋作于战国乱离底时候;五言盛于汉底末世;七言成于五胡乱华之后,如词如曲,都正当宋元忧患底际会生成。这些都是因经济的关系而起内的反应可以引证的。

(二)庚子拳变以后,从枪炮以至学术思想,逐渐输入中国,中国人逐渐有了科学的脑筋,于是在诗里也不免要想得些具体的观念;旧诗拘于形式,不能应我们底要求,只得革命。

(三)法兰西大革命后,自然主义的文学勃兴,而诗体也有一个大解放。明治维新后,日本底诗坛起了大扰动,直由新格律而进为"自由诗",由华词而进为白话。近几年这种法兰西风和日本风传入英格兰和美利加,这两处又起了诗国底大革命。大抵麦饭遇着酒酿少有个不发酵的。

辛亥革命后,中国人底思想上去了一层束缚,染了一点自由,觉得一时代底工具只敷一时代底应用,旧诗要破产了。同时日本、英格兰、美利加底"白话诗"输入中国,而中国底留学生也不免受他们底感化。看惯了满头珠翠,忽然遇着一身缟素的衣裳；吃惯了浓甜肥腻，忽然得到几片清苦的菜根，这是怎么样的惊喜！由惊喜而摹仿；由摹仿而创造。去年有许多的新诗，又已回输过日本去了。

（四）物穷则变。诗由三百篇而辞赋，而乐府，而五言，而七言，而词，而曲，都是循着一定的程径，由体裁底束缚而变为自由的。到了曲，辞句已用白话了；体裁已经很自由了；不作散文的诗，更可以怎么变去呢？

（五）从历史上看来，人群思想底进化，是从法古而至于法今，从师人而至于师己，从地方的而至于世界的。新诗以当代人用当代语，以自然的音节废沿袭的格律，以质朴的文词写人性而不为地方底故实所拘，是在进化底轨道上走的。——进化非人力所能挡得住的。

有了这些逼迫而知道新诗底成就是绝不可免的。为了文学底进化，我们不可不为新诗努力，新诗底美，深藏在官快的美底第二层。我们要舍得丢掉那些铿锵的音调，工整的对仗，浓丽的词华，精巧的字眼儿，庶几真正的新诗可得而创造了。

"暴徒是破坏底娘，
进化是破坏底儿。
要得生儿，
除非自己做娘去！"

三

但是，新诗底要素是些什么，也不可不为商量。普通做诗，照前面说过的，是把情绪的，想象的意境，音节地，戏剧地写出来。所写的是内容；写的是形式。新诗既有别于旧诗，我们不可不具体地更具体的给他们一个分别罢。

就形式说，有音节的和戏剧的两个作用。音节的是读法；戏剧的是写法。

（一）旧诗里音乐的表见，专靠音韵平仄清浊等满足感官底东西。因为格律底束缚，心官于是无由发展；心官越不发展，越只在格律上用工夫，浸假而仅能满足感官；竟嗅不出诗底气味了。于是新诗排除格律，只要自然的音节。

情发于声，因情底作用起了感兴，而其声自成文采。又看感兴底深浅而定文采底丰歉。这种的文采就是自然的音节。我们感兴到了极深底时候，所发自然的音节也极谐和，其轻重缓急抑扬顿挫无不中乎自然的律吕。不要说诗，我们但读文学家底散文，其音节底和谐，不但可以悦耳，并足以悦心，使我们同他起同一的感兴。又不要说散文，我们但听演说家底演说，其音节底和谐，也不但可以悦耳,并足以悦心,使我们同他起同一的感兴。这都是情动于中而形于言,莫知其然而然的。无韵的韵比有韵的韵还要动人。若是必要藉人为的格律来调节声音而后才成文采,就足见他底情没发,他底感兴没起,那么他底诗也就可以不必作了。感情底内动,必是曲折起伏,继续不断的。他有自然的法则,所以发而为声成自然的节奏;他底进行有自然的步骤,所以其声底经过也有自然的谐和。音呀,韵呀,平仄呀,清浊呀,有一端在里面,都可以使作品越增其美,不过总须听其自然,让妙手偶然得之罢了。

　　诗要写,不要做;因为做足以伤自然的美。不要打扮而要整理,因为整理足以助自然的美。做的是失之太过,不整理的是失之不及。新诗本不尚音,但整理一两个音就可以增自然的美,就不妨整理整理。新诗本不尚韵,但整理一两个韵就可以增自然的美,又不妨整理整理。新诗本不尚平仄清浊,但整理一两个平仄清浊就可以增自然的美,也不妨整理整理他。"罗衣何飘飘,轻裾随风旋!"没有平仄,但我们觉得他底调子十分高爽。因为他有清浊。"江南好采莲,莲叶何田田!鱼戏莲叶间,鱼戏莲叶东,鱼戏莲叶西,鱼戏莲叶南,鱼戏莲叶北。"没有格律;但我们觉得他底调子十分清俊。因为他不显韵而有韵,不显格而有格,随口呵出,得自然的谐和。"滴滴琴泉。听听他滴的是什么调子?"既没有韵,也没有清浊;但我们觉得他底调子十分响亮,而且有些神奇。因为他有平仄而兼有音——就是双声和叠韵。总之,新诗里音节底整理,总以读来爽口,听来爽耳为标准;若到真妙处,更可以比官快更进一层。泰戈尔底《园丁集》里说,"你那样软笑低吟,不是我底耳,只有我底心能听。"要到只有心能听,那更不用说有了自然的音节,就四围都无处不是韵了。

　　(二)戏剧的作用,在把我底感兴,完全度与读的人。我底感兴所以这样深,是由于对于对象得了一个具体的印象;读者是否能和我起同一的感兴,就看我是否能把我所得于对象底具体的印象具体的写出来。我们写声就要如听其声;写色就要如见其色;写香若味若触若温若冷就要如感受其香若味若触若温若冷。我们把心底的花蕊开在一个具体的印象上,以这个印象去叩人家底心;他得到这个东西,便内动的构成一个,引起他自己底官快;跟着他再由官快进而为神怡,得到美底享乐,而他底感兴起了。这个似乎说,诗是为人而作的;其实不然。就结果说,这种的写法,都是为了读者;而就动机说,只不过是迫于艺术冲动而为自己表见。我底诗一脱稿,我自己也就成了读者了。能引起我自己感兴底再生,就能引起别人底感兴底共鸣。我们看"小胡同口,放着一副菜担——满担是青的红的萝卜,白的菜,紫的茄子;卖菜的人立着慢慢的叫卖,"我们读了就如看见的一样。

"忽地里扑喇喇一响,一个野鸭飞去水塘,仿佛像大车音波,漫漫的工——东——嗒。"我们读了就如听见的一样。这就是具体的写法,就是戏剧的作用原来宇宙在横的一面只是有,在纵的一面只是动。戏剧是最能美化宇宙动象底艺术,所以最好的文学借镜于戏剧。这本是文学里应具的通德,不过旧诗限于格律,不能写得到家;如今新诗和散文携手,自然更能写得到家了。

就内容说,有情绪的和想象的两种意境。

(一)诗是主情的文学。没有情绪不能作诗;有而不丰也不能作好。勿论紧张或弛缓,兴奋或沉郁,而我们底感情上只有快不快。由是勿论我们底情绪为欢乐为悲哀,都可以引起我们底美底感兴,而催我们作诗——甚且越悲哀,在诗人底味上觉得越美。诗人不必是神经质的;但当其诗兴大发,不可不具神经质底作用。诗人不一定是神经质的;因为要有生气才有死气,要有美和丑底对比才生快不快底感情。我们看一个砚池:看他和即墨黑公管城毛公会稽楮先生相与为友,镇日都过的很清洁的生活;他在案上静着,自然幽雅的和他们傍着;动的时候,便互助的成就许多有益的事。我们在这里,觉得十分羡慕他,不管他有不有诗意,但至少总起了一点游戏的感兴。又看他静便静着;动便动着;机械的忙着而不知道为什么;成就许多有益的事而于他自己无与;就和些朋友一块儿生活着,也只是不得不然,随便应酬罢了。我们在这里,又觉得十分可怜他,不管他有不有诗意,但至少又总起了一点无聊的感兴。原来宇宙只是一个真,不管人间底美不美。但我们要把他看作美或看作不美,他却没有法子拒绝的。情绪是主观的,而引起或托情绪的是客观的。我们要对于宇宙绝对地有同情,再让他绝对的同情于我,浓厚的情绪就不愁不有了。

(二)有浓厚的情绪而没有丰富的想象去安排他,毕竟也不中用。我们要让死气的世界都带了生气,都着了情底彩色,非想象不为功。要把所要的材料加以剪裁使其适合尺度,也非想象不为功。要把所得的材料加以调整,构成所要的东西,更非想象不为功。想象抽这一个印象底这一节,又抽那一个印象底那一节,构成一个新意境,构成一个诗的世界。

还有几样东西,不是言语所能说得明白的,也提个影子。第一,新诗在诗里本是要图形式底解放的,那么就什么体裁也不能拘,而尚自由的体裁。次则遣词要质朴而命意要含蓄。《红楼梦》所以令人百读不厌呢,因为他底命意都不是裸然显露的。含蓄并不是要隐晦;明了并不是不能含蓄。什么"温柔敦厚"哪,是属于作家个人的修养和社会底风教,和这个无关;不过使言有尽而意无穷,令读者一唱而三叹,却是艺术上可以做得到的。不然,一看就尽,味同嚼蜡,还有什么好处呢,再次则神秘固不是诗里必须的东西,但因其中乎人类底天性,也可以兴起一种美感,所以有时因想象而涉于神秘,也正不必排去的。最后就是风格要高雅。怎么样才是高雅?这是很难说的,而且也非纯靠艺术所能达到的。我在这里,只好要求新诗人自己努力于人格底完成罢了。

> 四围底入籁都寂了。
> 只有她缠绵的孤月
> 尽照着那碧澄澄的风波
> 碰着船蓖里绷垅的响。
> 我知道人底素心,
> 水底素心,
> 月底素心——一样。
> 我愿水送客行,
> 月伴我们归去!

四

新诗底大旨大概不错了。我对于他还有几条意见,也不妨拉杂写出来:

(一)新诗在诗里,既所以图形式底解放,那么旧诗里所有的陈腐规矩,都不妨一律打破。最戕贼人性的是格律,那么首先要打破的就是格律。新诗并不就是指白话诗:白居易底诗老妪可诵,宋儒好以白话入诗,宋元人底词曲也大体是白话,但我们不能承认他们是新诗。新诗也并不就是指散文的诗:论语纪子路遇荷茶丈人底事,陶潜底《桃花源诗记》和屈原宋玉苏轼他们底几篇赋,都可以说是散文的诗,但我们也不能承认他们是新诗。对于文学,在"当代人用语"底原则里,我主张做诗的散文和散文的诗:就是说作散文要讲音节,要用作诗底手段;作诗要用白话,又要用散文的语风。至于诗体列成行子不列成行子,是没有什么关系的。

每每的诗里必要用韵,就好用韵来敷衍,以致诗味淡泊,不堪咀嚼;新诗重在精神,不必拘韵;就偶然用韵以增美底价值,也要不失自然。

修辞的工夫虽不可少,但绝不可流于过饰;葩藻之词盛,自然言志之功隐了。所以我们底诗,要在质朴,真挚,清洁里讨生活,不要在典丽,矫饰,秾艳里讨生活。但不过饰呀,并不是说可以蓬头跣足。西子花钿宫装,固有损他自然的美;要使她蒙一块下灶布见客,人又不能不掩鼻而过之了。

还有，文法也是一个偶像。本来中国文里，没有成文的文法；就使有文法，只要在词能达意底范围里，也不宜过拘。在散文里要顾忌文法，我已觉得怪腻烦的；作诗又要奉戴一个偶像，更嫌没有自由了。而且零乱也是一个美底元素。我们只求其美，何必从律？杜甫底"红稻啄余鹦鹉粒，碧梧栖老凤凰枝。"这种的倒装句法，本为修辞家所许可的，不能以通不通去责他。所以我在诗坛，要高唱"打破文法底偶像！"

（二）新诗和旧诗，是从形式上分别的。一种形式可以装勿论什么种精神。所以新诗不必要装一种新主义，以至勿论一种什么主义。即如白话文，就是一个形式的东西；可以拿来作鼓吹无政府主义底传单，也就可以拿去作黄袍加身的劝进表。新诗也是这样：可以嘲咏风月，也就可以宣扬风教，可以夸耀姻云，也就可以讽切政体；可以写"男的女的都在水田里"，也就可以写"鸳鸯瓦冷，翡翠衾寒"。就说平民的文学罢，一种是实写平民的生活，一种是使平民都能了解。"腰镰刈葵藿，倚杖牧鸡豚"，可算是实写平民的生活了；而我们不能当他做新诗。"不采湖中红藕，不认风前乌桕，留取一丝情，系在白门疏柳。回首！回首！看是谁将心负！"可算使平民都能了解了；而我们也不能当他做新诗。反之，把东西洋旧时讴歌君主，夸耀武士的篇章，用新诗底形式译出来，我们却不能不承认他是新诗。可见诗了诗，主义了主义——新诗固不必和什么新主义一致了。

进一步说。就是在文学上底什么主义，新诗也不必有的。和古典的不相容，不用说了；就是什么浪漫的哪，自然的哪，象征的哪，也不是一个新诗人自己该管底事。我们做诗，尽管照我们自己所最好的做去，不必拘于一格。至于我们底作品究竟该属于那一格，留给后来的文学史家作分类底材料好了！

这些，勿论怎么样，总是真理上底事；主义上我却怎么样呢？我觉得"我"就是宇宙底真宰。我想完成"小我"以完成"大我"。我觉得做人是我们底事业，发挥人性是做人所必具底条件。我想从兽性和神性中间找出人性来。我认识劳动是我们底天职，田野是我们底花园，劳动者是我们底好朋友。走到花园里，去找诗的生活去。

（三）新诗的精神端在创造。因袭的，摹仿的，便失掉他底本色了。做一首诗就要让这一首诗有独具的人格。如果以前有了这么一种诗情，以后的就不必作了；因为两美并立，便两败俱伤，何必多此一举呢？而况事实上并不能两美并立么？

（四）诗和词底分别，也只在乎形式而不在乎精神。所谓"词十轻偷，诗人忠厚"，只关一时代底风化，不能推以为诗和词底分别的。词和曲底分别也是这样。

新诗既可以创造,"新词""新曲"又有什么不可以创造呢?所以有不讲格律,而其体裁风格和词曲太相近的,我便想要强分他为"新词""新曲"。

我所以要分出"新词"和"新曲",是怕把新诗底体裁风格混卑了——其实不必。

我以为就是一种形式的东西,也各有其独具的精神。如诗如词如曲以至新诗"新词""新曲",都该各有领域,不容相混。要做旧诗,就要严守格律,填词就要倚声;作曲就要按谱。我们依格律作一首白话诗,只能叫他做非古典主义的古诗或律诗,不能叫他做新诗。一样,我们用白话作的词或曲,也只能叫他做非古典主义的词或曲,不能叫他做"新词"或"新曲"。甚且就勿论用文言或白话作一种讲格律底东西,如果错了些须规矩,就不能还说他是那一样东西。例如填一阕"烛影摇红",我们改了几个平仄节奏,就不能还说他是"烛影摇红",最好是给他另起一个名字。因为我们自己底东西要保有个性,就不能不尊重别人的个性呵。

(五)新诗也可以唱的。因为只要有一串声音就可以唱的。这个话不用我注释,朱熹答陈体仁底信里说:"来教谓:诗本为乐而作,故今学者必以声求之;则知其不苟作矣。'此论善矣。然愚意有不能无疑者。盖以《虞书》考之,则诗之作,本为言志而已:方具诗也,未有歌也;及其歌也,未有乐也;以声依永,以律和声。则乐乃为诗而作,非诗为乐而作也。"那么,新诗可以唱就勿庸疑了。

我很愿能为新诗制成些乐谱。但一种乐谱只许套一首新诗;而一首新诗却可以有几个乐谱。

(六)诗是主情的文学;诗人就是宇宙底情人。那么要作诗,就不可不善养情。

但是感情和知识每每是不能并容的。我们底知识够了,我们底感情就薄了,又怎么样办呢?我想只好让感情和知识各向偏方面发展,而不必取其调和。就是说:在科学上要痛用知识,而不掺入感情;在诗上要痛抒感情,而不必顾忌知识。

科学给我们说:花是生殖植物底器官;恋爱是兽欲的冲动;就人间种种精神上底动作,也不过是物质的要求罢了。这么说来,诗人就根本破产了!我们在这里,只好放下知识,任我们底冲动去做;冲动到了那里,我们就做到那里。就使知识明明给我们说,世界底前途没有希望,我们至少也还要存个悲观;因为就是悲观,也还有些悲哀的情绪,也就还可以有为。要是因知识到家之故而生超苦乐观,那就不免要丧失人性了!正要知其不可而为之,才有人生底趣味呵!

(七)诗起源于自己表见底艺术冲动。当其自己表见底时候,有实用底意义和价值;及其既成,便觉得有精神的美,而生一种神秘的快乐,又有快乐底意义和价值。所以诗是"为人生底艺术"和"为艺术底艺术"调和而成的。但有偏主前一说的说,诗不问工拙,唯其志。又有偏主后一说的说,诗不问善恶,唯其美。实际上，没有志不能作诗，既成诗就终归是言中有物的；而没有美便不成其为诗了。不过诗底风格，系乎作家底人格。即如朱熹说，"齐梁间人诗，读之使人四肢皆懒慢不收拾。"人间固有以四肢皆懒慢不收拾为美的；能使人这样，就是他们底艺术；只是风格太卑了。我们说诗，处处都要他于世道有补，固未免"头巾气"太重，然而在自己表见之内而不能以最高尚的人格表见于最高雅的风格里，也是诗人底丑了！

唉！不谙"高山流水"之韵的呢，"打骨牌"就工了。不乐缟衣綦衿之雅的呢，绿衣黄裳就美了。为了人生，我们怎么可以不唱诗底高调呢？

（八）"平民的诗"是理想，是主义；而"诗是贵族的"，却是事实，是真理。怎么说呢？艺术冲动底起，必得当人生底静观底时候。我们正役心于人生底奋斗，必不能作诗。即如说伏羲以佃以渔，作《网罟之歌》，恐怕也是要晒网的时候才能作的。大多数，大多数的人是终日奋斗的。我们不能使大多数的人作诗，足证诗底起源是贵族的了。又，审美观念底起，也必得当人生底静观底时候。我们正役心于人生底奋斗，必不能作艺术底鉴赏。即如西湖底"船家"，我们要同他谈湖光怎么样滟潋，山色怎么样空濛，他一定是含糊答应的。大多数，大多数的人是终日奋斗的。我们不能使大多数的人都得诗底享乐，足证诗底效用又是贵族的了。而从历史观察，社会是进化的，但诗也是进化的。大多数的人文化程度增高，少数人底文化程度更增高了。我们没有法子齐自然底不平等，那么据过去算将来，诗又有十之八九是贵族的了。

惟其诗是贵族的，所以从诗底历史上看，他有种种形式的变迁，而究其实，一面是解放，一面却是束缚，一面是容易作，一面却是不容易作好。你看从三百篇以至词曲，作品底数量迭有增加，而其重量和数量底比例率恐怕只有减少，就可以知道了。

惟其诗是贵族的，所以诗尽可以偏重主观，触物比类，宣其性情，言词上务求明了，只尽力之所能及而不必强求人解——见仁见智，不是作者所宜问的。

勿论怎么样，感情终归是不可以理解的。真理虽是这样，我们却仍旧不能不于诗上实写大多数的人底生活，仍旧不能不要使大多数的人都能了解，以慰藉我们底感情。所以诗尽管是贵族的，我们还是尽管要作平民的诗。夜深了！夜深了！我们总渴盼明天快天亮哟！

"我们叫了出来，
我们就要做去。"

五

好，要说到新诗底创造了。不过这是没有换方子的，只好略述我自己底经验。

新诗底创造，第一步就是要选意。在诗人的眼里，宇宙就是一首大诗。所以诗意是随时有的，只等我们选其味儿浓厚的写出来罢了。我们说选意，却不是有意的去选，而是无意的去选。就是说，有了深刻的感兴，又迫于艺术冲动，不得已而后作；如果有几分得已，觉得也可以不作，那便是这个诗意不好，竟可以爽性割爱；或者觉得弃之可惜，而笔又不愿意写，那便是我们底诗兴不浓，也竟可以爽性割爱。

意选好了，觉得非作不可了，就要布局。要把所有这首诗里底意境搜出来；要把所有搜出来底东西剪裁过采；要把所有剪裁过底东西排列起来。布局就是诗意底整理。体裁就是布局底形式的表现。

局布好了，就要环境化。就是说，要把自己化入这个诗意底环境，或者让这个诗意底环境化入自己底想象。这就是要使我底感兴更深，要使我底印象更觉得鲜明浓丽。

环境化了，就要写。要随口写；要随心写；要一气呵成的写。

写好了，最后还要读。读就是批评。要当做别人底诗读，不要当做自己底诗读。读着有不顺口底地方，就是音节不好，可以把他改了。读着有不称心底地方，就是体裁或其他的东西不好，也可以把他改了。读过后觉得兴味萧然，不能引起我感兴底再生，就是这首诗根本不好，根本没有存在底价值，那么简直可以把他烧了。

一读，二读，三读，通过了——这首诗做好了。

斑斓的石色，
赭绿的草色，
和这红的，黄的，紫的，蓝的，白的，松铺在一地底
山花相衬。
——人压在半天里。
这么一块扎细花底破袖！
花草都含愁，
为着落日，也为着秋。
我说，"不用愁呵！
天地不老，我们都正在着花呵！"

六

　　勿论一件什么事,都不是偶然可以做到的。其间必有许多的关系。我们要明白这许多的关系而一一有一种预备底工夫,这事就可以迎刃而解了。"割鸡焉用牛刀"? 固然不错;却总不能不用"鸡刀"。就是"鸡刀",就要有十分的预备。先要把铁匠找好,把钢炼好,把刀打好,把锋口磨好,把割鸡底手段练习好,然后才不至于临时无措。其实这是很经济的;因为可以供很久的应用。作诗譬如割鸡,也要从根本上预备工具起。新诗是新诗人创造的,那么要预备新诗底工具,根本上就要创造新诗人——就是要作新诗人底修养。

　　一个新诗人要怎么样修养呢?

　　(一)"问渠那得清如许? 为有源头活水来"。不是说要清源才有清流么? 我尝说:"苏轼底文章以理胜,韩愈底文章以气胜;而他们俩的都能出奇制胜,奔放自如。但初读苏轼的,觉得他底文笔很好;而继读韩愈的之后,才觉得他的一落千丈了。这就是他底人格底高尚不及韩愈。"推到诗坛,要得高雅的作品,先要诗人有高尚的理想,优美的情绪;要得他有高尚的理想,优美的情绪,先要他有高尚的人格;要得他有高尚的人格,先就不可不让他作人格底修养。

　　人格是个性的。我们完成我们底个性,使他尽量从偏方面发展,就是完成我们底人格。如李白底飘逸,杜甫底沉郁,高岑底悲壮,孟郊底刻苦,都各有所偏;偏到尽头,就是他们底人格底真价。如有主张要有中和的,就要极端的偏于中和;中和到尽头,也就是他底人格底真价,人格底修养。没有什么只是要发展一个绝对的个性罢了。

　　(二)作诗本来靠天才,但知识不充,就天才也有时而尽。所以又要有知识底修养。杜甫说,"读书破万卷,下笔如有神!"这就是他亲笔的供状,就是知识底修养底第一个条件。但读书并不是说止于诗学一类底书,更须及于美学,修辞学,社会学种种,而自然科学也须加以涉猎。他底第二个条件就是观察。观察有两种作用:一种是证明书本的知识;一种是撷取经验的知识。观察有两个对象:一个是自然,要穷究宇宙底奥蕴;一个是社会,要透见人性底真相。

　　(三)学问叫我们能知;艺术叫我们能做。所以又要有艺术底修养。这个可以得两种方法。直接的方法,在乎实习;只须我们常做,自然我们作诗底艺术日比一日的好起来了。间接的方法,在乎从旁面取观摩之资。美在诗里底形式的表见,属于空间的是词句,是体裁;属于时间的是音节,是风格。而可资以为观摩的,又可以得两件事。第一是多读有价值的作品:不但中国的要读,就外国的也要读,不但要读诗,并且要读美的散文;并且读底时候,要看上眼,听上耳,读上口。第二是多习几种美术;图画可以使我们底诗里有色;音乐可以使我们底诗里音节谐和,雕刻造型种种美术可以使我们作诗曲尽戏剧的作用之妙;只是习底时候,也要看上眼,听上耳,做上手。

(四)诗是主情的文学,我已再三说到了。没有浓厚的情绪,什么诗也作不好的。所以,最后,还要有感情底修养。关于这个,有三件事可以做的。第一是在自然中活动。作诗要靠感兴;而感兴就是诗人底心灵和自然底神秘互相接触时感应而成的。所以要令他常常生感兴,就不能不常常接触自然。朋友宗白华说:"直接观察自然现象底过程,感觉自然底呼吸,窥测自然底神秘,听自然底音调,观自然底图画。风声,水声,松声,涛声,都是诗声底乐谱。花草底精神,水月底颜色,都是诗意诗境底范本。"他底话要是不错,那么自然又不仅是催诗的妙药,并且是诗料底制造厂了!第二是在社会中活动。感情里最重要的元素是同情;而其最,最重要的,更是对于人间底同情。同情是物理上底共鸣作用,是要互相接触才能生的。而同情底深浅又和互相接触底次数成正比例。秀才对于八股文有浓厚的同情;因为他底比邻只是八股文。遁世家对于人生没有同情,因为他见着人生就跑,所以越跑就越远了。我们要对于人间有同情,除非在社会中活动。我们要和社会相感应而生浓厚的感兴,因以描写人生底断片,阐明人生底意义,指导人生底行为,庶几可以使诗无愧为为人生底艺术。第三是常作艺术底鉴赏。因为不过美底生活,不能免掉人生底干燥。如音乐,如图画,如文学,种种艺术,非常事鉴赏,不足以高尚我们底思想,优美我们底感情。

总之,勿论一件什么事,都不是偶然可以做到的。谁愿我们以最经济的方法,努力做去罢了。

多挖几锄,
多收成几颗。

【导读】

《新诗底我见》最初发表于1920年3月15日《少年中国》第1卷第9期,后收入1935年由胡适编选,上海良友图书公司出版的《中国新文学大系·建设理论集》。上文选自花城出版社1990年出版的《康白情新诗全编》。

在新诗发展过程中,像胡适的《谈新诗》、俞平伯的《社会上对于新诗的各种心理观》等文章针对诗歌的创作问题或者某一个方面进行了论述,而康白情的诗论在五四初期新诗理论匮乏之际应运而生,其诗体理论全面、综合。康白情不仅新诗创作颇丰，长篇诗论《新诗底我见》也是他新诗理论的重要成果。

　　康白情在本文中首先提出了诗的概念，从形式和内容两方面对诗的要素进行阐释，他认为形式上是音乐的刻绘，内容上是情绪的想象的意境。同时他还对诗与散文做了区分。关于诗和散文的文体界限，康白情没有从形式上进行区别，而是从起源差异角度对诗与散文进行区别，他认为诗是起源于游戏冲动，散文起源于实用冲动，进而提出作诗的散文和散文的诗的主张。

　　《新诗底我见》的论证角度综合、完整，涉及到诗的性质、诗的起源、诗的定位、诗的创造、作新诗的修养等多个方面，新诗可以唱，新诗是主情的，诗是贵族的，体现出康白情诗论的系统性，从整体性上对当时新诗理论的发展做出有效的补充。他秉承包容继承的态度，没有一味地割裂新旧之间的联系，而是着重挖掘新诗的特质，对于新诗理论存在的一些问题做出进一步论述。

　　康白情的诗论具有历史的眼光，也有整体的观念。他不仅系统完善了早期白话新诗理论，同时对于五四初期文学革命起到良性的促进作用。

（苗慧婷）

论诗三札（存目）

郭沫若

【作者简介】

郭沫若（1892—1978），原名郭开贞，字鼎堂，号尚武，笔名沫若、麦克昂等，出生于四川乐山。中国现代著名的作家、历史学家、文字学家。1914年起，郭沫若留学日本；1921年，与成仿吾、郁达夫等人创办文学社团"创造社"。抗日战争期间，曾担任国民政府军委会政治部第三厅厅长；1949年以后，曾担任中华全国文学艺术界联合会主席、中国科学院首任院长、政务院副总理、全国人民代表大会常务委员会副委员长等要职。著有《女神》《屈原》《棠棣之花》《中国古代社会研究》等。

【导读】

《论诗三札》最早以《论诗》为题，是由1920、1921年间郭沫若写给李石岑和宗白华的三封信组成的，其中1921年写给李石岑的信为其一，1920年间写给宗白华的信为其二、其三。收录于1925年12月上海光华书局出版的《文艺论集》，1959年，收入人民文学出版社的《沫若文集》时，改为《论诗三札》。1982年，收入人民文学出版社的《郭沫若全集》。1983年，收入上海文艺出版社的《郭沫若论创作》。

五四时期，胡适在《谈新诗》中提出了"推翻词谱曲调的种种束缚，不拘格律，不拘平仄，不拘长短"的主张，彻底推翻旧体诗对诗人的桎梏。实际上，诗的本质方面仍然没有摆脱旧体诗的枷锁。这个时期的新诗把关注的重点放在了新诗旧诗的差异方面，而没有就新诗的本质问题进行思考。

关于新诗的创作与本质问题，创造社成员郭沫若在致李石岑和宗白华的信中，提出了自己的观点，即诗的本质是注重作者情感的律动。开篇郭沫若即引用了《虞书》《毛诗序》以及奈特氏的观点，说明了诗歌、音乐、舞蹈的相伴而生的关系。然而，在文字产生以后，诗歌表达的工具由语言变成了文字，诗与歌产生了分化，诗注重内在律的表达，而歌则注重外在律的成分，歌都是可以唱出来的。古典诗和新诗最大的不同就是古典诗歌是通过音节、形式的变化寻找节奏，而新诗则是通过诗人心灵的感受来把握节奏。诗人情感的自然流露就如同自然界的现象一般,没有一丝一毫的矫揉造作。从心灵出发的诗才可以称为新诗,因为诗的文字就是情绪本身的节奏,可以使诗到达读者的心底,而不仅是诉诸其耳。正是因为如此,郭沫若才提倡诗是"写"出来的,而不是"做"出来的,而"写"一首好诗的前提是诗人要先学会创造"人",强调诗人情感的美化,艺术的价值是以情感的美化作为基础的。

郭沫若的诗论对新诗的本质进行了探讨,在"诗言志"的基础上,提出了诗以其内在律为标准,既继承了古典诗学的传统,又显示了新诗的现代审美价值,为新诗的发展提供了理论依据,并开辟了一条新的发展道路,成为中国新诗的转型者和奠基人。

(宫麒康)

论小诗[*]

周作人

所谓小诗,是指现今流行的一行至四行的新诗。这种小诗在形式上似乎有点新奇,其实只是一种很普通的抒情诗,自古以来便已存在的。本来诗是"言志"的东西,虽然也可用以叙事或说理,但其本质以抒情为主。情之热烈深切者,如恋爱的苦甜,离合生死的悲喜,自然可以造成种种的长篇巨制,但是我们日常的生活里,充满着没有这样迫切而也一样的真实的感情;他们忽然而起,忽然而灭,不能长久持续,结成一块文艺的精华,然而足以代表我们这刹那内生活的变迁,在或一意义上这倒是我们的真的生活。如果我们"怀着爱惜这在忙碌的生活之中浮到心头又复随即消失的刹那的感觉之心",想将他表现出来,那么数行的小诗便是最好的工具了。中国古代的诗,如传说的周以前的歌谣,差不多都很简单,不过三四句。《诗经》里有许多篇用叠句式的,每章改换几个字,重复咏叹,也就是小诗的一种变体。后来文学进化,诗体渐趋于复杂,到于唐代算是极盛,而小诗这种自然的要求还是存在,绝句的成立与其后词里的小令等的出现都可以说是这个要求的结果。别一方面从民歌里变化出来的子夜歌懊侬歌等,也继续发达,可以算是小诗的别一派,不过经文人采用,于是乐府这种歌词又变成了长篇巨制了。

由此可见小诗在中国文学里也是"古已有之",只因他同别的诗词一样,被拘束在文言与韵的两重束缚里,不能自由发展,所以也不免和他们一样同受到湮没的命运。近年新诗发生以后,诗的老树上抽了新芽,很有复荣的希望;思想形式,逐渐改变,又觉得思想与形式之间有重大的相互关系,不能勉强牵就。我们固然不能用了轻快短促的句调写庄重的情思,也不能将简洁含蓄的意思拉成一篇长歌:适当的方法唯有为内容去定外形,在这时候那抒情的小诗应了需要而兴起正是当然的事情了。

中国现代的小诗的发达,很受外国的影响,是一个明瞭的事实。欧洲本有一

---

[*] 作者自注:"为燕京大学文学会作,本拟于六月十六日去讲演,因临时生病中止,便在这里发表了,附志一语以谢丈学会诸君。"

种二行以上的小诗,起于希腊,由罗马传入西欧,大抵为讽刺或说理之用,因为罗马诗人的这两种才能,似乎出于抒情以上,所以他们定"诗铭"的界说道:

诗铭同蜜蜂,应具三件事:
一刺,二蜜,三是小身体。

但是诗铭在希腊,如其名字 Epigramma 所示,原是墓志及造象之铭,其特性在短而不在有刺。希腊人自己的界说是这样说:

诗铭必要的是一联(Distichon);倘若是过了三行,那么你是咏史诗,不是做诗铭了。

所以这种小诗的特色是精炼,如西摩尼台思(Simonides, 500B.C.)的《斯巴达国荡墓铭》云:

客为告拉该台蒙人们,
我们卧在这里,遵着他们的礼法。

又如柏拉图(Platon, 400B.C.)的《咏星》云:

你看着星么,我的星?
我愿为天空,得以无数的眼看你。

都可以作小诗的模范。但是中国的新诗在各方面都受欧洲的影响,独有小诗仿佛是在例外,因为他的来源是在东方的:这里边又有两种潮流,便是印度与日本,在思想上是冥想与享乐。

印度古来的宗教哲学诗里有一种短诗,中国称他为"偈"或"伽陀",多是四行,虽然也有很长的。后来回教势力兴盛,波斯文学在那里发生影响,唵玛哈扬(OmmaKhayam,十世纪时诗人)一流的四行诗(Rubai)大约也就移植过去,加上一点飘逸与神秘的风味。这个详细的变迁我们不很知道,但是在最近的收获,泰谷尔(Tagore)的诗,尤其是《迷途的鸟》里,我们能够见到印度的代表的小诗,他的在中国诗上的影响是极著明的。日本古代的歌原是长短不等,但近来流行的只是三十一音和十七音的这两种;三十一音的名短歌,十七音的名徘句,还有一种川柳,是十七音的讽刺诗,因为不曾介绍过,所以在中国是毫无影响的。此外有子夜歌一流的小呗,多用二十六音,是民间的文学,其流布比别的更为广远。这几种的区别,短歌大抵是长于抒情,徘句是即景寄情,小呗也以写情为主而更为质朴,至于简洁含蓄则为一切的共同点。从这里看来,日本歌实在可以说是理

想的小诗了。在中国新诗上他也略有影响,但是与印度的不同,因为其态度是现世的。如泰谷尔在《迷途的鸟》里说:

流水唱道:我唱我的歌,那时我得我的自由。

——用王靖君译文

与谢野晶子的短歌之一云:

拿了咒诅的歌稿,按住了黑色的胡蝶。

在这里,大约可以看出他们的不同,因此受他们影响的中国小诗当然也可以分成两派了。

冰心女士的《繁星》,自己说明是受泰谷尔影响的,其中如六六及七四这两首云:

深林里的黄昏
是第一次么?
又好似是几时经历过。
婴儿
是伟大的诗人;
在不完全的言语中,
吐出最完全的诗句。

可以算是代表的著作,其后辗转模仿的很多,现在都无须列举了。俞平伯君的《忆游杂诗》——在《冬夜》中——虽然序中说及日本的短诗,但实际上是别无关系的,即如其中最近似的《南宋六陵》一首:

牛郎花,黄满山,
不见冬青树,红杜鹃儿血斑斑。

也是真正的乐府精神,不是俳句的趣味。《湖畔》中汪静之君的小诗,如其一云:

你该觉得罢——
仅仅是我自由的梦魂儿,
夜夜萦绕着你么?

却颇有短歌的意思。这一派诗的要点在于有弹力的集中,在汉语性质上或者是不很容易的事情,所以这派诗的成功比较的为难了。

我平常主张对于无论什么流派,都可以受影响,虽然不可模仿;因此我于这小诗的兴起,是很赞成,而且很有兴趣的看着他的生长。这种小幅的描写,在画大堂山水的人看去,或者是觉得无聊也未可知,但是如上面说过,我们在日常生活中,随时随地都有感兴,自然便有适于写一地的景色,一时的情调的小诗之需要。不过在这里有一个条件,这便是须成为一首小诗,——说明一句,可以说是真实简炼的诗。本来凡诗都非真实简炼不可,但在小诗尤为紧要。所谓真实并不单是非虚伪,还须有切迫的情思才行,否则只是谈话而非诗歌了。我们表现的欲求原是本能的,但是因了欲求的切迫与否,所表现的便成为诗歌或是谈话。譬如一颗火须燃烧至某一程度才能发出光焰,人的情思也须燃烧至某一程度才能变成诗料,在这程度之下不过是普通的说话,犹如盘香的火虽然维持着火的生命,却不能有大光焰了。所谓某一程度,即是平凡的特殊化,现代小说家康拉特(Joseph Conrad)所说的人生的比现实更真切的认知。诗人见了常人所习见的事物,若能比常人更锐敏的受到一种铭感,将他艺术地表现出来,这便是诗。

"倘若是很平凡浮浅的思想,外面披上诗歌形式的衣裳,那是没有实质的东西,别无足取。如将这两首短歌比较起来,便可以看出高下:

樵夫踏坏的山溪的朽木的桥上,有萤火飞着。

——香川景树

心里怀念着人,见了泽上的萤火,也疑是从自己身里出来的梦游的魂。

——和泉式部

第一首只是平凡无聊的事,第二首描写一种特殊的情绪,就能感人:同是一首咏萤的歌,价值却大不相同了。"(见《日本的诗歌》中。)

所以小诗的第一条件是须表现实感,便是将切迫地感到的对于平凡的事物之特殊的感兴,迸跃地倾吐出来,几乎是迫于生理的冲动,在那时候这事物无论如何平凡,但已由作者分与新的生命,成为活的诗歌了。至于简炼这一层,比较的更易明瞭,可以不必多说。诗的效用本来不在明说而在暗示,所以最重含蓄,在篇幅短小的诗里自然更非讲字句的经济不可了。

对于现在发表的小诗,我们只能赏鉴,或者再将所得的印象写出来给别人看,却不易批评,因为我觉得自己没有这个权威,因为个人的赏鉴的标准多是主观的,不免为性情及境遇所限,未必能体会一切变化无穷的情境,这在天才的批评家或者可以,但在常人们是不可能的了。所以我们见了这些诗,觉得那几首好,哪几首不好,可以当作个人的意见去发表,但读者要承认这并没有法律上的判决的力。如《繁星》第七五云:

> 父亲呵，
> 出来坐在月明里，
> 我要听你说你的海。

《湖畔》中冯雪峰君的《清明日》云：

> 插在门上的柳枝下，
> 仿佛地看见簪豆花的小妹妹底影子，
> 新谷收了，
> 田事忙了，
> 萤火虫照着他夜归了。

又其五云：

> 自然合韵的水车声，
> 把劳苦如水的车去了。

汪馥泉君《妹嫁》之十四云：

> 谁还逐日开这小钟呢？

在我个人的意见，这几篇都可以算是小诗之佳者，其余还有，现在不多举了。至于附和之作大约好的很少，福禄特尔曾说，第一个将花比女子的人是天才，第二个说这话的便是呆子了。

现在对于小诗颇有怀疑的人，虽然也尽有理由，但总是未免责望太深了。正如馥泉君所说，"做诗，原是为我自己要做诗而做的，"做诗的人只要有一种强烈的感兴，觉得不能不说出来，而且有恰好的句调，可以尽量的表现这种心情，此外没有第二样的说法，那么这在作者就是真正的诗，他的生活之一片，他就可以自信的将他发表出去了。有没有永久的价值，在当时实在没有计较的工夫与余地。在批评家希望得见永久价值的作品，这原是当然的，但这种佳作是数年中难得一见的；现在想每天每月都遇到，岂不是过大的要求么？我的意见以为最好任各人自由去做他们自己的诗，做的好了，由个人的诗人而成为国民的诗人，由一时的诗而成为永久的诗，固然是最所希望的，即使不然，让各人发抒情思，满足自己的要求，也是很好的事情。如有贤明的批评家给他们指示正当的途径，自然很是有益，但是我们未能自信有这贤明的见识，而且前进的路也不止一条，——除了倒退的路以外都是可以走的，因此这件事便颇有点为难了。做诗的人要做那样的诗，什么形式，什么内容，什么方法，只能听他自己完全的自由，但有一个限制的条件，便是须用自己的话来写自己的情思。

【导读】

  《论小诗》原是周作人给燕京大学文学会做报告准备的演讲稿，发表在 1922 年 6 月 30 日的《晨报副刊》，1923 年收录于北京晨报社出版的《自己的园地》，2001 年收录于河北教育出版社出版的《周作人自编文集》(《自己的园地》)，2009 年收录于广西师范大学出版社出版的《周作人散文全集》(1918—1922)。上文选自河北教育出版社 2002 年出版的《自己的园地》。

  五四时期，小诗以自由活泼的形式、简洁且富有哲理性的内容，出现在中国诗坛上，纠正了早期白话诗中存在的结构混乱、口语化严重等"非诗"缺陷。小诗受日本"俳句"和印度泰戈尔创作的影响，形成了以冰心、宗白华、俞平伯等人为代表的小诗创作群体，在《小说月报》《晨报副刊》《文学周报》等期刊连续发表小诗，很快在中国诗坛形成了一股小诗创作潮流。批评界对此褒贬不一，形成了两种尖锐对立的意见。

  周作人是小诗的倡导者、拥护者，也是小诗的实践者。他对于小诗的兴起，"是很赞成，而且很有兴趣地看着它的生长"。文章开头就说，"所谓小诗，是指现今流行的一行至四行的新诗"。中国新诗主体"自由诗"主要受到了西方诗歌的影响，这是毫无疑问的，但作为五四以后逐渐兴起的现代"小诗"，则源于东方。作者详细地论述了中国古代小诗发展的历史，证明了中国现代小诗的民族传统。同时，也注意到印度的"伽陀"、日本的"短歌""俳句"对"小诗"的影响。对于小诗的创作与发展，周作人同样给予了极大的热情，他认为小诗创作"须表现实感"和"切迫的情思"，用简单的话说就是"须用自己的话来写自己的情思"，而这正是作为一个诗人的立身之本。

  在《论小诗》中，周作人旁征博引，为"小诗"立传，在中国现代文学史上，明确指出了小诗在现代诗歌创作中的位置，及时、有力地支持了中国现代小诗的发展，极大地影响了后来"小诗"观念的演变，为"小诗"这一文体概念的形成与发展奠定了坚实基础。

（张晓晗）

诗的格律

闻一多

【作者简介】

闻一多(1899—1946),本名闻家骅,字友三,湖北黄冈浠水县人,中国现代诗人、学者和民主战士,新月诗社成员。1912年考入清华大学留美预备学校,在美国留学期间创作出了《七子之歌》。1923年出版第一本诗集《红烛》,1928年出版第二部诗集《死水》。1925年回国参与《晨报副刊·诗镌》的编辑工作。1932年闻一多离开青岛,回到母校清华大学任中文系教授。1937年后,在昆明西南联大任教。主要著作有《红烛》《死水》《闻一多论新诗》《楚辞补校》《神话与诗》等。

一

假定"游戏本能说"能够充分的解释艺术的起源,我们尽可以拿下棋来比作诗;棋不能废除规矩,诗也就不能废除格律。(格律在这里是 form 的意思。"格律"两个字最近含着一了点坏的意思;但是直译 form 为形体或格式也不妥当。并且我们若是想起 form 和节奏是一种东西,便觉得 form 译作格律是没有什么不妥的了。)假如你拿起棋子来乱摆布一气,完全不依据下棋的规矩进行,看你能不能得到什么趣味? 游戏的趣味是要在一种规定的格律之内出奇致胜。做诗的趣味也是一样的。假如诗可以不要格律,做诗岂不比下棋,打球,打麻将还容易些吗? 难怪这年头儿的新诗"比雨后的春笋还多些。"我知道这些话准有人不愿意听。但是 Bliss Perry 教授的话来得更古板。他说"差不多没有诗人承认他们真正给格律缚束住了。他们乐意戴着脚镣跳舞,并且要戴别个诗人的脚镣。"

这一段话传出来,我又断定许多人会跳起来,喊着:"就算它是诗,我不做了行不行?"老实说,我个人的意思以为这种人就不作诗也可以,反正他不打算来戴脚镣,他的诗也就做不到怎样高明的地方去。杜工部有一句经验语很值得我们揣摩的,"老去渐于诗律细。"

诗国里的革命家喊道"皈返自然!"其实他们要知道自然界的格律,虽然有些像蛛丝马迹;但是依然可以找得出来。不过自然界的格律不圆满的时候多,所以必须艺术来补充它。这样讲来,绝对的写实主义便是艺术的破产。"自然的终点便是艺术的起点,"王尔德说得很对。自然并不尽是美的。自然中有美的时候,是自然类似艺术的时候。最好拿造型艺术来证明这一点。我们常常称赞美的山水,讲它可以入画。的确中国人认为美的山水,是以像不像中国的山水画做标准的。欧洲文艺复兴以前所认为女性的美,从当时的绘画里可以证明,同现代的女性美的观念完全不合;但是现代的观念不同希腊的雕像所表现的女性美相符了。这是因为希腊雕像的出土,促成了文艺复兴,文艺复兴以来,艺术家描写美人,都拿希腊的雕像做蓝本,因此便改造了欧洲人的女性美的观念。我在赵瓯北的一首诗里发现了同类的见解。

　　　　绝似盆池聚碧屏,嵌空石笋满江湾。
　　　　化工也爱翻新样,反把真山学假山。

这径直是讲自然在模仿艺术了。自然界当然不是绝对没有美的。自然界里面也可以发现出美来,不过那是偶然的事。偶然在言语里发现一点类似诗的节奏,便说言语就是诗,便要打破诗的音节,要它变得和言语一样——这真是诗的自杀政策了。(注意我并不反对用土白作诗,我并且相信土白是我们新诗的领域里,一块非常肥沃的土壤,理由等将来再仔细的讨论。我们现在要注意的只是土白可以"做"诗;这"做"字便说明了土白须要一番锻炼选择的工作然后才能成诗。)诗的所以能激发情感,完全在它的节奏;节奏便是格律。莎士比亚的诗剧里往往遇见情绪紧张到万分的时候,便用韵语来描写。歌德作《浮士德》也曾采用同类的手段,在他致席勒的信里并且提到了这一层。韩昌黎"得窄韵则不复傍出,而因难见巧,愈险愈奇……"这样看来,恐怕越有魄力的作家,越是要戴着脚镣跳舞才跳得痛快,跳得好。只有不会跳舞的才怪脚镣碍事,只有不会做诗的才感觉得格律的缚束。对于不会作诗的,格律是表现的障碍物;对于一个作家,格律便成了表现的利器。

　　又有一种打着浪漫主义的旗帜来向格律下攻击令的人。对于这种人,我只要告诉他们一件事实。如果他们要像现在这样的讲什么浪漫主义,就等于承认他们没有创造文艺的诚意。因为,照他们的成绩看来,他们压根儿就没有注重到文艺的本身,他们的目的只在披露他们自己的原形。顾影自怜的青年们一个个都以为自身的人格是再美没有的,只要把这个赤裸裸的和盘托出,便是艺术的大成功了。你没有听见他们天天唱道"自我的表现"吗?他们确乎只认识了文艺的原料,没有认识那将原料变成文艺所必须的工具。他们用了文字作表现的工具,不过是偶然的事，他们最称心的工作是把所谓"自我"披露出来，是让世界知道"我"也是一个多才多艺，善病工愁的少年；并且在文艺的镜子里照见自己那倜傥的风姿，还带着几滴多情的眼泪，啊！啊！那是多么有趣的事！多么浪漫！不错，他们所谓浪漫主义，正浪漫在这一点上，和文艺的派别绝不发生关系。这种人的目的既不在文艺，当然要他们遵从诗的格律来做诗，是绝对办不到的；因为有了格律的范围，他们的诗就根本写不出来了，那岂不失了他们那"风流自赏"的本旨吗？所以严格一点讲起来，这一种伪浪漫派的作品，当它作把戏看可以，当它作西洋镜看也可以，但是万不能当它作诗看。格律不格律，因此就谈不上了。让他们来反对格律，也就没有辩驳的价值了。

上面已经讲了格律就是 form。试问取消了 form，还有没有艺术？上面又讲到格律就是节奏。讲到这一层便可以明了格律的重要；因为世上只有节奏比较简单的散文，绝不能有没有节奏的诗。本来诗一向就没有脱离过格律或节奏。这是没有人怀疑过的天经地义。如今却什么天经地义也得有证明，能成立，是不是？但是为什么闹到这种地步呢——人人都相信诗可以废除格律？也许是"安拉基"精神，也许是好时髦的心理，也许是偷懒的心理，也许是藏拙的心理，也许是……那我可不知道了。

二

前面已经稍稍讲了讲诗为什么不当废除格律。现在可以将格律的原质分析一下了。从表面上看来，格律可从两方面讲：（一）属于视觉方面的，（二）属于听觉方面的。这两类其实不当分开来讲，因为它们是息息相关的。譬如属于视觉方面的格律有节的匀称，有句的均齐。属于听觉方面的有格式，有音尺，有平仄，有韵脚；但是没有格式，也就没有节的匀称，没有音尺，也就没有句的均齐。

关于格式，音尺，平仄，韵脚等问题，本刊上已经有饶孟侃先生论新诗的音节的两篇文章讨论得很精细了。不过他所讨论的是从听觉方面着眼的。至于视觉方面的两个问题，他却没有提到。当然视觉方面的问题比较占次要的位置。但是在我们中国的文学里，尤其不当忽略视觉一层，因为我们的文字是象形的，我们中国人鉴赏文艺的时候，至少有一半的印象是要靠眼睛来传达的。原来文学本是占时间又占空间的一种艺术。既然占了空间，却又不能在视觉上引起一种具体的印象——这是欧洲文字的一个缺憾。我们的文字有了引起这种印象的可能，如果我们不去利用它，真是可惜了。所以新诗采用了西文诗分行写的办法，的确是很有关系的一件事。姑无论开端的人是有意的还是无心的，我们都应该感谢他。因为这一来,我们才觉悟了诗的实力不独包括音乐的美(音节),绘画的美(词藻),并且还有建筑的美(节的匀称和句的均齐。)这一来,诗的实力上又添了一支生力军,诗的声势更加浩大了。所以如果有人要问新诗的特点是什么,我们应该回答他:增加了一种建筑美的可能性是新诗的特点之一。

近来似乎有不少的人对于节的匀称和句的均齐表示怀疑,以为这是复古的象征。做古人的真倒霉,尤其做中华民国的古人!你想这事怪不怪?做孔子的如今不但"圣人""夫子"的徽号闹掉了,连他自己的名号也都给褫夺了。如今只有人叫他作"老二,"但是耶稣依然是耶稣基督,苏格拉提依然是苏格拉提。你做诗模仿十四行体是可以的,但是你得十二分的小心,不要把它做得象律诗了。我真不知道律诗为什么这样可恶,这样卑贱!何况用语体文字写诗写到同律诗一样,是不是可能的?并且现在把节做到匀称了,句做到均齐了,这就算是律诗吗?

诚然,律诗也是具有建筑美的一种格式;但是同新诗里的建筑美的可能性比起来,可差得多了。律诗永远只有一个格式,但是新诗的格式是层出不穷的。这是律诗与新诗不同的第一点。做律诗无论你的题材是什么?意境是什么?你非得把它挤进这一种规定的格式里去不可,仿佛不拘是男人,女人,大人,小孩非得穿一种样式的衣服不可。但是新诗的格式是相体裁衣。例如《采莲曲》的格式决不能用来写《昭君出塞》,《铁道行》的格式决不能用来写《最后的坚决》,《三月十八日》的格式决不能用来写《寻找》。在这几首诗里面,谁能指出一首内容与格式,或精神与形体不调和的诗来,我倒愿意听听他的理由。试问这种精神与形体调和的美,在那印板式的律诗里找得出来吗?在那乱杂无章,参差不齐,信手拈来的自由诗里找得出来吗?

律诗的格律与内容不发生关系,新诗的格式是根据内容的精神制造成的,这是它们不同的第二点。律诗的格式是别人替我们定的,新诗的格式可以由我们自己的意匠来随时构造。这是它们不同的第三点。有了这三个不同之点,我们应该知道新诗的这种格式是复古还是创新,是进步还是退化。

现在有一种格式:四行成一节,每句的字数都是一样多。这种格式似乎用得很普遍。尤其是那字数整齐的句子,看起来好像刀子切的一般,在看惯了参差不齐的自由诗的人,特别觉得有点稀奇。他们觉得把句子切得那样整齐,该是多么麻烦的工作。他们又想到做诗要是那样的麻烦,诗人的灵感不完全毁坏了吗?灵感毁了,还那里去找诗呢?不错,灵感毁了,诗也毁了。但是字句锻炼得整齐,实在不是一件难事;灵感绝不致因为这个就会受了损失。我曾经问过现在常用整齐的句法的几个作者,他们都这样讲;他们都承认若是他们的那一首诗没有做好,只应该归罪于他们还没有把这种格式用熟;这种格式的本身,不负丝毫的责任。我们最好举两个例来对照着看一看,一个例是句法不整齐的;一个是整齐的,看整齐与凌乱的句法和音节的美丑有关系没有——

> 我愿透着寂静的朦胧,薄淡的浮纱,
> 细听着淅淅的细雨寂寂的在檐上,
> 激打遥对着远远吹来的空虚中的嘘叹的声音,
> 意识着一片一片的坠下的轻轻的白色的落花。
> 说到这儿,门外忽然风响,
> 老人的脸上也改了模样;
> 孩子们惊望着他的脸色,
> 他也惊望着炭火的红光。

到底哪一个的音节好些——是句法整齐的,还是不整齐的? 更彻底的讲来,句法整齐不但于音节没有防碍,而且可以促成音节的调和。这话讲出来,又有人不肯承认了。我们就拿前面的证例分析一遍,看整齐的句法同调和的音节是不是一件事。

孩子们/惊望着/他的/脸色
他也/惊望着/炭火的/红光

这里每行都可以分成四个音尺,每行有两个"三字尺"(三个字构成的音尺之简称,以后仿此)和两个"二字尺,"音尺排列的次序是不规则的,但是每行必须还他两个"三字尺"两个"二字尺"的总数。这样写来,音节一定铿锵,同时字数也就整齐了。所以整齐的字句是调和的音节必然产生出来的现象,绝对的调和音节,字句必定整齐。(但是反过来讲,字数整齐了,音节不一定就会调和,那是因为只有字数的整齐,没有顾到音尺的整齐——这种的整齐是死气板脸的硬嵌上去的一个整齐的框子,不是充实的内容产生出来的天然的整齐的轮廓。)

这样讲来,字数整齐的关系可大了,因为从这一点表面上的形式,可以证明诗的内在精神——节奏的存在与否。如果读者还以为前面的证例不够,可以用同样的方法分析我的《死水》。这首诗从第一行

这是/一沟/绝望的/死水

起,以后每一行都是用三个"二字尺"和一个"三字尺"构成的,所以每行的字数也是一样多,结果,我觉得这首诗是我第一次在音节上最满意的试验。因为近

来有许多朋友怀疑到《死水》这一类麻将牌式的格式,所以我今天就顺便把它说明一下。我希望读者注意,新诗的音节,从前面所分析的看来,确乎已经有了一种具体的方式可寻。这种音节的方式发现以后,我断言新诗不久定要走进一个新的建设的时期了。无论如何,我们应该承认这在新诗的历史里是一个轩然大波。

这一个大波的荡动是进步还是退化,不久也就自然有了定论。

【导读】

《诗的格律》一文原载 1926 年 5 月 13 日《晨报》副刊,后又收录在 1982 年 8 月北京三联书店出版的《闻一多全集》第 3 卷丁集中。上文选自开明书店 1948 年出版的《闻一多全集》(第 3 卷)。随着白话新诗的发展,新诗的弊端日益显现,新诗开始面临她的第一个危机,先驱者纷纷离去。新诗进入了第一个低潮。同时,一些像俞平伯等的白话诗人全盘否定旧体诗,反对任何格律,认为将自己完全直接地和盘托出,便是艺术了。针对新诗的这种情况,闻一多提出诗必须讲求格律的主张,写下了《诗的格律》一文。

在《诗的格律》一文中,闻一多着重强调了格律对于新诗的重要性。在闻一多看来,如果新诗不讲求格律,也便失去了诗的韵味。对于那些叫嚣着"皈返自然"的革命家们、打着浪漫主义旗帜攻击格律的人们,闻一多认为他们根本没有认清诗的艺术。他承认自然界中存在着美,但因此便打破诗的节奏,无异于是"诗的自杀政策"。在闻一多看来诗的节奏是激发情感的关键,而这个节奏便是格律。

就此,闻一多提出了新诗"格律说"的理论,他认为其主要内容是"三美",即"音乐的美""绘画的美"和"建筑的美"。闻一多在文章中着重介绍了诗的建筑美。"建筑的美"主要指诗的形体达到"节的匀称和句的均齐",这取决于音尺数相等原则。他认为"增加了一种建筑美的可能性是新诗的特点之一"。闻一多从律诗与新诗所存在的三个不同点出发,否定了追求诗的节的匀称和句的均齐是复古的一种象征。新诗的格式是层出不穷的,它的格式与内容息息相关,并且这个格式是我们自己所随意创造出的。新诗注重格式是一种创新,是诗的进步。

(张 琦)

新诗的格调及其他(存目)

梁实秋

【作者简介】

梁实秋(1903—1987),原名梁治华,字实秋,笔名有子佳、秋郎、程淑等,北京人。中国现代散文家、学者、文学批评家、翻译家。1923年8月赴美留学,取得哈佛大学文学硕士学位。1926年回国后,先后任教于国立东南大学、国立青岛大学。1949年到台湾,任台湾师范学院英语系教授。代表作有《雅舍小品》《雅舍小品续集》《雅舍札记》《看云集》《秋室杂文》《槐园梦忆》等,译有《莎士比亚全集》。

【导读】

《新诗的格调及其他》一文最初发表在1931年1月20日的《诗刊》创刊号中,后又收录在2002年鹭江出版社出版的《梁实秋文集》(第6卷)和2015年时代文艺出版社出版的《梁实秋散文集》(第3卷)中。

1930年4月,徐志摩因筹办《诗刊》写信向梁实秋约稿,梁实秋以通信的方式回应徐志摩的约稿,对于新诗提出了自己的一些看法和意见,这就是《新诗的格调及其他》。梁实秋的文章令徐志摩十分欣喜。徐志摩说道:"你的通信极佳,我正要这么一篇,你是个到处发难的人,只要你一开口,下文的热闹是不成问题的。"随后,1931年在《诗刊》的创刊号中刊发了梁实秋的这篇文论,也确实"热闹"地引得一场与梁宗岱的就诗学问题的"二梁之争"。

在《新诗的格调及其他》中梁实秋对早期中国新诗的发展进行了总结,并对新诗以后的发展方向提出了自己的见解。在文章中,梁实秋一针见血地指出早期新诗中所存在的问题。在梁实秋看来,中国的新文学运动是受外国文学的影响。我们的"新诗,实际就是中文写的外国诗"。尽管胡适的《尝试集》给出了一个新的作诗方向,提升了新诗的整体艺术格局,但也并未脱离外国文学的樊笼。在梁实秋看来,中国新诗所学到的,仅仅是外国诗当中的一些皮毛,至于外国文学中关于诗的基本原理,还并未被学习到。所以,梁实秋对于徐志摩创办《诗刊》,进行诗的实验的行为很是欣赏。在梁实秋看来,我们的新诗应该讲究格律,讲究结构节奏音韵,这也是《诗刊》所表现出的明显特色。梁实秋对于新诗运动中侧重是否是用白话写作的现象提出了自己的质疑,在他看来"诗先要是诗,然后才能谈到什么白话不白话",新诗运动应该更重视对于诗的艺术和原理方面的追求。虽然受外国文学的影响,新诗有了一定的发展,却"没有人积极的确切的把外国文学影响接受过来加以分析衡量"。

  对于新诗的前景,梁实秋也给出了自己的意见。在他看来新诗运动已经进入了疲乏期,"当初摇旗呐喊的人如今早已冷了"。梁实秋认为我们的新诗应该建构自己的格调,并着重从音韵角度进行了说明。梁实秋认为新诗没有自己的音节和固定格调,他希望中国新诗人"自己创造格调",不是模仿外国诗的构造,而是创造一种符合中国音韵的一种诗的格调,并"练习纯熟"使之"成为新诗的一个体裁"。虽然梁实秋针对新诗的问题给出了自己独到的见解,但就新诗格调仅从音韵方面进行建构还并不全面。

(张 琦)

《新月诗选》序言

陈梦家

【作者简介】

陈梦家(1911—1966),江苏南京人,曾用笔名陈漫哉。中国现代著名诗人(后期新月派代表人物之一)、古文字学家、考古学家。先后就读于南京国立第四中山大学(后改名为中央大学)法律系、燕京大学宗教学院。求学期间,他认识了对他诗歌创作影响较大的闻一多和徐志摩,并与闻一多、徐志摩、朱湘一起被称为"新月诗派的四大诗人"。抗战期间,曾任教于西南联大等高校。1949年以后,担任中国科学院考古研究所研究员、考古所学术委员会委员等。著有《梦家诗集》《铁马集》《梦家诗存》等。

一

新诗在这十多年来,正像一支没有定向的风,在阴晦的气候中吹,谁也不知道它要往那一边走。早上和黄昏的流云,本没有相同的方向,因为地面上直流的长河有着他们不变的边岸。中国的新诗,又比是一座从古就沉默的火山,这一回,突然喷出万丈光芒沙石与硫磺交杂的火焰,只是煊亮,却不是一宗永纯的灿烂。人,全有他们指望的永恒,但是风暴与虹一切天界奇丽的彩霞,总只是暂时间的美,不是永常的光明。所以尽管细、细得像一支山泉的水源,她静静的流,流过千重万重的山,在山涧里悄悄走着生命无穷的路,耐着性,并不有多大狂妄的夸张,她只是悄悄的无停留的流。渐渐的,她如蚕丝的越吐越长,她也不要惊奇她所成就的宏伟的事业,因为她是一条长江的起源。那一时她流,流进了海口,当她回头一望几万里遥远的过程(她自己原没有想到那样长),再望到大海里自由与辽阔的世界,她怎样能不欢喜?

我们自己相信只是山涧中一支小小的水,也有过多少曲折蜿蜒的路程,每一段路使我们感到前面尽是无穷创造的天地。我们也曾遇到些石砾的阻碍,但我们有的是流不尽的气力,和一个永远前向的指望;背后流过那长长的流水不在欺骗我们,给了我们更深的信心,教我们淡忘了当前小小的阻碍,忍耐的开辟新的路子。我们欢喜,因为水总是越流越大,且不问她要成就的是一滩湖还是一流长河,但我们企望的是看得见大海,在大海里应和浪花的喧响的歌。我们厌弃寂寞。

十年来的新诗,又像一只小船在大海里飘;在底下有那莫可以抵抗汹涌的从好远的天边一层卷一层越过越强蛮的水浪,追着船顺着它行;但侧面那从更辽远的高山丛林间吹来的大风,也有难以对制的雄力,威胁风帆朝着它的方向飘。船只有一个舵他要听从那一方才好?我说,不是风,也不是水势。他应该一半靠着风一半靠水势在风和水势两下牵持不下的对抗中,找一个折衷的自然趋向。

我们自己相信一点也不曾忘记中国三千年来精神文化的沿流,(在东方一条最横蛮最美丽的长河)我们血液中依旧把持住整个中华民族的灵魂;我们并不否认古先多少诗人对于民族贡献的诗篇,到如今还一样感动我们的心。可是到了这个世纪,不同国度的文化如风云会聚在互相接触中自自然然溶化了。我们的小船已经不复是在内河里单靠水势或一根牵绳向前行,船出了海口在大洋里便不由你自己做主,因为风抵住你的帆篷!(她至少也有一半操纵的力量。)外国文学影响我们的新诗,无异于一阵大风的侵犯,我们能不能不受她大力的掀动湾过一个新的方面?那完全是自然的指引。我们的白蔷薇园里,开的是一色雪白的花,飞鸟偶尔撒下一把异色的种子,看园子的人不明白,第二个春天竟开了多少样奇丽的异色的蔷薇。那全有美丽的,因为一样是花。

我们再一计数十年来的航行,到底走了多少路程?不是吗?有的时候纡缓,因为安稳总是顶好;有的时候急速,谁都爱赶走快路;有的时候只来回的打转,船失了主张,船手有的招怪风有的招怪水势,向左向右,快,慢,伙计们各有各的主意,全不让步;来共同商议一致的策略。一支舵,不能撑开两样的方向。舵在船尾梢上,但另外一支舵是开船人的"齐心"。伙计们在驶行上多争执,不知耽误了多少行程。在沙滩上搁浅的时候,有的人就躺下睡着了。剩下那警醒的蛮壮的,齐心合意把船救出了沙滩,友谊与热诚的携手。一同认定一个方向走。现在船在海洋上,惊涛和礁石时常遇到,但是险恶中使他们知道谨戒,使他们坚强。

我们自己相信是在同一方向努力的人。对于新诗,单凭了自己(这少数人)算是指出一个约略的方向,这方向,只是这少数人共同的信心。我们在相似或相近的气息之下禀着同样以严正态度认真写诗的精神(并且只为着诗才写诗,)我们希望一点苦心总不会辜负自己。现在我回顾过去五六年中各人的诗作,收集来做为我们热诚的友谊与共同的努力的纪念。中国写诗的人尽多,但我不打算做一次完全的收集,只凭这十数人小小努力的成绩,贡献在读者的前面,给他们一点整个的印象。功罪完全让给读者去评定,我们甘愿担当公正的罪名。

这诗选,打北京晨报诗镌数到新月月刊以及最近出世的诗刊并各人的专集中,挑选出来的。我敢说,这里并没有可以使人惊异或赞美的光辉,我们不盼望立时间成就的"大",尽管小,小得只要"纯"。几粒小小的星子,她只是黑夜里一个启示,因为未来的光旦有着更大的光芒,太阳伟大的灿烂是无可比拟的,数不到小星自己。

二

我们欢喜"醇正"与"纯粹"。我们爱无瑕疵的白玉,和不断锻炼的纯钢。白玉,好比一首诗的本质,纯粹又美;钢代表做诗人百炼不懈的精神:如生铁在烈火中烧,在铁砧上经过无数次大锤的挞打,结果那从苦打和煎熬中锻炼出来的纯钢,才能坚久耐用。我们以为写诗在各样艺术中不是件最可轻易制作的,他有规范,像一匹马用得着缰绳和鞍辔。尽管也有灵感在一瞬间挑拨诗人的心,如像风不经意在一支芦管里透出谐和的乐音,那不是常常想望得到的。精心刻意在一件未成就的艺术品上预先想好它最应当的姿态,就能换得他们苦心的代价。听人在三弦上拉出传神的曲调,尽是那么简单的三根弦,那么一湾平常的弓,和几只指头的播弄,自有他得神的"技巧"。谁能说他们的手指在琴弦上的播弄,不是经过了多少回的试验?一个天才难说从来就懂得最适当地位。一首好诗,固然一定少不了那最初浸透诗人心里的灵感,就如灯,若使有油没有火去点是不会发亮的。但是小小一盏火,四面有风得提防要小心火焰落下去,你让怎样卫护已经点亮的火,使它在自己能力的圈子里发最辉煌的光。一个做诗人也要有如此细心与耐心。

匠人在方玉石上想要雕镂出奇美的图象,他先要有一个想像,再要准备好一把锐利的刀,又要手腕,要准确的把自己的想像描上玉石上,因为一个匠人最大的希望最高的成功是在作品上发现他自己的精神的反映。醇正与纯粹是作品最低限的要求,那精神的反映,有赖匠人神工的创造,那是他灵魂的移传。在他的工程中,得要安详的思索,想像的完全,是思想或情感清滤的过程。

诗,具有两重创造的涵义:在表现上,它所希求的是新的创造,是从锻炼中提选出的坚实的菁华,它是一个灵魂紧缩的躯壳。在诗的灵感上,需要那新的印象的获取(就是诗的内在是一着新的诗的发现。)所以写诗人的涵养是必不可少的。真实的感情是诗人最紧要的原素,如今用欺骗写诗的人到处是,他们受感情以外的事物的指示。其次,要从灵感所激动的诗写出来,他要忠实于自己。技巧乃是从印象到表现的过渡,要准确适当,不使橘树过了河成了枳棘。

有些撒种的人，有好的种子却不留心把它撒在荆棘里，石头上或浅土的地方，种子就长不起来。诗，也一样需要适宜栽培的。（图画或音乐，一样需要色彩或声调的设置得宜）所以诗，也要把最妥贴最调适最不可少的字句安放在所应安放的地位：它的声调，甚或它的空气，（Atmosphere）也要与诗的情绪相默契。

为什么一张图画安上了金边就显得清楚？为什么在城外看见煊红的落日圈进一道长齐的古城墙里就更使我们欢喜？是的，从有限中才发现无穷。一首蕴藏无限意义的诗不在长，也许稀少的几行字句就淹没了读书的海。（因为它是无穷意义的缩短。）限制或约束，反而常常给我们情绪伸张的方便。"紧凑"所造就的利益，是有限中想见到无限。诗的暗示，捡拾了要遗漏的。

我们不怕格律。格律是圈，它使诗更显明，更美。形式是官感赏乐的外助。格律在不影响于内容的程度上，我们要它，如像画不拒绝合式的金框。金框也有它自己的美，格律便是在形式上给与欣赏者的贡献。但我们决不坚持非格律不可的论调，因为情绪的空气不容许格律来应用时，还是得听诗的意义不受拘束的自由发展。

我们并不是在起造自己的镣锁，我们是求规范的利用。练拳的人不怕重铅累坏两条腿，他们的累赘是日后轻腾的准备；日久当他们放松了腿上绑着的重铅，是不是他得可以跑得快跳得高，他们原先也不是有天赋的才能，约束和累赘的肩荷造就了他们的神技。匠人决不离他的规矩绳尺，即是标准。诗有格律，才不失掉合理的相称的度量。

既是诗，打从初在心灵中发动起，一直到谱成文字，早就多少变了原样，因为文字到底不能表现我们情绪之整体。所以文字，原是我们的工具，我们永远摆脱不过的镣锁，倘使我们要"写"诗。只是从熟练中，我们能渐渐把持它，操纵它，全靠我们对它深切的交接。我们会把技巧和格律化成自己运用的一部。但是合理，情绪的原来空气的保存，以及诗的价值的估量，是运用技巧或格律的前提。

主张本质的醇正，技巧的周密和格律的谨严差不多是我们一致的方向，仅仅一种方向，也不知道那目的离得我们多远！我们只是虔诚的朝着那一条希望的道上走。此外，态度的严正又是我们共同的信心。认真，是写诗人的好德性，天才的自夸不是我们所喜悦的。我们写诗，因为有着不可忍受的激动，灵感的跳跃挑拨我们的心，原不计较这诗所给与人的究竟是什么。我们不曾把诗注定在那一种特定的意义上（或用义上，）我们知道感情不容强迫。我们从所看的所听的而有感的想的，都一齐写来，灵感的触遇，是不可预料，没有界限的。纵使我们小，小得如一粒沙子，我们也始终忠实于自己，诚实表现自己渺小的一掬情感，不做夸大的梦。我们全是年青人,如其正恋爱着,我们自然可以不羞惭的唱出我们的情歌。但是当我们生活在别样的空气中,别样的情感煽动我们,我们也承受。世界是大,各人见闻的总只一角落,除非我们的想像,她有最能耐的翅膀辽远的飞。但我们时刻不曾忘掉自己的血,踩着的地土,并这时间的罡风,我们的情绪决不是无依凭的从天空掉下的。惑人的新奇,夸张的梦,和刺激的引诱,我们谨慎不敢沾染。把住一点儿德性上的矜持,老老实实做人,老老实实写诗。

总之,我们写诗,只为我们喜爱写。比是一只雁子在黑夜的天空里飞,她飞,低低的唱,曾不记得白云上留下什么记号?只是那些歌,是她自己喜爱的!她的生命,她的欢喜!

三

在这里入选的共十八人,诗八十首。其中,有的人写的不多,只好少选。各诗的来处如下:民国十五年四月至六月北京晨报副镌的诗镌共十一期,十六年三月起新月月刊共三卷,二十年诗刊共三期,死水(闻著,)志摩的诗,翡冷翠的一夜,猛虎集(以上徐著)梦家诗集(以上新月出版),草莽集(朱湘著,开明出版。)此外有从别处选来的为数极少。这些诗,仅仅根据自己的直观,选择那些气息相似的,有的曾和作者自己商谈过,拣各人诗中别具风格的(Typical)。有些长诗,因篇幅关系只好从略了。

在我选好以后我发现这册集子里多的是抒情诗,几乎占了大多数。我个人,最欢喜抒情诗。抒情诗的好处,就是那样单纯的感情单纯的意象,却给人无穷的回味。(我们看见小小一颗星,时常启示我们无穷的想像。)人类最可宝贵的,是一刹那间灵感的触发,(虽是俄顷,谁说不就是永久?)记载这自己情感的跳跃,才是生命与自我的真实表现。伟大的叙事诗尽有它不朽的价值,但抒情诗给人的感动与不可忘记的灵魂的战栗,更能深切的抱紧读者的心。诗人偶尔的感兴,竟许是影响人类的终古的情绪。抒情诗好比灵魂的底奥里一颗古怪的火星,和一宗不会遗失的声音,一和我们交感以后,像云和云相擦而生的闪电,变成我们自己的灵魂的声音,这真是自然的奇迹!

从前于新诗始终不懈怠,以柔美流丽的抒情诗最为许多人喜欢并赞美的,那位投身于新诗园里耕耘最长久最勤快的,是徐志摩。他的诗,永远是愉快的空气,曾不有一些儿伤感或颓废的调子,他的眼泪也闪耀着欢喜的圆光。这自我解放与空灵的飘忽,安放在他柔丽清爽的诗句中,给人总是那舒快的感悟。好像一只聪明玲珑的鸟,是欢喜,是怨,她唱的皆是美妙的歌。山,海,小河,女人,马来人，诗家，穷孩子，都有着他对他们的同情的回响。"我等候你"是他一首最好的抒情诗。"再别康桥"和"沙扬娜拉"是两首写别的诗，情感是澄清的。"季候"一类诗是他最近常写的小诗，是清，是飘忽，却又是美！但是"不知道风是在那一个方向吹"，志摩的诗也正如此呢！

　　影响于近时新诗形式的，当推闻一多和饶孟侃他们的贡献最多。中国文字是以单音组成的单字，但单字的音调可以别为平仄（或抑扬，）所以字句的长度和排列常常是一首诗的节奏的基础。主张以字音节的谐和，句的均齐，和节的匀称，为诗的节奏所必须注意而与内容同样不容轻忽的，使听觉与视觉全能感应艺术的美（音乐的美，绘画的美，建筑的美，）使意义音节（Rhythm）色调（Tone）成为美完的谐和的表现，而为对于建设新诗格律（Form）唯一的贡献，是他们最不容抹杀的努力。

　　苦炼是闻一多写诗的精神，他的诗是不断的锻炼不断的雕琢后成就的结晶。"死水"一首代表他的作风，"也许""夜歌"同是技巧与内容溶成一体的完美。"你指着太阳起誓"是他最好一首诗，有如一团溶金的烈火。

　　同样以不苟且的态度在技巧上严密推敲，而以单纯意象写出清淡的诗，是饶孟侃。澄清如水，印着清灵的云天。"呼唤""蘅""招魂"全一样皆是清淡可喜的诗。四行"走"有他试创的风格。

　　朱湘诗，也是经过刻苦磨炼的。"当铺"的题材，狠难得。"雨景"一首在阴晦中启示着他的意义。

　　十四行诗（Sonnet）是格律最谨严的诗体，在节奏上它需求韵节在链锁的关连中最密切的接合；就是意义上，也必须遵守合律的进展。孙大雨的三首商籁体给我们对于试写商籁体增加了成功的指望，因为他从运用外国的格律上，得着操纵裕如的证明。他的一千行"自己的写照"是一首精心结构的惊人的长诗，是最近新诗中一件可以纪念的创造。他有阔大的概念从整个的纽约城的严密深切的观感中，托出一个现代人错综的意识。新的词藻，新的想像，与那雄浑的气魄，都是给人惊讶的。

　　邵洵美的诗是柔美的迷人的春三月的天气，艳丽如一个应该赞美的艳丽的女人，（她有女人十全的美。）只是那缱绻是十分可爱的。"洵美的梦"是他对于那香艳的梦在滑稽的庄严下发出一个疑惑的笑。如其一块翡翠真能说出话赞美另一块翡翠，那就正比是洵美对于女人的赞美。

　　在此地，容我表示我的欢喜，能以在这集子中收集两位女诗人的选作。令孺的"诗一首"是一道清幽的生命的河的流响，她是有着如此样严肃的神采，这单纯印象的素描，是一首不经见的佳作。同样的渴望着更奇丽的诗篇的出现，对于林徽音初作的几首诗表示我们酷爱的欢心。她的"笑"也是一首难得有的好诗。

玮德的诗是我朋友间所最倾爱的，又轻活，又灵巧，又是那么不容易捉摸的神奇。"幽子""海上的声音"皆有他特殊的风格，紧迫的锤炼中却显出温柔。

卞之琳是新近认识很有写诗才能的人。他的诗常常在平淡中出奇，像一盘沙子看不见底下包容的水量。如"黄昏"，如"望"都是成熟了的好诗。

梁镇，俞大纲，沈祖牟的几首诗，技巧的熟练和意境的纯粹，决不是我们的夸张。梁镇的诗是浓重的，"想望"是一首颂赞自然的诗，"默示"给我们一种最美最回荡的情调。大纲祖牟全有旧诗的根柢，他们的词藻是相信得过都是经过拣练的。但大纲的诗清，祖牟的诗安稳。

沈从文以各样别名散在各处的诗，极近于法兰西的风趣，朴质无华的词藻写出最动人的情调。我希望读者看过了格律谨严的诗以后，对此另具一风格近于散文句法的诗，细细赏玩它精巧的想像。所惜他许多写苗人的情歌，一时无法尽量搜寻，是我最大的遗憾。

末了，杨子惠，朱大柟，刘梦苇三位已故的诗人，他们在晨报诗镌曾有过最可珍惜的努力的写作，现在将他们的遗作并在一起，算作一点小小的纪念，并向他们致最敬的哀悼。

在此，谨以谦卑与热诚的态度，将这束诗选贡献给爱读诗的人们。这只是暴露，决不是可以炫耀的。我们再说：

我们甘愿担当公正的罪名。

【导读】

1931 年 9 月，上海新月书店发行了陈梦家负责编选的新月派主要代表作《新月诗选》。陈梦家作为编者，为这本书写了序言，即《〈新月诗选〉序言》。2000 年 7 月，作为"百年百种优秀中国文学图书"，《新月诗选》被解放军文艺出版社再次出版。上文选自新月书店 1931 年出版的《新月诗选》。

五四新文学运动以后，中国文学界出现了"新诗"，诗人们追求语言新的同时，对诗的艺术价值有所忽略，推翻了旧的规范却没有建立新的秩序。1923 年新月社在北京成立，他们不满五四后，诗人对诗歌艺术价值的忽视，提倡新格律诗，主张"理性节制情感"的美学原则。随着《晨报》副刊《诗镌》专栏的开辟和《新月》月刊在上海创刊，新月社开始活跃起来，并把上述报刊作为发表诗作的主要阵地。这一时期，早期新月派成员徐志摩等人结识了年轻一代的诗人陈梦家、方玮德等。前期新月派与后期新月派诗人的思想此时进行了交汇，并且合力创办了新月社新的刊物《诗刊》。后来，后期新月派代表诗人陈梦家开始了《新月诗选》的编选工作。

在《新月诗选》中，陈梦家选取了18位新月社诗人的共计80篇诗作，并且在序言中分别介绍了这18位作家的写作风格，这些诗分别来自新月社诗人早期发表在《晨报》副刊《诗镌》和《新月》月刊上的作品。序言指出，这80篇诗大部分是抒情诗。陈梦家认为抒情诗是个人真实情感的表现，可以给读者带来心灵的共鸣，使人产生无穷的回味。陈梦家在《新月诗选》序言中，把新诗在十年中的发展比作一只在大海里航行的小船，在新诗发展的道路上中国传统诗歌和外国文学对其产生了不同程度的影响。不同的文学社团对新诗有着不同的发展与解读，但是新月社在新诗的发展中汲取经验，主张诗歌本质的醇正、技巧的周密和格律的谨严。陈梦家在强调灵感的重要性的同时，也强调了格律作为一种规范的重要作用。新诗正是有了格律的规范，才凸显出其艺术的美感，而诗人不断锻炼的技巧能够把灵感转换成文字从而更好地呈现在读者面前。

作为新月社的后起之秀，虽然陈梦家的诗歌理论有的地方略显稚嫩，却为学者们从整体上研究新月社提供了借鉴，更为研究中国新诗的发展历程提供了参考材料。

（宫麒康）

诗 论

戴望舒

【作者简介】

戴望舒(1905—1950),名承,字朝安,曾用笔名梦鸥、江思等,生于浙江杭州。中国现代派诗人、翻译家等。早年就读于上海大学、复旦大学,后留学法国。1931年,加入左翼作家联盟。1936年,与卞之琳、孙大雨、梁宗岱、冯至等人创办了中国近代诗坛上最重要的文学期刊之一——《新诗》月刊。抗战期间,担任中华全国文艺界抗敌协会香港分会理事,后来担任暨南大学教授、上海市立师范专科学校中文系主任、新闻出版总署国际新闻局法文科科长等职务。著有诗集《我的记忆》《灾难的岁月》《望舒草》等,翻译作品《少女之誓》《洛尔伽诗钞》等。

诗论零札

一

诗不能借重音乐,它应该去了音乐的成分。

二

诗不能借重绘画的长处。

三

单是美的字眼的组合不是诗的特点。

四

象征派的人们说:"大自然是被淫过一千次的娼妇。"但是新的娼妇安知不会被淫过一万次。被淫的次数是没有关系的,我们要有新的淫具,新的淫法。

五

诗的韵律不在字的抑扬顿挫上,而在诗的情绪的抑扬顿挫上,即在诗情的程度上。

六

新诗最重要的是诗情上的 nuance 而不是字句上的 nuance。

七

韵和整齐的字句会妨碍诗情，或使诗情成为畸形的。倘把诗的情绪去适应呆滞的，表面的旧规律，就和把自己的足去穿别人的鞋子一样。愚劣的人们削足适履，比较聪明一点的人选择较合脚的鞋子，但是智者却为自己制最合自己的脚的鞋子。

八

诗不是某一个官感的享乐，而是全官感或超官感的东西。

九

新的诗应该有新的情绪和表现这情绪的形式。所谓形式，绝非表面上的字的排列，也绝非新的字眼的堆积。

十

不必一定拿新的事物来做题材（我不反对拿新的事物来做题材），旧的事物中也能找到新的诗情。

十一

旧的古典的应用是无可反对的，在它给予我们一个新情绪的时候。

十二

不应该有只是炫奇的装饰癖，那是不永存的。

十三

诗应该有自己的 originalité，但你须使它有 cosmopolité 性，两者不能缺一。

十四

诗是由真实经过想象而出来的，不单是真实，亦不单是想象。

十五

诗应当将自己的情绪表现出来，而使人感到一种东西，诗本身就像是一个生物，不是无生物。

十六

情绪不是用摄影机摄出来的，它应当用巧妙的笔触描出来。这种笔触又须是活的，千变万化的。

十七

只在用某一种文字写来，某一国人读了感到好的诗，实际上不是诗，那最多是文字的魔术。真的诗的好处不就是文字的长处。

谈林庚的诗见和"四行诗"

关于"四行诗",林庚先生已写过许多篇文章了,如他在《关于北平情歌》一文中所举出的什么是自由诗,《关于四行诗》,《无题之秋》序,《诗的韵律》,《诗与自由诗》等等,以及这最近的《关于北平情歌》。一位对于自己的诗有这样许多话说的诗人是幸福的,因为如果他没有说教者的勇气(但我们已看见一两位小信徒了),他至少是有狂信者的精神的。不幸这些文章我都没有机缘看到,而在总括这几篇文章之要义的《关于北平情歌》中,我又不能得到一个林先生的主张之正确的体系。

第一,林先生以为自由诗和韵律诗的分别,只是"姿态"上的不同(提到他的"四行诗"的时候,他又说是"风格"的不同,而"姿态"和"风格"这两个不大切合的辞语,也就有着"不同"之处了),而说前者是"紧张惊警",后者是"从容自然"。关于这一点,我们不知道林先生的论据之点是什么?是从诗人写作时的态度说呢,还是从诗本身所表现的东西说?如果就诗人写作时的态度说呢,则韵律诗也有急就之章,自由诗也有经过了长久的推敲才写出来的。如果就诗本身所表现的东西来说呢,则我们所碰到的例子,又往往和林先生所说的相反。如我的大部分的诗作,可以加之以"紧张惊警"这四个绝不相称的形容词吗?郭沫若,王独清的大部分的诗,甚至那些口号式的"革命诗"(这些都不是"四行诗"。然而都是音调铿锵的韵律诗),我们能说它们是"从容自然"的吗?

我的意思是,自由诗与韵律诗(如果我们一定要把它们分开的话)之分别,在于自由诗是不乞援于一般意义的音乐的纯诗(昂德莱•纪德有一句话,很可以阐明我的意思,虽则他其他的诗的见解我不能同意;他说,"……句子的韵律,绝对不是在于只由铿锵的字眼之连续所形成的外表和浮面,但它却是依着那被一种微妙的交互关系所合着调子的思想之曲线而起着波纹的")。而韵律诗则是一般意义的音乐成分和诗的成分并重的混合体(有些人竟把前一个成分看得更重)。至于自由诗和韵律诗这两者之属是属非,以及我们应该何舍何从,这是一个更复杂而只有历史能够解决的问题。关于这方面,我现在不愿多说一句话。

其次是关于林庚先生的"四行诗"是否是现代的诗这个问题。在这一方面,我和钱献之先生和另一些人同意,都得到一个否定的结论。从林庚先生的"四行诗"中所放射出来的,是一种古诗的氛围气,而这种古诗的氛围气,又绝对没有被"人力车"、"马路"等现在的骚音所破坏了。约半世纪以前掊扯新名词以自表异的诗人们夏曾佑、谭嗣同、黄公度等辈,仍然是旧诗人;林庚先生是比他们更进一步,他并不只拮扯一些现代的字眼,却拮扯一些古已有之的境界,衣之以有韵律的现代语。所以,从表面上看来,林庚先生的四行诗是崭新的新诗,但到它的深处去探测,我们就可以看出它的古旧的基础了。现代的诗歌之所以与旧诗词不同者,是在于它们的形式,更在于它们的内容。结构,字汇,表现方式,语法等等是属于前者的;题材,情感,思想等等是属于后者的;这两者和时代之完全的调和之下的诗才是新诗。而林庚的"四行诗"却并不如此,他只是拿白话写着古诗而已。林庚先生在他的《关于北平情歌》中自己也说:"至于何以我们今日不即写七言五言,则纯是白话的关系,因为白话不适合于七言五言。"从这话看来,林庚先生原也不过想用白话去发表一点古意而已。

这里,我应该补说:古诗和新诗也有着共同之一点的。那就是永远不会变价值的"诗之精髓"。那维护着古人之诗使不为岁月所斫伤的,那支撑着今人之诗使生长起来的,便是它。它以不同的姿态存在于古人和今人的诗中,多一点或少一点;它像是一个生物,渐渐地长大起来。所以在今日不把握它的现在而取它的往昔,实在是一种年代错误(关于这"诗的精髓",以后有机会我想再多多发挥一下)。

现在,为给"林庚的四行诗是否是白话的古诗"这个问题提出一些证例起见,我们可以如此办:

一、取一些古人的诗,将它们译成林庚式的四行诗,看它们像不像是林庚先生的诗;

二、取一些林庚先生的四行诗,将它们译成古体诗,看它们像不像是古人的诗。

我们先举出第一类的例子来,请先看译文:

日 日

春光与日光争斗着每一天
杏花吐香在山城的斜坡间
什么时候闲着闲着的心绪
得及上百尺千尺的游丝线

(译文一)

这是从李义山的集子里找出来的,但是如果编入《北平情歌》中,恐怕就很少有人看得出这不是林庚先生的作品吧。原文是:

日日春光斗日光
山城斜路杏花香

几时心绪浑无事
及得游丝百尺长

（原文一）

我们再来看近人的一首不大高明的七绝的译文：

离家

江上海上世上飘的尘埃
在家人倒过出家人生涯
秋烟已远了的蓼花渡口
逍遥的鸥鸟的心在天外

（译文二）

这是从最新寄赠新诗社的一本很坏的旧诗集《豁心集》（沉迹著）中取出来的。原文如下：

江海飘零寄世尘
在家人似出家人
蓼花渡口秋烟远
一点闲鸥天地心

（原文二）

这种滥调的旧诗，在译为白话后放在《北平情歌》中，并不会是最坏的一首。因此我们可以说，把古体诗译成林庚先生的"四行诗"是容既易又讨好。

现在，我们来举第二类的例子吧。这里是不脱前人窠臼的两首七绝和一首七律：

偶得

春愁恰似江南岸
水满桥头渐觉时
孤云一朵闲花草
簪上青青游子衣

（译文三）

古城

西风吹得秋云散
断梦荒城不易寻

　　　　瓦上青天无限远
　　　　宵来寒意恨当深

　　　　　　　　　　　　　　　　　　　　　（译文四）

　　　　爱之曲
　　　　黄昏斜落到朱门
　　　　应有行人惜旅人
　　　　车去无风经小巷
　　　　冬来有梦过高城
　　　　街头人影知难久
　　　　墙上消痕不再逢
　　　　回首青山与白水
　　　　载将一日倦行程

　　　　　　　　　　　　　　　　　　　　　（译文五）

　　这三首诗是从《北平情歌》中译出来的,《偶得》见第三十三页,《古城》见第六十一页,《爱之曲》见第六十七页,译文和原文并没有很大的差异（第三首第四句改变了一点）,最后一首,连韵也是步原作的。我们看原文吧：

　　　　春天的寂寞像江南草岸
　　　　桥边渐觉得江水又高涨
　　　　孤云如一朵人间的野花
　　　　便落在游子青青衣襟上

　　　　　　　　　　　　　　　　　　　　　（《偶得》）

　　　　西北风吹散了秋深一片云
　　　　古城中的梦寐一散更难寻
　　　　屋背上蓝天时悠悠无限意
　　　　黄昏来的冻意惆怅已无穷

　　　　　　　　　　　　　　　　　　　　　（《古城》）

　　　　都市里的黄昏斜落到朱门
　　　　应有着行人们怜惜着行人
　　　　小巷的独轮车无风轻走过
　　　　冬天来的寒意天蓝过高城

街头的人影子拖长不多久
红墙上的幻灭何处再相逢
回头时满眼的青山与白水
已记下了惆怅一日的行程

（《爱之曲》）

这就证明了把林庚先生的"四行诗"译成古体诗也是并不困难而且颇能神似的。

这些所证明的是什么呢？它们证明了林庚先生并没有带了什么东西给现代的新诗；反之，旧诗倒给了林庚先生许多帮助。从前人有旧瓶装新酒的话，"四行诗"的情形倒是新瓶装旧酒了；而这新瓶实际也只是经过了一次洗刷的旧瓶而已。

在许多新诗人之间，林庚先生是一位有才能的诗人，《夜》和《春野与窗》曾给过我们一些远大的希望，可是他现在却多少给与我们一些幻灭了。听说林庚先生也常常写"绝句"（见英译《中国现代诗选》），那么或者他还没有脱出那古旧的桎梏吧。在采用了这"四行诗"的时候，林庚先生就好像走进了一个大森林中一样，他好像他可以四通八达，无所不至，然而他终于会迷失在里面。

而且林庚先生所提创的"四行诗"，还会生一个很坏的影响，那就是鼓励起一些虚荣的青年去做那些类似抄袭的行为，大量地产生一些拿古体诗来改头换面的新诗，而实际上我们的确也陆续看到了几个这一类的例子了。

诗论零札

竹头木屑，牛溲马勃，运用得法，可成为诗，否则仍是一堆弃之不足惜的废物。罗绮锦绣，贝玉金珠，运用得法，亦可成为诗，否则还是一些徒炫眼目的不成器的杂碎。

诗的存在在于它的组织。在这里，竹头木屑，牛溲马勃，和罗绮锦绣，贝玉金珠，其价值是同等的。

批评别人的诗说"如七宝楼台，炫人眼目，拆碎下来，不成片段"，是一种不成理之论。问题不是在于拆碎下来成不成片段，却是在搭起来是不是一座七宝楼台。

*

西子捧心，人皆曰美，东施效颦，见者掩面。西子之所以美，东施之所以丑的，并不是捧心或眉颦，而是他们本质上美丑。本质上美的，荆钗布裙不能掩。

本质上丑的,珠衫翠袖不能饰。

诗也是如此,它的佳劣不在形式而在内容。有"诗"的诗,虽以佶屈聱牙的文字写来也是诗;没有"诗"的诗,虽韵律齐整音节铿锵,仍然不是诗。只有乡愚才会把穿了彩衣的丑妇当作美人。

*

说"诗不能翻译"是一个通常的错误。只有坏诗一经翻译才失去一切,因为实际它并没有"诗"包涵在内,而只是字眼和声音的炫弄,只是渣滓。真正的诗在任何语言的翻译中都永远保持着它的价值。而这价值,不但是地域,就是时间也不能损坏的。

翻译可以说是诗的试金石,诗的滤罗。

不用说,我是指并不歪曲原作的翻译。

*

韵律齐整论者说:有了好的内容而加上"完整的"形式,诗始达于完美之境。

此说听上去好像有点道理,仔细想想,就觉得大谬。诗情是千变万化的,不是仅仅几套形式和韵律的制服所能衣蔽。以为思想应该穿衣裳已经是专断之论了(梵乐希《文学》),何况主张不论肥瘦高矮,都应该一律穿上一定尺寸的制服?

所谓"完整"并不应该就是"与其他相同"。每一首诗应该有它自己固有的"完整",即不能移植的它自己固有的形式,固有韵律。

*

米尔顿说,韵是野蛮人的创造;但是,一般意义的"韵律",也不过是半开化人的产物而已。仅仅非难韵实乃五十步笑百步之见。

诗的韵律不应只有肤浅的存在。它不应存在于文字的音韵抑扬这表面,而应存在于诗情的抑扬顿挫这内里。

在这一方面,昂德莱·纪德提出过这更正确的意见:"语辞的韵律不应是表面的,矫饰的,只在于铿锵的语言的继承;它应该随着那由一种微妙的起承转合所按拍着的,思想的曲线而波动着。"

*

定理:

音乐:以音和时间来表现的情绪的和谐。

绘画:以线条和色彩来表现的情绪的和谐。

舞蹈:以动作来表现的情绪的和谐。

诗:以文字来表现的情绪的和谐。

对于我,音乐,绘画,舞蹈等等,都是同义字,因为它们所要表现的是同一的东西。

*

把不是"诗"的成分从诗里放逐出去。所谓不是"诗"的成分,我的意思是说,在组织起来时对于诗并非必需的东西。例如通常认为美丽的词藻,铿锵的韵音等等。

并不是反对这些词藻、音韵本身。只当它们对于"诗"并非必需,或妨碍"诗"的时候,才应该驱除它们。

【导读】

《诗论》分为三个篇章。第一组《诗论零札》最早以《望舒诗论》为题发表于1932年11月的《现代》第2卷第1期,1933年作为附录收入第二本诗集《望舒草》,改名为《诗论零札》,1937年作为附录收入第三本诗集《望舒诗稿》。《谈林庚的诗见和"四行诗"》最早发表于1936年《新诗》第2期。第二组《诗论零札》发表于1944年《华侨日报·文艺》第2期。1989年,以上三个篇章均被收入浙江文艺出版社出版的《戴望舒诗全编》。上文选自浙江文艺出版社1989年出版的《戴望舒诗全编》。

此处之所以将这三篇文章放在一起,是因为这三篇文章都是戴望舒在写作过程中对自己创作经验的总结,阐明了他的新诗理论,对于新诗文体的发展起到了指导作用。这三篇文章虽然具体内容不同,但其核心问题都指向了"诗情"(诗的情绪)。

戴望舒就诗的韵律的本质问题提出了自己的看法,他认为,文字的音韵抑扬是诗的韵律的肤浅化表达,而诗情才是诗的韵律的本质,并举了不同的例子来论证自己的观点。诗情千变万化,是诗的核心,不能让诗情去适应诗的其他要素,而要使诗中的其他元素如形式等来适应诗情的变化。当然,表现诗情也要重视材料的运用,组织得法,零碎的材料也可以组成整体,否则再珍贵的材料都会变成无用的废物。新诗之所以能够不断发展创新在于诗人能够不断发现新的诗情,并用新的写法来描绘诗情。诗情甚至能够赋予旧事物以新生命,但绝不是用新词汇来适应旧规则。诗之间的差异在于诗情的差异,诗韵律的表达在于诗情的表达,虽然将音乐、绘画、建筑排斥在诗之外,但是诗情仍能调动人们的全部感官来进行感知。诗情的价值是可以超越国界的,因为诗的情绪是可以打破语言的限制被人类所共知共感的。总之,一首好诗的形成是以诗情为基础的,其次的形式、翻译等都是为了诗情服务的,这些方面有机结合,最终才能促成一首好诗。

戴望舒的诗论中的诗情主张是对郭沫若新诗"内在律"的发展,也是对闻一多在《诗的格律》中"三美"理论的颠覆。为新诗的创作提供了思路,甚至可以视为现代派诗歌的准则,在中国新诗发展史上占有重要的地位。

(宫麒康)

谈诗(存目)

梁宗岱

【作者简介】

梁宗岱(1903—1983),笔名岳泰,广东新会人,现代诗人、诗歌理论批评家、翻译家、外语教育家。中学时代主编过校刊,16岁就有"南国诗人"之称。1921年加入文学研究会,1923被保送到岭南大学,同年筹办文学研究会广州分会,创办《广州文学旬刊》。1924年留学欧洲,先后去瑞士、法国、意大利、德国等国家学习,1931年回国,先后任教于北京大学、清华大学、复旦大学、中山大学,并参与主编天津《大公报》文艺副刊。主要著述有诗集《晚祷》,论文集《诗与真》《诗与真二集》,译作《莎士比亚十四行诗》《浮士德》(上卷)等。

【导读】

《谈诗》最初于1934年11月15日发表于《人间世》第15期,后收入1936年商务印书局出版的《诗与真二集》,又收入2003年中央编译出版社出版的《梁宗岱文集·评论卷》。

20世纪30年代,面对新诗发展过程中出现的形式粗糙、缺少诗味等问题,闻一多和穆木天等人分别通过提倡新格律诗和象征主义诗歌的方法对其加以改进,但很快又都出现新的问题。一些有识之士开始进行了新的深入思考,穆木天、王独清、闻一多、戴望舒等都曾就新诗发表了很多见解。1926年3月,穆木天在《创造月刊》发表《谭诗——寄沫若的一封信》,不仅为中国新诗的发展提供象征主义理论指引,也为梁宗岱提供了理论借鉴。与穆木天相比,梁宗岱的诗学探索更加深入。1935年梁宗岱为《大公报》文艺栏下设的"诗特刊"撰写了题为《新诗底十字路口》的"发刊词",体现出他对新诗发展的新判断。

中西文化碰撞的时代和作者师从法国瓦雷里的因素,都使《谈诗》体现出"比较"的视野。梁宗岱针对新诗创作的现实,提出了"纯诗"的概念,作者在融汇古今中外诗学理论的基础之上,探讨诗歌语言文字"音"与"义"的密切关系,关注诗歌艺术或者形式的元素,强调形神统一,在立足中国新诗写作的前提下,力求达到"纯诗"的境界。

作者通过诗人主体切入，认为"诗人是两重的观察者"，诗人内在心灵的活动和灵境与外在的外物和具体的意象是相生相成的，诗人独特之处就在于将现象与想象结合创作出真善美。接着作者提到创作内容和形式是不能分辨的，借此引出诗歌艺术或形式的重要元素，进而探讨诗歌语言文字"音""义"间的关系，得出正是"音""义"二者间的联想唤起我们的心境，联想越丰富，诗味也就越隽永的结论。作者还通过举马拉美和我国姜白石二者共同趋难避易的诗学、注重格调和音乐的诗意、空明澄澈的诗境，尤其是他们偏爱的"清""苦""冷"等代表着精神的本质的字眼来强调诗歌形式元素的重要性。

　　在上述分析之上，作者提出"纯诗"的概念。"纯诗"要求纯粹用形体的音韵和色彩的元素，通过暗示、感应的方式，来达到"神游物表"的境界，在这要求背后是梁宗岱对"纯粹""独立"的纯诗文体意义上的思考。对"纯诗"的描述中能看出梁宗岱承袭了瓦雷里的"纯诗"理论，二者不同在于作者认为"纯诗"是能实现的，并且通过举姜白石的《暗香》《疏影》等诗例来证明"我国旧诗词中纯诗并不少"。作者对"纯诗"的进一步表述是从区分散文与诗的界限开始的，之前俞平伯、鲁迅、穆木天等人都曾意识到这个问题，作者把二者的界限具体化，这对新诗有文体上正本清源的意义。

　　翻译家的身份让梁宗岱更深刻地认识到"文艺底欣赏是读者与作者间精神底交流与密契"，借英国批评家沛德的话提出他对批评家的意见，即在作品里分辨、提取和阐发诗歌中精神活动的高深、精微种种元素，从而让伟大艺术品能被更多读者欣赏。

　　《谈诗》是梁宗岱对二三十年代中国诗坛粗滥现象的思考，他将西方"纯诗"理论中"音""义"结合的思想与中国传统诗学相结合，强调象征主义诗学的心灵因素，主张划清诗与散文的界限，从诗歌文体和创作角度提倡"纯诗"。梁宗岱的纯诗理论对中国新诗"纯诗化"和中国现代诗学有重要意义，他的这种中西融汇的研究方法也给当下诗歌创作和研究带来启发。

（姜蓉艳）

论新诗（存目）

叶公超

【作者简介】

叶公超（1904—1981），原名崇智，字公超，广东番禺人，新月派著名评论家。1920年赴美留学，获剑桥大学文学硕士学位，回国后在北京大学、清华大学、暨南大学等多所大学任教，主要讲授西洋文学。1926年参与创办新月书店，在《新月》杂志创刊号上发表文章《写实小说的命运》。曾担任《学文》《英文时报》《远东英文时报》的编辑，发表大量文章，在小说、诗歌发展方面提出了自己的观点。抗战时期担任西南联合大学外语系主任。主要著作有《中国古代文化生活》《叶公超散文集》《介绍中国》等。

【导读】

《论新诗》最初发表于1937年《文学杂志》创刊号第1卷第1期，后收录于1979年洪范书店出版的《叶公超散文集》，又收录于1997年上海学林出版社出版的《新月怀旧：叶公超文艺杂谈》。

新诗为了摆脱旧诗镣铐的束缚，从白话新诗到新月派格律诗，革新之路不断曲折向前发展，创作这篇文章的背景是当时新诗发展"正陷入一个可悲的环境里"，诗人们开始反思新诗。叶公超在此基础上回到旧诗中，肯定了新诗格律的价值。他认为"格律是任何诗的必要条件，没有格律，我们的情绪只是散漫的，单调的，无组织的"，而新诗区别于旧诗的格律关键是什么？叶公超提到了两方面的要求："一方面要根据我们说话的节奏，一方面要切近我们情绪的性质。"也就是说，新诗格律的核心是要"创造自己的形式"。叶公超提出了"说话的节奏"这一观点，他强调在语言的节奏中，音组的字数不必相等，音组的轻重、长短律也无须严格规定，只要能产生效力，其影响都是一样的。这打破了我们一般注重格律外在形式的思维定式。

一首好诗除了讲格律之外，还要有"语调的节奏"，这是叶公超提出的另一个观点。"格律不过是种组织大纲，文字却是诗人的工具"，叶公超认为中国语言还是有作诗的成分，例如中国文字的和谐、对偶和均衡的技巧使我们读诗"能入语调"具备条件。因此,只要抓住了这些因素,旧诗可以读,可以借鉴,可以说,在诗歌新旧关系处理上,叶公超为我们提供了新的思路。值得一提的是,叶公超提到了叙事诗、散文诗、诗剧三种文体。他从旧诗的失败原因中总结经验,认为诗剧才是最鲜活的反映时代生活变化的方式之一。

《论新诗》是叶公超中、西方诗歌理论思想的展现,充分体现他对于新诗发展的关注与思考,同时,诗论的提出也对当时新诗的发展起到了推动作用,其新诗格律及音调理论对现代诗歌的发展仍具有启示作用。

(苗慧婷)

诗论（节选）（存目）

艾 青

【作者简介】

艾青（1910—1996），原名蒋正涵，字养源，号海澄，曾用笔名莪加、克阿、林壁等，浙江金华人。现当代文学家、诗人。1928年中学毕业后考入国立杭州西湖艺术院，翌年赴法勤工俭学，学绘画，兼写诗歌。1932年回国后，参加中国左翼美术家联盟，后从事诗歌创作。抗日战争后，加入中华全国文艺界抗敌协会。1941年到延安，次年参加了延安文艺座谈会。历任陕甘宁边区参议员，留守兵团文艺工作委员会副主任，鲁迅文学艺术学院教员，《诗刊》（延安版）主编等。1949年新中国成立后，历任全国文联委员，中国作家协会理事、副主席，《人民文学》副主编，中国美术家协会理事等。1985年获法国文学艺术最高勋章。主要作品有《大堰河——我的保姆》《北方》《向太阳》《鱼化石》等。

【导读】

艾青多次在《七月》《中学生》等杂志上发表新诗文论。1939年将其整理成册，后以《诗论》为书名，由桂林三户图书社于1941年9月出版。后收入1986年四川文艺出版社出版的《艾青选集》第3卷，1991年花山文艺出版社出版的《艾青全集》第3卷。

《诗论》是艾青对诗与生活、诗与时代、诗与人民、诗的本质等根本问题的深刻论述和阐发，以及关于新诗艺术本身和新诗创作中的一系列问题的理论阐述。可见艾青不仅注重诗的思想性，对于诗的艺术性也有着自己独有的创见。这里节选的艾青《诗论》中的"主题与题材篇""形式篇""技术篇""形象篇""意象、象征、联想、想象及其他篇"，还有"语言篇"，是艾青关于新诗具体创作方法的理论阐述。

艾青是自由诗的倡导者和实践者，他以理性的思考、诗意的笔调，把自己创作中的真切体验和真知灼见以短小精悍的格言和警句似的结论性话语阐明。艾青认为诗的题材要取之于现实生活。诗是生活的牧歌，生活是创作之母。对于诗歌的内容与形式以及它们之间的辩证关系。艾青说，形式应该服从内容的需要。毋庸置疑,"一定的形式包含着一定的内容",但是形式不是绝对的,它会依照变动的生活内容而变动,"不要迷信形式",是人创造形式,不能让形式束缚创作的心灵。对于诗的写作技巧,艾青认为要有造型美,诗若没有形象,就没有光彩,那就没有艺术生命。除此之外,他还认为诗要有开阔的想象,人只有把许多事物的意象、想象、象征、联想集中起来,组织起来,才可能写出简洁生动、活泼新鲜的语言,才有可能写好诗。艾青认为诗的创作上,语言是最重要的问题之一,诗是语言的艺术,诗就是用最浅显的语言来表达最深厚的思想。"诗的语言必须饱含思想与情感",必须简约,即"以最省略的文字而能唤起一个具体的事象、或是丰富的感情与思想"。

艾青对于新诗具体的创作方法的回答,为当时的诗人提供了理论上的具体指导,对于现今的诗歌创作,仍具有现实指导意义。

(徐桂方)

中国诗的节奏与声韵的分析（下）：论韵（存目）

朱光潜

【导读】

　　《中国诗的节奏与声韵的分析（下）：论韵》最初发表在 1943 年重庆国民图书社出版的《诗论》中，后收入 1984 年安徽教育出版社出版的《朱光潜全集》第 3 卷。

　　自新诗诞生以来，对于诗的声律问题一直有着持续的探讨。1926 年，新月派代表诗人闻一多在《诗的格律》中，便提出了诗的音乐美、绘画美、建筑美的新格律诗理论，并认为诗歌的音乐美是首要的。《中国诗的节奏与声韵的分析（下）：论韵》是朱光潜以中西诗论比较的方法对于诗的音律中的音韵的全面探讨，是对关于新诗音律争论的回应。

　　本文是朱光潜为诗的音律的辩护之作，他认为诗是具有音律的纯文学，他分别从韵的性质与起源、无韵诗及废韵的运动、韵在中文诗里何以特别重要、韵与诗句构造、旧诗用韵法的毛病五个部分对韵在中国诗里的重要性进行阐述，逻辑清晰，层层递进。

　　在文中，朱光潜提出中国韵文的意义，有时指平仄的协调而言，通常只是指"押韵脚"。对于押韵的功用，朱光潜认为或说是便于记忆，但更主要的是在于造成音节的前后呼应及和谐。朱光潜认为中国古代虽然偶然会遇到无韵诗，现今白话诗也有废韵的主张，但是韵在中国诗里是特别重要的，中国语音轻重不甚分明，诗的节奏有赖于韵。朱光潜还比较了英文诗用韵少、法文诗用韵多的事实，进一步论证韵在中文诗里的重要性。中国诗里，句末一字必顿，是音节最着重的所在，所以需要押韵，以求全诗音节的贯串。不过朱光潜也指出，中国的旧诗当中，律诗的押韵规则过于单调以及拘守韵书及模仿古韵的弊病亦须矫正。

　　朱光潜对于韵在中国诗中的重要性的强调，及时为当时中国的新诗创作提供了理论上的参考，深化了诗学中的节奏理论，促进了中国新诗的健康发展。

（徐桂方）

戏剧理论

戏剧改良各面观

傅斯年

【作者简介】

傅斯年(1896—1950)，字孟真，山东聊城人。中国近现代历史语言学家、教育家、社会活动家。是五四运动的学生领袖之一，1918年与罗家伦、毛子水等共同创立"新潮社"，发行《新潮》杂志。1927年任中山大学教授、文学院长，兼任中国文学、历史学两系主任，并创立语言历史学研究所。1929年兼任北京大学教授，1945—1946年代胡适任北京大学校长。其教育言论主要收集在《傅斯年校长最后论著》(1950)、《傅孟真先生集》(1952)、《傅斯年全集》(1980)等。

这篇《戏剧改良各面观》的意见，是我一年以来，时时向朋友谈到的，然而总没写成篇章。十日前，同学张豂子君和胡适之先生辩论废唱问题，我见了，就情不自禁了。但是我在开宗明义之前，有两件情形，要预先声明的：

第一，我对于社会上所谓旧戏、新戏，都是门外汉；

第二，我对于中国固有的音乐和歌曲，都是门外汉。

既然都是门外汉，如何还要开口呢？据我个人观察而论，中国人熟于戏剧、音乐一道的，什么是思想牢固的了，不客气说来，就是陷溺深的了，和这些"门内汉"讨论"改良""创造"，绝对不肯容纳的。我这门外汉，却是不曾陷溺的人。我这篇文章，就以耳目所及为材料，以直觉为判断；既不是"随其成心而师之"，也就不能说我不配开口。

我以为改良旧戏和创造新戏，是两个问题(理论详第四节)。应否改良创造的理论和怎样改良创造的方法，又是两个问题。我们但凡把眼光放大些，可就觉得现在戏剧的情形，不容不改良；真正的新剧，不容不创造。现在止当讨论怎样改良创造的方法，应否改良创造的理论，不成问题了。——若是还把极可宝爱的时光，耗费在讨论这个上，就是中国人思想，处处落在人后的证据。然而就中国社会可怜的情形而论，却不能不供出思想处处落在人后的证据。我们若径然讨论方法，便有大多数人根本反对道："何必要改良？"无可如何，只好先把旧戏的情形，作一具体的评判。我还要自己承认，这个评判，是不得已而出的"费话"。

一、旧戏的研究

我们对于旧戏的形式和材料,不表同情,原不消说,然而仅仅漫骂,也不能折人之心。照我意思,先就戏剧进化的阶级为标准,看看现在戏界进化到何等地步,更就中国戏剧和中国社会同用的关系,判断现在戏界的真正价值如何。易词说来,前者以戏剧历史为观察点,后者是个社会问题;二者并用,似乎可得个概括的论断。

现在中国各种戏剧,无论"昆曲""高腔""皮簧""梆子",总是"鳖血龟水,分不清白",在一条水平线上。不仅这样,这般高等戏,和那些下等的"碰碰戏""秧歌戏""高翘戏",也在一个水平线上。虽然词句雅俗,情节繁简,衣饰奢俭,有绝大的分别,若就他组成的分子而论,却是同在一个阶级,没高下之别的。真正的戏剧纯是人生动作和精神的表象(Representation of human action and Spirit),不是各种把戏的集合品。可怜中国戏剧界,自从宋朝到了现在,经七八百年的进化,还没有真正戏剧,还把那"百衲体"的把戏,当做戏剧正宗!中国戏剧,全以不近人情为贵,近于人情,反说无味。请问戏剧本是指写人事的,何以专要不近人情?纯粹戏剧不能不近人情,百衲体的把戏,虽欲近人情而不能组成纯粹戏剧的分子,总不外动作和言语。动作是人生通常的动作,言语是人生通常的言语;百般把戏,无不含有竞技游戏的意味。竞技游戏的动作言语,却万万不能是人生通常的动作言语——所以就不近人情,就不能近人情了。譬如打脸,是不近人情的。何以有打脸?同为有脚色,何以有脚色?因为是下等把戏的遗传。譬如"行头",总不是人穿的衣服。何以要穿不是人穿的衣服?因为竞技游戏,不能不穿离奇的衣服。譬如花脸,总做出人不能有的粗暴像。何以要做出人不能有的粗暴像?因为玩把戏不能不这样。譬如打把子、翻筋斗,更是岂有此理了,更可以见得是竞技的遗传了。平情而论,演事实和玩把戏,根本上不能融化:一个重摹仿,一个重自出;一个要像,一个无的可像;一个重情节,一个要花鞘,简直是完全矛盾。中国人却不以完全矛盾见怪,反以"兼容并包"为美。那些下等戏,像上文所举的"碰碰""秧歌""高翘"……之类,虽然没有这些上等戏兼容并包的大量,却同是不离乎把戏的精神。在西洋戏剧是人类精神的表现(Interpretation of human Spirit)。在中国是非人类精神的表现(Interpretation of inhuman Spirit)。既然要和把戏合,就不能不和生之真拆开。所以我以为中国的上等戏、下等戏在一条水平线上,是就戏剧演进的阶级,诊断定了的,是就他们组成的原素,分析比较过的。好比猴子,进化到毛人,就停住了,再也不能变人了。中国的戏,到了元朝,成了"杂剧""南戏"的体裁,就停住了,再也不能脱开把戏了。

唱工一层,旧戏的"护法使者",最要拿来自豪。唱工应废不应废,别是一个问题(解详第四节)。纵使唱工不废,"京调"中所唱的词句,也是绝对要不得。歌唱一种东西,虽不能全合语言的神味,然而总以不大离乎语言者近是。且是,曲折多,变化多,词句参差,声调抑扬,才便于唱。若用木强的调调儿,总是不宜。"京调"不能救治的毛病,就在调头不好,——不是七字句,就是两三加一四的十字句。任凭他是绝妙的言语,一经填在这个死板里,当时麻木不仁,索然无味起来。这个点金成铁的缘故,全是因为调头不是——不合言语的自然,所以活泼泼的妙文,登时变成死言语,不合歌曲的自然,所以必须添上许多"助声""转声"。我们说话,不是定要七字、十字。唱曲何必定要七字、十字? 从四言、五言乐府,变成七言乐府,是文学的进化,因为七言较比五言近于语言了;从七言乐府变成词,是文学的进化,因为词更近于语言了;从稍嫌整齐的词,变成通体参差的曲,是文学的进化,因为曲尤近于语言了;可是整齐的"京调",代不整齐的"昆弋"而起,是戏曲的退化,因为去语言之真愈远了。现在把一部《乐府诗集》和一部《元曲选》比较一看,觉得《元曲选》里的词调好得多。使我们起这种感觉,固然不止一个原因,然而主要原因,总因为乐府整齐,所以笨拙;元曲参差,所以灵活。再把一部《元曲选》和十几本《戏考》比较一看,又要觉得生存的"京调",尚且不如死了五百年的元曲,也是这个道理。所以我敢断言道,"京调"根本要不得,那些"转声""助声",正见其"黔驴技穷",和八代乐府没奈何时,加上些"妃""豨",是一样的把戏。"京调"的来源,全是俗声:下等人的歌谣,原来整齐句多,长短句少,——这是因为没有运用长短句的本领——"京调"所取裁,就是这下等人歌唱的款式。七字句本是中国不分上下今古最通行的,十字句是三字句、四字句集合而成,三字句、四字句更是下等歌谣的句调。总而言之,"京调"的调,是不成调,是退化调。就此点而论,"京调"的上等戏,又和那些下等戏在一条水平线上了。照这看来,中国现在的戏界,不特没有进化到纯粹的戏剧,并把真正歌曲的境界,也退化出去了。

我再把中国戏剧和中国社会相用的关系,说个大概。有人说道,中国戏剧,最是助长中国人淫杀的心理。仔细看来,有这样社会的心理,就有这样戏剧的思想,有这样戏剧的思想,更促成这样社会的心理;两事是交相为用,互成因果。西洋名剧,总要有精神上的寄托,中国戏曲,全不离物质上的情欲。同学汪缉斋对我说,中国社会的心理,是极端的"为我主义";我要加上几个字道,是极端的"物质的为我主义"。这种主义的表现,最易从戏曲里观察出来。总而言之,中国戏剧里的观念,是和现代生活根本矛盾的,所以,受中国戏剧感化的中国社会,也是和现代生活根本矛盾的。

二、改革旧戏所以必要

照上文所说,中国戏剧,既然这样下等,应当改革的道理,可就不必多说了。但是关于旧戏的技术文学各方面,还有批评未到的地方,现在再论一番,作为改革旧戏所以不必要的根据。

就技术而论,中国旧戏,实在毫无美学的价值。举其最显著的缺点:第一,是违背美学上的均比律(law of proportion)。譬如一架黄包车,安上十多支电灯,最使人起一种不美不快的感觉;这是因为十几支电灯的强度,和个区区的黄包车,不能均比。中国戏剧,却专以这种违背均比律的手段为高妙。《红鸾喜》上的金玉奴,也要满头珠翠;监狱里的囚犯,也要满身绸帛。不能彼此照顾,互相陪衬,处处给人个矛盾的、不能配合的现象,那能不起反感?第二,是刺激性过强。凡是声色一类,刺激甚易的,用来总要有节制。因为人类官能,容易疲乏,一经疲乏,便要渐渐麻木不仁,失了本来的功用了。更进一层,人类的情绪,不可促动太高;若是使人心境顿起变化,有不容呼吸的形势,就大大违背"美术调节心情"的宗旨。旧戏里头,声音是再要激烈没有的,衣饰是再要花鞘没有的;曲终歌罢,总少觉"余音绕梁"的余韵,只有了头昏眼花的痛苦。眼帘耳鼓,都刺激疲乏不堪了,请问算美不算美?至于刺激心境,尤其利害,总将生死关头,形容的刻不容发,让人悬心吊胆,好半天不舒服。这种做法,总和美学原理,根本不相容。第三,是形式太嫌固定。中国文学和中国美术,无不含有"形式主义"(formalism)。在于戏剧,尤其显著。据我们看来,"形式主义"是个坏根性,用到那里那里糟。因为无论什么事件,一经成了固定形式,便不自然了,便成了矫糅造作的了;何况戏剧一种东西,原写人生动作的自然,不是固定形式能够限制的。然而中国戏里,"板"有一定,"角色"有一定,动作言语有一定,"千部一腔,千篇一面"。不是拿角色来合人类的动作,是拿人类的动作来合角色。这不是演动作,只是演角色。犹之失勒博士(Dr.F.C.S.Schiller)批评"形式逻辑"道,"'形式逻辑'不是论真伪,是论假定的真伪"(此处似觉拟于不伦。然失勒之批评"形式逻辑",乃直将一切"形式主义"之乖谬而论辩之,其意于此甚近,但文中不便详引耳)。西洋有一家学者道,"齐一即是丑"(Uniformity means ugliness)。谈美学的,时常引用这句话。就这个论点,衡量中国戏剧,没价值的地方,可就不难晓得了。第四是意态动作的粗鄙。唱戏人的举动,固然聪明的人,也能处处用心。若就大多数而论,可就粗率非常,全不脱下等人的贱样。美术的技艺,是谈不到的。看他四周围的神气,尤其恶浊鄙陋,全无刻意求精,情态超逸的气概;这总是下等人心理的暴露,平素没有美术上训练的缘故。第五是音乐轻躁。胡琴一种东西,在音乐上,竟毫无价值可言;"躁音浮响,乱人心脾",全没庄严流润的态度。虽然转折很多,很肖物音,然而太不蕴藉,也就不能动人美感了。旧戏的音乐,胡琴是头脑,然而胡琴竟是如此不堪,所以专就音乐一道评判旧戏,也是要改良的。——上来所说五样,原不能尽,但是总可据以断定美术的戏剧,戏剧的美术,在中国现在,尚且是没有产生。

  再就文学而论,现在流行的旧戏,颇难当得起文学两字。我先论词句。凡做戏文,总要本色,说出来的话,不能变成了做戏人的话,也不能成唱戏人的话,须要恰是戏中人的话,恰合他的身份心理,才能算好,才能称得起"当行"。所以戏文一道,是要客观,不是要主观;是要实写的,不是给文人卖弄笔墨的。"昆曲"的词句,尚且在文学范围之内,然而卖弄笔墨的地方,真太利害了,把元"杂剧"、明"南曲"自然的本色,全忘干净了,所以渐渐不受人欢迎了。"京调"却又太不卖弄笔墨了;翻开十几本戏考,竟没一句好文章,全是信口溜下去,绝不见刻意形容、选择词句的工夫。这是因声造文,不是因文造声;是强文就声,不是合声于文。一言以蔽之,京调的文章,只是浑沌,无论甚人,都是那样调头儿。若必须分析起来,也不过一种角色,一种说话法,同在一个角色里头,却不因时、因地,变化言辞。这样的"不知鸟之雌雄",还有什么文学的技艺可说?我再论结构。中国文章不讲结构,原不止一端,不过戏文的结构,尤其不讲究。总是"其直如矢,其平如底",全没有曲折含蓄的意味。无数戏剧,只像是一个模磕下来的——有一个到处应用的公式。若是叙到心境的地方,绝不肯用寓情于事,推彼知此的方法,总以一唱完之大吉。这样办法,固然省事,然而兴味总要索然了。我再论体裁。旧戏的人物,不是失之太多,就要失之太少。太多时七错八乱,头绪全分不清楚了,太少时一人独唱,更不能布置情节。文学的妙用,组织的工夫,全无用武之地了。譬如"昆曲"里的《思凡》,文词意思,我都狠恭惟他,但是这样不成戏剧的歌曲,只可归到广义的诗里,算一类,没法用戏剧的法子去批评他。戏里这样一人独唱的,固是绝无仅有,然而举此例彼,那些不讲究的体裁,正是多著呢。——照这看来,中国的戏剧文学,总算有点惭愧。

  论到运用文笔的思想,更该长叹。中国的戏文,不仅到了现在,毫无价值,就当他的"奥古斯都期",也没什么高尚的寄托。好文章是有的(如元[北曲]、明[南曲]之自然文笔),好意思是没有的,文章的外面是有的,文章里头的哲学是没有的,所以仅可当得玩弄之具,不配第一流文学。就以《桃花扇》而论,题目那么大,材料那么多,时势那么重要,大可以加入哲学的见解了;然而不过写了些芳草斜阳的情景,凄凉悲淡的感慨。就是史可法临死的时候,也没什么人生的觉悟。非特结构太松,思想里也正少高尚的观念。就是美术上、文学上做得到家,没有这个主旨,也算不得什么。大前年我读莎士比亚的 Merchant of Venice,觉得"To bat fish withal……"一段,说人生而平等,何等透彻。只是"卢梭以前的《民约论》",在我们《元曲选》上,和现在的"昆弋""京调"里,总找不出。我狠盼望以后作新戏的人,在文学的技术而外,有个哲学的见解,来做头脑。那种美术派(Aesthetical School)的极端主张,是不中用的。

  再把改良戏剧,当作社会问题,讨论一番。旧社会的穷凶极恶,更是无可讳言,旧戏是旧社会的照相,也不消说。当今之时,总要有创新社会的戏剧,不当保持旧社会创造的戏剧。旧社会的状况,只是群众,不算社会,并且没有生活可言。这话说来狠长,不是这篇文章里能够全说的。约举其词,中国社会的里面,只是散沙一盘,没有精密的组织,健全的活动力,差不多等于无机体;中国人却喜欢这样群众的生活,不喜欢社会的生活——这不就简直可说是没有生活吗。就是勉强说他算有生活,也只好说是无意识的生活,你问他人生真义是怎样,他是不知道;你问他为什么我教做我,他是不知道。他是阮嗣宗所说大人先生裤裆里的虱子,自己莫名其妙;他不懂得人怎样讲;他觉得戕贼人性以为仁义,犹之乎戕贼杞柳以为杯棬;他不觉得人情有个自然、有个自由的意志;他在樊笼里,却很能过活得,并且忘了是在樊笼里了。——这是中国人最可怜的情形。将来中国的运命,和中国人的幸福,全在乎推翻这个,另造个新的。使得中国人有贯彻的觉悟,总要借重戏剧的力量。所以旧戏不能不推翻,新戏不能不创造。换一句话说来,旧社会的教育机关不能不推翻,新社会的急先锋不能不创造。

  上来说的,都是新剧所以必要的根据。我还要声明一句,对于有知觉的人,这都算费话。

三、新剧能为现在的社会容受否?

  戏剧应当改良的理论,纵然十分充足,若是社会全无容受的地步,也不过空论罢了。所以我们要考察现在社会的情形,能容新剧发生否。说到中国戏剧界,真令人悲观得很。一般"戏迷",正在那里讲究唱工、做工、胡琴的手段,打板的神通,新剧的精神,做梦还没梦到呢。记得一家报纸上说:"布景本不必要,你老谭唱时,从没有布景,不过把一张桌子,几把椅子,搬来搬去,就显出地位不同来。

西洋人唱做不到家，所以才要布景"。这种孩子话，竟能代表许多人，想在这样社会里造出新剧来，如何不难？但是细细考察起来，新剧的发生，尚不是完全无望。专就北京一部而论——其实到处都是这样——听戏的人，大部分为两种。第一种人是自以为狠得戏的三昧——其实是中毒最深的——听到旧戏要改良的话，便如同大逆不道一样。所以梅兰芳唱了几出新做的旧式戏，还有人不以为然，说："固有的戏，尽够唱的，要来另作，一定是旧的唱不好了，才来遮丑。"你想和这种人还有什么理论——然而娴熟旧戏的人，差不多总是这样思想。第二种人在戏剧一道，原不曾讲究，不过为声色的冲动力所驱使，跑到戏园里，"顾而乐之"。这种人在戏界里虽没势力，在社会上却占大多数。普通听戏的人，差不多总是这样。现在北京有一种"过渡戏"出现，却是为这一般人而作。所谓"过渡戏"者，北京通称新戏，但是虽然和旧戏不同，到底不能算到了新戏的地步。那些摆场做法，从旧的很多，唱还没有去了。有一个作戏评的人，造了这个名词，我且从他。社会上欢迎这种戏的程度，竟比旧戏深得多。奎德社里一般没价值的人，却仗这个来赚钱。我有一天在三庆园听梅兰芳的《一缕麻》，几乎挤坏了，出来见大栅栏一带，人山人海，交通断绝了，便高兴的了不得。觉得社会上欢迎"过渡戏"，确是戏剧改良的动机。在现在新戏没有发展的时候，这样"过渡戏"，也算慰情聊胜无了。既然社会上欢迎"过渡戏"比旧戏更很，就可凭这一线生机，去改良戏剧了。

　　说到新思想一层，社会上也不是全不能容受。我在旧戏里想找出个和新思想即合的来，竟找不出。只有"昆曲"里的《思凡》还算好的，看起来竟是一篇宗教革命的文章，把尼姑无意识的生活，尽量形容出来。这篇《思凡》本是《孽海记》的一出。就《孽海记》全体而论，也没甚道理可说，我这番见解，总算断章取义罢了。一个女孩儿，因为父母信佛，便送到庵里去，自己于佛书并未学过，佛家的宗旨，既然不知道，出家的道理，更是不消说，却因在那里，如同入了隧宫一般，念那些全不懂得半梵半汉的佛经。什么思凡不思凡，犹可置而不论。只这无意识的生活，是最不能容忍的。跑下山去，也不过别寻一个有意识的生活罢了（"只因俺父好念经"一段，下至"怎知俺感叹多"，把这个意思，形容尽致）。所以就这篇曲子的思想而论，总算极激烈的。但是一人独唱，全没情节，听戏的人不能懂得这个意思，却无从照着社会上欢迎这篇戏的程度，来判断新思想的容受。我后来又找出"过渡戏"《一缕麻》是有道理的，这篇戏竟有"问题戏"的意味。细分起来，有几层意思可说。

　　（一）婚姻不由自主，而由父母主之，其是非怎样？
　　（二）父母主婚姻，不为儿女打算，却为自己打算，其是非怎样？

（三）订婚以后，只因为体面习惯的关系，无论如何情形，不能解约。明知火坑，终要投入，其是非怎样？

（四）忽而有名无实的丈夫，因极离奇的情节死掉了。他的妻以后的生活，应当怎样自处？在现在社会习惯之内，处处觉得压迫的力量，总要弄到死而后已。

（五）父、母、庶母、女儿间的关系，中表兄妹的关系——就是中国人家庭的状况——何以借此表见。

总而言之，这戏的主旨，是对于现在的婚姻制度，极抱不平了。在作原文的包天笑未必同我这见解一样，在演成戏剧的人，和唱这戏的人，未必有极透彻的觉悟，然而就凭这不甚精透的组织，竟然狠动人感情了。我第一次同同学去看，我的同学，当然受很大的刺激。后来又和亲戚家几位老太太去看，回来我问他们道，"觉得怎样"？他们说，"这样订婚，真是没道理"。咳！这《没道理》一句话，我想听的人心里，总有这样觉悟。这点觉悟，就是社会上能容纳新思想的铁证。虽然中国人的思想，多半是麻木性的——不肯轻意因为没道理——就来打破这没道理，若使有人把这没理说的透彻了，用法子刺激利害了，也就不由的要打破这没道理了。凭这一点不曾枯亡尽的"夜气"，"扩而充之"，不怕不能容受新思想。所以说到改良戏剧的骨子，还不算是绝望。

至于做法场面，一律改革，尤当受人欢迎。因为旧法子处处板滞，处处没趣，在不常听戏的人看来，竟不能分青红皂白，一经改了新式，便能活泼的紧。现在人唱戏，有时把旧戏里一枝一节，改变法子，成个新样，听戏的人，总觉分外受用；若是完全改了，死的变成活的了，如何不尤其讨人好？譬如梅兰芳唱《狮吼记》原是古装，怕婆子一场，忽然变成时装了。这样办法，真是矛盾，然而形容怕婆子，总不是古装能做出来的，用时装反觉得格外亲切。衣服尚且如此，何况做法排场呢？

至于音乐歌唱一层，就原理而论，戏剧里有歌唱，仍是歌曲的遗传，仍不脱"百衲"的本质，和专效动作的真戏剧根本矛盾。就一般妇孺以及不常听戏的男子而论，歌唱原无所用。然而在街巷里，总听见人顺嘴胡唱；在朋友处，常听见他唱几嗓子，这是为何呢？据我看来，喜欢音乐歌唱，是人性的自然，所不幸者：（一）中国可唱的没通俗诗词曲子；（二）歌谣太少了；（三）学校家庭，又全不管音乐；（四）再加上乐器缺乏。有这许多原因，几乎使得中国人和乐曲断绝关系。却又为本能所迫，情不自禁，可就侵犯别处，大嚼戏里的唱了。我以为将来新剧废唱，是绝对的可能——因为戏里原不能要唱，看戏的人，原不注意在唱。现在所以注重在唱是一时变态，是别种情形压迫的——但是这四层缺陷，总是要尽力弥补。若不弥补,虽然可能,不过是少量的可能,不能风行一世,不能把大多数的戏,都变成废唱,不能使得人人知道。演剧和唱曲,是不能融合的两件事。

照上文所说,废唱已经比较别种情形为难办,再加上剧本的缺乏,剧才的缺乏,剧场的缺乏,改革戏剧一种事业也是不易做的。虽然不易做,却又是不能不做的急务。好在改革的动机和社会的容受情形,很有可以乐观的地方,只好请有心人勉为其难了。——就乐观的地方看来是那样,就困难的地方看来是这样,所以我以为新剧发生,绝对可能。但总要少需时日,早则三年,迟则五岁。现在是在胚胎期,应当做预备的事业。

四、旧戏改良

未来的新剧,唱工废了,做法一概变了,完全是模仿人生真动作,没有玩把戏的意味了——拿来和旧戏比较,简直是两件事。所以说旧戏改良,变成新剧,是句不通的话,我们只能说创造新剧。但是在这新剧未登舞台以前——在这预备时代——难道就容那些不堪的旧戏,仍旧引诱社会吗?照我意思,这预备时代的事业,应当分两途做去:为将来新剧打算,是要编制剧本,培植剧才,供给社会剧学的常识;为现在戏界打算,还要改演"过渡戏",才可以导引现在的社会,从极端的旧戏观念,到纯粹的新戏观念上头去。这有三种理由:

(一)现在唱戏的人,十之九不是新剧才,教他做纯粹新戏,绝对的不可能。若是另由别人演做新戏,一时又办不到。在达过渡时代的办法,不妨降格迁就,请这些人多唱"过渡戏"。"过渡戏"虽然不好,总比旧戏高了,总可作将来新戏的引子。

(二)音乐歌曲,放在戏剧里,固是不通,但是当现在他种音乐极不发达的时代,若把戏里歌乐除去了,一般人对于戏剧,便顿然冷淡了许多。若暂且不废歌乐,正可借这歌乐的力量,引导一般人,到新戏观念和新思想上来。——歌乐和情节,是旧戏的两种原素;旧戏对于情节一层,却极不修饰。"过渡戏"若果注意这件,改造好了,听戏人心里,就要从注重歌乐一方面,转到专重情节,忘却歌乐一方面。这是用音乐的效用,导引他来听"过渡戏"。一转之间,又用"过渡戏"的情节,导引他来容受废唱的纯粹新戏。这样做法,看起来似乎曲折,事实上必能很见功效。

(三)创造新戏,比创造新体文学,难好几倍,都因为后者可以孤行己意,不必管社会容受的情形,前者却不能对于社会宣告独立。登台说法,总要有人来听,如果没人理,一番事业,无从措手了。为这缘故,有不能不体察社会情形的形势。

我们并不是服从社会，是用迁就社会的手段，来征服社会。

我这主张，不过因为过渡时代，不能不有过渡的办法。等到新剧预备圆满了，我便要主张废除"过渡戏"，犹之乎现在主张废除旧剧了。——这"过渡戏"的功用，不过像个过得的桥罢了。我还要劝告演唱"过渡戏"的人，对于思想上、情节上，多多留神，破除旧套，这样才能显出"过渡戏"的过渡效用呢。到了新剧发生，"过渡戏"消灭的时候，中国式的戏曲，就从此告终吗？我想旧戏到了这时代，总要改变体式，另成一宗；就是从戏剧的位置，退到歌曲的地步。易词说来，从音乐、歌唱、情节三种混合品，离开情节退到纯粹的音乐度曲。这个极小的范围，是旧戏退一步保守得住的。何以见得？

一、新戏里绝对不容唱的存留，容或有人觉得枯寂。有这样歌曲，可以在演剧之先，或者演剧之后，点缀一下，以为余兴。西洋舞台上，每当戏剧开幕以前，或两幕之间，总有音乐，正是这个意思。

二、歌曲也是优美的文学，存留著他，可借这体裁，造出许多好文章。

三、戏剧、歌曲进化的阶级，大略四层：（一）各样把戏和歌曲独立并存；（二）歌曲里容的把戏的材料，再略带上些演故事；（三）成了戏曲的体裁，故事重了，歌曲反轻了；（四）纯粹戏剧成立，歌曲又退出来，去独立了。这个情形，西洋如此，日本如此，中国已到了第三级，想来第四级也必如此。

但是我要保存的独立歌曲一小部，也不是不待改良的。改良之点有两件：

一、造曲。中国乐歌里，实在曲牌太少，还有许多不适用的。总要不为古人所限，自造若干，才能便于使用。歌唱一道，本极复杂，照著数学上 Combination 和 Permutation 的道理，再造百倍、二百倍多的曲调，也不穷尽。

二、改乐。胡琴是件最坏的东西，梆子、锣鼓，更不必说。若求美学的价值，不能不去。笛子却好，月琴也可将就。古乐里的琵琶，不妨再用。若果能采取西洋乐器，像短笛、钢琴、"外鄂林"之类，尤其好了。

五、新剧创造

我在上文说过，今年今日，尚不是新剧发生时候，现在还在预备期中。将来发生时一切设施，有许多不便揣拟的，姑且存而不论。我暂把预备时代的预备事业，举出几条，奉请有心此道的人做起来。

第一是编剧问题。我起初想来，中国现在尚没独立的新文学发生，编制剧本，恐怕办不好，爽性把西洋剧本翻译出来，用到剧台上，文笔思想，都极妥当，岂不省事？后来转念道，西洋剧本是用西洋社会做材料，中国社会却和西洋社会隔膜的紧。在中国剧台上排演直译的西洋戏剧,看的人不知所云,岂不糟了?这样说来,还要自己编制,但是不妨用西洋剧本做材料,采取他的精神,弄来和中国人情合拍了,就可应用了。换一句话说来,直译的剧本,不能适用;变化形式,存留精神的改造本,却是大好。至于做独立的编制,更要在选择材料上,格外谨慎。旧戏最没道理的地方,就是专拿那些极不堪的小说作来源;新戏要有新精神,所以这一点万不可再蹈覆辙。材料总要在当今社会里取出;更要对于现在社会,有了内心的观察,透彻的见地,才可以运用材料,不至于变成"无意识"。我希望将来的戏剧,是批评社会的戏剧,不是专形容社会的戏剧;是主观为意思、客观为文笔的戏剧,不是纯粹客观的戏剧。

将来新剧本,尤要力避文笔粗率。这个毛病,是中国文人的通病,我恐怕将来的新剧作家,免不了这样。剧中人的心情,总不可爽爽快快自己道出来。在旧戏里一唱了之,真弄得索然兴尽。新戏虽没有唱,却可以造出一个对面人,来说白一番。这样固然省事,价值可算没一点了。拿小说作比喻,《水浒》里的宋江、《红楼梦》里的刘姥姥,骨子里何等诈变,外面却专避诈变,却又使得读书的人处处觉出诈变,这种笔法,精细极了。曹雪芹常常替贾宝玉、林黛玉说出心里的层次,有人说道,"这两人的心理太曲折,不能'曲喻'。"我说:"若是曹雪芹文笔更好一层,可就能'曲喻'了。"我希望将来新剧本,全用"曲喻",不用"直陈"。就引动观者兴趣而论,就文学的价值而论,是不得不然的。

第二是新剧主义的鼓吹。现在一般的人,对于新剧的观念,全不曾有,忽然新剧发生,容受上总要困难的。所以应当有个鼓吹新剧主义的机关,把旧戏所以不能存在的道理,尽量传布;一面作概括的讨论,通论旧戏的情形;一面作分别的批评,就每出戏批评去;再把新剧的组织、新剧的思想、新剧的精神,张旗擂鼓的道来,使得社会知道新剧是个什么东西,可就便于发展了。等到将来新剧发生,这种机关,也是要的,因为新剧组织,总要精密,寓意总要深切;在薄于思想力的中国人看起来,恐怕有许多误会——就是不懂——非来"面命""提耳"不可。我觉得中国人看西洋的问题戏,不但不能用批评的眼光来解答这问题,并且不知道戏里有什么问题——这都因为脑筋浑沌。所以在新剧没发生时,这个机关是"宣教师""急先锋",在发生以后,是"良师"、"诤友"。

六、评戏问题

戏评对于戏界影响的大,原不消说。但是看到现在北京的戏评界——中国的戏评界——真教人无限感叹。姑且举几件最不满意的情形:第一是不批评,这是中国人的通性,只会恭维人、骂人,却不会批评人。说他好,就满纸堆砌上许多好字眼,说他不好,就满纸堆砌上许多坏字眼;只有形容——不称实的形容——没有批评。批评原不是容易做的,总要有精密的思想力才可,否则空空洞洞,浮浮泛泛,焉得不说些支吾铺张话——支吾、铺张,就是不批评。第二是不在大处批评。每天报上登的戏评,不是说"某某身段好",就是说"某某做工好",再不就是说"某句反二簧唱得好","某句西皮唱得好",从来少见过论到戏里情节通不通、思想是不是、言语合不合的。这样专在小地方做工夫,忘了根本,如何能使得戏剧进化?第三是评伶和评妓一样。以前的人,都以为优娼一类(文人也夹在里头),就新人生观念说来,娼妓是没有人格的,优伶却是一种正当职业。不特是正当职业,并且做好了是美术文学的化身,培植社会的导师。所以古代的莎士比亚、近代的易卜生都曾经现身说法。更有许多女伶,被人崇拜为艺术大家。然而中国人依然用亵视人格的办法,去评戏子,恭维旦角,竟和恭维婊子一样,请问是恭维他还是骂他?——凡亵视别人的人格,就是亵视自己的人格;待别人当婊子,就是先以婊子自待,然则婊子评戏,还有甚话可说?第四是党见。党见闹深了,是非全不论了,评戏变成捧角了。这样情形,或者因为个人嗜好乖谬,或者因为怀抱结交之心,或者竟为金钱所使——总而言之,是不堪问的。北京的剧评家,差不多总要时时刻刻犯这些毛病。我只见有署名春柳旧主者,还偶然评到戏的情节上去,并把现在所谓新戏,叫做"过渡戏",这也算是难得了。缪子君也常有很聪明的说话。痛快说来,要想改良戏剧,不先改良剧评,才是缪子君说的"空口说白话"呢。所以我希望缪子君和他同好的人,将来的事业,正是多着呢!

七年九月五一六日

【导读】

《戏剧改良各面观》原载《新青年》1918年10月第5卷第4号,后又收录于2015年中国人民大学出版的《中国近代思想家文库·傅斯年卷》和2017年中华书局出版的《傅斯年文集》(第1卷)中。1918年10月第5卷第4号《新青年》作为"戏剧改良专号",就此揭开了五四文学界批判旧戏的序幕。以张厚载等为代表的保守派主张保存旧戏,一概抹杀白话剧。而以钱玄同、胡适等为代表的激烈派则主张完全放弃旧戏,专用白话剧。傅斯年也认为应当完全废弃旧戏,创造新剧。因而傅斯年便在该刊中发表了《戏剧改良各面观》和《再论戏剧改良》两篇文章。上文选自中华书局2017年出版的《傅斯年文集》(第1卷)。

通过《戏剧改良各面观》一文,傅斯年用6个小章节循序渐进地论述了中国当前旧戏必须废除、新戏必须创造的必要性。着重论述了应否与怎样改良旧戏和创造新剧的问题。在文章中，傅斯年先就戏剧进化的阶级与中国戏剧和中国社会的关系两个角度，论述了旧戏所存在的问题，提出改革旧戏的必要性。傅斯年认为"真正的戏剧纯是人生动作和精神表象，不是各种把戏的集合品"。所以在他看来，中国当时的各种所谓的戏剧，并非真正的戏剧，只是"百衲体的把戏"。并从旧戏在技术和文学两个方面中所存在的问题，总结出"旧戏不能不推翻，新戏不能不创造"的结论。傅斯年从"过渡戏"更受社会欢迎的事实，表明社会已经有能够容受新思想及新剧的环境。

  随后，傅斯年就如何改良旧戏与创造新剧进行了一番论证。作者认为在过渡时代改良戏剧，应当走两条路：为将来新剧打算，要编制剧本，培植剧才，供给社会剧学的常识；为现在戏界打算，还要改演过渡戏，引导社会从极端的旧戏观念过渡到纯粹的新戏观念。关于创造新剧，傅斯年提出不妨改编西洋剧本，取其精神，使之适合国情的意见。他希望将来的戏剧，"是批评社会的戏剧，不是专形容社会的戏剧"。因此，在文章最后，傅斯年着重批评了剧评界存在的几种不良现象，提出改良戏剧先要改良剧评的意见。

（张　琦）

《爱美的戏剧》概论

陈大悲

【作者简介】

陈大悲(1887—1944),原名陈听奕,笔名蛹公、大悲,浙江杭州人。中国早期戏剧演员、活动家、剧作家,中国现代戏剧先驱。1921年4月,编写《爱美的戏剧》一书。1921年5月,与沈雁冰、欧阳予倩等人在上海组织民众戏剧社。1921年11月,组织北京实验剧社,从事爱美剧的理论与实践活动。1922年初,与蒲伯英将民众戏剧社扩大改组为新中华戏剧协社,联络全国的爱美戏剧团体。1922年冬,与蒲伯英接办《戏剧》月刊,在北京创办北京人艺专门戏剧学校,并任教务长。1928年在南京国民政府外交部任职。1935年组织上海乐剧院。著有《英雄与美人》《双解放》《平民的恩人》《维持风化》《浪子回头》等剧作。

一、何为爱美的戏剧

"爱美的"这个字,脱胎于腊丁文底 Amator,意思即是爱美的人;法国字 Amateur 底意义是爱艺术而不藉以糊口的人。中国人有译作"清客"的,有译作"客串"或是"票友"的,其实都不很妥。因为"爱美的"这个字,并不能代表陪贵人玩笑的"清客",更不是专拾伶人牙慧的"客串"和"票友"所能当得起的。大凡自由研究一种艺术的人都可称为爱美的,如爱美的照相家,爱美的雕刻家,爱美的绘画家之类。日本人译作"素人",我们也不便借用,因为恐怕要与"吃素的人""穿素的人"等相混。现在我暂且把他译为"爱美的",等到高明的先生,想出一个意义与原音更相近的字之后,我再来乐从。

爱美的戏剧,自然不用解释是爱美的人所演的戏剧了。爱美的戏剧底对待名词就是职业的戏剧;不论哪一国都有爱美的戏剧出现,与职业的戏剧对抗。欧美各国,以至和我们邻居的日本,都有许多爱美的戏剧团体,大概以所在地命名的居多,如"东京爱美的剧团","伦敦爱美的剧团",之类。欧美人足迹所到之处,几无不有爱美的戏剧团底组织,同船的职役有以船为名的爱美的剧团,同营的将士有以国为名的爱美的剧团。驻扎北京的外国兵营里,各有各的爱美的剧团。

学校剧团既以学校为名,自然不至与职业的剧团相混;所以无爱美的之名而有爱美的之实,因为爱美的是职业的对待名词。

中国现有的所谓"文明新戏",原来也发源于爱美的剧团。"春柳""进化"等社最初并不以营利为目的。可惜当时少数爱美的戏剧家,为了曲高和寡的缘故,毕竟为旧社会种种恶势力所压迫,渐次由爱美的而变成职业的。到了现在,所谓这个社,那个社,已纯然成了一种游戏场底装饰品,无业者底栖流所。许多目不识丁的新剧家在那里胡乱混饭吃,竟不知戏剧艺术为何物。这样不堪瞩目的变迁,实在出乎当时创始者底意料之外。

二、爱美的戏剧之由来

心理学告诉我们,"演剧一事,发源于人类摹仿的本能,"所以健全的小孩子,几乎没一个不爱摹仿大人底说话与行动;这就是演戏底根源。他们不但爱看人家演戏,而且还要自己学演戏,倘不是被羞耻的本能所抑制,只怕全世界人,个个都能练成很好的戏剧家了。摹仿的本能愈强盛的人演剧的欲望就愈发达,"世界原是一个大舞台,男男女女无非是演剧人"。莎士比亚这话底意思,是说除了这个世界,再没有真的舞台。我们原可以不必另求人为的舞台,去遂我们演剧的欲望。无奈普通社交场中,往往不容我们想说甚么就说甚么,想怎样做就怎样做,因此我们不得不在这种大舞台中另辟一个小舞台来,使我们演剧的本能得以自由发展。

小孩儿堆土为城,架木为屋,握到笔就想画,拿到笛就想吹,这是发源于人类底创造的冲动。我们较为文明的人,今日所以不至于永远"穴居野处,茹毛饮血,"就全靠这种冲动做原动力。凡人在青年之时,创造的冲动最为发达,因为无处发展,冲动受了打击,所以有怪诞思想与恶劣行为,渐渐堕入不可收拾之境。戏剧是各种艺术底结晶,有声有色,可以令人忘愁解闷,"情绪一触,顿使人我混成一体"。因此聪颖的青年,往往借戏剧以发展他们创造的冲动。

近代的文学家,渐渐认识戏剧底真精神与真价值。他们知道文艺与人生接触最近的一点就是戏剧。所以近代的文学家几乎每人都有一两个很得意的剧本介绍他进世界的文艺界去。最好的文艺品既包含在戏剧的大袍里面,一般研究文学的学生教师,自然不得不由剧本中吸取艺术之美。学生与教师既常与剧本相周旋,自然不能不见景生情,渐渐到了跃跃欲试之境。

但是在现在的经济情形之下,普通剧场中的空气往往不能充量的洁净;教师与学生在这种剧场里与职业的演剧人同台演作大不相宜。于是乎学生界遂不得不在自己校中另建"化验室式的剧场"(Laberatory Theatre),欧美各大学底多数都有这一类的剧场,中国底教育界如果将来有一天得到真生命,这一类的剧场一定是处处都该有的。

非学生界一面为要发展自己爱美的欲望,一面又不满意于营业式的剧场与剧社,于是不得不组爱美的剧社或是剧场;所以文明人足迹所到处都有相当于社剧底自由结合。

学校纪念日,国庆纪念日,筹募天灾与人灾底赈款,和孤寡底抚恤基金,都足以促成临时的爱美的剧团底组织,因为慈善事业,最易号召一般人,所以爱美的戏剧,往往与慈善事业形影相随。在一般人底脑筋里,已结成了一种联想。就是我们这社会的同情最薄的社会,也多少有些这种倾向。但是爱美的戏剧就长远与慈善事业相终始吗?爱美的戏剧底责任,尽在于此吗?这是我们以后所要讨论的。

三、爱美的戏剧研究之必要

最近美底戏剧运动,大概是职业的戏剧和爱美的戏剧同时并行的,他们底职业的戏剧,和爱美的戏剧,一样都是表演文学上有价值的剧本,一样都注重舞台上底艺术,都有安慰人底精神、指引精神向上的作用,根本上并无什么区别。所不同者,就止是组织分子。以不以戏剧为职业而已。要单就艺术上说,爱美的戏剧家或者有不如职业戏剧家的地方。因为他们以戏剧为职业的优伶,普通的教育程度,和普通人并不相差,并不是向科班投师学艺的贫儿以及私坊老班买来当猴子耍的苦小子。并且有很高等的文学家与艺术家,始而因爱慕戏剧,从事研究,结果由爱美的成职业的。而戏场底总理以及舞台监督。又多半是很有学术经验的人,时时刻刻绞脑血在那里图进步,作高尚优美的竞争。所以单就戏剧本身上看,像现在欧美各国,差不多可以说有了职业的戏剧,就没有爱美的戏剧也不要紧。

什么原故,欧美各国有了很进步的职业的戏剧,他们还有人提倡爱美的戏剧呢?这中间的缘故固然很多,简要些说罢,他们不是不满足职业的戏剧底"质",是不满足职业的戏剧底"量"。不是要提倡爱美的戏剧来打倒或者代替职业的戏剧,是要把戏剧底感化,安慰,一切影响,扩充到职业的戏剧以外,使他成为民众化。

我们中国现在的戏剧是什么东西?记得有一位旧戏的忠臣说,"旧戏是中国历史的产物",这话真是一点都不错。就我们眼前看,不但旧戏,就是那到处卖钱的"文明戏",也都是中国历史的产物,虽然面目不同,骨子里实在一样,都是代表中国这野蛮,龌龊,愚蠢,荒谬,……一部不进化的大历史。要拿"现代戏剧底意味"来看,中国所有种种职业的戏剧,都可以说"非戏剧",也就可以说中国无戏剧。

欧美各国,已经有了很发达进步的职业的戏剧,他们尚且认为有提倡爱美的戏剧之必要。像我国现在陷于这非戏剧无戏剧底状态,职业的戏剧界,绝对没有进化底希望。爱美的戏剧之必要,比人家更加紧急,是极明白的。我并非主张将来改良进步之后永远不许有职业的戏剧,也不是说无论何时,凡是职业的戏剧就不好。但是就目前而论,要把这非戏剧底状态挽救过来,使他走上"现代戏剧"底路,这个责任和希望,却非加在爱美的戏剧家身上不可。怎么讲呢?现在中国底职业的戏剧(无论新的旧的),根本上一句话,就是"以无知识的人演无意识的戏"。所用的剧本,是完全没有"现代意识"的。演戏的人,除了极少数外,不是目不识丁的苦小子出身,就是擦白混饭的流氓变相。中间那极少数有知识的,既不能不以此为职业,在他们这非戏剧的环境之中,所有的知识,也就不能不被生活的压迫,屈伏到等于零的地位。所以我国现在要望有好的戏剧出现。只有让一般不靠演戏吃饭,而且有知识的人,多组织爱美的剧团,来研究戏剧,不然,就绝对没有希望。

断自今天来说,我国实在还没有爱美的戏剧发生。因为一班有知识的人所组织的新剧团,都很少充分研究练习底机会,虽然能知道这一种"美",而还没有圆满实现这一种"美"底能力,这是不必讳言的。至于旧剧的"票友",那更难说了。他们用的工,费的力,虽然比现在研究新剧的人多上十倍百倍,因为他们没有"现代戏剧"底观念,又缺乏审美底意识,只知死在那非戏剧的旧戏脚跟下讨生活。在他们主观上,或者也自以为是爱美,而殊不知所爱的不但不美而且是丑。他们所爱那些什么《王佐断臂》底筋斗,《李逵闹江州》底脸谱,王宝钏进窑出窑底身段,诸葛亮坐在楼上唱的"东西征,南北剿,博古通今"那一类狗屁不通的唱词……无一样不是现代戏剧里所不能容的。现代戏剧固然也有诗歌体的。我也不是绝对主张废歌剧。我相信歌舞也是人类底一种本能,也应该使他有适当的发展机会。然而在戏剧上讲究,却不能硬把野蛮时代那《打鬼》《跳月》……底歌舞,糊里糊涂就拿来冒充歌剧。像现在最流行的什么"我杨家秉忠心……"什么"夫妻们打坐在……"这些戏都要算做歌剧,那中国歌剧名家也太多了,莎士比亚与莫里哀还值一个钱吗?我说这些话,并非要想和那对着旧戏尽愚忠的人辩明是非,(因为和他们是永远辩不明的)。我是从此看来,觉得我国不但职业的戏剧没有希望,连非职业的戏剧(旧戏)也没有希望,因此这爱美的剧团更不能不多多组织。换句话说,我们理想上的爱美的剧团,是要求根本上建设真好的现代戏剧,去代替那非戏剧的丑戏,所以这种研究,比欧美各国是格外重要格外紧急的。

有"现代意识"的人,都知道戏剧运动是文化运动底一种,无论从社会的方面或是人类的方面,都可以看出"戏剧研究之必要"来,这些话用不着我多说。我说中国现在有提倡爱美的戏剧之必要,是就戏剧底本身上立论。但凡提倡一桩必要的事,不是大家鼓吹一阵口头禅就能成功了的,还要有一番切实的研究才行。爱美的戏剧,既有提倡之必要,就有研究之必要,是不待言的。要提倡爱美的戏剧,当然不能不望智识阶级负责任,而我国现在提倡爱美的戏剧底知识阶级,(主要的是学生界),似乎还只在大家鼓吹,没进到研究底境界里去。(临时的排演,算不得研究。)这中间固然因为有时间精力所不许底原故;然而因为不认识研究底道路,以致无从研究的,也恐怕不能没有。我编这部书,就是要和大家商量商量爱美的戏剧研究底道路,使研究的朋友,立刻可以向着这道路上走。

研究戏剧,大致分两条路;一条路是研究戏剧的文学(就是剧本);一条路是研究剧场的舞台的种种设备和种种艺术。虽然易卜生偏重前者,戈登格雷偏重后者,实两者不可偏废。易卜生底剧本,不但拿梅兰芳杨小楼底做工,口白,演出来不成东西;就是让现在中国卖钱的新剧大家去演,易卜生看见也是只得叫那连珠箭的苦,没有好感情的。好演员离不开脚本。不通的剧本,任是谁也演不出好戏剧来,这是很明白不消说的。戈登格雷底无声剧,更显得剧本底重要。不藉言语声音底力量,单靠种种动作,表演出种种感人的情节来,决不是没有好剧本去做精细的图案所能奏效的。所以爱美的戏剧研究,必要两路并进才可以。

爱美的戏剧研究底兴味,多半由读良好动人的剧本引起来,这是不可掩的事实。因为读了良好动人的剧本,就情不自禁,要想叫死的纸变成活的人,丑的煤烟油质变成如火如荼如茧如丝的情绪,冷静无声的字句变成彻耳沁脾的妙音。于是乎研究剧术,组织剧社,种种戏剧的运动由之而起,大有不能自已之势。老实说,就是要过那临场一观或者登台一试底瘾。戏剧文学,对于爱美的戏剧,有如此重大的影响,自然应该有特别的研究。但是本书所讨论的,却是关于剧场舞台底方面多,关于剧本底方面少,什么缘故呢?一因为戏剧文学底内容很复杂很广大,在文学上自成一科,要专书才能明,不是一本戏剧概论所能兼容并包的。况且现在研究文学的人,在这一方面很有逐日兴盛的样子。译的著的,虽然不能完全美备,供给眼前研究的材料总算有了。而剧场舞台方面,还没有一部有系统的著作。为爱美的戏剧打算,要他容易实现,那剧场的舞台的种种设备和艺术,实在是比较的更为紧要。戏剧文学和舞台艺术,有最密切的一点,就是"剧本底选择"。本书虽不以研究戏剧文学为主要目的,而关于这一点也不敢忽略。但始终是为促成爱美的戏剧底实现,并非要提倡纸片上的戏剧,这个主意是要希望读者了解的。

【导读】

《爱美的戏剧》最初连载于1921年《晨报副刊》的"戏剧研究专栏",1922年由北京晨报社出版单行本。2011年又由上海书店出版社出版。上文选自晨报社1922年出版的《爱美的戏剧》。

1922年1月后,看似繁荣的"爱美剧"实则忧患不断。好的剧本匮乏,支持爱美剧的观众看不到好戏。演出者甚少,且多抱以游戏的心态演戏。不仅如此,从外地主要是上海而来的一批所谓"爱美的戏剧家",实则是打着"爱美剧"旗号的"文明戏"旧臣子。面对爱美戏剧运动所出现的"饥荒",蒲伯英建议陈大悲将他在《晨报副刊》上连载的《爱美的戏剧》进行修订,交由北京晨报社出版,以此来解决爱美剧运动所面临的问题。

陈大悲在《概论》中首先阐明了何为爱美的戏剧,在他看来爱美的戏剧是自由研究戏剧艺术的人所演的戏剧。它和"以营利为目的"的"职业的戏剧"相对。爱美的戏剧源于人类模仿的本能和创造的冲动,但也与近代以来人们逐渐认识到"戏剧底真精神与真价值"分不开。陈大悲在《概论》中批驳了日益商业化、庸俗化的文明戏和旧戏,通过将欧美最近的戏剧运动与中国当时所陷入的"非戏剧、无戏剧底状态"进行比照,着重阐明了只有提倡爱美的戏剧,才能真正使中国从根本上建设起好的现代戏剧的观点。陈大悲将研究爱美的戏剧视为使中国走上现代戏剧道路最直接、最有效的方式,在他看来研究戏剧大致分为"研究戏剧的文学"和"研究剧场的舞台的种种设备和种种艺术"两条道路。希望通过文学与舞台并重的研究方式对爱美的戏剧进行研究。

(张　琦)

国 剧

赵太侔

【作者简介】

赵太侔（1889—1968），原名赵海秋，山东青州人。中国戏剧理论家、现代教育学家。幼时在青州、烟台读书。1914年，考入北京大学英文系，毕业后回山东省立第一中学任教。1919年考取公费留学生，在哥伦比亚大学攻读西洋戏剧硕士学位，留美期间与闻一多、余上沅、梁实秋等人相交甚密。1925年归国后，恢复了北京国立艺术专科学校，增设了戏剧系，任戏剧系主任，是中国现代戏剧学校创始人之一。翌年在《晨报》上创办《剧刊》。1930年参与国立青岛大学的组建筹备，之后逐步脱离戏剧工作，曾两度任国立山东大学校长一职。1949年以后，在国立山东大学、青岛海洋学院（今中国海洋大学）任教。代表著述有《国剧》《光影》和《布景》等。

  我们承认艺术是具有民族性的，并且同时具有世界性；同人类一样，具有个性，同时也具有通性。没有前者，便不能发生特出的艺术。没有后者，便不能得到普遍的了解与鉴赏。假使这个前提不差，让我们根据这一点来设想一下，将来的戏剧应取的方向。我只说应取的方向，并不是将来的成就。因为取一种预言者的态度，来推断一切，是很危险的事；除非你真是天使那里差来的，结果没有不失败的。我们设想的方向，就是我们现在努力的方向。至于将来的成就如何，那关乎天才和运会，谁也不能说定的。

  先沙士比亚的戏，登场报名，旁白，独白，很有中国戏的味道；依列沙白时代的剧场，绝似北京的广德楼中和园（却不说也像广德楼中和园，在那样舞台上安那样不三不四的布景）。殷尼谷炯斯 Inigo Jones 以前，讲不到什么布景。时间，地方，都由戏的本身表诉出来。中国戏也用这种方法。这都是形式上的偶然的相合，算不了什么世界性。那么戏剧在世界上的共通性是甚么？这无异要问我们对于戏剧的概念是什么。在许多文学家的眼里，戏剧只是文学的一种，表写人生与人格的。在它本身本是一种完成的艺术。演做与不演做，或合于演做与不合于演做，都无多大关系。这原是从一个特别观点来观察戏剧的一部分——剧本——而已。好像将歌剧中的音乐，布景中的绘画，特另提出来讲求一样。我们如要承认戏剧是种综合的艺术（Synthetic Art），便不能同意这种态度。

马秀斯 Bsander Matthews 告诉我们，戏剧是一种文学作品，预备在剧场之中、观众之前、演员身上表演出来的。这固然算进了一步，然而他的视线却仍局限于文学方面。不过要表示，第一，戏剧的主要目的，是要表演的。供人诵读，是附带的。第二，戏剧必须受当时的剧场、观众、演员三条件的限制和影响罢了。从戏剧史上看来，剧本原是后来的。它的地位，同音乐的曲谱，舞蹈的舞谱，是一样的。它无非是一种写定的程序，所以指引演奏的历程。却因为剧本与文学接近些，一经文人的神工鬼斧，于是附庸蔚为大观。

戏剧中的各种艺术，只要有一种超越了其他各种，就发生一种特别的戏剧。偏重了文学，成就了西洋的话剧；发展了音乐，产生了近代的歌剧；以动作为主，于是有哑剧和舞剧。这是自然的演化。以布景为中心，将来要另外发生一种戏剧。这是克雷的预言。这种演化不是坏现象，正足以使戏剧艺术格外发展，格外丰富。中国戏剧比较无进步，原因甚多，而各部分不曾得到过独立的发展，却是很重大的一个原因。

戏剧的概念是什么？我们可以很老实的归纳起来说：它是以文学为间架，以人生及其意义为内容，以声音动作——身体——为表现的主要工具，以音乐或背景等等为表现的辅助的一种艺术。这原是一种粗浅的说法，并且也不是最后的概括的判定。第一，戈登克雷听了，就先要不依。却也不要管。让我们再来看看东西戏剧的异点。这与国剧问题比较更切要些。

从广泛处来讲，西方的艺术偏重写实，直描人生；所以容易随时变化，却难得有超脱的格调。它的极弊，至于只有现实，没了艺术。东方的艺术，注重形意，义法甚严，容易泥守前规，因袭不变；然而艺术的成分，却较为显豁。不过模拟既久，结果脱却了生活，只余了艺术的死壳。中国现在的戏剧到了这等地步。现在的艺术世界，是反写实运动弥漫的时候。西方的艺术家正在那里拼命解脱自然的桎梏，四面八方求救兵。中国的绘画确供给了他们一支生力军。在戏剧方面，他们也在眼巴巴的向东方望着。失望的很，却不曾得到多大的助力。一方面，固然因为了解上的困难；一方面，却是中国戏剧的造就，不曾达到中国绘画的地位。还有一层，戏剧的反自然运动，是比较任何艺术困难些。因为它的内容是人生，表现的媒介是人体，语言动作是人的语言动作。与人生太直接，所以超脱也最困难。

中国的戏剧，倒早打破了这一关。舞台上的语言动作，已不是日常习用的语言动作。而看戏的人也绝少追问一出戏的内容,只求在唱做上得到一点快感便满足了。所以戏也可以随便剪成无头无尾的片段来演,并不影响观众的鉴赏。这样一来,一方面固然可以说旧剧变成了纯艺术,一方面也可以认为旧剧只能供给感官的快感,缺乏了情绪的触动。这样好像失掉了戏剧上一个重要条件。

不错,旧剧是纯艺术,但是死了。大凡一件艺术的形式,在初创时,总是形神俱备。一经抄袭,便漏了精神,只得形体。旧剧的声调、身段、架步,等等,现在只剩了死模型,所表现的意义大部分久已无人知道。矛盾的地方,表情上绝对不能相容的地方甚多。可是旧剧动作的精彩处,我们也不断的看到。比如现在常演的《夜奔》、《问樵》等剧,实在是充满了戏剧和诗意。这固然由于聪明的演员别有体会与运用,然也可以想见旧剧动作的价值,旧剧确有改进的可能。凡一谈到中国戏剧的改革问题,就有几种分歧的意见。一派主张旧剧根本要不得,绝无改良的余地,只可听他自生自灭;还是拿话剧来代替它,或另外创造一种新剧,反觉直截了当些。一派主张话剧是贩来的东西,决不能替代固有的艺术;就在观众方面,新剧也敌不过旧剧之受欢迎。主张保存旧剧的人,又有一部分主张改良,一部分主张保守本来面目。这些主张都有使人不敢同意的地方。

旧剧的价值自有它特出之点,是不能不承认的。它是不会消灭的。我们也希望它继续生存发达。不过旧剧在今日,已成了畸形的艺术,也是无可讳言的。旧剧是歌剧,而音乐却异常之简单。昆剧曲牌虽多,而音调又一律非常之平衍。皮黄虽然抑扬比较大些,变化比较多些,自由些,然而腔调太有限,实不足以表达现代人生繁复的意境和情绪。旧剧之唱工,也非常特别,大部分总是以头部作共鸣器,很少利用胸部的时候。皮黄尤甚。这等唱法,乍一听见,给人一种刺冲不快之感。西方人之不能领略旧剧,这一层,锣鼓的喧噪,实在是最大的拒力。谈旧剧改革,音乐是当头最大最难的一个问题。这件工作,不能不属望于我们将来的瓦格奈,不是开一个委员会,定出一部计划书来,就可以改革了的。

音乐改革既如是之难,音乐天才又旷世不一见。俟河之清,人寿几何!无奈,我们只得将音乐先放在一个不甚重要的地位,只取他和歌节舞的一点功用,却先从剧本动作表现方面来着手。

新剧本的要求,在旧剧世界里,已感觉到了。却是现在产生的许多新剧本,没有一本在编制上稍稍讲求的。我们只感觉到它的琐碎散漫,更无有可批评的价值。有编剧才能的人,再通晓旧剧的技术,这层工作是比较容易的。况我们的历史上,又有那样现成丰富的材料,可供采取。

关于动作方面,上文已经谈过,好是好,却是机械了,失了表现作用了。我们要注意，东西洋人研究艺术的态度方法是不相同的。他们是根据了一步一步的了解，建筑出自由的创造。我们呢，熟练前人的方式，归到融会的悟彻。他们的方法是进展的，我们的方法是反觉的。这自然都需要天才的凭借，但是天才的出现是没有准儿的。在中国，要是一时天才不出现，艺术落到凡子的手里，便只有刻板的成规，艺术便随落了。西方有的是创造的方法，不论你是不是天才，照方法做去，你的作品总还看得过去，虽是平庸一点。所以具体的讲来，要救济中国的旧剧，还得借用西方的方法。要训练旧剧的动作，使它感觉灵敏，心身相应，能够随时自由表现，最好的方法，是借用西方的舞蹈——形意的舞蹈作基本的训练。

旧剧中还有一个特出之点，是程式化 Conventionalization。挥鞭如乘马，推敲似有门，叠椅为山，方布作车，四个兵可代一支人马，一回旋算行数千里路，等等都是。这些玩艺儿怎么办？有些人很发愁的这样问，以为是太不近人情了。我说，应该绝对的保存。艺术根本都是程式组织成的。一张绘画，只偷得时间的一瞥，是不动的。然而我们的眼睛有那样大能力，可以看见其中的震颤与流动。再进一步，到了写意画，和自然物的图案画，那也可以说是更不近人情了。一件雕塑不但不动，而且无色。若是大理石的，那像的眼珠也是白的，头发也是白的，这有多么不近人情呀！就歌剧本身来说，平常人哪有押着韵脚唱着讲话的？这样看来，程式不但没有妨害，而且是各种艺术所由成立之基本成分。

一种艺术程式，绝不是偶然发生的；它必是那件艺术必要的成分。必须经过长时间的生长，必须得到普遍的公认，必须使人不注意它，忘了它是程式——是不近人情——只看见它是艺术，这才见到它充分的功用。就如我们图画式的文字，从象形到篆隶，直到章草，中间都是程式的变化。现在写起来，谁会疑问过，那一个字为何不像原来的物形？字的极端的程式化，除了便利适用以外，是不是同时也增加了很大的艺术成分？旧剧中的程式同旧剧的各种技术，已经交融成一气。我们见了，并丝毫不怀疑的承认它是代表某项事物——实在，连代表事物这件事也好像不曾注意。必须如此，才能经济，才能集中我们的注意到更高更重要的部分。还有，我们要知道，上马，关门，转身，等等程式，已不仅是代表事物，实在都是旧剧剧作的一部分，都属于"做工"。

不过有些恶例——不能算程式——就如喝茶，打扇，等等，凡与戏剧艺术无积极关系的，都当然在淘汰之列，这是不待讨论的。

或者有人要反驳，为甚么西洋戏剧的程式，到现在逐渐减少了呢？这很容易说明。因为西洋戏剧的程式，很多是事实问题，到底不曾经过一番艺术化。中国旧剧的程式就是艺术的本身。它不仅是程式化,简直可以说是象征化了。这也因为源流上的不同。希腊戏剧中的歌队,可算是程式。但是我们不要忘了,希腊的戏剧是渊源于歌队。歌队只是历史的遗迹;它只占乐的成分,Lyrical element,不是剧的成分。两种东西,既未分家,也不曾合成一体,所以后来终于分了。沙士比亚,莫利哀,都极端利用旁白,独自。这是程式,但是没有办法的办法。既然没有歌队来传达心事,一个人心里的隐曲,用甚么方法叫观众知道呢?只好自己向着台下诉说一遍了。所以这种程式是事实问题,是牵强的——虽然沙士比亚的独白里有的是好文章。话剧是最写实的戏剧,这种不自然的办法,当然时时觉得不能容忍。易卜生便首先革除,利用法国式的"心腹"Confidant来救济。《玩物的家庭》里的林登夫人,《海上夫人》里的昂浩姆,《建筑家》里的海达尔,都是来应这个差使的。将独白的内容设法表做出来,也是一种办法。安格玲女士修改王尔德的《温德灭夫人的扇子》是用的这种方法。这些改革,在话剧方面是进步的;穿插动作都紧凑了许多。但在西洋歌剧方面却依旧因袭未变。就是因为歌剧是更程式化了的。而且白既变为唱,它的本身已不仅是事实问题了。中国旧剧也起源于歌舞,但同时用歌舞的技术来表演戏剧;歌舞与戏剧是揉成一片的,不像希腊之歌队只用作话剧中的插歌。所以旧剧中的动作程式,完全是由舞变化而来的。绝不是迁就什么事实问题。

就旧剧的程式化来讲,它是不需要布景的。不要说新式旧剧中不三不四布景,和上海魔术式的布景要不得,就是极有讲究的写实布景也不能相容。好像没有一种布景可以不伤它的简洁,妨碍它的动作,复杂它的空气,分了观众的注意。假使能够顾虑到这些条件,而且能有积极的好处,能同旧剧的象征精神打成一气,能增加本剧情绪上的紧张,表现上的美满,局势上的衬托,这样布景,自然可贵,并且是一块极有趣极丰美的试验地。现在戏台背后用的绣花幔子也就够扰乱人的视线的了。服装上的花样也是乱糟糟的;各人的服装中间也没有色调的调和。中国艺术中,色调的讲求,大概算是最差了,所以舞台上的色彩也逃不出这个限度。不过脸谱的讲究,却是极态尽致,它的作用也超出了外国面具之上。

舞台上的灯光,由油脂变成煤气,煤气变成电。于是讲坛式的舞台变成镜框式的。这种变化是很自然的;却同时使戏剧本身受了不少的牺牲。第一,戏剧离了观众疏远了,退到缥缈境界里去了。第二,戏剧本是多方面的立体艺术,现在一经入到镜框里面去,变成片面的活动写真了。中国人到现在还没有利用舞台电光的常识,却独独采用了镜框式的舞台。这也是欧化中不可解之一种。尤其是中国旧剧,最好是在讲坛式舞台上演,最好是从各方面来看。在戏剧自身也应该竭力使各方面都有可观处,那才算戏剧艺术的完美。要布景,那一种舞台不能布？只要你会。要利用电光,那一种舞台不能用？只要你知道它的妙用。起初运用电光的技术还幼稚,以为只有镜框式舞台最合用。但在现在,这种迷信早打破了。

旧剧还有几点不须深加讨论的,就如男女合演是当然不成问题的,男扮女是要推翻的,鼓乐放在台的中心是要搬家的……

保存了旧剧,并拒绝不了话剧。因为话剧已成了世界的艺术,像火车轮船一样,它是要到处走走的。它现在来到中国这块领土上,还算是探险的性质；将来不久总要移民过来的。并且说不定还要建设出满丰富的事业来。不过有了话剧,旧剧也不至像印第安人似的,被驱逐到深山大泽里去。实在是两件东西,谁也代替不了谁。就在各国,歌剧与话剧也是并存而不相妨的。艺术本来有这样宏量。

历史上的中国国民性,从艺术方面看,是最不喜欢写实的了。不知怎么近来却染上了这点很深的嗜好。看到一张画,先要问像不像。评论一出戏,必要说作的自然不自然。这也许是一种误解,以为西洋来的艺术,一切都是自然派。也许是受了传染病,西洋一般普通人诚然是写实观念重些。但是不拘是那一个原因,总是不对的。艺术决不是人生；全个儿的人生也决不是艺术。要从艺术里寻人生,那何如跑到大街上,东安市场里去,岂不看的更亲切有味些？话剧诚然是最接近人生的艺术。但是正为这个缘故,我们才不要单被人生摄引了去,而看不见艺术。至少我们应该先有这样一个笼统的标准,再来衡量将来的话剧。

话剧在中国,始终还未成形。有些国际相通的技术,本可采取最高的,尽量贩运。有些是非独创不可的。必须独创的,却正是最基本的。例如剧本,舞台语言,诗剧的音调,历史剧的表演方式等等。这都非得经过长时间的研究与试验,不能有所成就的。

【导读】

《国剧》于1926年6月17日、24日发表在《晨报·剧刊》第1、2期。上文选自此处。

20世纪20年代初期,赵太侔与同在美国留学的余上沅、闻一多、熊佛西等人曾多次商议改革中国戏剧之事。留美归国后,他们开始大力倡导"国剧运动",重视戏剧本身的艺术内涵,意在发展具有中国民族特色的戏剧,其阵地是借助北京《晨报》副刊发行的15期《剧刊》。发表的文章多侧重戏剧理论的研究、讨论与西方戏剧的宣介,也包括建设国剧的计划。率先在《剧刊》第1期发表的文章正是赵太侔的《国剧》。

关于中国戏剧的改革问题,赵太侔认为艺术有强大的包容性和容纳力,旧剧与话剧不能相互替代,要"保存了旧剧,并拒绝不了话剧"。无论是中国旧戏,还是西方话剧都有各自的"极弊"和"精彩处"。西方话剧偏重写实,直描人生,虽容易随时变化,却难有超脱的格调;旧剧注重形意,但义法甚严,容易泥守前规,因袭不变,结果就是脱却了生活,只剩下了艺术的死壳。但是,旧剧也有"精彩处"。赵太侔认为"艺术根本都是程式组织成的",旧剧中的声调、身段、架步等动作和"挥鞭如乘马,推敲似有门"的"程式化"是充满戏剧的诗意的,"应该绝对的保存"。针对旧剧的"极弊"问题,他也给出了解决办法,那就是向西方话剧取法,"西方有的是创造的办法","要救济中国的旧剧,还得借用西方的方法"。

赵太侔在《国剧》中充分肯定了中国旧剧的存在价值,借用西方艺术的创作方法来救济中国旧戏的观点在《剧刊》文章中是具有典型代表性的,可以说也是国剧运动倡导者的共同主张。虽然国剧运动最终以失败告终,但他们对西方戏剧作品及戏剧理论的宣介,对中国旧剧的肯定,对中国戏剧改革运动是具有积极意义的,通过这篇文章,也看到了老一代戏剧家们对中国戏剧的坚守与努力。

(张晓晗)

术语的解释

洪 深

【作者简介】

洪深（1894—1955），字浅哉，号伯骏，江苏常州人。中国现代剧作家、戏剧理论家、导演。自幼爱好文艺，中学时期即参加戏剧社团，参与戏剧演出并进行剧本创作。1919年考入哈佛大学戏剧训练班，留美期间深受现代派戏剧的影响，具有完备且深厚的戏剧理论知识。回国后，先后加入戏剧协社、左翼剧团联盟，并在复旦大学等多所高校任教。除教学外，主要从事戏剧、电影的编剧和演出工作。主要作品：戏剧剧本《赵阎王》、"农村三部曲"；导演剧目《少奶奶的扇子》《李秀成之死》；理论著述有《洪深戏剧论文集》《戏剧导演的初步知识》《电影戏剧的编剧方法》等。

一、剧情 Dramatic Situation

剧情就是"有戏剧意味的一种情形"。不过这样解释，等于没有解释。现就人生来说，人的一生有很多时候是平安过去的。所做的不过是些照例做惯了的事，所以不会有十分强烈的情感，也用不着超逾常度的努力。但是也有时候，环境起了变化，竟不许我们将日常生活照旧地平安地继续下去，而需要一种改正，一种转变。如果我们不特别想法子，寻出一条新的路，我们也就许不能再行生活了。在这时候，人们——不论思想，或行为；或单是说一句话——是不能不"有所举动"的。纠纷既增加了，情感也强烈了，一切都紧张了；所以这时候的情形，是最有戏剧的意味了。这种人生的情形，在戏剧里，就是好剧情。

在平常的时候，一个人与他所处的环境，必须维持着一种均势，一种平衡，而后他的生活才能继续。以物理做譬，一瓶清水里面，水的分子不断地跃出至瓶上段的空气中。但因为瓶口是塞牢的，水的分子逃不出瓶外，所以同时就有同数的水的分子，从瓶上段的空气中，再坠入瓶下段的水里。这样，瓶内水的量就不至于减少，那就是达到平衡了。倘如没有瓶塞，那流动的空气将瓶上段里水的分子，吹走一部分，使得那从水踊至空气里的水的分子，比那从空气坠入水里的水的分子，数量来得多了；原来的均势平衡，今已推翻，瓶里的水，必然是逐渐减少；直至重新盖上瓶塞，恢复了均势平衡的局面，而后水的量又不变，才又安定了。人生亦是如此。在安定的时候，是保持着均势和平衡的。一旦环境（社会的状态或事故，个人的生活或健康等）摇动了推翻了原来的平衡，他就须努力竭尽它所能，以求再得到安定，再造成一种新的（或恢复那原来的）均势或平衡。换一句话，他做了一番改正转变的工作，以求适应环境了，所以一个人所做的事，如果是他所愿意高兴做的，同时又是他的健康体力所允许他做的；同时更是社会需要他，或至少是不曾禁止他做的，这是极端的平衡了；这里简直是没有戏。但如果他所做的事，不是他的健康或体力所能胜任的，或者他个人所不愿的；或者被社会阻挠了他的进行的，他就在不平衡的状态之中。这真是好剧情，而他的改正、转变、重立平衡的努力，也都是好戏了。

  有些故事曲折复杂得有趣；有些故事曲折复杂反而讨厌。这是什么原故呢？大约那剧作者忘却了人生是"从平衡到平衡"、"不断地推翻、不断地重立"的原故。许许多多的事实复杂的纠纷，十分的热闹，但如果与那重力平衡的工作没有关系，这岂但是不戏剧，反而尽成枝节了。描写一个人为帮助一位女朋友，牺牲了气力、地位、金钱，反被女友误会他存心不良，断绝了友谊；这个剧情需要他对于女友的关系和他自己的将来，有一个解决。如果中间描写他去看比足球，买不到票子，因而气愤体育商业化，这件事本身也许是有趣的有意义的，但于重立平衡有什么帮助呢。这就不是剧情所须要，这就是枝节了。

  最后，不可误剧情为情节。情节是指整个的事件，剧情是指一时的情形。好的情节当然是一串好的、连贯的、从因到果的许多剧情组织而成的。

二、故事 Story

  故事就是作者所找出、所凑合、所编撰的片段的人生；本身能够自为起讫成为段落（即是有开场有经过有结局）而这个片段的人生，可以说明作者的哲学或人生观的。

  人事能够成为段落的，只有两种：一是要做成一件事，以做事的志愿为开场，以事的做成或做不成为结局；其间经过，比较是活泼的、动作的、容易看得见的、繁杂多事的。还有是要决定一问题，以遇见难题为开场，以最后决定为结局；其间经过，比较是冷静的、内性的、不一定是显然可见的、无须有许多事故的。戏剧必须叙述这样的事实，这就是故事。

  戏剧必须有一故事，就是说戏剧必须叙述一件人生的努力，人生的奋斗。有人看见在某某戏剧里，表面的动作，尤其是强烈的纠纷是很少的，便以为故事是不必要的。这是误解了故事的性质，以为所谓故事乃是复杂故事。或者竟是把故事和情节混为一谈了。

三、情节 Plot

　　情节不是故事。情节乃是将故事按照"舞台上发生最大效果"的需要，重新布置支配过的。

　　情节和故事最大不同之点，就在事情发生的程序。如果全剧的经过，或一幕的经过，是按照事实发生的前后而叙述的，那原来的故事便整个地用作情节了，这是很少的。有时戏剧的经过，恰与事实发生的次序相反，最后的一件事也许作一场戏的开场（例如开幕时一个女子匆匆地奔入内室，枪声一响，一个男子从内奔出倒在椅子上死了；以后再叙说他是自杀；以后再叙说他是三角恋中失败者），但是这情节与故事的次序完全相反，也是很少的。通常是情节改乱了故事的次序。就是一部分依次叙述，一部分颠倒了利用补叙，一部分节省删除。所以同一个故事可以编成好几个不同的情节的。——舞台上有效果，须情节好；戏剧有价值，须故事好。

　　现在再将希腊索福克的《厄狄帕斯王》悲剧，来说明故事和情节的不同。

　　《厄狄帕斯王》的故事如下：

　　底比斯国王雷雅斯，娶了佐卡斯塔为后。那国王得有神谕，预言他与王后所生之子，长大了必定杀父蒸母；他所以心中畏惧，誓不欲与王后亲近。不幸有一天饮醉了受骗，一时忘了这句誓言；佐卡斯塔竟尔受孕；生下一个儿子来，就是厄狄帕斯。那国王想起了神谕，要避免所预言的种种祸患，即将那初生的婴孩，命一牧羊人携放在山巅上冻死。将婴孩曝露而死（Infant Exposure），乃是欧洲上古时代寻常的行为，犹之中国古时的溺女。）不料那牧羊人见那婴孩可怜，竟违反了国王命令，偷偷将孩子带往科麟索斯 Corinth，而彼处的国王与王后，因无子息，便将这孩子收养了。厄狄帕斯逐渐长大，本不晓得他现在的父母，并不是他生身的父母，直至有一位醉汉，醉后失于检点，才偶然向他吐露一些隐情。厄狄帕斯疑惑极了，跑到神庙里去叩问，到底他的父母是何人；而神谕并不直接问答，只预言他将来必然杀他的父亲，妻他的母亲。他惊惧之下，为要避免种种不幸，连忙离家出走了。他走到底比斯国附近，一处三条大道交叉。对面来了一辆车，里头坐着一个人，随带着几个护卫，同他争路，把他推在一旁。他回击了护卫一拳，那坐车的人，就跳下车来，拿鞭子打他的头。可怜厄狄帕斯不晓得那拿鞭子打他的人，就是他的生父，他一时性起，把他们杀死了；只逃走了一个护卫。在厄狄帕斯只以为是他们恃众欺人，他是不得已而处于杀人，所以仍向底比斯国而行。那时底比斯国郊外，有一狮子身妇人首的怪物，专行伤害过往人客。那怪物说出一个谜语，教人猜解，猜得出的，才放他活着过去，猜不出的，便要杀害。那行路的人没有能猜得出的，被害的不计其数。那谜语道：什么东西，是早上四只脚走，中午两只脚走，晚间三只脚走？厄狄帕斯听了，便道："这就是人，人在幼小的时候，两手两膝着地而爬；长大了，只用两腿走路；到了晚年，撑着一根枴棒。"那怪物见哑谜被人识破，从石头上跌下来死了。那底比斯国的人民，感念厄狄帕斯替他们除了大害，便拥他做了国王，并将前王遗下的寡后佐卡斯塔婚配给他。可怜厄狄帕斯竟是鬼使神差的，娶了生母为妻，应了当初的预言了。其后他做了多年的国王，生了好几个儿女，才发觉了这番真情实事。那王后奔入宫中自缢而亡，厄狄帕斯自己将双眼弄瞎，弃国至各地行乞，以冀解除罪戾去了。

　　以上所述的，是这出戏的故事，而不是这场戏的情节。雅里士多德解释希腊悲剧的结构，有所谓"三一律"，就是"一时间"那剧情的经过，只在一个简短不断的时间内；与"一地点"，那剧情的发生，只在一个固定不换的地点中；及"一人事"，那剧中的情节，只是一桩一口气连接着发展的事实。那希腊悲剧作者，能将一件长、散漫、复杂的故事，编成一部连续、经济、集中的情节，这就是技巧。《厄狄帕斯王》一剧，差不多完全用补叙的方法，全剧情节如下：

　　底比斯国，瘟疫盛行，民人死相亡继。那厄狄帕斯王安慰那惊惧的人民说，已经打发克里翁（王后佐卡斯塔之兄）到 Delphic 神庙，叩问吉凶去了。克里翁回报，神言瘟疫不难停止，只须那杀害前王雷雅斯的凶犯伏辜，厄狄帕斯听得传说前王出行遇盗，与护卫等一齐遇害的，只有一人生回。他既无从捕获凶犯，便下令国中，命杀人者自首。他的大臣元老说，有卜者 Teiresias，能推知过去与未来；但王早已遣人去传呼了。大臣又说，前王的死，或有谓非遇盗劫，实被行路人所杀害的，他亦不甚置信。此时卜者已到，因畏祸不敢实言。于是厄狄帕斯反疑卜者即是杀害前王的人，欲治重罪。那卜者不得已，直言杀害前王的，就是今王厄狄帕斯。他闻言大怒，又疑卜者与克里翁阴谋勾结，有意诬陷，以便夺取他的王位。那卜者已经推知未来种种的祸害，一一的告诉了他而去。厄狄帕斯愈怒，转身与克里翁愤争，十分暴烈，以致王后佐卡斯塔不得不亲来劝解。她晓得了卜者所言，便道："求神占卜，是毫不足凭的。当初前王雷雅斯曾得神示，说杀他的必是我与他所生的儿子。何以他后来竟在郊外三条大道交叉之处，被盗贼杀死？

至于我们的儿子，生下不到三天，即将铁索缚了双脚，弃在山里冻死了。"王后这番话，原是要安慰厄狄帕斯的，不料他听到三条大道交叉的话，心里不免惴惴，紧要寻觅那当初与前王同行遇盗逃回性命的一个人，追问究竟。同时他对王后说，他是 Corinth 王的儿子，也因为得了神示，说是他会杀死生父，娶母为妻，所以离家走避；途中遇某处三叉大道，曾经遇见一起人，行装诚如王后所说的前王，偶因争路相斗，将一起人都杀死了。如此说来，别的神示虽未可知，而卜者所言，已经征信，那杀死前王尚未伏辜的凶手，恐怕就是他自己。现在只有一线希望，须待那遇盗逃回的人证明，不是他而确是一群强盗，他才能放心了。这时忽然从 Corinth，来了一个报信人，说是彼处的国王死了，于是王后重又安慰厄狄帕斯道，神示说的，你终必杀害生父，但是现在你的生父乃是病故，并非由你杀害的。厄狄帕斯闻言，稍为宽解，但因生母尚在，犹虑娶母为妻的预言。不料那报信人，忽然声言，病死的 Corinth，并非厄狄帕斯的生父；记得厄狄帕斯还是一个很小的婴孩，有一个底比斯国王的仆人，抱来送给现在的报信人；那孩子脚上，还贯着铁索，后来即由报信人，亲自报给 Corinth 王，认为己子留养的。那王后佐卡斯塔听到此言，不觉失声惊叫，急忙奔回宫中去了。厄狄帕斯问过了报信人，又在追问那仆人，原来那前王遇害时独自逃回的仆人，就是当初前王命他将婴孩弃去，而他不舍得，私自救活的人。所以前王雷雅斯正是他所杀害，而且他就是雷雅斯的儿子，这两桩事实，都已明白，神的预言都也应了。厄狄帕斯又闻王后已在宫中自缢，即将他自己的双目弄瞎。此时克里翁走来慰问他，他坚欲离国远去，与他的女儿道别了下场。

将这场戏的情节与故事比较，我们可以学习得许多编剧的法子，剧中一切的补叙，都有一个不得不说的理由，绝无丝毫勉强，而且说时也甚动情感的。

四、紧张 Suspense

Suspense 这个英文字在字典上的解释，是"一种不决或未定的情形——常是引起人的关念获期望。"这是必须举几个例才能明了的。《水浒传》第四十回末尾，石秀出外县买猪，三日后回家来，只见铺店不开，砧头刀帐都藏过了，便疑心潘巧云班弄了口舌。他把猪赶在圈里。写了一本清账，向潘公告别回家，潘公大笑起来道："叔叔差矣，你且往，听老汉说"……"毕竟潘公说出甚言语来，且听下回分解。"金圣叹批道："七十回住法各妙，而以此卷得第一"。又如《水浒传》第三十九回，"梁山伯好汉劫法场"，开头便叙吴用与晁盖定计，众多好汉拴束行头，连夜下山，望江州来。这时读者已经晓得，他们是去劫救宋江了。但是江州一面,偏写一黄通判识破假书;二戴宗被打,招出实情;三蔡知府决意先斩宋江、戴宗,免致后患;四五日已过,无法捱延,第六日早上打扫了法场,巳牌时分,扎扮了宋、戴;五推拥在十字路口跪着,只等监斩;六许多人来看犯人,细读犯繇牌,逡巡间知府已到,只等午时三刻。这时候的读者急于要问:一梁山好汉为什么还不来,二能在午时三刻赶到否,三赶到了,在如此的防备森严中,怎样下手打劫,四打劫了便怎样等等问题。金圣叹批道,"……使读者乃自陡然见有第六日三字,便惊起,此后读一句,吓一句,读一字;吓一字,直至两三页后,只是一个惊吓,吾常言读者之乐,第一莫乐于替人担忧。……"又如法国喜剧家《微笑的妻子》Denys Amiel 和 Andre Obey 所作,描写一个丈夫专以自杀去挟制他的妻子;常时拉开抽屉,取出手枪,对准了自己的太阳穴,用力一扳;明知里面没有子弹,不过是吓吓人而已。但后来那妻子被他欺侮的太厉害,心里恨极了;所以有一次,(在第一幕末)趁他不在,偷偷地取出他的手枪,替他装入几个实弹,说道"我还要活着呢,我还要活着呢,这件事说起来是错误,是意外,完全是意外。决不会疑心是别情的。"观众是不是急于要晓得,第二幕里那丈夫仍还诈做自杀么?

有力量有效果的戏剧,不但能使人哭使人笑,更有使人等。所谓等,就是紧张或关子用得好。

紧张或关子,即是将观众的关念或兴趣,拉长了使得他们渴欲知晓下文。不论他是(一)完全不晓得什么是会发生而急欲探知;或(二)有一些晓得什么是快要来了,而更愿确定的知道或(三)明知一件事必然会发生的,而在他却十分担忧,惟恐其发生,(有时惟恐其不发生),这都可以使得他等。因为那重要的一件事,还在下文里呢。

在能造成紧张、关子以前,有两件事是必要的。第一,把事情的起伏线索叙写得十分清楚。假如已往的事是混乱的,观众不完全了解,他就不起劲去追问下文了;有时人以为只须情节曲折,即事情多变化,多意外,就是好关子。但观众往往因为看不懂索性不看了。第二,剧中人的一部或全部,剧中的主要事情,必须写的能使观众表同情,如果这个人这件事是不值得表同情的,那末,他成也好,败也好,生也好,死也好,观众也不在乎晓得了。我们所引的第一个《水浒》例里,把石秀的态度,写得这样好,读者当然能表同情的。第二个《水浒》例里,我们本来不大对宋、戴表同情,所以作者竭力写蔡知府的无能,黄通判的刁恶;他的代蔡知府谋划,是小人讨好,是把杀宋、戴做他自己飞黄腾达的工具;所以读者比较的也能对宋戴表同情了。使观众对恶人表同情,是把恶人对方的人,写得更恶。第三个法国戏例里,作者很致意于丈夫欺侮妻子的描写,就是使观众对于妻子偷装子弹这件事表同情的。有些人误以为,剧中人如果不断地遇着危险,观众自然代他担忧,而不知不值得同情的人,观众对于他的危险到底是漠然的。

五、补叙 Exposition

补叙是将一出戏未曾开场之前所已经发生的重要事实,在开场后的情节中间,自然地、不露痕迹的叙说出来。小之如一个人的姓名、职业、历史、性格。大之如社会的背景、已往的纠纷、剧中人相互的关系,必须说清楚了而后观众才能了解那当前事实的意义的。如果两幕之间,相去若干时日;或者某事系在别一地点发生(即通常所谓暗场),也是要用相当的补叙。像希腊悲剧《厄狄帕斯王》及易卜生的《群鬼》竟是差不多全戏是用补叙的。

六、伏笔 Planting

为求全剧的事情呼应和连贯的原故;为求一种奇特的事件在发生时显得是自然、是必然的原故;为求那必然的事实在发生时格外地有力量的原故,在布置情节的时候须随时随处为下文做准备 Prepration。广义的讲起来,写或排一个剧本,第一幕的一切都是第二幕的准备;第二幕的一切都是第三幕的准备;即在一场之中前半场亦系后半场的准备。准备乃是"讲故事底技巧"的根本。

伏笔是将后来解决问题时所须使用的一样物件;或所须依赖的一个人;或某人所有的一种心理思想或动机;或社会环境中一种力量或影响,极自然地、好像是不经意地、用许多不同的方式再三在观众面前宣露、提说、做出,使得到了解决问题需用这件物、这个人、这种心理、或这般力量的时候,观众早已认识明了,视为当然应然,绝对不起怀疑与研究,而完全浸没在情感之中。伏笔用得好,可以使那难得,不可信,或不表同情的事情,在观众心目中,视为普遍、可信、及可以同情。在霍尔斯华绥的《逃亡者》悲剧里,一个从虚伪生活里逃亡出来的贵族夫人,被逼得实在没有饭吃了,想去学做卖笑生涯。她独坐在酒馆里,便自有男子来和她勾搭。但是她到底忍受不来这种堕落的生活,所以趁人不在,怀里取出毒药自杀。这瓶毒药就是她从前在她爱恋的诗人手里夺下来的。在王尔德的《温德米夫人的扇子》里,温德米爵士在达林登住宅发现了他的夫人遗下的一把扇子,逼得他岳母不得不出来牺牲自承。这把扇子就是她从前自己送给他的夫人做生日礼的。在《爱国男儿》影片里,俄皇是个神经病者,种种残暴无道,但他自有一种威严,在暴动劫宫的时候,他的臣子都不敢杀他。最后杀他的人是他从前的卫士。那卫士有报仇的决心,也是因为俄皇从前虐待过他的。在《极乐园之岛》里一个夏威夷的女人，为她的爱人美国医生所弃，恰巧那时有座火山爆发，她自愿回去投入火山，舍身祭神。他们的所以如此，因为从前有过遵从土俗迷信的行为，曾经击鼓讴歌，帮助她祈禳爱情的永久的。这些都是伏笔很好的例子。

七、焦点 Climax

"焦点"乃是一桩事情到了极端紧张不能不立即解决的一刻，而此刻的解决，足以确定全局的成败的。这是纠纷和情感的最高点，过此，一切都和缓松弛了。

一节戏——一件事的一部分——当然也有焦点。但在这种小焦点时的解决，只是暂时的。必然又进入了或引起了更多的纠纷。这些都向着那全场戏的焦点走。在那时的解决，才一切真解决了。譬如易卜生《娜拉》，在第一及第二幕里，暂时的紧张暂时的解决很多。但必须到全剧的大焦点，就是丈夫因为晓得了妻子曾违法冒签她父亲的名字去借钱，以致现在被他心目中认为小人的人所挟制，而对于妻子现露了他的自利及不谅的态度；同时妻子因为在这时候丈夫的态度里，明白了他的性格和心理，以及两人间的真实关系；绝对不再有含糊、隐瞒、展期、敷衍之可能，才把这家庭里不稳当的情形，给与断然并完全解决了的。

八、蛇足 Anticlimax

"蛇足"通常是指重要的事叙述过了，有叙述不重要的事；使得看得人觉得是乏味，是多余。蛇足的原来英文名词 Anticlimax，可直译为"反焦点"。寻常戏里的焦点，精细地辨别起来，可分为两种：情感的焦点和纠纷的焦点。有时这两种焦点吻合为一，例如易卜生的《娜拉》。但有时各自独立，例如"二十折本"的《西厢记》里，情感的焦点在第十五折《哭宴》（即以"碧云天黄叶地西风紧，北雁南飞"作起的一折）莺莺与张生送别时；而纠纷的焦点乃在第二十折《荣归》张生与郑恒当面时。凡一部戏剧，在情感的焦点后续演许多比较不动情感的戏；或是在纠纷的焦点后拖着许多与纠纷无关的事情，那都是蛇足。

这个并不是说，焦点一过，必须立即结束。但焦点一过，那解决的方式和得失，已可预知，当然无须辞费了。有人说莎士比亚的戏剧里的焦点，常在五幕中的第三幕末尾，如《哈孟雷特》，不是在那王子与母亲争论，一时激动，欲杀国王报仇而误杀了恋人的父亲的一刻么？这固然不错，但这只是情感的焦点，那纠纷的焦点，还在第五幕末场，国王撺掇哈孟雷特与他恋人的长兄比剑时。又设有时两种焦点都在第五幕之前，如《威尼斯商》，焦点都在犹太富翁索偿一磅肉时，但那

第五幕却是非常之短了；而且这戏混合三个故事而成，是莎士比亚学习时代的作品，在结构方面，不算是十分好的。现在剧作者，从易卜生以来，趋势是将两种焦点合在一处，又择取纠纷将近焦点的一刻为开场，所以全剧格外的紧张了。

九、悲剧 Tragedy、喜剧 Comedy

为了叙述上的便利，我们不妨将悲剧和戏剧并在一起说。这是可以从好几个方面来观察的。一，就戏剧的要素而言，戏剧是人生解决自身命运的摹仿；如果解决的结果是好的、圆满的、成功的、那就是喜剧。但或者解决的结果是恶劣的，失败的，或者是因有阻害半途而废；不曾、不能、不愿继续解决，以致没有结果的那都是悲剧了。二，再就所给与观众的印象而言注意，观众的乐意与否，不必与解决结果的成功与否相符合，如果戏剧的结局，是观众所喜欢、所乐意、所愿无条件地接受的，那就是喜剧。但如为观众所不乐意、所不希望、所不愿接受；或者在无可奈何之中，这种结果是比较地勉可接受的了，而观众心理隐隐地愿望着更好一点的，更妥当的一点的结局，那就是悲剧了。（例一：有一对男女，各自存着自利自私及利用对方的念头，到戏剧终了时，两人的欺骗手段都已见效，居然举行婚礼了；但在观众心目中却以为这样的结婚还不如不结婚的好。这虽是结局圆满而仍是悲剧。例二：驻在印度的英国军人，爱上了一个印度女子，和她用印度的仪式结了婚；后来奉调回国，他恐怕带了一个异族的妻子回去，被人耻笑，大有离弃之意；却是女子的族人，出头同他争论，甚至不得已用武力去威逼他；他本想逃回英国的，忽然自动地牺牲了去做事业的机会，愿与那女永居印度；这虽是勉可接受的结局，但何尝不是悲剧。）三，再就戏剧的题材而言，如果所发挥的是人类生性的缺点——社会制度之不良——所生出所引起的人生的痛苦，那就是悲剧。但如所描写的是"不附带着痛苦，没有毁灭力量的劣根性"；或是错误愚蠢所引起的麻烦，那就是喜剧了。（例：一个富有妒心的莽男子，轻易听信了谗言，错疑并误杀了他的妻子，这是悲剧；而一个乖巧的女人，因为懒惰，时常装病，以致被人戏弄，这就是喜剧了。）四，再就戏剧的作用而言（据亚里士多德说："悲剧是摹仿一件严重的、整个的、伟大的事情，……借着怜悯与恐怖，涤清这类情感的；喜剧是一段故事描写公私诸事的习尚形式，人们可以从这个晓得什么是于人生有益，什么是应当避免的。"五，再就戏剧的情调而言，如果有一种严重的空气，不只是作者的存心，就是一切言动的态度，也都是庄严诚挚的，那就是悲剧。但如果摹仿的态度，是寻开心、开玩笑的，即使作者的存心仍是诚挚的，那便是喜剧了。六，更从心理来说明，喜剧是由于我们想起了"人的行为中种种矛盾，而这种种矛盾在所描写的事情的终了时,并不使得那行为者,处于那十分窘迫的状态中。"每一种的喜剧,我们能寻出一同等同样的悲剧,只有一点差别,就是"当那剧情终了时,其中一个有关系的人有不幸或灾难"。

在希腊的时候,戏剧只有两种,就是"用怜悯与恐怖,去涤清人的灵性"的悲剧,和"用理智或取笑,去惩劝人的道德"的喜剧,是很容易辨别的。到了莎士比亚的时候,已经是不严格遵守旧时的规律,悲剧喜剧当时混在一个剧本内。当时称之为"悲喜剧"。到了现在,虽仍沿用悲剧、喜剧的名称,但很少有纯粹的作品,悲剧里也有滑稽的穿插;喜剧里也有严重的情事,仅同主要故事是悲是喜而已。

悲剧是描写一个伟大的人物或一件伟大的事情,可以不失败的,而终至于不免失败,所以引起观众如许同情,深愿这人这事不是这样失败;悲剧总是对于人生的缺陷痛苦做同情的呼喊的。

喜剧是描写一个愚蠢的人物或一件愚蠢的事情,就从这愚蠢,引起了应当受而还不至于十分痛苦的麻烦。所以使得观众觉得这是可笑;并且相信自己是绝不会如此;喜剧永远是理智的对于人生的批评。

十、趣剧 Farce

趣剧的目的是使人不断的笑乐;似乎寻开心开玩笑的空气比较浓厚一点。趣剧和喜剧的不同,正如闹剧和悲剧是不同。喜剧和悲剧里,情节是根据性格的;但在闹剧和趣剧里,常时忽略了性格而专注重剧情的趣味的。趣剧的情节必须曲折复杂;所谓可笑的事情,接三连四而来,使观众来不及地笑乐,当时没有工夫去细想。趣剧里大半是过分地夸张的,所以对于人生的摹仿,没有喜剧这样忠实。但并不是没有意识,并不是不讲情理。趣剧所用的乃是希腊阿里士多芬常用的方法,将一个人的特别性格或将一件不应做的事,过分的形容,便成为攻击与议论了。例如一个人做了一双新靴子,却把它看作珍贵,自己舍不得穿。有一天他的朋友向他借靴子去赴筵,费了许多口舌,许多手续,才勉强地借了去。他朋友穿了靴子步到那饮酒的地方,已经席完人散,朋友于是愤极。那靴主人又不放心那靴子,打了个灯笼自己去寻。寻这了争闹了一番,好容易把靴子夺回。还是舍不得穿上走路,宁愿举起双脚顶着靴子而用膝盖爬回去——这是昆剧《张三借靴》,有话道:"做靴子费尽心机,借靴子受尽闷气,讨靴子打倒在地,爱靴子爬将回去"。——这是趣剧很好的例。

十一、内容与技巧

内容到底是什么呢？简单的说起来，内容既不必是动人的故事，也不是奇特的情节，也不是所描写的出色的人物，也不是优美的文辞，而是故事、情节、人物、文辞所表现、所说明、所证实那作者个人对于人生的认识、见解、结论、人生观、哲学；是那包含在剧本的许多事实当中，作者的一种抽象的普遍的主张！

至于技巧，就是将所要说的话，能用戏剧的方法说出来。在中国的旧戏里，方法是很直率的，有什么话，由剧中人直接向台下观众说出即完了（如《天雷报》中老乞丐对着台下打躬说"奉劝世人休养儿…"一大段。但在西洋的戏剧里，方法却不能这样简单，戏剧作者，从来不直接对台下说出他的主张，而须婉转地、曲折地用件故事来表现敷演所要说的话。中国的旧书中"牧童谎呼狼来"等，近人托尔斯泰所著《猴子因落豆而撒豆》等寓言，像这样以一件故事来申说一项主张，比之直接说出，有趣也有效得多。这样以故事 Story 来说明一己的哲学或主张就是戏剧编撰的技巧了。

我们又知道，仅是在五线谱上画成些直线和黑点，并不就算是音乐。必得经一个人按照乐谱歌唱出来，或是应用于某个乐器之上，音乐艺术的创造，才算完成。剧本当然也是这样，必得等到上演了，呈献于观众的眼前了，方才能算戏剧的完成。一部剧本，至少须有三个从事的人，一个写的人，一个演的人（难得写演同是一个人），一个看的人。所以技巧同时须注意到演出的问题。

一切编撰和出演的技巧，有一个重要的目的，就是使得上台所表演的"很象人生"To create the illution of life。既然是"象"，当然就不必是真的了。一个演员，真的能在舞台上自杀，倒反而不是艺术。因为这样一来，他下次不能再演剧了啊！一个演员，真的在舞台喝咖啡，那同样的也不是艺术。真的喝着咖啡，所需要的时间一定很多，与剧里别的动作的迟速，便不合比例，不符节奏，也许反而见得不象真了。但是在台上虽并不曾真的自杀，真的喝咖啡，而编撰和出演的技巧，至少须使得台下看的人，愿意相信台上的自杀或喝咖啡是真的。这种技巧的根本，当然是摹仿人生。不过——请注意——这并无须是狭义的全部的呆笨的摹仿。我们不是看见过未来派或表现派的作品么？在剧本方面，有时也描写些人生不会有的事；如美国欧尼尔著的《奇怪的插曲》，几个人坐在一处，一面互相谈着话，一面有了心事，便尽情宣布出来，而一个人高声宣布的时候，其余坐在旁边的人，都听不见，丝毫不去注意他；如俄国依扶利诺夫著的《灵魂的舞台》，台上所布的景,就是人的心,那一己的灵魂,化成了几个"我",在心的舞台上争竞着,表示一个人情感和理智的冲突;如意国披兰特罗所著《六个角色寻觅一个作家》,一位剧作者写剧本的时候,想了六个角色,但是这六个角色,忽尔不满意于剧作者替他们所编的剧;而定要将他们自己身受的阅历编在剧里,竟然走到后台,寻着了经理,硬将他们的阅历,表演给他看了。在布景方面,有时只数块幕布,几根柱子,几个形状古怪、色彩奇特的东西,虽也用来代表一间卧室、一个花园、一座城堡,但总是人生不会看见的地方了。在服装方面,即在普通的歌剧里,已经应用高大如伞的帽子,张开如翅的披风,有时衣服竟像塚里的枯骨,或像纽约的高楼也都不是人生实际上所穿的衣服了。在对话方面,如在莎士比亚的《哈姆雷特》等剧里,乃是有规律的诗,如在巴克所译法人基脱利所著《德比拉》戏里,竟用有韵的文字,当然不是实际人生普通所用的言语了。这些都不妨碍。这些虽不是狭义摹仿,但大体上精神上,仍是根据着人生的。不论是那一派的作品,不论是写实是表现,最低的限度,要使得看的人,并不觉得是违反人生。凡在一出剧里,愈是那故事、对话、布景、服装等,异乎寻常,那剧中人物的性格思想情感,愈须忠实地、彻底地摹仿着人生。必须剧中人的心理,完全是人生的。然后看的人,才会觉得这种古怪的所在,在他自己虽没有到过;这种诡异的衣服,在他自己虽没有穿过;这种奇怪的阅历,在他自己虽没有经过;这种诗歌的语言,在他自己虽没有说过;但是在人生中,必然是可能的、应有的。总之,故事对话布景服装等等,本是帮助作者表达他的意思的,既不可喧宾夺主,致观众注意了这些的新奇,而忘了全剧的意义;更不必在这些上刻意的求新立异,以致减少了全剧的"可信"性。一个剧作者,能善用了(不论是写实的用法或表现的用法)这些工具,来说出他心里所要说的话,这就是技巧。

【导读】

1929年,洪深在《民国日报》的"戏剧周刊"上连续发表了一系列戏剧理论文章,其中包括《术语的解释》《戏剧底方法》《"戏剧的"是什么》等,并冠以"关于戏剧理论的"标题。《术语的解释》一文收录到1934年上海天马书店出版的《洪深戏剧论文集》,1957年收录到中国戏剧出版社出版的《洪深文集》第4卷,上文即选自该书。

戏剧作为舶来品于19世纪末被引入国内。在五四文学革命的影响下,易卜生、萧伯纳等人的戏剧作品被系统地移植过来,经历了国剧运动、文明新戏等戏剧运动后,戏剧艺术逐步在中国站住了脚跟。要想使戏剧艺术真正融入中国本土文化,创作出为大众喜爱的中国现代戏剧作品,精准把握戏剧艺术的特殊规律和术语概念,成为重中之重。20世纪20年代初期的留学生为此做出了巨大贡献,他们热爱戏剧演出事业,盼望国家文明富强,译介了大量西方戏剧理论,并将在国外学到的戏剧思想运用到中国戏剧现代化与民族化的建设上来。

戏剧科班出身的洪深,在戏剧理论方面颇有建树。《术语的解释》一文针对"剧情""故事""情节""紧张""补叙""伏笔""焦点""蛇足""悲剧、喜剧""趣剧""内容与技巧"等戏剧理论术语做出了详细而精准的阐释。在行文论述中,从西方戏剧理论源头出发,结合大量的中外戏剧实例进行佐证,涉及范围极为广泛,既有《俄狄浦斯王》《玩偶之家》等西方戏剧,也有昆曲、折子戏等中国传统戏曲,既没有全盘照搬西方,也没有完全否定传统。这均得益于洪深深厚的戏剧理论知识和丰富的戏剧创作、演出经验,故而才能使原本枯燥的术语概念的阐释变得生动、准确且易于理解。

洪深的《术语的解释》在借鉴西方戏剧的创作与审美经验的基础上,结合本民族传统戏曲艺术,进行创造性的阐释,对中国现代戏剧初期发展进程中专有术语辨析不明的问题进行了一定程度的纠正,从根源上较好地处理了现代戏剧的现代化与民族化的问题,对中国现代戏剧的发展具有重要的指导意义。

(张晓晗)

戏剧大众化和大众化戏剧

田 汉

【作者简介】

田汉（1898—1968），原名田寿昌，笔名有田汉、陈瑜、伯鸿等，湖南长沙人。我国著名的剧作家、戏剧理论家、诗人和戏剧运动的杰出领导人，《义勇军进行曲》的词作者。1921年同郭沫若等人组织创造社，1924年同易漱瑜创办《南国》半月刊。田汉一生著述颇多，并且文章涉猎领域广泛。据统计，田汉的一生留有话剧63部，戏曲27部，歌剧2部，电影12部，新诗、歌词、旧体诗2000多首，还有小说、散文、论文700多篇。代表作有话剧《梵峨琳与蔷薇》《名优之死》《获虎之夜》《秋声赋》《丽人行》《文成公主》；京剧《白蛇传》《谢瑶环》；理论集《南国的戏剧》《田汉论创作》；散文集《银色的梦》等。

　　这个严重的问题提出来已经多少时候了，但在个别的作家的实践上既然还没有很好的成绩，甚至在极先进的文学集团里面也还没有获得充分普遍的注意，现在重新提出来是有很大意义的。接到你们的信恰好是我们讨论这同一问题的时候，所以我想通过戏剧这一特殊性来作出答案，或者对于考察这一问题的创作家、批评家不无帮助。

　　首先是文学，特别是普罗文学，应不应该大众化呢？我想这原是不成问题的问题。伊理奇说过："艺术应该在广大的劳苦大众里面结极深的根。得为他们所理解，所爱好。它得从他们的感情、思想，希求里面发出来而和那些一道成长。它得唤起他们中间的艺术而使之发展。"这就把普罗文学必然是大众文学的道理简单明了地说出来了。但是这在一九三二年的中国，不，就在其它资本主义国（如日本等）依然还成为现实的问题，而以中国的情形为特别严重。史铁儿先生甚至于提出"普罗大众文艺"的口号，他说："普罗文艺应当是民众的。新式白话的文艺应当变成民众的。但是还并没有变。因此劈头一个问题就是怎样去变。这个问题不解决，一切都无从说起。"

　　为什么应该是大众的普罗文艺反而没有变成大众的或是离开大众呢？不用说这是有种种原因的：如（一）在帝国主义与封建军阀等重重压迫下的劳苦大众

完全被剥夺了受教育的机会,因之文化水准很低,看不懂也买不起新的文学读物;(二)现阶段的普罗文艺作家大部分是革命的小资产阶级,他们也几乎被迫着只以同一阶层的读者为对手,而不能去寻求更广大的读者;(三)还有是过去的左倾空谈的指导理论,使普罗作家忙于争妍斗艳于上层的文艺市场,而忽略了艰苦地到劳苦大众中去组织自己基本队伍的首要任务。这一些客观的以及主观的原因便决定了今日大众化问题的严重。试就戏剧运动来考察吧。戏剧它本身不像文学创作还可以多少"一厢情愿"的。你的话不为观众所理解,所爱好,观众是可以毫不客气地"抽签开闸"的,十分贵族的戏只好演给你自己看。何况是普罗戏剧那更是毫无问题的应以工人以及一般的劳苦大众为对象。假使普罗戏剧而没有穿蓝衣的人们来看,或是就勉强动员他们来看也看不懂,引不起他们的兴趣,这只是"一厢情愿"的普罗戏剧。无疑地我们从一九三〇年到一九三一上半期还做的是这样的普罗戏剧运动。就是现在也还有它的残余。

  但是矛盾的现象也是很容易说明的。第一,中国普罗戏剧运动,和其它普罗文化运动一样,是革命的 Intelligentsia,为急速发展的内外革命形势所刺激,为苏联、德、美,尤其是近邻的日本的如火如荼的普罗戏剧运动所掀动,才干起来的。构成这一阵容的两个主要剧团。南国社、艺术剧社,一个是由艺术至上的以及人道的倾向转变过来的,一个是以新兴阶级的剧艺集团的意义组织起来的。然而他们客观上只做的是同一运动,演了一些阶级意识不甚尖锐的戏,组织了一些小资产知识分子的群众。不但说不上深入工农大众,连都市的小市民层都没有起什么大的影响。

  这倾向的形成同样可以归结到运动者本身无产阶级成分的微弱乃至缺乏,和指导理论的错误。——取了公演活动上左倾机会主义的路线。结果不但应该是中心活动的移动出演以没有线索不能执行,连公演活动也被取销了。

  在长时期"游击战"式的学校剧运动后,直到"九·一八"事件发生,应着反帝情绪的一般的高涨,中国普罗戏剧运动才有了活气,才开始奠定了它的真正的基础——蓝衣剧团运动。在这时期,剧联提出了这样的口号是"专门家无产阶级化,无产阶级专门家化"。剧联同志帮助工人组织蓝衣剧团,帮助工人制作他们自己的生活、斗争和要求的剧本,如《最后一幕》,如《奶糕》等等,剧联同志自己也学着写了一些工人们所能理解和欢迎的东西,如《停电》、《血衣》等等;而且除了极少的时候有专门家的帮助以外,大部分是工人自己做演员,——我们组织了他们特殊产业部门的各种技能、他们所能唱的歌曲、所会的杂耍,做他们戏剧的内容,因而渐次构成一种新的形式。——这就是说,普罗戏剧运动已经开始了大众化的运动。我们现在是只要在这个基础上,使它一天天成长,普遍。

为着组织小市民层,过去的那种公演是证明了毫无力量,我们现在是要从许多"顾无为"、"张石川"、"刘春山"们去学习。这在专门家中间已有这样的决议而且开始了这样的运动,只有学会了他们所懂得的是什么,所欢喜的是什么,所要求的是什么,而给他们以恰恰适合的那样的东西,我们才能为广大的小市民层所有,才能叫他们听我们的话,跟着我们走。

大众化口号下的普罗戏剧的内容与形式问题,我们不想在这里细说,没有任何普罗的文化运动而可以不是国际战线的,因此中国的普罗戏剧运动当然是IATB(国际普罗戏剧同盟)的议决的活泼而坚决的执行。但我在这里想接触几个问题:第一是文化工作者的生活环境问题。过去的非大众的普罗文化乃至戏剧,是说明了守在"亭子间"里或史铁儿先生所谓"纱笼"里的作家和戏剧家们的必然的产物,谁不能真正到工人里去一道生活,一道感觉,谁就不配谈大众化。第二是方法论问题。史铁儿先生提出的是普罗现实主义,这当然是我们过去和日本普罗文化运动一道信奉的"普罗列塔利亚写实主义",但这一口号以有机械的唯物论的毛病似乎已经国际普罗文化的组织扬弃了,作为中心口号的是唯物的辩证法的方法底获得。我们是应该为获得唯物辩证法的创作方法而斗争。

六月十七日

【导读】

田汉的《戏剧的大众化和大众化戏剧》最初发表在《北斗》1932 年 7 月 20 日第 2 卷第 3、4 期合刊中,后又收录于 1987 年中国戏剧出版社出版的《田汉文集》第 14 卷和 2000 年花山文艺出版社出版的《田汉全集》第 15 卷中。上文选自花山文艺出版社 2000 年出版的《田汉全集》(第 15 卷)。

20世纪20年代,大革命失败以后,大量追求革命的知识分子集中到上海,他们彷徨而又苦闷,却不甘心就此沉沦,便将自己的苦闷寄托并发泄在了文艺方面。于是,以上海为中心,掀起了一次话剧运动的热潮。在这次热潮中,成立于1930 年 8 月的中国左翼剧团联盟将"戏剧大众化"作为其"文艺大众化"主张的一个重要任务来实施,活跃在上海等国统区的"左联""剧联"剧作家加强戏剧与实际革命运动和工农群众的密切联系,阐释了"戏剧大众化"的内涵。一些重要戏剧理论家提出了一系列重要的戏剧理论,进行了一系列戏剧大众化的实践,在中国现代戏剧史上留下了浓墨重彩的一笔。

田汉的《戏剧大众化和大众化戏剧》就是在这样的情况下诞生的。田汉希望通过戏剧的特殊性来回答戏剧大众化的问题。田汉借用伊里奇的话,对于文学,特别是普罗文学应不应该大众化的问题做出了相当肯定的回答。但在1932年的中国,文学的大众化问题仍是一个现实问题。田汉归结了造成这种情况的三个原因:一是劳苦大众们受教育程度低,看不懂新的文学读物;二是普罗文艺作家的阶级局限性;三是"左倾"空谈理论的错误指导。这些原因造成了文艺大众化问题的严峻形势。但话剧较之其他艺术,存在更大的"大众化"的必要性与迫切性,理应在"大众化"道路上率先迈出坚实的步伐。田汉清楚地看到,在所有的艺术形式中,戏剧由于具备直观性、形象性,因而最容易为文化水平普遍低下的中国老百姓所接受和喜爱;同时,戏剧又是一门群体性观赏体验的"集团"艺术,所以在"激动大众、组织大众"方面"最直接而有力"。

对于如何解决戏剧大众化的问题,田汉认为,要创作大众化的戏剧,要解决的"第一是文化工作者的生活环境问题",作家和戏剧家们应该走出"亭子间"和"纱笼","真走到工人里去一道生活一道感觉"。他还提出了大众化的普罗戏剧应该"为获得唯物辩证法的创作方法而斗争"的观点。

(张　琦)

戏剧的本质

向培良

【作者简介】

向培良(1905—1961),曾用笔名培、漱华、姜蕴、蕴良等,湖南黔阳人。著名剧作家、戏剧理论家、翻译家,是狂飙社的主要成员。1929年,在上海与戴望舒等创办《青春月刊》。曾先后在中华美术学校、武昌市立职业学校等任教。抗战时期,曾担任国立戏剧学校研究实验部主任、民国政府中央文化运动委员会第一戏院巡回教育队队长。1947年任中国万岁剧团团长,1949年曾先后在洪江等地中学任教。主要的戏剧理论著作有《中国戏剧概评》(1926)、《戏剧导演术》(1932)、《剧本论》(1936)、《舞台服装》(1936)、《艺术通论》(1940)等。另外,也创作过小说和剧本,如《不忠实的爱情》《沉闷的戏剧》等。

戏剧向来就被分为两部分的,剧本和表演。剧本是和戏剧一同起源的,并不在表演之后。为希拉戏剧之前身的 Dithyramb(或译颂神歌,)就有诗人品德(Pindar)的歌词流传下来。我国剧词,其发达亦在正式的舞台完成之前。自印刷术大兴以后,剧本更行兴盛,渐渐成为一独立的形式,与小说诗歌并称了。现代剧本,已逐渐不复依赖舞台,而自有其独立的生命。现代剧本,有好多已经是专以书本的形式供给读者,而不必一定介绍到舞台上去了。但是戏剧的本质,终于是为舞台而写的;读的剧本,不过是一种变形。

剧本是什么呢?首先这必须有一个故事。说戏剧是扮演故事的艺术,并不过分。所谓故事者,就是人的活动。而活动必须有可以活动的场所,有向之活动的对象,并且要有阻力然后才能够大大地活动。说是没有冲突就没有戏剧(no struggle no drama)的话,并非张扬其词。一个剧本,必须在有限的时间(通常约为两点半钟,)和有限的空间(仅一个舞台所能表现的,)以内表现一切,则势必以最凝缩的形式出之。则以争斗和冲突为结构故事的基础,亦是必然的了,照 Brunetiere 的说法,则"戏剧是表现吾人的意志之抵抗自然力之神秘的势力,这势力是要限制我们,削弱我们的;这就是我们之中的一个被掷到台上,要去与命运抗争,与社会法律抗争,与同类的人抗争,与自己抗争,甚至于与情绪,与兴趣,与癖性，与愚蠢，以及周围的恶意危机相抗争。"所以，争斗冲突即使不是戏剧的全体，但也是结构故事的中心，笼罩了戏剧的大部分。

所谓故事，是指人和其他力量相互之间的活动关系，而这种活动，则以动作（action）表现之。动作，是戏剧之最主要的部分。最早的戏剧，如野蛮民族的群舞，中古时代的神迹剧（miracle play），我国唐代为《踏摇娘》、《兰陵王》等，都是先有动作为其主体。观众所最感到兴趣的，最易了解的，也是动作在戏剧起源的时候如此，戏剧发展了，动作仍不失其重要的地位。就是戏剧的崇高的意义，亦惟有藉动作才能表现出来。

一个剧本放到台上，直接与观众接触的，只有动作与对话（dialogue），但动作可离对话而独立，成为一种默剧，而对话则不能离动作而独立。任何时代，任何观众，无论是开化的或不开化的，其对于动作的兴趣是同样浓厚的。所以专以动作为主体而别无深入的意义的伤感剧（melo-drama），到什么时候也是很流行的。

为什么动作这样受注意呢？因为只有动作才能够以最简易确切的途径引起情绪。动作比语言更有力。一个人的思想并不足以表示他的人格之最深微的处所，惟有在紧要关头，他如何行动，才完全把他的内心显示出来。一篇关于恻隐仁慈的讲演，无论怎么雄辩，总不及奋身救援将入于井的孺子那一瞬间的行动那么感动人。并且，对于语言的了解，有时候为智力所限，其传达的范围远不及动作那么普遍而无隔阂。手势是世界上最通行无阻的语言。

所以结构剧本，应以动作为基本条件。此即戈登克雷（Gordon Craig）主张以傀儡代替演员的真正理由；他主张纯粹以动作为剧本的表现方法而排斥对话。不过照上面所讲的，动作之所以引起兴趣，主要地在于能够表现一个人的内心。所以浮面的动作，纵然写得很热闹，终不能成为良好的戏剧，不过是粗浅的感伤剧与笑剧（farce）而已。动作应有其更深的根底，即须从人的个性出发，显示其内心的活动，这才能够建立纯正的戏剧的基础。

任何动作，都有两方面的意义，一是动作本身所引起的官能刺激，一是动作所表示的情绪。例如救孺子入井，那迅利捷疾的动作，将令我们得到一种惊骇之感，随即有一种快感，这就是动作之官能刺激的意义。但是这一动作，其更深的意义，则在显示恻隐之心，牺牲和勇敢。这才是所表示的情绪。官能刺激，常常有很大的力量，足以掩蔽内心的意义，尤其是激烈的动作，引起肉体之快感及痛苦的动作。所以古希拉剧本，多避免此等动作而不在台上直接表现。古今杰作，尤其是近代剧的倾向，梅特林克（Maeterlinck）和安得列夫（Andrev）的理论，其使用动作，都在于藉以表示内心的状态，而不从动作的本身引起观众的兴趣。

上面已经说过，动作的归结在于显示情绪，则情绪自然是剧中主体了。不过情绪之为物，虽然不像思想那样隐晦，却也要有所凭藉才能够表现。情绪，在另一方面说，也可以称之为内心的动作，以别于体态的动作。固然要有体态的动作才可以显示内心的动作，但有时候也可以减弱前者，而迳直表现后者。如梅特林克的《群盲》，一群瞎眼的老人，在生疏的地方失去了引导者迷乱，胆怯，畏惧，差不多没有移动，仍能很清楚地显示出他们的情绪来。只是这一种方法，不是轻易可能成功的罢了。

本来人与人之间可以相互了解的途径，除情绪之外别无其他。艺术的主要目的，据托尔斯泰（Leo Tolstoy）所说，就是情绪的传达。情绪的表现，虽为任何艺术的要义，而以在戏剧中最为直接。在舞台上，是真的人在活动，正如日常生活中所有的一般无二，则其感动观众情绪的力量，也是最直接最亲切的。这就是为什么戏剧之所倚成为大众所热爱的艺术的原因了。

不曾含有情绪的语言，是枯燥的，不能表示情绪的动作是浮面的。整个戏剧的问题，是如何创造情绪，如何维持而使之发展，如何在观众心目中留下最深的印象。其余一切，都如达到此目的的方法，并且只有在完成此目的中才有意义。

正确地显示情绪为一切好的戏剧的基础。显示的方法，则可以利对话，动作，以及人物的个性。并且要以凝缩的紧张的状态，在一定的时间和空间里表现出来。这又不能直接以著者的意思表现出来，要间接藉演员来表现——这就是扮演故事的真义。

所以写一个剧本，是以故事始而以情绪终的。为了故事，则应注意到题材和结构，为了情绪，则应注意到人物，而人物的个性则藉对话和动作表现出来。

现在可以试作一结论：剧本是显示个人或一群人的活动，他们的意志力的发展，直接以他们的行动和语言在有限的时空里表现出来。这里面的材料纯粹是人和人的关系，人间的活动，以求在观众之间引起特定的情绪底反应。至于任何间接的解释与说明，都不是剧本里所能容许的。

【导读】

《戏剧的本质》一文收录在向培良的"戏剧小丛书"之一《剧本论》当中，1936年9月由商务印书馆初版，上文即选自此书，1940年2月再版。在《剧本论》中，向培良重点探索了戏剧动作与表现情绪的关系。

20世纪30年代，戏剧理论著作日益增多，编写带有戏剧基本知识普及性的戏剧理论书籍成为中国现代戏剧界的主要形态。这样的情况到30年代中期形成高潮，向培良的《剧本论》《导演论》和《舞台服装》等也是在这样的情况下诞生的。面对五四时期的问题剧日益显现的弊端，向培良在他的《中国戏剧概评》中否定了五四问题剧的"工具化"特点，他认为五四时期的问题剧把戏剧变成高台教化的工具，而忽略了戏剧审美特性的显著艺术特点。

向培良认为戏剧是剧本和表演剧本的结合，"戏剧的本质，终究是为了舞台而写"，戏剧的文本和舞台表演应是同源共生的。尽管随着印刷术的发展，现代剧本不再依附于舞台，开始与小说、诗歌并行成为一种独立的文体，但在向培良看来，戏剧的本质还是无法脱离舞台表演的。

对于剧本，向培良认为"戏剧是扮演故事的艺术"，并且引入了布伦退尔的"冲突说"，认为斗争和冲突对于戏剧的重要意义。由此提出，"动作，是戏剧最主要的部分"的观点。他认为，动作相较于语言，是更有表现力，更能够表现人物内心的表现形式。这与早在1926年熊佛西曾在他的《论剧》中提到过"戏剧是一个动作"的观点不谋而合。但向培良所指的并非简单的动作。他认为"动作应该有其更深的根底，即需从人物的个性出发，显示其内心的活动"，他将动作的中心点落脚于显示情绪。"正确地显示情绪为一切好的戏剧的基础"，并且要紧凑地在一定时间和空间里表现出来，这样才算是一个好的戏剧。简而言之，在文章中，向培良层层剥茧地说明自己对于戏剧本质的理解，在他看来，戏剧的本质在于表达"情绪"二字。

（张　琦）

话剧民族化与旧剧现代化(存目)

张 庚

【作者简介】

张庚(1911—2003),原名姚禹玄,湖南长沙人。中国现代戏剧理论家、教育家、戏曲史家。20岁就开始参加左翼戏剧家联盟工作并创办《煤坑》杂志,撰写戏剧理论文章,1936年出版了第一部戏剧理论著作《戏剧概论》,逐步构建起了自己的戏剧理论体系。1942年积极深入农村开展秧歌运动,组织演出了著名的新歌剧《白毛女》,成为延安戏剧运动领导者之一。后调任中国戏曲研究院副院长,全力投入戏曲革新工作。代表著述有《戏剧艺术引论》《论新歌剧》《中国戏曲通史》《张庚戏剧论文集》等。

【导读】

《话剧民族化与旧剧现代化》是张庚任鲁迅艺术学院戏剧系主任时期对鲁艺学员的讲话,最早于1939年发表在《理论与现实》第1卷第3期,1987年《戏剧评论》第2期重刊此文,2003年收录到湖南文艺出版社出版的《张庚文录》第1卷。

抗战爆发后,现实的民族解放的救亡主题得到了最大程度的张扬,文学民族化问题凸显。从1938年初开始,延安和国统区多次开展对于民族形式问题的讨论,如何处理本民族传统文化与西方文化的问题与中国革命政治现实需要紧密相连。很快,戏剧界也开始了戏剧"民族化"的讨论,现代戏剧在经历了五四时期初步探索后,开始逐步转向重视民族传统文化和戏剧演出的方向。

在此背景下,张庚在鲁艺学员讲话中率先提出"话剧的民族化和旧剧的现代化"观点,关注话剧向传统戏曲取法和对传统戏曲革新的问题。论文《话剧民族化与旧剧现代化》在总结五四以来,尤其是抗战以来戏剧运动的经验与教训的基础之上,探讨戏剧运动的"民族化"方向。张庚认为,抗战以来戏剧能够反映且必须反映的天地比抗战前扩大了很多,担负起了教育群众的重要任务,且具备了"旧剧"改革和话剧"大众化"的条件,但是,现代戏剧却迟迟未能深入老百姓中间去。针对这些问题,张庚将抗战时期戏剧运动的方向直接概括为一句口号——"话剧的民族化和旧剧的现代化",并认为戏剧运动要做到口号与实践相结合,深入中国各个地区。他认为"话剧民族化与旧剧现代化"运动应当注重两个方面，一方面现代戏剧要学习中国传统戏曲，注重"吸收中国戏剧遗产中的精粹"；另一方面，促进旧剧现代化的进程，要注意"去掉旧剧中根深蒂固的毒素"，取其精华，弃其糟粕，"重新给予新意义，成为活的"。

"话剧的民族化和旧剧的现代化"这一观点直击抗战时期戏剧运动进程中的核心问题，对话剧"大众化"的重视以及与话剧"民族化"关系的深刻阐释，不仅在当时引起了众多戏剧理论研究者和剧作家的关注与热议，而且在今天看来依旧具有强烈的现实意义，值得反复思考与研究。

（张晓晗）

历史剧所感（存目）

夏　衍

【作者简介】

夏衍(1900—1995)，原名沈乃熙，字端先，浙江省杭州人。在戏剧、电影、翻译等多领域进行创作与研究，皆收获颇丰，是优秀的剧作家、导演、翻译家。早年接受马克思主义，留日归国后加入中国共产党，积极参加新文化运动，后成为中国左翼戏剧运动和电影运动的有力开拓者、组织者和领导者，1994年被国务院授予"国家有杰出贡献的电影艺术家"称号。代表著述：戏剧《赛金花》《上海屋檐下》《法西斯细菌》；报告文学《包身工》；电影改编《春蚕》《林家铺子》《祝福》；杂文集《夏衍杂文随笔集》。

【导读】

夏衍《历史剧所感》一文写于1943年，1946年3月发表在《文章》第1卷第2期。1980年收录到生活·读书·新知三联书店出版的《夏衍杂文随笔集》，2005年再次收录到浙江文艺出版社出版的《夏衍全集》戏剧评论卷。

此论文是针对20世纪40年代国统区关于历史剧历史真实与艺术虚构的论争所作。抗日战争爆发后，受多重因素限制，文艺界多采用演出历史剧的方式开展抗日宣传活动。历史剧的发展空前繁荣的同时，也促使戏剧界不断思考历史剧创作与理论问题。1942年7月，《戏剧春秋》杂志社专门召开"历史剧问题座谈会"，并在当年推出"历史剧问题特辑"，《戏剧月报》《戏剧时代》《戏剧与文学》等有一定影响力的杂志先后刊发了大量关于历史剧理论的文章。田汉、郭沫若、欧阳予倩、柳亚子、胡风等人成为此次论争的中心人物，论争焦点主要集中在历史剧能否反映现实、虚实之间如何处理等几个方面。以胡风、周钢鸣、陈白尘等人为代表的坚守历史剧的真实性，认为历史剧的史实重于艺术性，强调客观叙事；而郭沫若、欧阳予倩等人坚持艺术本位论原则，认为史剧创作者可以根据现实需要进行艺术虚构，甚至可以使用夸张、想象等艺术手法。

夏衍在论文《历史剧所感》中对历史剧真实与虚构的问题表明了态度，在此基础之上，梳理出历史剧鲜明的文体特征。他认为，历史剧首先是一种艺术，这决定了它涉及的内容不一定是历史的真实,而只能是"逻辑的真实"。他借鉴亚里士多德《诗学》中关于历史家与诗人根本任务不同的论述,印证"逻辑的真实"是"依着真实性和必然性的法则而可能发生的事件",是比"实在的事"更真实的真实。因为"这样的史剧"更深地发觉了历史的奥秘,道破了历史的真实。因而"和平凡的日常生活比拟,历史上被采用的题材的故事总是那么的曲折离奇、波涛壮阔。和现实生活中的人物比拟,历史剧中的英雄总是那么的性格鲜明、丰富多彩"。夏衍认为这正是历史剧最为鲜明的文体特征。总之,夏衍认为事件和人物的性格的创作一定要遵循"逻辑的真实"原则,不为紧张的情节所阻挠而放弃人物性格的刻画,不用不合理的类型和俗套来迎合低级的情趣。

  历史剧如何将历史真实与现实真实相融合,如何在历史与现实中寻得一个恰当的契合点,使得剧作既能反映历史精神,又能体现时代意义,《历史剧所感》探讨的正是历史剧这一文体最本质的问题。论文在明确了夏衍史剧观的同时,也为中国现代史剧未来的发展道路提供了新的方向与路径。

(张晓晗)

文体综论

古雅之在美学上之位置

王国维

【作者简介】

王国维(1877—1927),初名国桢,字静安、伯隅,初号礼堂,晚号观堂,浙江省海宁人。中国近、现代相交时期的学者、词人。1883年入私塾读书,学习"格物致知""修齐治平"之学。1892年参加海宁岁试中得秀才,与陈守谦、叶宜春、诸嘉猷三人一起被称为"海宁四子"。1898年到上海任《时务报》书记、校对,同年赴日本留学。回国后曾在南通、江苏两地师范学堂任教。1906年开始研究宋元戏曲。在哲学、教育、文艺、史学、文字学和考古学等多方面均有成就,著作有《红楼梦评注》《人间词话》《叔本华之哲学及教育学说》《宋元戏曲考》等。

"美术者天才之制作也",此自汗德以来,百余年间学者之定论也。然天下之物,有决非真正之美术品,而又决非利用品者,又其制作之人,决非必为天才,而吾人之视之也,若与天才所制作之美术无异者,无以名之,名之曰"古雅"。

欲知古雅之性质,不可不知美之普遍之性质。美之性质,一言以蔽之曰:可爱玩而不可利用者是已。虽物之美者,有时亦足供吾人之利用,但人之视为美时,决不计及其可利用之点。其性质如是,故其价值亦存于美之自身,而不存乎其外。而美学上之区别美也,大率分为二种:曰优美,曰宏壮。自巴克及汗德之书出,学者殆视此为精密之分类矣。至古今学者对优美及宏壮之解释,各由其哲学系统之差别而各不同。要而言之,则前者由一对象之形式,不关于吾人之利害,遂使吾人忘利害之念,而以精神之全力沉浸于此对象之形式中,自然及艺术中普通之美皆此类也。后者则由一对象之形式,越乎吾人知力所能驭之范围,或其形式大不利于吾人,而又觉其非人力所能抗,于是吾人保存自己之本能,遂超越乎利害之观念,外而达观其对象之形式,如自然中之高山、大川、烈风、雷雨,艺术中伟大之宫室,悲惨之雕刻象、历史画、戏曲小说等皆是也。此二者其可爱玩而不可利用也同。若夫所谓古雅者,则何如?一切之美,皆形式之美也。就美之自身言之,则一切优美皆存于形式之对称变化及调和。至宏壮之对象,汗德虽谓之无形式,然以此种无形式之形式能唤起宏壮之情,故谓之形式之一种无不可也。就美术之种类言之,则建筑、雕刻、音乐之美之存于形式,固不俟论,即图画、诗歌之美之兼存于材质之意义者,亦以此等材质适于唤起美情故,故亦得视为一种之形式焉。释迦与马利亚庄严圆满之相,吾人亦得离其材质之意义,而感无限之快乐,生无限之钦仰。戏曲、小说之主人翁及其境遇,对文章之方面言之,则为材质,然对吾人之感情言之,则此等材质又为唤起美情之最适之形式。故除吾人之感情外,凡属于美之对象者,皆形式而非材质也。而一切形式之美,又不可无他形式以表之,惟经过此第二之形式,斯美者愈增其美。而吾人之所谓古雅,即此种第二之形式,即形式之无优美与宏壮之属性者,亦因此第二形式故,而得一种独立之价值,故古雅者可谓之形式之美之形式之美也。

　　夫然,故古雅之致存于艺术,而不存于自然。以自然但经过第一形式,而艺术则必就自然中固有之某形式,或所自创之新形式,而以第二形式表出之。即同一形式也,其表之也各不同:同一曲也,而奏之者各异;同一雕刻、绘画也,而真本与摹本大殊。诗歌亦然:"夜阑更炳烛,相对如梦寐。"(杜甫"羌村诗")之于"今宵剩把银缸照,犹恐相逢是梦中。"(晏几道"鹧鸪天"词)"愿言思伯,甘心首疾。"(《诗·卫风·伯兮》)之于"衣带渐宽终不悔,为伊消得人憔悴。"(欧阳修"蝶恋花"词)其第一形式同,而前者温厚,后者刻露者,其第二形式异也。一切艺术无不皆然,于是有所谓雅俗之区别起。优美与宏壮必与古雅合,然后得显其固有之价值。不过优美及宏壮之原质愈显,则古雅之原质愈蔽。然吾人所以感如此之美且壮者,实以表出之之雅故,即以其美之第一形式,更以雅之第二形式表出之故也。

　　虽第一形式之本不美者,得由其第二形式之美(雅),而得一种独立之价值。茅茨、土阶与夫自然中寻常琐屑之景物,以吾人之肉眼观之,举无足与优美若宏壮之数,然一经艺术家(绘画若诗歌)之手,而遂觉有不可言之趣味。此等趣味不自第一形式得之,而自第二形式得之无疑也。绘画中之布置,属于第一形式,而使笔使墨,则属于第二形式。凡以笔墨见赏于吾人者,实赏其第二之形式也。此以低度之美术(如书法等)为尤甚,三代之钟鼎,秦汉之摹印,汉魏六朝唐宋之碑帖,宋元之书籍等,其美之大部实存于第二形式;吾人爱石刻不如爱真迹,又其于石刻中,爱翻刻不如爱原刻,亦以此也。凡吾人所加于雕刻书画之品评,曰神,曰韵,曰气,曰味,皆就第二形式之言者多,而就第一形式言之者少。文学亦然,古雅之价值大抵存于第二形式。西汉之匡、刘,东京之崔、蔡,其文之优美宏壮,远在贾、马、班、张之下,而吾人之嗜之也,亦无逊于彼者,以雅故也。南丰之于文,不必工于苏、王,姜夔之于词,且远逊于欧、秦,而后人亦嗜之者,以雅故也。由是观之，则古雅之原质，为优美及宏壮中不可或缺之原质，且得离优美宏壮而有独立之价值，则固一不可诬之事实也。然古雅之性质，有与优美及宏壮异者。古雅之但存于艺术，而不存于自然，即如上文所论矣。至判断古雅之力，亦与判断优美及宏壮之力不同。后者先天的，前者后天的，经验的也。优美及宏壮之判断之为先天的判断，自汗德之《判断力批评》后，殆无反对之者。此等判断既为先天的，故亦普遍的，必然的也。易言以明之，即一艺术家所视为美者，一切艺术家亦必视为美。此汗德之所以于其美学中预想一公共之感官也。若古雅之判断则不然，由时之不同，而人之判断之也各异。吾人所断为古雅者，实由吾人今日之位置断之。古代之遗物，无不雅于近世之制作，古代之文学虽至拙劣，自吾人读之无不古雅者，若自古人之眼观之殆不然矣。故古雅之判断，后天的也，经验的也，故亦特别的也，偶然的也。此由古代表出第一形式之道，与近世大异，故吾人睹其遗迹，不觉有遗世之感随之，然在当日则不能，若优美及宏壮则固无此时间上之限制也。

古雅之性质既不存于自然，而其判断亦但由经验，于是艺术中古雅之部分，不必尽俟天才，而亦得以人力致之。苟其人格诚高，学问诚博，则虽无艺术上之天才者，其制作亦不失为古雅；而其观艺术也，虽不能喻其优美及宏壮之部分，犹能喻其古雅之部分。若夫优美及宏壮，则非天才殆不能捕攫之而表出之。今古第三流以下之艺术家，大抵能雅而不能美且壮者，职是故也。以绘画论，则有若国朝之王翚，彼固无艺术上之天才，但以用力甚深之故，故摹古则优，而自运则劣，则岂不以其舍其所长之古雅，而欲以优美宏壮与人争胜也哉？以文学论，则除前所述匡、刘诸人外，若宋之山谷、明之青邱、历下，国朝之新城等，其去文学上之天才盖远，徒以有文学上之修养故，故其所作，遂带一种典雅之性质。而后之无艺术上之天才者，亦以其典雅故，遂与第一流之文学家等类而观之。然其制作之负于天分者十之二三，而负于人力者十之七八，则固不难分析而得之也。又虽真正之天才，其制作非必皆神来兴到之作也。以文学论，则虽最优美最宏壮之文学中，往往书有陪衬之篇，篇有陪衬之章，章有陪衬之句，句有陪衬之字，一切艺术，莫不如是。此等神兴枯涸之处，非以古雅弥缝之不可；而此等古雅之部分，又非藉修养之力不可。若优美与宏壮，则固非修养之所能为力也。

然则古雅之价值，遂远出优美及宏壮之下乎？曰：不然。可爱玩而不可利用者，一切美术品之公性也，优美与宏壮然，古雅亦然。而以吾人之玩其物也，无关于利用故，遂使吾人超出乎利害之范围外，而惝恍于缥缈宁静之域。优美之形式使人心和平，古雅之形式使人心休息，故亦可谓之低度之优美。宏壮之形式，常以不可抵抗之势力,唤起人钦仰之情;古雅之形式,则以不习于世俗之耳目故,而唤起一种之惊讶。惊讶者,钦仰之情之初步,故虽谓古雅为低度之宏壮,亦无不可也。故古雅之位置,可谓在优美与宏壮之间,而兼有此二者之性质也。至论其实践之方面,则以古雅之能力,能由修养而得之,故可为美育普及之津梁。虽中智以下之人,不能创造优美及宏壮之物者,亦得由修养而有古雅之创造力。又虽不能喻优美及宏壮之价值者,亦得于优美宏壮中之古雅之原质,或于古雅之制作物中,得其直接之慰藉。故古雅之价值,自美学上观之,诚不能及优美及宏壮,然自其教育众庶之效言之,则虽谓其范围较大,成效较著可也。因美学上尚未有崇论古雅者,故略述其性质及位置如右,篇首之疑问,庶得由是而说明之欤?

【导读】

《古雅之在美学上之位置》最初发表在杂志《教育世界》1907 年第 2 期上,后又收录到辽宁教育出版社 1997 年出版的《静庵文集》,上文选自中国社会科学出版社 2008 年出版的《王国维集》(第 1 册)。王国维在《静庵文集·自序》中便说道,写作这些文章主要是记录此二三年间阅读叔本华、康德哲学的思想陈迹,是"近日之嗜好所以渐由哲学而移于文学,而欲于其中求直接之慰藉者也"。并且,面对当时文学成为政治改革的工具的情况,1904—1911 年间,王国维写了一系列文章,引用康德、叔本华等的"崇高""游戏"说,试图以此强调文学的特殊功能和它的独立价值。所以《古雅之在美学上之位置》是王国维针对当时文坛一些不正常现象而作,是他融通西方哲学与中国文学的成果。

在文章的开始,王国维就他所说的"古雅"给出了自己的定义。他认定古雅的范围,应该是一种非天才的艺术,是为了给天才之外的艺术作品命名,并就古雅的性质和价值两个方面进行了自己的阐释,主要就美的形式问题进行了一番讨论。

在王国维看来,古雅的性质可以概括为"可爱玩而不可利用",是超脱于利害之外的。王国维采用了康德的学说,将美也分为了优美与宏壮美两种。在他看来,优美是可以让人超脱于世俗利害之外的,它能够让人的主观世界和外物处于一种和谐的关系之中,让人愉悦。优美可以是艺术,也可以是自然的虫鱼鸟兽。宏壮美则给人一种惊骇之感,使我们深感自己的渺小,在与物的直观中获得一种超脱。并且,王国维将这两种美认定为"美之材质",是需要经过形式的表现才能够呈现出来的。于是,在王国维看来,包含着优美与宏壮美的材质为"第一形式",这第一形式的美往往是天然的,未经人工雕琢的。但这种"第一形式"需要经过"第二形式"的呈现来获得其独立的审美价值,唤起人们对于美的情感。对于古雅的价值,王国维认为其一是"优美及宏壮必与古雅合,然后得显其固有之价值",也就是优美与宏壮美须将自身的形式寓于古雅之中,才能显现并愈增其美。其二,自然界的丑陋、琐屑之物,经过古雅的点化便可以有"不可言之趣味"。

(张　琦)

文学革新申议

傅斯年

　　中国文学之革新，酝酿已十余年。去冬胡适之先生草具其旨，揭于《新青年》，而陈独秀先生和之。时会所演，从风者多矣。蒙以为此个问题，含有两面。其一，对于过去文学之信仰心，加以破坏。其二，对于未来文学之建设，加以精密之研究。过去文学，乃历史上之出产品。其不全容于今日，自不待智者而后明。故破坏一端，在今日似成过去，但于建设上讨论而已。然以愚近中所接触者言之，国人于此抱怀疑之念者至多。恶之深者，斥为邪说；稍能容者，亦以为异说高论，而不知其为时势所造成之必然事实。国人狃于习俗，此类恒情，原无足怪。然欲求新说之推行，自必于旧者之不合时宜处，重申详绎，方可奏功。然则破坏一端，尚未完全过去。此篇所说，原无宏旨，不过反复言之，期于共喻而已。

　　本篇所陈，纷杂无次，综其大旨，不外三端。一、为理论上之研究。就文学性质上以立论，而证其本为不佳者。二、为历史上之研究。泛察中国文学升降之历史，而知变古者恒居上乘，循古者必成文弊。三、为时势上之研究。今日时势，异乎往昔。文学一道，亦应有新陈代谢作用为时势所促，生于兹时也。此外偶有所涉，皆为附属之义。

　　今试作文学之界说曰，"文学者，群类精神上之出产品，而表以文字者也。"此界说中有"群类精神上出产品"之总（Genus），与"表以文字"之差（Difference）。历以论理形式，尚无舛谬。文学之内情本为精神上之出产品，其寄托之外形本为文字。故就质料言之，此界说亦能成立。既认此界说为成立，则文学之宜革不宜守，不待深思而解矣。文学特精神上出产品之一耳（Genus）。它若政治、社会、风俗、学术等，皆群类精神上出产品也。以群类精神为总纲，而文学与政治社会风俗学术等为其支流。以群类精神为原因，而文学与政治、社会、风俗、学术等为其结果。文学既与政治、社会、风俗、学术等同探本于一源，则文学必与政治、社会、风俗、学术等交互之间有相联之关系。易言之，即政治、社会、学术等之性质皆为可变者，文学亦应为可变者。政治、社会、风俗、学术等为时势所迫概行变迁，则文学亦应随之以变迁，不容独自保守也。今知政治、社会、学术等性质本为变迁者，则文学可因旁证以审其必为变迁者。今日中国之政治、社会、风俗、学术等皆为时势所挟大经变化,则文学一物,不容不变。更就具体方面举例言之,中国今日革君主而定共和,则昔日文学中与君主政体有关系之点,若颂扬铺陈之类,理宜废除。中国今日除闭关而取开放,欧洲文化输入东土,则欧洲文学中优点为中土所无者,理宜采纳。中国今日理古的学术已成过去,开放后的学术将次发展。则于重记忆的古典文字,理宜洗濯;尚思想的益智文学,理宜孳衍。且文学之用,在所以宣达心意。心意者,一人对于政治、风俗、社会、学术等一切心外景象所起之心识作用也。政治、社会、风俗、学术等一切心外景象俱随时变迁,则今人之心意,自不能与古人同;而以古人之文学达之,其应必至于穷,无可疑者。知政治、社会、风俗、学术等应为今日的而非历史的,则文学亦应为今日的而非历史的。晚周有晚周特殊之政俗,遂有晚周特殊之文学。两汉有两汉特殊之政俗,遂有两汉特殊之文学。南朝有南朝特殊之政俗,遂有南朝特殊之文学。降及后代,莫不如此。此理至明也。

且精神上之出产品,不一其类,而皆为可变者。固由其所从出之精神,性质变动,迁流不居。子生于母,自应具其特质。精神生活奉有创造之力。故其现于文学而为文学之精神也,则为不居的而非常住的,无尽的而非有止的,创造的而非继续的。今吾党所以深信文学之必趋革新,而又极望其革新者,正所以尊崇吾国之文学,爱护吾国之文学,推本文学之性质,可冀其辉光日新也。或者竟欲保持旧观,以往古之文学,达今日之政俗学问。一闻革新之论,实不能容。揆彼心理,诚谓今日以往之文学,造乎其极,蔑以加矣。夫造乎其极,蔑以加者,止境也,即死境也。口持保存国粹之言,乃竟以文学末日待之。何不肖不祥至于斯也?保存国粹之念,谁则让人。惟其有保存国粹之念,而思所以保存之道,然后有文学革新之谈。犹之欲保存中国,然后扑满清政府而建共和耳。

中夏文学之殷盛,肇自六诗,踵于楚辞(此就屈、宋、景言,不包汉世楚辞。)全本性情,直抒胸臆,不为词限,不因物拘。虽敷陈政教,褒刺有殊,悲时悯身,大小有异,要皆"因情生文",而情不为文制也。惟其以感慨为主,不牵词句,不矜事类,故能吐辞天成,情意备至。而屈宋之文,遂能"涣乎若翔风之运轻椴,洒乎若元泉之出乎蓬莱而注渤澥"。降及汉世,政教失而学术息,章句兴而性灵蔽。武功方张,吐辞流于夸诞。小学深修,奇字多入赋篇。独夫在上,谀声大作。心灵不起,浮泛成文。故能义贫而词富,情寡而文繁,炫耀博学,夸张声势,大而无当,放而无归,瓠落而无所容。于是六义大国,夷为三仓附庸;抒情之文,变作隶胥之录。相如唱之,扬雄和之,犹然天下从风,斯文敝之始也。东京以还,此道更盛。京都之制,全无性灵。堆积为工,诞夸成性。而性灵亦为文词所拘,未由发展。

建安黄初之间，曹、王特出。子建之诗，直追枚、李。仲宣之赋，大革汉风。浮词去而气质尚，上跻乎变风变雅之间，非舍本逐末之赋家所能比拟。诚文学界中一大革新，亦是文学一大进化。无如狂澜方挽，迷涂又生。渡江而后，"诗必柱下之旨归，赋乃漆园之义疏"。文学依附玄家，不能自立。谢容易以光景之文，斯足美矣。而乃"启心闲绎，托辞华瞻，巧倚迁回"，"晦涩费解"。以贵族之习气，合山林之幽阻，不谓为文弊不可也。则有吟咏性情，反贵用事。天才短谢，物类乃崇。"崎岖牵引"，"拘挛补衲"，"唯睹事类，顿失精采"。"大明太始中，文章殆同书票"矣。又如沈约制韵，"使文徒多拘忌，伤其真美。"性灵汩没，不知其几何也。简文变古，淫艳当途。声色使人目眩，荡情致人心乱。岂仅害于文章，亦大伤了世道。徐庾承其流化，辞重情轻之倒置，积重难返矣。其于六代之中，"前不见古人，后不见来者"，独辟致远之境，不染斫辞之病，起江东之独秀者，则陶潜其人也（以上略本钟嵘、刘勰二家言及五代诸史传论）。隋唐之间，清风乃振，炀帝、太宗皆有变古之才。而开元之间，李杜挺起，除六朝之文弊，启文囿之封疆，性灵大宏矣。降及元和，微之宫词，妇人能解；香山乐府，全写民情。革险阻而趋平易，舍小己以人群伦。又有昌黎、柳州，作范其间，除人造之俪辞，反天然之散体。论其造诣所及，柳则大启后世小说家刺时之旨（唐代小说本盛，然柳州之旨，却与当时芜滥卑劣者不同），又为持论者示精确之准的。韩则论文论学，皆启有宋一代之风化（别有详论）。于骈体横被一世之际，独不惜人之"大怪"。于是开元元和之间，诗文俱革旧观。言乎文情，靡靡者易为积健，拘文者易为直抒，辞重者易为情重。体渐通俗，市语人文。况述社会，略见端倪。言乎文体，又多有创作。七言长风，至李、杜始成体制，至香山乃能纪事。七律排律虽不始于此时，而创作奇格，实出杜公。太白古乐府，尤复一篇一格，句法长短参差，竟空前而绝后。又汉乐府之遗意，久已乖亡。晋宋以降，庙堂之制，则摹古不通，燕寝之作，则轻艳浮浅。唐世词张而乐离，乐府之为用，已不可存。太白、香山独创新声以应之，后世名之曰词，遂成宋、金、元、明新文学之前驱，斯又足贵也。然则开元、元和之间，又为文学界中一大革新，亦是文学一大进化。旷观此千年中，变古者大开风流，循旧者每况愈下。文学不贵师古，不难一言断定也。历观楚汉至今二千年中文学升降之迹，则有因循前修，逐其末流，而变本加厉者。若扬、马之承屈、景，南朝之承魏晋，北宋吴蜀六士之承韩公，皆于古人已具之病，益之使深，终以成文弊。又有不辟新境，全摹古人，若明清二代诸家之复古，极其能事，不过"优孟衣冠"，而其自身已无存在之价值，更何论乎性情之发展。别有挟古人之糟粕，当风化之已沫，断成新体，专制皮鞭。如樊南之四六，欧王之宋骈，内心疲苶不存，岂有不枯薄者耶？至为曹、王变古，独开宗风。李、杜、韩、柳，俱启新境。宋词、元曲，尤多作之自我。惟其不袭古人，故能独标后代也。凡此四格，因革各异，良劣有殊。弘治嘉靖复古之风，至今未斩。虽所托因人不同，其舍己则一。不以摹拟为门径，竟以摹拟为归宿。纵能希抗古人，亦仅为其奴隶（词、曲本宋元新文学，自明清复古家作之，亦复同流合污），斯乘之最下者也。若夫刻其皮鞭，逐其末流，一则徒辨乎体貌，一则流连而忘归，亦非宏宝之途也。此三者均未脱离古人，其能附骥尾而行以传于后者，幸也。明清复古之文，尤少谈之者。既无殊特之点，既无殊特之位置。而今之惑人犹复以趋古人为名高，岂非大左乎？革新诸家，亦多诡词复古。故太白则曰"圣代复远古，垂衣贵清真。"昌黎则曰"非两汉之书不敢观"。词、曲不袭前人矣，犹装其门面曰"古乐府之遗"。斯由贵古贱今，华人恒性。语人自作古始，听者将掩耳而走，何如因利乘便，诡辞以为名高乎？且所谓变古者，非继祖龙以肆虐，束文藉而不观。贤者识其大者，不贤者识其小者。尽可取为我用。但能以"我"为本，而用古人，终不为古人所用，则正义几矣。《易》曰"革之时义大矣哉"，变动不居，推陈出新。今虽无人提倡文学革命，而时势要求，终不能自已也。

古典文学所由成立之历史，殊不足观也。周秦诸子动引古人，凡所持论，必谓古之道术有在于是者。此则求征以信人，取喻以足理，庄子所谓重言与后世之古典文学渺不相涉者也。自西汉景、武以降，辞赋家盛起。虽具瑰玮之才，而乏精密之思。欲为无尽之言，必敷枝叶之辞。义少文多，自当取贵于事类。事类客也，今则变为主。所以足言也，今则言足犹取事类。壅肿不治尾大不掉之病，此其肇端也。又词赋家之意旨，原不剀切。取用于质言，将每至于词穷，幸能免于词穷，亦未足以动人。故利用事类之含胡，以为进退申缩之地；利用事类之炜烨，以为引人入迷之方。此古典文学所由成立之第一因也。两汉章句之儒，博于记诵，贫于性情。发为文章，自必炫其所长，藏其所短。引古人之言以为重，取古人之事以相成，当其能事于事古，其流乃成堆砌之体。斯风流传，久而不沬。于是书按之文，字林之赋，充斥于文苑。京都之作，人且以方物志待之矣，此古典文学所由成立之第二因也。魏晋以降，浮夸流为妄言。禹域未一，而曰"肃慎贡矢，夜郎请职"。克敌未竟，而曰"斩俘部众，以万万计"。但取材于成言，初无顾于事实。则直为古人所用，而不能用古人矣。斯习所被，遂成不作直言，全以古事代替之风。此古典文学所由成立之第三因也。降及齐梁，声律对偶，刻削至严。取事取类，工细已深。概以故事代今事。不容质说。古典文学之体于是大定。自斯而后，众家体制，为古典主义所范者多矣，寻其流弊，则意旨为古典所限，而莫能尽情；文词为古典所蔽，而莫由得真；发展性灵之力，为古典所夺，而莫能尽性，文以足言之用,全失其效,且反为言害矣。故综此四端,可一言以弊之,曰舍本逐末而已。今文学所以急待改革者,正求置末务本。于此舍本逐末之古典文学,理宜加以掊击。然用古典能得足志足言之效者,即不可与古典文学同在废置之例。古典原非绝对不可用,所恶于古典文学者,为其专用古典而忘本也。陈仲甫先生曰:"行文本不必禁止用典,惟彼古典主义,乃为典所用,而非用典也,是以薄之耳。"诚深得其情之言也。

欲知今后文言之宜合,当先知上古文言何由分判。太古文言,固合而不离也。周诰殷盘,诘屈聱牙,正由以语入文,古今语异,乃不可解耳(今人恶白话以为不古,而中国第一部书即以白话为之,托词名高者,其可以已乎)。古人竹简繁重,流传端赖口耳。欲口耳之易传,必巧饰其词。杂以骈句,润以声节。浸成修整之文,渐远天然之语。不观《尚书》之多韵语、偶辞乎,斯文言分离第一步也。周承二代之后,郁乎其文。大夫行人,多闻博古,自能吐辞温润,动引故言。孔子谓诵《诗》可以专对,专对之尚文可知也。《左传》载行人之语多有雷同者,其刻画可知也。士夫之言曰美,遂为文章之宗;农牧之言仍质,乃成市语之体。斯文言分离第二步也。秦汉以还,动多师古,不敢如晚周之世,以当时语言为文章(诸子之中,自荀子等数家外,多用当时通用之语著之竹帛,即《论语》亦然也)而文言分离之象大定。斯其第三步也。然汉魏六朝之文,内情终不远离于语言。《史记》《汉书》,多载彼时市语,学者诂经,好引当代方言。二陆往来之书,竟通篇为白话焉。魏晋以降,文章典丽,语言称是。《晋书·博物志》《世说新语》等所载当时口语,少因笔削,概由直录。齐梁韵学入文,亦入于语。周徒颙之,双声叠韵,铿锵其话言。至于隋唐,此风不替。李密隔河数宇文化及罪,化及不解,曰:"何须作书语耶"。化及粗顽,自不解书语,然密既腾诸口说,必彼时上流用之也。循上所言之事实以观察之,可得四间。第一,中国语文之分离,强半为贵族政体所造成。贵族之性,端好修饰,吐辞成章,亦复如是。今苟不以高华典贵为文章之正宗,即应多取质言。且贵族之政,学不下庶人,文言分离,无害于事也。今等差已泯,群政艾兴。既有文言通用于士流,复有俗语传行于市民,俗语著之纸墨,别为白话文体。于是一群之中,差异其词。言语文章之用,固所以宣情,今则反为隔阂情意之具。与其樊然淆乱,难知其辨,何若取而齐之,以归于一乎?第二,语文体貌虽异,而性情相关。一代文辞之风气,必随一代语言以为转变。今世有今世之语,自就有今世之文以应之,不容借用古者。与其于今世语言之外,别造今世之文辞,劳而无功,又为普及智慧之阻,何如即以今世语言为本,加以改良,而成文言合一之器乎?第三,《论语》所用虚字,全与《尚书》违。屈、景所用,若"羌""些"

者,又为他国所无。彼所以勇于作古者,良由声气之宣,非已死虚字所能为。故不以时语为俚,不以方言为狭。惟其用当时之活虚字,乃能曲肖神情,此白话优于文言一巨点也。第四,《史记》《汉书》以下,何以必杂当代白话,二陆书简,何以必用市语。岂非由白话近真,文言易于失旨乎?《史记》云,诸君必以为便国家,《汉书》易为文言,朵气极矣。且宋人语录,全以白话为之。议者将曰,理学家不重文章也,从事文辞,劳费精神,有妨于研理也,玩物而丧志也。此皆浅言也,文不尽言,言不尽意。言语本为思想之利器,用之以宣达者。无如思想之体,原无涯略,言语之用,时有困穷。自思想转为言语,经一度之翻译,思想之失者,不知其几何矣。文辞本以代言语,其用乃不能恰如言语之情。自言语专为文辞,经二度之翻译,思想之失者,更不知其几何矣。苟以存真为贵,即应以言代文。一转所失犹少,再转所失遂巨也。且唐宋诗人,多用市语,词典之体,几尽白话,固为其切合人情。以之形容,恰得其宜;以之达意,毕肖心情。今犹有卑视白话者,岂非大惑乎?

今世流行之文派,得失可略得言。桐城家者,最不足观,循其义法,无适而可。言理则但见其庸讷而不畅微旨也;达情则但见其陈死而不移人情也;纪事则故意颠倒天然之次叙,以为波澜,匿其实相,造作虚辞,曰不如是不足以动人也。故析理之文,桐城家不能为,则饰之曰,文学家固有异夫理学也。疏证之文,桐城家不能为,则饰之曰,文章家固有异夫朴学也。抒感之文,桐城家不能为,则饰之曰,古文家固有异夫骈体也。举文学范围内事,皆不能为,而忝颜曰文学家。其所谓文学之价值,可想而知。故学人一经瓣香桐城,富于思想者,思力不可见,博于学问者,学问无由彰;长于情感者,情感无所用;精于条理者,条理不能常,由桐城家之言,则奇思不可为训,学问反足为累。不崇思力,而性灵终归泯灭。不尚学问,而智识日益空疏。讬辞曰"庸言之谨",实则戕贼性灵以为文章耳。桐城嫡派无论矣,若其别支,则恽子居异才,曾涤生宏才,所成就者如此其微,固由于桎梏拘束,莫由自拔。钱玄同先生以为"谬种",盖非过情之言也。世有为桐城辨者,谓桐城义法,去泰去甚。明季末流文弊,一括而去之。余则应之曰,桐城遵循矩矱,自非张狂纷乱者所可呵责。然吾不知桐城之矩矱果何矩矱也?其为荡荡平平之矩矱,后人当遵之弗畔。若其为桎梏心灵、戕贼性情之矩矱,岂不宜首先斩除乎?

中国本为单音之语文,故独有骈文之出产品。论其外观,修饬华丽,精美绝伦。用为流连光景凭吊物情之具,未尝无独到之长也。然此种文章,实难能而非可贵,又不适用于社会。将来文学趋势大迁,只有退居于"历史上艺术"之地位,等于鼎彝,供人玩好而已。且骈文有大病根存,即导人伪言是也。模棱之词,含糊之言,以骈文达之,恰充其量。告言之文,多用骈体,利其情之易于伸缩,进退皆可也。今新文学之伟大精神，即在篇篇有明确之思想，句句有明确之义蕴，字字有明确之概念，明确而非含糊，即与骈文根本上不能相容。尚旨而不缛辞，又与骈文性质上渺不相涉。况含糊模棱，无信之词也。专用譬况，遁辞之常也。骈文之于人也，教之矜伐，诲之严饰，启其意气，泯其懿德。学之而情为所移，便将与鸟兽、草木、虫鱼不群，而不与斯人之徒相与。欲其有济于民生，作辅于社会，诚万不可能之事。而况六朝文人，多是薄行，鲜有令终。诵其诗，读其文，与之俱化。上焉者，发为游仙之想；中焉者，流成颓唐之气；下焉者，浸变淫哇之风。今欲崇诚信而益民德，写人生以济群类，将何用此骈体为也？

龚定庵久与汪容甫、魏默深号称三家，今更磅溥海内。寻其独立不羁，自作古始，曷尝不堪服膺？生逢桐城骨泽文学盛行之日，又当试帖四六混合体之骈文家角立之时，独能希抗诸子，高振风骨，可以为难矣。然而佶屈聱牙，不堪入口，既乖"字妖"之条，又违"易造难识"之戒。故为惊众之言，实非高人之论，多施僻隐之字，又岂达者之为。用辞含糊，等于骈体，庞然自大，类于古文。文章本以宣意，何必深其壁垒乎？张皋文等好作难解之文，固可与龚氏齐视。余尝读其《赋钞序》《黄山赋》诸篇，几乎不能句读。穷日夜力以释之，及乎既解，则又卑之无甚高论，果何用此貌似深奥者为也。故龚氏之变当时文体则矣，惜其所变者未当。彼龚氏者，文学界中不中用之怪杰也。

自汪容甫、李申耆标举三国晋宋之文，创作骈散交错之体，流风所及，于今为盛，章太炎先生其挺出者也。盖汉人制文，每牵于章句。梁后俪体，专务乎雕琢。唐宋不免于粗犷。清代尽附于科举。（散文与八比合，骈文与试帖、诗赋合）以三国晋宋疏通致远之文当之，则皆婴风不及。苟非物换时移，以成今日之世代者，虽持而勿坠可也。无若时势之要求，风化之浸变，陈词故谊，将不适用于今日。魏晋持论，固多精审，然以视西土逻辑家言，尚嫌牵滞句文，差有浮辞。其达情之文，专尚"风容色泽放旷精清"，衡以西土表象写实之文，更觉舍本务末，不切群情。故论其精神，则"意度格力，固无取焉"。论其体式，则"简慢舒徐，斯为病矣"。况文学本逐风尚为转移，今不能以《世说新语》为今后之风俗史，即不能以三国晋宋文体为今后之正泉，理至显也。

西方学者有言，"科学盛而文学衰"。此所谓文学者，古典文学也。人之精力有限，既用其精力于科学，又焉能分神于古典，故科学盛而文学衰者，势也。今后文学既非古典主义，则不但不与科学作反比例，且可与科学作同一方向之消长焉。写实表象诸派，每利用科学之理，以造其文学，故其精神上之价值有迥非古典文学所能望其肩背者。方今科学输入中国，违反科学之文学，势不能容；利用科举之文学，理必挚育。此则天演公理，非人力所能逆从者矣。

平情论之，纵使今日中国犹在闭关之时，欧土文化犹未输入，民俗未丕变，政体未革新。而乡愿之桐城、淫哇之南社，死灰之闽派，横塞域中。独不当起而蒉除，为末流文弊进一解乎！而况文体革迁，已十余年，辛壬之间，风气大变。此蕴酿已久之文学革命主义，一经有人道破，当无有间言。此本时势迫而出之，非空前之发明，非惊天之创作。始为文学革命论者，苟不能制作模范，发为新文，仅至于持论而止，则其本身亦无何等重大价值，而吾辈之闻风斯起者，更无论焉。若于此犹存怀疑，非拘墟于情感，即阙乏于长识。此篇所言，全无妙义，又多盈辞，实已等于赘疣。今后但当从建设的方面有所抒写。至于破坏既往，已成定论，不待烦言矣。

【导读】

《文学革新申议》原载《新青年》1918年1月15日第4卷第1号，后收录在2010年花城出版社出版的《傅斯年集》中，后又收录在2017年中华书局出版的《傅斯年文集》（第1卷），上文即选自此书。

1917年1月，胡适在《新青年》发表《文学改良刍议》，提倡白话文学，揭开了白话文学运动的序幕。随后，陈独秀发表《文学革命论》正式竖起了文学革命的旗帜。《文学革新申议》就是傅斯年为响应胡适和陈独秀主张的一篇文章。

文章中，傅斯年在胡适的《文学改良刍议》和陈独秀的《文学革命论》的基础之上，进一步深化了文学革命的方向，提出了自己对于文学的定义。在他看来"文学者，群类精神上之出品，而表意文字者也"，文学在本质上是精神的产物，它依托文字作为外形，表达民族精神。并且"文学既与政治社会风俗学术等同探本于一源"，都属于精神层面，政治、社会、风俗、学术等皆因时代的变革进行了变迁，"则今人之心意，自不能与古人同"，文学也应随时代的变迁进行革新，一个时代应有一个时代的文学。傅斯年自殷朝说起，指出"则文学之宜革不易守"，随时事所变革的文学才能够兴盛、永恒。

傅斯年继而从古典文学语言上的弊端入手，指出旧文学的语言"竹简繁重"，过于矫饰，已不再能够适应新的时代要求。他批驳桐城学派，语言庸俗木讷，不能够表情达意，认为应"首先斩除"。且骈文文辞华丽，用来"流连光景凭吊物情"未尝不可，但却不能"适用于社会"，而新文学的语言"明确而非含胡，即与骈文根本上不能相容"。傅斯年认为"言语本为思想之利器，用之以宣达者"，语言是表达人思想的重要工具，所以文学革新应当从语言方面入手。

（张　琦）

《艺术论》译本序

鲁 迅

一

蒲力汗诺夫(George Valentinovitch Plekhanov)以一八五七年,生于坦木皤夫省的一个贵族的家里。自他出世以至成年之间,在俄国革命运动史上,正是智识阶级所提倡的民众主义自兴盛以至凋落的时候。他们当初的意见,以为俄国的民众,即大多数的农民,是已经领会了社会主义,在精神上,成着不自觉的社会主义者的,所以民众主义者的使命,只在"到民间去",向他们说明那境遇,善导他们对于地主和官吏的嫌憎,则农民便将自行蹶起,实现自由的自治制,即无政府主义底社会的组织。

但农民却几乎并不倾听民众主义者的鼓动,倒是对于这些进步的贵族的子弟,怀抱着不满。皇帝亚历山大二世的政府,则于他们临以严峻的刑罚,终使其中的一部分,将眼光从农民离开,来效法西欧先进国,为有产者所享有的一切权利而争斗了。于是从"土地与自由党"分裂为"民意党",从事于政治底斗争,但那手段,却非一般底社会运动,而是单独和政府相斗争,尽全力于恐怖手段——暗杀。

青年的蒲力汗诺夫,也大概在这样的社会思潮之下,开始他革命底活动的。但当分裂时,尚复固守农民社会主义的根本底见解,反对恐怖主义,反对获得政治底公民底自由,别组"均田党",惟属望于农民的叛乱。然而他已怀独见,以为智识阶级独斗政府,革命殊难于成功,农民固多社会主义底倾向,而劳动者亦殊重要。他在那《革命运动上的俄罗斯工人》中说,工人者,是偶然来到都会,现于工厂的农民。要输社会主义入农村中,这农民工人便是最适宜的媒介者。因为农民相信他们工人的话,是在智识阶级之上的。

事实也并不很远于他的豫料。一八八一年恐怖主义者竭全力所实行的亚历山大二世的暗杀,民众未尝蹶起,公民也不得自由,结果是有力的指导者或死或囚,"民意党"殆濒于消灭。连不属此党而倾向工人的社会主义的蒲力汗诺夫等,也终被政府所压迫,不得不逃亡国外了。

他在这时候,遂和西欧的劳动运动相亲,遂开始研究马克斯的著作。

马克斯之名，俄国是早经知道的；《资本论》第一卷，也比别国早有译本；许多"民意党"的人们，还和他个人底地相知，通信。然而他们所竭尽尊敬的马克斯的思想，在他们却仅是纯粹的"理论"，以为和俄国的现实不相合，和俄人并无关系的东西，因为在俄国没有资本主义，俄国的社会主义，将不发生于工厂而出于农村的缘故。但蒲力汗诺夫是当同忆在彼得堡的劳动运动之际，就发生了关于农村的疑惑的，由原书而精通马克斯主义文献，又增加了这疑惑。他于是搜集当时所有的统计底材料，用真正的马克斯主义底方法，来研究它，终至确信了资本主义实在君临着俄国。一八八四年，他发表叫作《我们的对立》的书，就是指摘民众主义的错误，证明马克斯主义的正当的名作。他在这书里，即指示着作为大众的农民，现今已不能作社会主义的支柱。在俄国，那时都会工业正在发达，资本主义制度已在形成了。必然底地随此而起者，是资本主义之敌，就是绝灭资本主义的无产者。所以在俄国也如在西欧一样，无产者是对于政治底改造的最有意味的阶级。从那境遇上说，对于坚执而有组织的革命，已比别的阶级有更大的才能，而且作为将来的俄国革命的射击兵，也是最为适当的阶级。

　　自此以来，蒲力汗诺夫不但本身成了伟大的思想家，并且也作了俄国的马克斯主义者的先驱和觉醒了的劳动者的教师和指导者了。

二

　　但蒲力汗诺夫对于无产阶级的殊勋，最多是在所发表的理论的文字，他本身的政治底意见，却不免常有动摇的。

　　一八八九年，社会主义者开第一次国际会议于巴黎，蒲力汗诺夫在会上说，"俄国的革命运动，只有靠着劳动者的运动才能胜利，此外并无解决之道"的时候，是连欧洲有名的许多社会主义者们，也完全反对这话的；但不久，他的业绩显现出来了。文字方面，则有《历史上的一元底观察的发展》（或简称《史底一元论》），出版于一八九五年，从哲学底领域方面，和民众主义者战斗，以拥护唯物论，而马克斯主义的全时代，也就受教于此，借此理解战斗底唯物论的根基。后来的学者，自然也尝加以指摘的批评，但什维诺夫却说，"倒不如将这大可注目的书籍，向新时代的人们来说明，来讲解，实为更好的工作"云。次年，在事实方面，则因他的弟子们和民众主义者斗争的结果，终使纺纱厂的劳动者三万人的大同盟罢工，勃发于彼得堡，给俄国的历史划了新时期，俄国无产阶级的革命底价值，始为大家所认识，那时开在伦敦的社会主义者的第四次国际会议，也对此大加惊叹，欢迎了。

然而蒲力汗诺夫究竟是理论家。十九世纪末，列宁才开始活动，也比他年青，而两个人之间，就自然而然地行了未尝商量的分业。他所擅长的是理论方面，对于敌人，便担当了哲学底论战。列宁却从最先的著作以来，即专心于社会政治底问题，党和劳动阶级的组织的。他们这时的以辅车相依的形态，所编辑发行的报章，是 Isklra（《火花》），撰者们中，虽然颇有不纯的分子，但在当时，却尽了重大的职务，使劳动者和革命者的或一层因此而奋起，使民众主义派智识者发生了动摇。

尤其重要的是那文字底和实际的活动。当时（一九〇〇年至一九〇一年），革命家是都惯于藏身在自己的小圈子中，不明白全国底展望的，他们不悟到靠着全国底展望，才能有所达成，也没有准确的计算，也不想到须用多大的势力，才能得怎样的成果。在这样的时代，要试行中央集权底党，统一全无产阶级的全俄底政治组织的观念，是新异而且难行的。《火花》却不独在论说上申明这观念，还组织了"火花"的团体，有当时铮铮的革命家一百人至一百五十人的"火花"派，加在这团体中，以实行蒲力汗诺夫在报章上用文字底形式所展开的计划。

但到一九〇三年，俄国的马克斯主义者分裂为布尔塞维克（多数派）和门塞维克（少数派）了，列宁是前者的指导者，蒲力汗诺夫则是后者。从此两人即时离时合，如一九〇四年日俄战争时的希望俄皇战败，一九〇七至一九〇九年的党的受难时代，他皆和列宁同心。尤其是后一时，布尔塞维克的势力的大部分，已经不得不逃亡国外，到处是堕落，到处有奸细，大家互相注目，互相害怕，互相猜疑了。在文学上，则淫荡文学盛行，《赛宁》即在这时出现。这情绪且侵入一切革命底圈子中。党员四散，化为个个小团体，门塞维克的取消派，已经给布尔塞维克唱起挽歌来了。这时大声叱咤，说取消派主义应该击破，以支持布尔塞维克的，却是身为门塞维克的权威的蒲力汗诺夫，且在各种报章上，国会中，加以勇敢的援助。于是门塞维克的别派，便嘲笑"他垂老而成了地下室的歌人"了。

企图革命的复兴，从新组织的报章，是一九一〇年开始印行的 Zvezda（《星》），蒲力汗诺夫和列宁，都从国外投稿，所以是两派合作的机关报，势不能十分明示政治上的方针。但当这报章和政治运动关系加紧之际，就渐渐失去提携的性质，蒲力汗诺夫的一派终于完全匿迹，报章尽成为布尔塞维克的战斗底机关了。一九一二年两派又合办日报 Pravda（《真理》），而当事件展开时，蒲力汗诺夫派又于极短时期中悉被排除，和在 Zvezda 那时走了同一的运道。

殆欧洲大战起，蒲力汗诺夫遂以德意志帝国主义为欧洲文明和劳动阶级的最危险的仇敌，和第二国际的指导者们一样，站在爱国的见地上，为了和最可憎恶的德国战斗，竟不惜和本国的资产阶级和政府相提携，相妥协了。一九一七年二月革命后。他回到本国，组织了一个社会主义底爱国者的团体，曰"协同"。然而在俄国的无产阶级之父蒲力汗诺夫的革命底感觉，这时已经没有了打动俄国劳动者的力量，布勒斯特的媾和后，他几乎全为劳农俄国所忘却，终在一九一八年五月三十日，孤独地死于那时正被德军所占领的芬兰了。相传他临终的谵语中，曾有疑问云："劳动者阶级可觉察着我的活动呢？"

三

他死后，Inprekol（第八年第五十四号）上有一篇《G.V.蒲力汗诺夫和无产阶级运动》，简括地评论了他一生的功过——

……其实，蒲力汗诺夫是应该怀这样的疑问的。为什么呢？因为年少的劳动者阶级，对他所知道的，是作为爱国社会主义者，作为门塞维克党员，作为帝国主义的追随者，作为主张革命底劳动者和在俄国的资产阶级的指导者密柳珂夫互相妥协的人。因为劳动者阶级的路和蒲力汗诺夫的路，是决然地离开的了。

然而，我们毫不迟疑，将蒲力汗诺夫算进俄国劳动者阶级的，不，国际劳动者阶级的最大的恩师们里面去。

怎么可以这样说呢？当决定底的阶级战的时候，蒲力汗诺夫不是在防线的那面的么？是的，确是如此。然而他在这些决定战的很以前的活动，他的理论上的诸劳作，在蒲力汗诺夫的遗产中，是成着贵重的东西的。

惟为了正确的阶级底世界观而战的斗争，在阶级战的诸形态中，是最为重要的之一。蒲力汗诺夫由那理论上的诸劳作，亘几世代，养成了许多劳动者革命家们。他又借此在俄国劳动者阶级的政治底自主上，尽了出色的职务。

蒲力汗诺夫的伟大的功绩，首先，是对于民意党，即在前世纪的七十年代，相信着俄国的发达，是走着一种特别的，就是，非资本主义底的路的那些智识阶级的一伙的他的斗争。那七十年代以后的数十年中，在俄国的资本主义的堂堂的发展情形，是怎样地显示了民意党人中的见解之误，而蒲力汗诺夫的见解之对呵。

一八八四年由蒲力汗诺夫所编成的"以劳动解放为目的"的团体（劳动者解放团）的纲领。正是在俄国的劳动者党的最初的宣言，而且也是对于一八七八年至七九年劳动者之动摇的直接的解答。

他说着——

"惟有竭力迅速地形成一个劳动者党，在解决现今在俄国的经济底的，以及政治底的一切的矛盾上，是惟一的手段。"

一八八九年，蒲力汗诺夫在开在巴黎的国际社会主义党大会上，说道——

"在俄国的革命底运动，只有靠着革命底劳动者运动，才能得到胜利。我们此外并无解决之道，且也不会有的。"

这，蒲力汗诺夫的有名的话，决不是偶然的。蒲力汗诺夫以那伟大的天才，拥护这在市民底民众主义的革命中的无产阶级的主权，至数十年之久，而同时也发表了自由主义底有产者在和帝制的斗争中，竟懦怯地成为奸细，化为游移之至的东西的思想了。

蒲力汗诺夫和列宁一同，是《火花》的创办指导者。关于为了创立在俄国的政党底组织体而战的斗争，《火花》所尽的伟大的组织上的任务，是广大地为人们所知道的。

从一九○三年至一九一七年的蒲力汗诺夫，生了几回大动摇，倒是总和革命底的马克斯主义违反，并且走向门塞维克去了。惑起他违反革命底的马克斯主义的诸问题，大抵是什么呢？

首先，是对于农民层的革命底的可能力的过少评价。蒲力汗诺夫在对于民意党人的有害方面的斗争中，竟看不见农民层的种种革命底的努力了。

其次，是国家的问题，他没有理解市民底民众主义的本质。就是他没有理解无论如何，有粉碎资产阶级的国家机关的必要。

最后，是他没有理解那作为资本主义的最后阶段的帝国主义的问题，以及帝国主义战争的性质的问题。

要而言之，——蒲力汗诺夫是于列宁的强处，有着弱处的。他不能成为"在帝国主义和无产阶级革命时代的马克斯主义者"。所以他之为马克斯主义者，也就全体到了收场。蒲力汗诺夫于是一步一步，如罗若·卢森堡之所说，成为一个"可尊敬的化石"了。

在俄国的马克斯主义建设者蒲力汗诺夫，决不仅是马克斯和恩格斯的经济学，历史学，以及哲学的单单的媒介者。他涉及这些全领域，贡献了出色的独自的劳作。使俄国的劳动者和智识阶级，确实明白马克斯主义是人类思索的全史的最高的科学底完成，蒲力汗诺夫是与有力量的。惟蒲力汗诺夫的种种理论上的研究，在他的观念形态的遗产里，无疑地是最为贵重的东西。列宁曾经正当地常劝青年们去研究蒲力汗诺夫的书。——"倘不研究这个（蒲力汗诺夫的关于哲学的叙述），就谁也决不会是意识底的，真实的共产主义者的。因为这是在国际底的一切马克斯主义文献中，最为杰出之作的缘故。"——列宁说。

四

蒲力汗诺夫也给马克斯主义艺术理论放下了基础。他的艺术论虽然还未能俨然成一个体系,但所遗留的含有方法和成果的著作,却不只作为后人研究的对象,也不愧称为建立马克斯主义艺术理论,社会学底美学的古典底文献的了。

这里的三篇信札体的论文,便是他的这类著作的只鳞片甲。

第一篇《论艺术》首先提出"艺术是什么"的问题,补正了托尔斯泰的定义,将艺术的特质,断定为感情和思想的具体底形象底表现。于是进而申明艺术也是社会现象,所以观察之际,也必用唯物史观的立场,并于和这违异的唯心史观(St.Simon,Comte,Hegel)加以批评,而绍介又和这些相对的关于生物的美底趣味的达尔文的唯物论底见解。他在这里假设了反对者的主张由生物学来探美感的起源的提议,就引用达尔文本身的话,说明"美的概念,……在种种的人类种族中,很有种种,连在同一人种的各国民里,也会不同"。这意思,就是说,"在文明人,这样的感觉,是和各种复杂的观念以及思想的连锁结合着。"也就是说,"文明人的美的感觉,……分明是就为各种社会底原因所限定"了。

于是就须"从生物学到社会学去",须从达尔文的领域的那将人类作为"物种"的研究,到这物种的历史底运命的研究去。倘只就艺术而言,则是人类的美底感情的存在的可能性(种的概念),是被那为它移向现实的条件(历史底概念)所提高的。这条件,自然便是该社会的生产力的发展阶段。但蒲力汗诺夫在这里,却将这作为重要的艺术生产的问题,解明了生产力和生产关系的矛盾以及阶级间的矛盾,以怎样的形式,作用于艺术上;而站在该生产关系上的社会的艺术,又怎样地取了各别的形态,和别社会的艺术显出不同。就用了达尔文的"对立的根源的作用"这句话,博引例子,以说明社会底条件之与关于美底感情的形式;并及社会的生产技术和韵律,谐调,均整法则之相关;且又批评了近代法兰西艺术论的发展(Stael,Guizot,Taine)。

生产技术和生活方法,最密接地反映于艺术现象上者,是在原始民族的时候。蒲力汗诺夫就想由解明这样的原始民族的艺术,来担当马克斯主义艺术论中的难题。第二篇《原始民族的艺术》先据人类学者,旅行家等实见之谈,从薄墟曼,韦陀,印地安以及别的民族引了他们的生活,狩猎,农耕,分配财货这些事为例子,以证原始狩猎民族实为共产主义的结合,且以见毕海尔所说之不足凭。第三篇《再论原始民族的艺术》则批判主张游戏本能,先于劳动的人们之误,且用丰富的实证和严正的论理,以究明有用对象的生产(劳动),先于艺术生产这一个唯物史观的根本底命题。详言之,即蒲力汗诺夫之所究明,是社会人之看事物和现象,最初是从功利底观点的,到后来才移到审美底观点去。在一切人类所以为美的东西,就是于他有用——于为了生存而和自然以及别的社会人生的斗争上有着意义的东西。功用由理性而被认识,但美则凭直感底能力而被认识。享乐着美的时候,虽然几乎并不想到功用,但可由科学底分析而被发见。所以美底享乐的特殊性,即在那直接性,然而美底愉乐的根柢里,倘不伏着功用,那事物也就不见得美了。并非人为美而存在,乃是美为人而存在的。——这结论,便是蒲力汗诺夫将唯心史观者所深恶痛绝的社会,种族,阶级的功利主义底见解,引入艺术里去了。

看第三篇的收梢,则蒲力汗诺夫豫备继此讨论的,是人种学上的旧式的分类,是否合于实际。但竟没有作,这里也只好就此算作完结了。

五

这书所据的本子,是日本外村史郎的译本。在先已有林柏修先生的翻译,本也可以不必再译了,但因为丛书的目录早经决定,只得仍来做这一番很近徒劳的工夫。当翻译之际,也常常参考林译的书,采用了些比日译更好的名词,有时句法也大约受些影响,而且前车可鉴,使我屡免于误译,这是应当十分感谢的。

序言的四节中,除第三节全出于翻译外,其实是杂采什维诺夫的《露西亚社会民主劳动党史》,山内封介的《露西亚革命运动史》和《普罗列塔利亚艺术教程》余录中的《蒲力汗诺夫和艺术》而就的。临时急就,错误必所不免,只能算一个粗略的导言。至于最紧要的关于艺术全般,在此却未曾涉及者,因为在先已有瓦勒夫松的《蒲力汗潇夫与艺术问题》,附印在《苏俄的文艺沦战》(《未名丛刊》之一)之后,不久又将有列什涅夫《文艺批评论》和雅各武莱夫的《蒲力汗诺夫论》(皆是本丛书之一)出版,或则简明,或则浩博,决非译者所能企及其万一,所以不如不说,希望读者自去研究他们的文章。

最末这一篇,是译自藏原惟人所译的《阶级社会的艺术》,曾在《春潮月刊》上登载过的。其中有蒲力汗诺夫自叙对于文艺的见解,可作本书第一篇的互证,便也附在卷尾了。

但自省译文,这回也还是"硬译",能力只此,仍须读者伸指来寻线索,如读地图:这实在是非常抱歉的。

一九三〇年五月八日之夜,鲁迅校毕记于上海闸北寓庐

【导读】

《艺术论》是俄国文艺理论家蒲力汗诺夫的文艺理论集,1930年鲁迅将其译为中文,并编入《科学的艺术论丛书》中。《〈艺术论〉译文序》则是鲁迅为自己的译书所做的一篇序文,最早于1930年发表在《萌芽月刊》第1卷第6期,后收入上海合众书店1932年出版的《二心集》,1981年又收录到人民文学出版社出版的《鲁迅全集》(第4卷),上文即选自此书。

鲁迅从五四文学革命时期,就一直关注苏俄文艺思潮动态,曾多次推荐青年学者译介苏俄文艺理论著作。1927年,国内发生"革命文学"论争,太阳社与后期创造社吸收了大量苏俄革命的文学理论,并将其作为依据对鲁迅、茅盾、胡适等人发起猛烈攻击。鲁迅以此为契机开始学习并翻译苏俄文艺理论文章,因而这次论争在一定程度上加快了鲁迅等人学习马克思主义文艺理论的进程,于是同冯雪峰等人策划并译介了《科学的艺术论丛书》,蒲力汗诺夫的《艺术论》是其中一本。

鲁迅在翻译的同时为译文撰写序,其目的在于传播苏俄文艺理论,因而在《〈艺术论〉译文序》中,鲁迅详细介绍了18世纪苏俄的社会变革以及蒲力汗诺夫一生的革命活动和文艺理论作品,并客观地评价了蒲力汗诺夫马克思主义美学研究的成绩与不足。他认为蒲力汗诺夫的"艺术论虽然还未能俨然成一个体系,但所遗留的含有方法和成果的著作,却不只作为后人研究的对象,也不愧称为建立马克斯主义艺术理论,社会学底美学的古典底文献的了"。最重要的是,鲁迅通过对蒲力汗诺夫《艺术论》中的"只鳞片甲"进行了解读与评价,在马克思主义文艺理论地指导下围绕着文艺本质、文艺属性和文学功用等理论问题表达了自己的真知灼见,提出了"先功利后审美""审美的直接性""美为人而存在"等美学观点。

鲁迅凭借着自己丰富的阅历和扎实深厚的学识,在运用马克思主义文艺思想进行美学理论相关问题论述时,比蒲力汗诺更为清晰、有力,极大地促进了苏俄文艺理论在中国的传播与译介,对中国无产阶级文学的建设与发展意义重大。而序文中所提出的美学观点对于中国现代美学理论体系和中国现代文学批评的建设与发展同样影响深远。

(张晓晗)

论 文

林语堂

【作者简介】

　　林语堂(1895—1976),原名和乐,后改为语堂,福建人。我国著名的文学家、语言学家、翻译家、思想家。1916年大学毕业后,任教于清华大学,教授英语。后又留学美国、德国,获哈佛大学文学硕士、莱比锡大学语言学博士。回国后在北京大学、厦门大学任教。1923年创办《论语》《人世间》《宇宙风》等刊物。1940年和1950年先后两度获得诺贝尔文学奖提名。著作有《生活的艺术》《人生的盛宴》《啼笑皆非》《京华烟云》《语言学论丛》《语堂随笔》《自己的话》等。

（上篇）

　　近日买到沈启无编《近代散文抄》下卷（北平人文书店出版）,连同数月前购得的上卷,一气读完,对于公安竟陵派的文。稍微知其涯略了。此派文人的作品,虽然几乎篇篇读得,甚近西文之 Familiar essay（小品文）,但是总括起来,不能说有很伟大的成就,其长处是,篇篇有骨气,有神采,言之有物;其短处,是如放足妇人。集中最好莫如张岱之《岱志》《海志》,但是以此两篇与用白话写的《老残游记》的游大明湖听书及桃花山月下遇虎几段相比,便觉得如放足与天足之别。真正豪放自然,天马行空,如金圣叹之《水浒传序》,可谓绝无仅有。大概以古文作序、跋、游记、题词、素描,只能如此而已。"简练"是中文的特色,也就是中国人的最大束缚。但是这派成就虽有限,却已抓住近代文的命脉,足以启近代文的源流,而称为近代散文的正宗,沈君以是书名为《近代散文抄》,确系高见。因为我们在这集中,于清新可喜的游记外,发现了最丰富、最精彩的文学理论、最能见到文学创作的中心问题。又证之以西方表现派文评,真如异曲同工,不觉惊喜。大凡此派主性灵,就是西方歌德以下近代文学普通立场,性灵派之排斥学古,正也如西方浪漫文学之反对新古典主义,性灵派以个人性灵为立场,也如一切近代文学之个人主义。其中如三袁弟兄之排斥仿古文辞,与胡适之文学革命所言,正如出一辙。这真不能不使我们佩服了。

一、性灵

西洋近代文学,派别虽多,然自浪漫主义推翻古典文学以来,文人创作立言,自有一共通之点与前期大不同者,就是文学趋近于抒情的、个人的;各抒己见,不复以古人为绳墨典型。一念一见之微,都是表示个人衷曲,不复言廓大笼统的天经地义。而喜怒哀乐、怨愤悱恻,也无非个人一时之思感,因此其文辞也比较真挚亲切,而文体也随之自由解放,曲尽缠绵,以意役法,不以法役意了。近代文学作品所表的是自己的意,所说的是自己的话,不复为圣人立言,不代天宣教了。所以近代文学之第一先声,便是卢骚的忏悔录,所言者是卢骚一己的事,所表的是卢骚一己的意,将床笫之事、衷曲之私,尽情暴露于天下,使古典主义忸怩作态之社会,读来如青天霹雳,而掀起浪漫文学之大潮流。Ludwig Lewisohn 在最近出版《美国之表现》((Expression in America),这是一部最好的美国文学史)序言概论近代文学一段说:"Literature, in other words, has become more and more lyrical and subjectivein both origin and appeal." "换言之,文学之来源与感力,愈来愈是抒情的与主观的。"就是说,近代文学由载道而转入言志。袁中郎《雪涛阁集序》说:"古之为诗者,有泛寄之情,无直书之事,而其为文也,有直书之事,无泛寄之情,故诗虚而文实。晋唐以后,为诗者,有赠别,有叙事,为文者,有辨说,有论叙,架空而言,不必有其事与其人,是诗之体已不虚,而文之体已不能实矣。"也一半是指散文转入抒情的意思。所以说性灵派文学,是抓住近代文的命脉,而足以启近代散文的源流。

性灵就是自我。代表此派议论最畅快的,见于袁宗道《论文》上下二篇。下篇开始说:则"爇香者,沉则沉烟,檀则檀气,何也?其性异也。奏乐者,钟不藉鼓响,鼓不假钟音。何也?其器殊也。文章亦然。有一派学问,则酿出一种意见,有一种意见,则创出一般言语。无意见则虚浮,虚浮则雷同矣。故大喜者必绝倒,大哀者必号痛,大怒者必叫吼动地,发上指冠。唯戏场中人,心中本无可喜事,而欲强笑,亦无可哀事,而欲强哭,其势不得不假借模拟耳。今之文士,浮浮泛泛,原不曾的然做一项学问,叩其胸中,亦茫然不曾具一丝意见,徒见古人有立言不朽之说,又见前辈有能诗能文之名,亦欲搦管伸纸,入此行市,连篇累牍,图人称扬,夫以茫昧之胸,而妄意鸿钜之裁,自非行乞左马之侧,募缘残漏,盗窃遗矢,安能写满卷帙乎?试将诸公一论,抹去古语成句,几不免于曳白矣!其可愧如此!"这段话,比陈独秀的革命文学论更能抓住文学的中心问题而做新文学的南针。

二、排古

　　文章者,个人之性灵之表现。性灵之为物,唯我知之,生我之父母不知,同床之吾妻亦不知。然文学之生命实寄托于此。故言性灵之文人必排古,因为学古不但可不必,实亦不可能。言性灵之文人,亦必排斥格套,因已寻到文学之命脉,意之所之,自成佳境,绝不会为格套定律所拘束。所以文学解放论者,必与文章纪律论者冲突,中外皆然。后者在中文称之为笔法、句法、段法、在西洋称为文章纪律。这就是现代美国哈佛教授白璧德教授的"人文主义"与其反对者争论之焦点。白璧德教授的遗毒,已由哈佛生徒而输入中国。纪律主义。就是反对自我主义,两者冰炭不相容。其实,一七九五年,英人杨氏(Edward Young)在Conjectureon Original Composition 一篇奇文,早已认清文学的命脉系出于个人思感,而非所可勉强仿效他人(It grows, it is not made.)。杨氏说:"我们越不模拟古人,越与古人相似"("Tle less we copy the anoints, the more we resemble them")。所以不肯模拟古人,一则因为无暇,二则因为古人为文也是凭其性灵而已。袁宗道论文下说:"然其病源,则不在模拟而在无识。若使胸中的有所见,苞塞于中,将墨不暇研,笔不暇挥,兔起鹘落,犹恐或逸,况有闲力暇晷,引用古人词句耶?故学者诚能从学生理,从理生文,虽驱之使模拟,不可得矣。"论文上篇是专骂人学古的:"且文之佳恶,不在地名官名也。司马迁之文,其佳处在叙事如画,议论超越,而近说西京以还,封建宫殿,官师郡邑,其名不雅驯,集子长复出,不能成史,虽子长之佳处彼尚未梦见也。而况能肖子长乎?……彼摘古字句入己著作者,是无异缀皮叶于衣袂之中,投毛血于殽核之内也。大抵古人之文,专期于达,而今人之文,专期于不达,以不达学达,是可谓学古者乎?"《雪涛阁集序》也说:"夫古有古之时,今有今之时,袭古人语言之迹,而冒以为古,是处严冬而袭夏之葛者也。"

三、金圣叹代答白璧德

　　中国的白璧德信徒每袭白氏座中语,谓古文之所以足为典型,盖能攫住人类之通性,因攫住通性,故能万古常新,浪漫文学以个人为指归,趋于巧,趋于偏,支流蔓延,必至一发不可收拾。殊不知文无新旧之分,唯有真伪之别,凡出于个人之真知灼见,亲感至诚,皆可传不朽。因为人类情感,有所同然,诚于己者,自能引动他人。金圣叹尤能解释此理,与西方歌德所言吻合。《答沈匡来书》说:"作诗须说其心中之所诚然者,须说其心中之所同然者。说心中之所诚然,故能应笔滴泪,说心中之所同然,故能使读我诗者应声滴泪也……若唐律诗亦只作得中之四句,则何故今日读之犹能应声滴泪乎?"

凡人作文,只怕表情不诚,叙物不忠,能忠能诚,自可使千古读者堕同情之泪。圣叹言"忠"一字甚好。《水浒传序三》说:"格物亦有法,汝应知之。格物之法,以忠恕为门。何为忠?天下因缘生法,故忠不必学而至于忠,天下自然无法不忠。吾既忠,眼亦忠。故吾之见忠。钟忠,耳忠,故闻无不忠。吾既忠,则人亦忠,盗贼亦忠,犬鼠亦忠,盗贼犬鼠无不忠者,所谓恕也。"古人为文,百世以后读之应声滴泪,就是因为耳忠眼忠而物亦忠,吾既忠,人亦忠。于己性灵耳目思感不忠的人,必不能使人亦忠。作者与读者关系,说来无过如此。

四、金圣叹之大过

圣叹看来,似西欧文艺复兴时期人物,对于人生万物,每有拍案惊奇之赞叹。观其论诗,谓"诗如何可限字句?诗者人之心头忽然之一声耳,不问妇人孺子,晨朝夜半,莫不有之。"(《与许青屿书》)真如已入室升堂,知道文章孕育所在了。所谓"吾书至此句,此句以前,已疾变灭。"亦甚佳妙。又观其论唐诗句无雷同,实已窥到创造之心境。与许祈年书的全文甚好,抄录于下:"弟口唐人七言近体,随手间自钞出,多至六百余章,而其中间乃至并无一句相同。弟因坐而思之,手之所捻者笔,笔之所醮者墨,墨之所着于纸者,前之人与后之人,大都不出云山花木沙草虫鱼近是也。舍是则更无所假托焉。而今我已一再取而读之,是何前之人与后之人,云山花木沙草虫鱼之犹是,而我读之之人之心头眼底,反更一一有其无方者乎?此岂非一字未构以前,胸中先有浑成之一片,此时无论云山乃至虫鱼,凡所应用,彼皆早已尽在一片浑成之中乎? 不然,而何同是一云一山一虫一鱼,而入此者不可借彼,在彼者,更不得安此乎?"这简直就是上引的 Edward Young 的《文章孕育论》,也就是 Croce 的《艺术单纯论》(The unity of a work of art),因为他表彰文人之文是出于文人个性自然之发展,非可仿效他人,亦非他人所可仿效,非能剥夺他人,亦非他人所能剥夺。

但是不知如何,圣叹始终缠绵困倒于章法句法之中,与袁枚及公安诸子等所言文章无法大相悖谬。我于他处曾经指出圣叹之病,现在又紬绎其言,知道并不冤枉他。我也坐思其故,圣叹实一极有理性之人,有科学头脑,无科学题材,故在文学上运用其理智,发明章法句法及为唐诗分解,这些尝试,都含有 Hegel 穷探逻辑的意味。《答韩贯华书》中说:"弟比来……止是闲分唐人律诗前后二解,自言乐耳……弟因寻常见世间会说话人，先必有话头，既必有话尾。话头者，谓适开口，渠则必然如此说起，盖如此说起，便是说话，不如此说起，便都不是说话也。话尾者，既已说过正话，便又亟自转口云……今弟所分唐律诗之前后二解，正是会说话人之话头话尾也。"他虽然知道不可限诗字句，但他所感到趣味的，是这些语言逻辑上的承转的问题。

何以说不冤枉他？试读以下《水浒传序三》之论《史记》庄生与《水浒》之文。"吾旧闻有人言，庄生之文放浪，《史记》之文雄奇，始亦以之为然，至是忽哑然其笑。古今之人，以瞽语瞽，真可谓一无所知，徒令小儿肠痛耳。"读者至此觉得甚妙，以为圣叹将揭穿宇宙文章寄托性灵之大秘奥。又说下去："夫庄生之文何尝放浪，《史记》之文何尝雄奇，彼殆不知庄生之所云，而徒见其忽言化鱼，忽言解牛，寻之不得其端，则以为放浪，徒见《史记》所记皆刘项争斗之事，其他又不出于我人报仇，捐金重义为多，则以为雄奇也。"读者又谓将见《史记》庄生行文之秘奥，而"得其端"了，及读接句下文，听圣叹发挥行文之"端"，乃大失望。接句下文是："若诚以吾读《水浒》之法读之，正可谓庄生之文精严，《史记》之文亦精严……何谓之精严？字有字法，句有句法，章有章法，部有部法。"呜呼，子长庄生岂知字法句法章法之为何物乎？呜呼，吾虽不欲使圣叹下第，其可得欤？

庄生，文之最放者，取其最放，而诬以精严，裹其女足，授以尖鞋，使天下之士赖句法章法裹足尖鞋以效庄生，岂非滑天下之大稽乎？

（下篇）

数月前读沈启无编的《现代散文抄》二卷，得其中极多精彩的文学理论，爱著《论文》篇，登《论语》十五期，略阐性灵派的立论；意犹未尽，屡思续作，不图一期过一期，至今未果。性灵二字，不仅为近代散文之命脉，抑且足矫目前文人空疏浮泛雷同木陋之弊。吾知此二字将启现代散文之绪，得之则生，不得则死。盖现代散文之技巧，专在冶议论情感于一炉，而成个人的笔调。此议论情感，非自修辞章法学来，乃由解脱性灵参悟道理学来。桎梏性灵之修辞章法，钝根学之，将成哑吧，慧人学之，亦等钝根。盖其所言在肤革，不在骨子，在客貌，不在神髓。学者终日咿唔模仿，写作出来，何尝有一分真意见，真情感流露出来？无意见无情感则千篇一律，枯燥乏味，读之昏昏欲睡，文字任何优美，名词任何新鲜，皆死文学也。性灵之启发，乃文人根器所在，关系至巨，故不惮辞费，再为下篇，以明文章之孕育取材及写作确不能逃出性灵论范围也。吾知士大夫将不直吾言，然吾说我心中要说的话,士大夫之论不足畏也。士大夫岂懂得性灵为何物乎?袁中郎叙陈正甫《会心集》曰:"……迨夫年渐长,官渐高,品渐大,有身如梏,有心如棘,毛孔骨节,俱为闻见知识所缚。"此种不知趣之士大夫何足论文?知趣是学文之始。不相信士大夫,是学问之始。

一、性灵之摧残与文学之枯干

有意见始有学问。有学问始有文章,学文必先自解脱性灵参悟道理始。古文盛行时,文字成一问题,故修炼辞藻,可虚縻半世工夫。今则皆用质直文字,文章即说话,能说话便能作文章。巧话有巧文,陋话有陋文。故今文人所苦者,无话可说而已,无话可说,乃无病呻吟,萎靡纤弱,甚有盈篇累牍,读完仍不见说一句真知灼见的话。尝推其故:塾师教作文,不教说心中要说的话,心中不可不说的话,只教说得体的话,是摧残性灵之第一步。将来小学生成士大夫,委员,秘书,起草宣言,满篇皆得体文章,乃此种作文教学为厉之阶也。及至士大夫发宣言,作演讲,洋洋洒洒,无一句老实话,恬不知耻,报纸强迫刊载,学生引为楷模。于是朝野以应酬文章相欺相诳,是摧残性灵之第二步。然发宣言作演讲,犹系应酬文章,非文学也,宣誓必念总理,自述必言追随,犹可说也。若文学而说得体于话,违心之论,则何足以传?宣言演讲之刊载,非人好刊载也,强迫人刊载也,非人好读也,畏而疑之,不得不读也。若文学作品,汝有何官方势力迫人刊载,汝死后有何权力,迫人传诵乎?是汝下台而汝文与汝共下台,汝死而汝文与汝共死。

文章何由而来,因人要说话也。然世上究有几许文章,哪里有这许多话?是问也,即未知文笔之命脉寄托于性灵。人称三才,与天地并列;天地造物,仪态万方。岂独人之性灵思感反千篇一律而不能变化乎?读生物学者知花瓣花萼之变化无穷,清新都丽,愈演愈奇,岂独人之性灵,处于万象之间,云霞呈幻,花鸟争妍,人情事理,变态万千,独无一句自我心中发出之话可说乎?风雨之夕,月明之夜,岂能无所感触,有感触便有话有文章。惜世人为塾师所误,文法所缚,不敢冲口而出,畅所欲言而已。拿起笔来,满脸道学。忸怩作丑态,是以不能文也。吾心所感所憎所嗔所喜所奇所叹何日何处无之。第因世人失性灵之旨,凡有写作,皆不从心,遂致天下文章虽多,由衷之言甚少,此文学界之所以空疏也。试取今日洋洋洒洒之社论,究有几句话,非说不可,究有几个文人,有话要向我说,便知此中之空乏。人称三才之一,而枯干至此,不及花鸟,岂非大奇?

二、性灵无涯

性灵派文学,主"真"字。发抒性灵,斯得其真,得其真,斯如源泉滚滚,不舍昼夜,莫能遏之,国事之大,喜怒之微,皆可著之纸墨,句句真切,句句可诵。不故作奇语,而语无不奇,不求其必传,而不得不传,盖"真有性灵之言,常浮出纸上,绝不与众言伍"(《谭友夏诗归序》)不与众言伍,斯不能不传。袁中郎曰:"夫天下之物,孤行必不可无,必不可无,虽欲废焉而不能。雷同则可以不有,可以不有,则虽欲存焉而不能。故吾谓今之诗文不传矣。其万一传者,或今闾阎妇人孺子所唱擘破玉打草竿之类,犹是无闻无识,真人所作,故多真声,不效颦于汉魏,不学步于盛唐,任性而发,尚能通于人之喜怒哀乐嗜好情欲,是可喜也"(《小修诗叙》)。学文无他,放其真而已。人能发真声,则其穷奇变化,亦如花鸟之色泽,云霞之变态,层出无穷,至死而后已。《小修中郎先生全集序》曰:"至于今天下之慧人才士始知心灵无涯,搜之愈出,相与各呈其奇而互穷其变,然后人人有一段真面目溢露于楮墨之间,即方圆黑白相反,纯疵错出,而皆各有所长以垂不朽。"知心灵无涯,则知文学创作亦无涯。今日中国几万个作者,人人意见雷同,议论皆合圣道,诚为咄咄怪事。

三、文章孕育

文章有卓大坚实者,有萎靡纤弱者,非关文字修辞笔法也。卓大坚实,非一朝一夕可致,必经长期孕育。世事既通,道理既澈,见解愈深,则愈卓大坚实。性灵未加培养,事理不求甚解,人云亦云,及既舒纸濡墨,然后苦索饥肠以应付之,斯流为萎靡纤弱。《论语》收到稿件,每读几行,即知此人腹中无物,特以游戏笔墨作荒唐文字而已。《论语》提倡幽默,幽默亦非一朝一夕可致,非敢望马上成功也。所刊载亦有萎靡纤弱文字,而中仅有一二句可喜者,此一时不能免之现象也。故提倡幽默,必先提倡解脱性灵,盖欲由性灵之解脱,由道理之参透,而求得幽默也。今人言思想自由,儒道释传统皆已打倒,而思想之不自由如故也。思想真自由,则不苟同,不苟同,国中岂能无幽默家乎?思想真自由,文章必放异彩,放异彩,又岂能无幽默乎?

吾尝谓文人作文,如妇人育子,必先受精,怀胎十月,至肚中剧痛,忍无可忍,然后出之。多读有骨气文章有独见议论,是受精也,既受精矣。见月有感,或见怪有感,思想胚胎矣,乃出吾性灵以授之,出吾血液以育之,务使此儿之面目,为吾之面目,中途做官,名利缠心,则胎死。时机未熟,擅自写作,是泻痢腹痛误为分娩,投药打胎,胎亦死。多阅书籍,沉思好学,是胎教。及时动奇思妙想,胎活矣大矣,腹内物动矣,母心窃喜。至有许多话,必欲迸发而后快,是创造之时期到矣。发表之后,又自诵自喜,如母牛舐犊。故文章自己的好。

四、会心之顷

　　一人思想既已成熟,斯可为文。然一人一日中之思想万千,其中有可作文者,有不可作文者,何以别之？曰,在会心二字。凡可引起会心之趣者,则可为作文材料,反是则绝不可,凡人触景生情,每欲寄言,书之纸上,以达吾此刻心中之一感触,而觉湛然有味,是为会心之顷。他人读之,有同此感,亦觉湛然之味,亦系会心之顷。此种文章最为上乘。明末小品多如此。周作人先生小品之成功,即得力于明末小品,亦即得力于会心之趣也。其话冲口而出,貌似平凡,实则充满人生甘苦味。

　　会心之语,一平常语耳,然其魔力甚大。似俚俗而实深长,似平凡而实闲适,似索然而实冲淡。施耐庵所谓"所发之言,不求惊人,人亦不惊,未尝不欲人解,而人卒亦不能解者,事在性情之际,世人多忙,未尝闻也"(《水浒传序》)。

　　会心之顷,时时有之,施耐庵曰:"盖薄暮篱落之下,五更被卧之中,垂首捻带,睨目观物之际,皆有所遇。"金圣叹曰:"诗者,人之心头忽然之一声耳,不问妇人孺子,晨朝夜半,莫不有之"(《与许青屿书》)。此语与上引袁中郎"妇人孺子真声"说正合。文人放弃此心声,剽窃他人烂语,遂感觉无证可说,其愚孰甚？

　　陶靖节"采菊东篱下,悠然见南山",是何等平常话,亦是何等佳句。李太白"举头望明月,低头思故乡",亦是何等平常话,亦是何等佳句。吾人阅此景此情,何日无之,惜不敢见真。见真则俯仰之际,皆好文章,信手而出,皆东篱语也。

　　文章至此,乃一以性灵为主,不为格套所拘,不为章法所役。谭友夏《诗归序》曰:"法不前定,以笔所至为法。趣不强括,以诣所安为趣。词不准古,以情所迫为词。"是谓天地间之至文。

【导读】

　　林语堂《论文》原载 1933 年 4 月 16 日《论语》第 2 卷第 15、28 期,后收录在 1936 年上海时代图书公司出版的《我的话·下册》中,上文即选自该书,又收录在 1996 年作家出版社出版的《林语堂文集》第 10 卷和 1994 年东北师范大学出版社出版的《林语堂著名全集》第 14 卷中。

　　1934 年 4 月,林语堂辞去《论语》杂志的编辑工作,另创刊《人间世》半月刊。

在《人间世》的发刊词里，林语堂提倡"以自我为中心，以闲适为笔调"的性灵小品文，大赞晚明公安竟陵派的"性灵"文学。他的这种文艺理论和创作，与当时新文学的主流渐行渐远，而《论文》一文论述的便是林语堂的"性灵说"主张。

林语堂在《论文》中对于公安竟陵派的文章大为赞赏，认为他们的文章近似西方小品文，有"篇篇有骨气，有神采，言之有物"的优点，但也有并不是真正的豪放的短处。不过，在林语堂看来，他们的文章虽"成就有限"，却抓住了近代文学的命脉，开启了近代文学的源流。所以林语堂认为，有性灵的文学才是近代文学和散文的主流。近代文学已经不再是文以载道的学说，而是逐渐地趋于抒情，明末公安竟陵派的作品正是体现了这种转变，所以说它抓住了文学的中心问题，"而足以启近代散文的源流"。借用文章抒发自己的真情实感，表达思想，以意役法才是现代文所应有的。如果作者不能真实地表达自己、忠于自己，那么读者也不会产生通感，也就理解作者所要表达的意思。

五四以来的新文学仍然存在着忽视"人"的弊端，并且私塾先生的教学和强迫性地宣传士大夫阶层的发言使性灵被摧残，这使得文章趋于空乏，而具有性灵特质的小品文正是纠正了五四以来文章的这个弊端。因此，林语堂主张文章应讲求"性灵"。

（张　琦）

民族形式与大众文学

巴 人

【作者简介】

巴人(1901—1972),原名王任叔,号愚庵,浙江奉化人。青年时期曾在宁波等多地任教,发表大量白话诗和小说。1923年在郑振铎的介绍下加入文学研究会,第二年即任《四明日报》编辑,主编副刊《文学》,巴人的文学之路正式开启。1930年留日归国后,加入"左联",写作重点从小说、诗歌创作逐步转向杂文、评论。1938年与许广平等人共同编辑了第1版《鲁迅全集》。1949年以后,历任中国驻印度尼西亚大使、人民文学出版社社长等职务。代表作品有小说《在没落中》《阿贵流浪记》《莽秀才造反记》;杂文集《边鼓集》《生活、思索、学习》;文艺理论专著《文学读物》等。

一

离开文学的内容,来专门谈形式问题,那是不对的。形式是传达内容,而内容却是决定形式的。问题是在内容决定形式的这一基本法则上,如何去把握民族革命战争中大众生活的实际,而采取"新鲜活泼的,为中国老百姓所喜闻乐见的中国作风与中国气派"的作品形式。这样,民族形式的问题,不仅是"旧瓶装新酒"的利用旧形式的问题,而是必然地关联到文学的内容的问题了。

这是我们所需要认识的基本的一点,否则我们的抗战文艺,将止于尽了一般意义上的宣传的任务,而忘却了文艺本身的结实与壮大,在使中国人民于文艺之情感的熏陶与性格的潜移默化中而深切理解其抗战建国之基本任务这一特征的作用,还是不能获得的。

那么,什么是我们当前需要的文学的内容呢?一言以蔽之,还是"大众文学"。

殖民地的"大众文学",有它的一般性,但也有它的特殊性。这是决定于殖民地的革命的性质的。

我们必须着重的再来提出:殖民地的中国之民族的革命战争,其基本的任务,是反帝反封建。但由于对中国压迫的帝国主义势力底均衡,为日本帝国主义之独占的侵略,所打破了,且引起帝国主义间在中国利益上的矛盾。中国的人民大众于是在这不平衡的形势下,缓和其他帝国主义的压迫,并扩大其间的矛盾而争取可能获得的援助,首先突破这最猛烈的压迫的一环,发动了对日民族抗战,藉得在此优良条件下,从反日反汉奸的当前任务,而推进到反帝反封建的基本任务;从对日抗战的争取最后胜利中,而推进到殖民解放之彻底的胜利。这便是殖民地的中国之民族革命的特殊性。每一个从事文学的战士,是不能忽视这一基本的特点的。

然而,中国的民族革命,在当前的世界里决不是孤立的。它不特和印度,朝鲜,台湾以至一切殖民地国家的革命运动相联系,它还和一切殖民地国家的人民的利益基本点上是一致的。它不但表示了中国人民大众的利益和世界各殖民地国家人民大众的利益相一致;而且是和资本主义国家的被压迫阶级的人民的利益相一致,和社会主义国家苏联的人民的利益相一致。中山先生的三民主义的理想,其最后目的即在建立没有少数人压迫大多数人的现象发生的社会。而这又是中国革命与世界革命相联结的。也正是殖民地的中国之民族革命的一般性。每一个从事文学的战士,同样是不能忘却这一革命的一般性的意义。

但两年多的抗战,中国的革命任务的力点,是否有转换呢？我们可以说,是在转换过程中。这原因便在于(一)中国经过了两年多的抗战,内部的关系的转化;民主势力的生长与反民主势力的挣扎。民主势力的生长越快速,反民主势力的挣扎也越反动化。(二)国际形势的关系的改变:帝国主义的英法诸国由于对德的矛盾的深化而爆发了战争,减弱了其对东方殖民地的控制的力量,这使殖民地的中国之民族革命任务得提高到反帝的任务之易于完成的阶段上。但同时由于帝国主义间的矛盾加深而爆发为战争,也同样提高了帝国主义国家对社会主义国家和其自国的劳动阶级以及其殖民地的敌视的警觉与对敌的行为。反映在中国问题上,将必然以拉拢日本帝国主义,停止中国抗战,使中国仍停留于殖民地的运命,而作为他们反世界和平势力的——人民大众利益的支持者苏联的——远东根据地。因之中国之民族革命的任务,虽然被提高到反帝的基本任务之易于完成的阶段上,但也同样的产生了更大的阻碍。这就是说,在当前的形势下中国革命之反帝任务的完成,在一般上说来是更有利了。但在特殊的场合上,却又有更大的阻碍。因之,中国革命任务的力点,已从反帝反封建的基本任务上而提出来的反日反汉奸的当前任务之完成,转化到在完成反日反汉奸的当前任务的过程中必须抓紧这一反帝反封建的基本任务了。

文学作为宣传的武器而使用时，它是有和政治的论文不同程度的表现的。它应该是更本质的，更深入的。它是作为对象的读者底心云，气派之养成与改造，它是诉之于读者的情感而提高到理智的认识，意志的锻炼。因之，说抗战文艺是没有阶级性的文艺，那是非常空洞而无聊的话。我们应该说，它是在以阶级利益与民族利益力求一致与统一的大原则下而发挥其阶级性能的。这就是说，它是在以大多数的阶级利益为前提，归趋于被压迫民族的利益的争取而努力的。在国际的关系上，我们整个民族也是个被压迫阶级。抗战文艺应该是这两重阶级任务的统一的发挥。无视国际关系上民族之被压迫阶级性和国内关系上广大的工农小资产阶级的生活的改善与政治权利的获得，那么中国的民族革命，是没有前途的。而我们所谓殖民地中国之"大众文学"，就是这两重阶级性的辩证的发扬。

那么，当前中国"大众文学"的主要内容是什么呢？是反封建的民主主义的文学，是反帝的被压迫民族的革命主义的文学。它是以殖民地人民大众的立场，来观照抗战现实的每一角落，予以批判和赞扬，打击和发扬，无情的暴露和热烈的高歌的一种文学。更具体的说：它应该传达出广大的人民大众所接受于中国历史传统的艰苦、毅耐、勇敢、勤劳等等优秀的民族性，它应该批判若干少数人所接受于中国历史传统的专断、横暴的封建性与动摇、奴化、无赖的买办性流氓性。它不但是将大众的生活予以形象化，它尤须批判大众的落后意识而示之以阶级的民族的英雄底的性格。它不但要批判社会上一切非民主的现象，它而且要扶发一切民族间的怠惰、萎靡、消沉的习性……统一战线是新兴旧民主与非民主的斗争的阶级形式之联合，是国际关系上被压迫阶级及压迫者阶级之民族形式的结合。在抗日民族统一战线中，放弃了文学的斗争的任务，那就本质上取消了文学。

每一个从事于文学的战士，必须在这一九四〇年头，提起最高的警觉：中国抗战已临到最艰难的关头。帝国主义的野心家，封建买办的"奴隶总管"，正在企图以最高的压力谋害抗战！我们应该怎样来消灭这危机呢？在这样的前提下，我们提出民族形式的创造，把广大的全国人民大众号召到一个目标上——支持抗战，正是我们的中心任务！

二

文学上民族形式之创造，那是文学之历史传统（包括口头文学与写的文学）底接受，渗透以人民大众的生活实际，而完成文学之政治的历史任务，使文学本身发扬光大的一种运动与口号。那么在我们明白了文学之政治的历史任务如上所述者以后,我们还必须明白什么是我们文学之历史传统?什么是我们人民大众的生活实际?

中国的文学历史,据我们的见解,有四个发展的阶段。而每一阶段的发展,皆和中国社会之发展相适应。中国社会自周朝确立其初期的封建主义的社会以来,直到"鸦片战争"为止,差不多没有变更过其基本的特性。这基本的特性,便是建筑在土地之封建剥削的生产关系上,封建地主政权之确立。然而在其统治者与封建地主的结合关系上有不同的形态,以及其在土地之封建剥削关系上的都市商品经济——商业资本之转换流迁,对封建政权也就有程度上的强弱的不同。因之作为文化思想的文艺运动也在各个阶段上有不同的形态的表现。

我们在此不是写中国文学史,但可以画一个线条似的文学历史的发展痕迹。我们说中国文学可划分为四个发展的阶段,但每一阶段却都是从封建政权之坚强确立到封建政权之衰微没落,而反映到文学上"载道"思想的提高到文学上反载道的"言志派"的抬头。所谓"载道文学"主要是以儒家思想为其本质的传统,而"言志文学"却是以庄老思想与佛教思想为其本质的传统。中国文学的发展史,也就是儒家思想与佛教思想之交流。这因为在中国的自然经济的基础上,佛老思想的产生、发扬、与接受是有它根源的。而自然经济的基础上的专制封建政权,则又必然以孔孟儒家学说为其社会指导原理。所以文学上的这两种项向,一是表现上层建筑的政治的基调,一是表现下层社会基础的生活基调。

中国的历史文学是开始于周初的封建主义社会的确立。由于周秦的土地关系之由封建领主所有而向私人地主——商人阶级之所有,中国文学之第一期便由著作之公有而向著作之私有,文学之内容也从封建政治之歌颂与稳固而向个人情感思虑之抒发,文学之形式也由单纯而趋于复杂。第二期是秦汉以至六朝。土地关系的私有制度的确立,商人地主成为社会之最高权力阶级,封建贵族虽然几度想以政治势力恢复其封建领主所有的庄园经济组织——王莽的新政便是这一目的的理想化——但终于遭逢失败;相反的,在商人地主之利益的发展上,使各地货物的流通与贸易兴盛起来,这造成社会生活之优裕与富庶。而表现于文学上的,一方面是以歌颂繁华生活的辞赋的形态来作为封建统治者的写照!另一方面,文学与学术思想,各取独立发展的形式,使它更向个人情感的抒发方面接近着去,终至于投入自然经济基础上的庄老哲学的怀抱里,成为六朝的文学的主要内容。同时,又因文学与学术分离,沿着其自身发展前进,文学之形式主义的发展也成为它必然的后果,第三期是从唐朝的封建政权之重复确立,而到了氏族社会鞑靼人之侵入，封建儒家学说失却其作为社会指导原理的元朝之入主中国为止。在这一时期里，土地关系上是贵族地主，世俗地主与僧侣地主（是从六朝佛教输入后起来的）和那小土地所有者与农民之斗争的发展过程。地主阶级间的相互矛盾与斗争，以及小土地所有者与地主阶级的斗争，农民与小土地所有者的矛盾与地主阶级的反抗斗争，——这一切错综的关系，结成这一悠长的历史的史实。世俗地主代表之韩愈的文学的复古运动，一方面是封建儒教思想之企图重复确立；另一方面却是反形式主义文学之向语言自然的接近，而僧侣地主为争取小土地所有者和农民之"投度"，以逃避世俗地主与贵族地主的压迫，开始将其用古文翻译的经典——如《维摩诘经》——变为白话的译文，而产生了变文的形式。但不论其内容上是充满了反儒家思想的"无为"哲学，然而皆有利于统治阶级。农民之"寂灭""无为"，正是统治阶级之遂行其"有为"剥削的先决条件。于是儒家思想与佛老思想成为统治阶级的阶级的"剑"，不是大刀。剑的两面性，却结合于地主阶级的利益的统一上。而所谓民间文学的变文，过后也充满了"忠孝"内容。成为儒佛老思想的结晶体。在宋朝的时候，由于战争所造成的土地的掠夺，小土地所有者成为庞大的社会集团，王安石在政治的地位，是这一集团所支持的。贵族地主在其与寺院地主、世俗地主争斗的过程中，便借小土地所有者集团的势力以自重。文学因此作为政争的武器，王安石之绝对非形式主义，主张"文学服务于政治"，便是这一斗争的表现。然而，握有"邸店"特权的独占商人的地主阶级在此兴起了。朱熹的折中主义的哲学，反映在文学上是文学的"言志"与"载道"的合一的主张。朱熹在其解释《诗经》的非礼教的观点，表现了独占商人与都市自由商人的性格的一面，但在其以文学为人格的自然表现的见解中，却又特别着重予文人之道德的修养，使文学转向为纯然非形式的东西，依然附合了载道的主张，且更进一步建立了他的所谓"得道"的文学的主张。这仍表现了他地主性格的一面。

然而文学自身仍然有它的发展，"变文"之变为"诸官调"、"大曲"，已显示了民间文学之向正统贵族文学的上升的痕迹。在"变文"与"诸官调"、"大曲"的不同点上，那便是文言成分的加多，诗词气味的加重。道学家以语言的文体作为其载道文体，建立了所谓"语录"体，也是民间语言文学对正统文学外烁的影响。而尤其是佛道诸教教养之普遍的语言化，也是促成儒家载道文学之不得不向语言化的一个原因。

一到元朝氏族社会的侵入，代表土耳其与意大利商人的利益的回教，又占有了社会上的势力。地主阶级的儒家哲学失却其社会指导原理的势力，代之而起的是佛道的僧侣地主与回教——中亚细亚商人阶级的思想的杂揉。都市经济逐渐发达了，商业资本抬了头。于是在文学上，以本土的民间文学为骨干，而接受了外来文学的影响，元曲便成为中国文学历史上最光华灿烂的一页。中国文学之生活的反映与再现，在这一时期，最为明显。在过去封建政权下，文学除作为贵族的享乐与略尽对被压迫者的说教底任务外，民间之与文学的因缘，是几乎被剥夺的，或则在极潜密的形式下发展的。在这一时期里，文学渐有与生活打成一片的归趋。

第四期则是在明朝的封建政权之重复确立之后，然而这一时期的封建的"载道文学"，显然表示了非常力弱了。相反的，由"变文"、"元曲"的发展，散文的叙事诗的形式——所谓平话、小说却逐渐发达了。正统文学中所谓"伪疑古运动"，显然是这一形式的文学的发展底反动。而嘉靖万历年间的古文运动——以《唐顺之归有光》为中心——则是对平话、小说之发展底反动，提高到更高的阶段罢了。即是他虽然在表面上是反伪疑古运动的，而本质上却是从明白平易的文体中来建立他们所谓古文，藉以打击民间文学的势力的滋盛，但"公安"、"竟陵"又给古文运动一个反动，而造成了所谓"山林文学"。

明末清初由于都市经济的飞跃进步，都市布尔乔亚之民主思想，是在反异族统治下而达到其反君权主义的结论。那便是黄宗羲的《明夷待访录》中所表现的思想系统。作为浙东学派的承继，然而却表现了农民之反都市名士习气的章学诚底文学之现实主义观点，虽然没有找到他文学的历史的出路，但校正了在封建政权确立后所谓古文家的虚伪与流弊，并打击着由于都市经济的发达的文学上小说之发展。姚鼐以官僚地主阶级起而揭开了"桐城派"的古文运动，而曾国藩却以官僚地主之向官僚资本转化的这一阶级意识，在政治上来打击了太平天国的革命运动，在文学上来继承"桐城派"的古文运动。但在文学作品上，曹雪芹之《红楼梦》，完全写出了官僚地主之没落姿态，而蒲留仙之《聊斋志异》也反映了封建礼教的崩溃——在礼教的压迫下将人类性生活幻化为对狐仙的享乐，而提供了文艺之佛洛特主义的性分析的材料。一到鸦片战争以后，以上海为中心的都市文学被建立起来了。但历史所遗留的毒质，一样侵入在这转形期的文学中，而终于出现了黑幕大观与鸳鸯蝴蝶派的小说。这是帝国主义与封建余孽所构精的恶劣的婴儿。五四的新文学运动，正是对这一流毒的扬弃！……

这就是中国文学历史的发展与足迹。这也就是中国文学不断的与生活分离，又不断的与生活结合之交错的斗争过程。那么，有这样的历史传统的文学，什么是值得我们承继的呢？

第一，我们要承继的是在这一历史发展中的潜流，即与生活相结合的民间文学。与由于这潜流上升到正统文学上来的那部分的优良的素质。

第二，必须更深入与广泛的采取未被写定的民间文学，予以写定或改造。我们必须明白普式庚与果戈里的奠定俄国国民文学的所走过来的道路。在这两位文学巨匠的手下，不但广博的接纳了资本主义先进国家的文学底形式与素质。——普式庚所受于拜伦的影响是无法否定的——而且多量地选用了民间的传说。在这些传说里，我们可以看出为民族的生活习惯与气质所养育成长的因素。普式庚的《杜布罗夫斯基》、《哥东诺夫》和果戈里的《塔布斯》与《老式地主》以至《外套》都充满了俄国民族性的气息。

然而一九四〇年的中国，不同于十九世纪的俄国。广大的长毛故事与反教运动的故事已在中国农民心上播下正确的或不正确的种子。而一九二七年以来的血的斗争，和"九·一八"以后的工人农民生活的苦痛经验，已成为最有生命的有血有肉的故事与传说了。必须将今日的伟大的抗战画面，和这历史现实结合起来，校正他们的错误观点与影响，使他们的经验转化为战斗的力，转化为向革命之正确发展的行动指针——经验与经验之结合，是教训，是阻止中国历史开倒车或反动的教训。

这，就是我们文学所要承继的历史传统。

三

然而中国文学之民族形式的传统是什么呢？其一是文学之全体主义（totalism）的形式。什么是全体主义呢？全体主义的名词，在政治上是指法西斯蒂国家的全能主义的，但法西斯政治之全能性质，正是资本主义的末期封建专制的形式之恢复。全体主义这一名词，本质上是表现封建社会的一种性质的。日本三木清之流所倡导的日本思想的全体主义，即是校正日本过去文化思想之自由主义的倾向，而在国家形式下，实施其社会控制的，依然是社会法西斯的哲学的倡导。我们借用来表示中国文学的形式上所具有的这一种性质，是指明它与封建生活形式相依附的意思。中国文学之没有脱却其为封建势力所决定的因素，正和中国社会之没有脱却封建势力一样。中国是个发展极不平衡的国家，但在其各部门的总和方面看来，中国的产业是不发达的。资本主义的分业，造成资本主义社会的思想的分业。有人说，资本主义社会的小说，是封建社会的叙事诗；然而，我们也可同样的说，资本主义社会的短篇小说的发达，是产业分工之更精密细小的一种意识的反映。人们生活在这一社会里，不特由于生活的紧张，无暇来悠悠自在的念完长篇小说,而尤其是由于意识形态能为生产方式所决定,每每易于从极小的部分来看事物。小说之"年轮"的观察,(胡适《论短篇小说》)便是在这一社会基础上反映出来的观点。然而,资本主义的思想家,"见树不见林"的思想方法,每易使人执于一端而堕入于神秘主义的深渊;正也是这一社会基础所决定的。文学上的表现也是同样的。唯美派的神经衰弱的个人主义的作品,温情的虚伪的人道主义的作品,片面的停留于现象的表面叙述的自然主义的作品,以及庸俗的无热情的低级的通俗作品,——宣告了资本主义国家文艺的没落。而中国是个半封建半殖民地的国家,这封建的特质,决定中国文学艺术之全体主义的形式。作为其特征的,便是故事的有头有尾的叙述;人物的籍贯、姓氏、年龄、身份的外形的纪录;场面之全面的大包围式的钩稽;情调气氛的概要的撮述;爱取有关于史实的浮在社会上层的现象的表面的大题材,以及文武双全、急公好义的然而向官僚主义突进的所谓正派人物。其有涉及于男女相思的恋爱作品,亦必将其情感的转迁与四季或月份相配合。《子夜歌》分作四季,《孟姜女哭夫》也从正月哭起直哭到年底。甚或将男女双方从见面叙起直到配合为止,如《梁山伯与祝英台》,即自"一拜先生二别天,三谢东翁转家乡"叙起直到哭墓,墓裂而入墓同死为止。《孔雀东南飞》也一样是个有首有尾的故事。……其中固然有若干作品,注意于部分与细节、人物的个性而显出特色,如《红楼梦》与《水浒》,但它一样没有脱却这混沌笼统的概念的与专注重"情节"的全体主义的艺术形式。

但这形式是否值得我们学习呢?我以为是可以学习的,然而必须批判地予以学习。构成这一形式的社会原因,是由于中国产业分工之不发达;再由于产业分工之不发达,造成人们的思路的混沌与笼统;这在上面我们已经指出了。那么在社会基础未被改造以前我们能否忽略这一现象呢?这是不能忽视的。我们只有把人们的思路与识力从"全体"而导入"部分",从"大"而导入"小",我们的文学作品,也只有从情节与故事的构造,而导入于特征与细节的写出;只有从英雄人物的叙述而导入于典型的性格的创造;然后人们的思路与识力,将会来个反逆的发展:从特征与细节而把握全体从典型的性格而把握英雄人物。——伟大的《阿Q正传》,它正是利用这一全体主义的艺术形式,删繁去冗——如《红楼梦》之所表现的那种繁琐——而显出其特征细节与典型的性格的。鲁迅所创造的阿Q,和高尔基所创造的拆尔卡士,马尔华和"母亲",那是采取完全不同的形式的;这正是各有其社会的特定条件所决定的,然而各有其不朽的成就。我们的民族形式,将是怎样的形式,在此将有一点简略的概念了吧!

然而第二,我们还必须注意中国社会的殖民地的性质。我们知道,文学的形式,是决定于社会生活的形式的。殖民地的生活形式是怎样的呢?是极端多样与复杂的。在这多样与复杂中而且是极端分离的。走进一家饭店,我们就有两种不同的吃饭方式:一边是用刀叉与洋碟,而另一边则是用瘦楞的二根筷子。一边喝着啤酒与白兰地,而另一边则喝着黄酒与白干。一边是静默地言谈,一边则是么五二六的豁拳。走进一家娱乐场中,有话剧,但也有古装的歌剧。一边以说话表现现代人的生活,而另一边则以急管繁弦装着奇异的腔调而在描摩古人。而电影院里则又显示以欧美人士的生活方式。在生产方式上,大都市里已经电气化了,而穷乡僻壤间,连犁头耙子都没有,仅用锄头来开辟土地的地方也还有着。乡村人不能梦想都市的生活,而都市的青年犹以为芋芳如同桃子结在树枝上,见乡间满田的茭笋,大大地叹息起农民的懒惰来。但不管这些生活如何分歧,都已下种子这一民族的人民的心里了。在我们青年之中,不再是以哭泣与号陶而泄发胸中的苦痛与积闷,他们知道沉默的忧郁,知道啮齿视天。他们还知道以绵绵絮絮的冗词,来对一个爱人叙述心境,不再如阿Q似的只在心中有个"女人"——"女人"代表了爱情的一切。都市的腐烂生活,未必为我们所要的,但都市的合理生活——纪律,严肃,谨饬,未必不是我们所要的。五四以来的新文学形式,主要可说是都市生活形式的反映。而这也正是接受于西欧文艺形式的基调。但这也成为我们文学历史上的民族形式了。虽然这形式没有得到我们人民大众的广大的接受,但它显然是带有进步性的。它虽然是离开了大众实际语言的单纯构造的形式,但它显然是已能部分地传达出比较细密的思虑与情意了。这并不是必须抛弃的优点,恰恰相反,它还须我们承继与发扬的。这虽然和我们文学的古老传统那全体主义的艺术形式有不可调和的对立,然而抗战的现实,却使我们的社会生活有极大的变动:新型的文化人和产业工人,有不少下乡去。大炮与飞机固然带来了对人类的无比的残酷的屠杀。但也给予生活在羲皇上古时代的梦中的乡民,知道了所谓科学的惊人的力量。且由于以帝国主义的资本为中心的都市经济的衰落,民族资本在逐渐脱却其对帝国主义资本的依赖性;农村经济得到部分的更生,使乡村社会生活的逐渐接近于现代化。而沦陷区域中一般的人民抗日武器的兴起,将农民的生活组织于抗战的政治高潮里。这一切生活基调的改变,也是使五四以后的新文学的形式与中国文学的历史传统中的老形式的那种不可调和的对立,得到了有可能统一起来的基础。关于这,我们文艺作品上不是没有例子;《放下你的鞭子》,据剧作者们说,是一种崭新的形式。而在中国的文学传统中的确也没有发现过这一形式。但他不仅题材适合中国人民生活的基调,而形式的单纯,布置的简略也同样适合于中国乡村的物质条件,尤其是它那杂在观众间的"反应效果",是使观众撤去了和戏中人物的"心理距离",宛如自己也活在这"戏生活"中了。《放下你的鞭子》得到广大的中国人民的欢迎与拥护,已可见在人民生活中淘汰出来的新形式的作品,一样能"为中国老百姓所喜见乐闻"。如其我们讲民族形式完全抛却这一阶段新文学所发展下来的形式,那不但是不公平的见解,而且是非历史主义的不正确的见解。

所谓半殖民半封建的社会,我们在更正确的意义上说,那是帝国主义的侵略的社会。作为这一社会之彻底的否定者,是民族资产阶级、小资产阶级、以及工农大众的革命势力。但这一革命势力的成员,决不如西欧资产阶级革命时代以资产阶级为中心而联合的。由于中国历史近于半世纪的殖民地化,民族资产阶级已显得十分无力;而相反的在国际资本的长期剥削下,工人以及农民之革命力量,却成了这一民族革命的最顽强的决定力量了。在以民主共和国的建立作为否定封建社会这一意义上说,则半殖民半封建性质的今天的社会形式,正是行着转变过程中,而没有达到"突变"的完成。五四以来的新文学运动,作为中国封建文学——全体主义的艺术形式的否定,正是在帝国主义之对中国封建社会起着分解与保留的形式下进行的,它只尽了一部分的否定与分解的作用。然而在全文学的领域里,这一与社会之封建性质相因缘的全体主义的艺术形式,实在还占很大的优势。谁能否认战前张恨水的小说占据了全国大报六种以上这一社会的因素?谁又能否定曾有一时期一折八扣的大批旧小说的翻印与流行的社会的因素。而这一部分国民的文学的嗜好,正是帝国主义所欲保存与扶植的封建势力的另一面的反映,所以从全文学的领域来看,五四新文学运动是可以作为中国社会之革命势力的意识的反映来看的。但它也只尽了在转变过程中的作用,而没有达到"突变"的任务之完成阶段。新文学要彻底扬弃中国几千年来的封建文学,正和中国革命之应从封建社会里生长、壮大而至于完成的这一社会转变过程相适应,它必须从全体主义的艺术形式里生长壮大而至予"化腐臭为神奇"的到达完成。"承继遗产,转过来就变为方法。"毛泽东先生的这一句名言,我们以为也必须从这一意义,上来理解,才能得到正确。

由上所述,我们提倡民族形式的建立,决不能仅仅作为旧形式的利用来看的。我们应该有如下的观点:

一、我们的民族形式,是必须从学习中国之历史文学中生长。而这历史文学,不仅是写的一部分,同样也包括口头文学。而作为这历史文学之特征形式的,便是全体主义的艺术形式。

二、然而,在这学习过程中,我们依然应该以五四以后的新文学——这代表中国革命势力之一侧面的新文学形式的依归,而向民间的生活形式突进,再来转化这封建文学形式——全体主义的艺术形式——使之"化腐臭为神奇",成为我们所要求的真正的大众文学的形式。

三、但,中国社会是在转变过程中。在这社会之将近于突变的转形期里,"量"的无限扩大,是"质"的转变的先决条件。因之,我们所希望于中国文学的固然是民族形式之完成,然而在其完成过程中,我们的文学形式将是,而且应该是无限复杂的,多样性的发展。而事实上我们在这一转形期里的文学,就有报告、小说、速写、通讯、街头剧、活报,以及利用旧形式的大鼓、弹词和各种各样的形式出现着,这是十分自然而且必然的一种趋势,也只有在这多样发展的趋势中,全国人民大众将会投他所认为最适合的那一票。因之,在这多样发展的形式中,一切文艺作者还须有意地来选取创造那"为中国老百姓所喜闻乐见的中国作风与中国气派"的作品形式。

中国文学之民族形式于是也将从多样发展中而得到单一的归趋!这也就是中国的"大众文学"的建立的路线!——我以为。

【导读】

《民族形式与大众文学》一文最初发表于1940年1月16日《文艺阵地》第4卷第6期,1941年收入香港海燕书店出版的《窄门集》,上文即选自此书,2017年收入清华大学出版社出版的《巴人全集》第12卷。

1938年,毛泽东提出"中国作风和中国气派"的命题,强调马克思主义必须和我国的具体特点相结合,并借助一定的民族形式才能实现。但是毛泽东所提出的"民族形式"口号,最初是为了特批党内的教条主义,强化"马克思主义中国化"这一重大理论课题的,而并非是针对文艺问题的。由于此命题同样适用于当时的文艺理论问题,因而关于"民族形式"的论争从延安迅速遍及陕甘宁、重庆、桂林等多个地区。

巴人是当时积极拥护并大力宣传文学民族形式的带头人之一,文学的民族化与大众化成为巴人文学主张最重要的主体组成部分。此观点散见于他多篇理论文章中,论文《民族形式与大众文学》是其代表之一。论文开篇,巴人对内容与形式的关系进行了定性式的论述,他认为"形式是传达内容,而内容却是决定形式的",故而其观点是基于"内容决定形式"这一基本法则的。这篇论文主要是针对抗日民族统一战线形成后,如何理解新时期的"大众文学"与"民族形式"的具体内涵等问题进行的阐释。巴人指出抗战时期所需要的"大众文学"的反帝反封建的基本内容和性质,站在"殖民地人民大众的立场,来观照抗战现实的每一角落,予以批评和赞扬,抨击和发扬,无情的暴露和热情的高歌"。对于"民族形式"问题的阐释,巴人从传统民族形式特征入手,自周王朝的契约文学为始,历经秦汉、六朝、唐宋元明清,直至五四"新文学",对历朝历代文学形式的变体演变过程进行了大致的梳理,他认为民族形式的建立,绝不是"旧瓶装新酒",而应吸收传统文学发展过程中受大众喜爱的形式。不仅如此,在抗战环境下还应当积极开拓新形式,看见并表现大众生活基调的改变,为"为中国老百姓所喜闻乐见"的文学形式而努力。

巴人论文《民族形式与大众文学》以马克思主义文艺理论为指导,紧抓抗日战争时期社会生活与大众生活的实际,摆脱了部分文艺理论家严重脱离生活去追求纯学术、纯理论的形式主义探讨方式。而身处"孤岛"上海的巴人对"大众文学"与"民族形式"的独特阐释反映了沦陷区进步文艺工作者对战时文艺问题的有关看法,从一定意义上看,这正是解放区与沦陷区文艺工作交流的一个缩影。

(张晓晗)

马克思主义与文艺(存目)

——《马克思主义与文艺》序言

周 扬

【作者简介】

　　周扬(1908—1989),原名周起应,笔名企、绮影,湖南益阳人。中国现代文艺理论家、美学家,革命文艺运动与社会主义文艺事业领导者之一。早年留学日本,归国后加入中国左翼作家联盟,担任"左联"党团书记,主编机关刊物《文学月报》。抗战期间,历任陕甘宁边区教育厅长、鲁艺文学院院长、延安大学校长等职务。1949年以后,历任中共中央宣传部部长、中国文联主席等职务。周扬一生都在积极宣传马克思文艺,积极译介国外文艺作品和美学专著,发表了大量文艺理论批评文章,是中央领导文艺的理论权威。代表著作有《关于"国防文学"》《表现新的群众的时代》《马克思主义与文艺》《论赵树理的创作》等。

【导读】

　　《〈马克思主义与文艺〉序言》一文最初于1944年4月11日发表在延安《解放日报》,后收录到1984年人民文学出版社出版的《周扬文集》第1卷。

　　1942年,在延安文艺界的整风学习期间,毛泽东亲自主持召开了文艺座谈会,并发表讲话,明确提出了革命文艺的"基本方针",解决了中国无产阶级文艺发展道路上遇到的诸多理论和实践问题。讲话内容于1943年10月19日在《解放日报》公开发表。周扬在讲话内容公开发表后,便马上着手编辑了《马克思主义与文艺》一书,并撰写了此篇序言。

　　毛泽东在讲话中主要围绕着文艺为工农兵服务和如何为工农兵服务等核心问题展开论述,而周扬在马克思主义文艺思想体系下,在工农兵文艺基础上进一步提出了"群众"这一概念,将其重新表述为"文艺从群众中来,必须到群众中去"。整篇序言始终牢牢秉承着"文艺从群众中来,必须到群众中去"的中心思想对讲话中三大根本问题进行阐释。围绕着"什么叫'大众化'""提高与普及的关系""如何表现新的群众的时代"的根本问题,周扬将世界无产阶级革命文艺运动的发展划分为马恩、列宁、毛泽东三个阶段,在并列论述中发现"毛泽东同志〈在延安文艺座谈会上的讲话〉最正确、最深刻、最完全地从根本上解决了文艺为群众与如何为群众的问题"。他认为毛泽东对马克思主义文艺科学的这一贡献意味着中国革命文艺的发展已经走出了苏联模式,开始了一个"新的群众的时代"。相较于《马克思主义与文艺》正文部分对马、恩、列、斯、毛、高等人的文艺理论文章进行简单地分类编选,《〈马克思主义与文艺〉序言》则闪烁着理论与思辨的光辉,更具学术价值和历史意义。

《〈马克思主义与文艺〉序言》将毛泽东与马克思、列宁、高尔基、鲁迅等人并列论述,实际上就是将讲话纳入了马克思主义文艺理论系统,从而构建起讲话文艺学思想的理论基础与框架,极大地提升了讲话的理论与思想高度。就连毛泽东本人看了这篇序言后都说:"此篇看了,写得很好。你把文艺理论上几个主要问题作了一个简明的历史叙述,借以证实我们今天的方针是正确的,这一点很有益处,对我也是上了一课。"

(张晓晗)

文学的内容和形式

李广田

【作者简介】

李广田(1906—1968),号洗岑,笔名黎地、曦晨等,山东邹平人。中国现代散文家、诗人、文艺理论家。1923年夏考入济南第一师范学校,开始接触新文学、新思潮。1929年考入北京大学外语系预科,先后在《华北日报》副刊、《现代》杂志发表诗歌、散文。1936年与卞之琳、何其芳合著出版诗集《汉园集》,被称为"汉园三诗人"之一,同年还出版了个人散文集《画廊集》《银狐集》。抗战胜利后,一直从事教育工作,先后在南开大学、清华大学、云南大学等多所高校任教。有《文学论》《创作论》《诗的艺术》等多部理论著作,另有《李广田全集》。

一、概说

什么是文学的内容,什么是文学的形式,内容与形式的关系又是怎样的呢?我们的解答是:

凡作者在作品中所要表现的东西,都是内容。

凡作者所用以表现的东西,都是形式。

作者是先感到要说什么,要表现什么,也就是先有了内容,然后才是怎样说,怎样表现,也就是要用什么形式的问题。所以内容第一,形式第二,内容是决定形式的。

没有内容自然没有形式,没有形式也无从见出内容,所以二者实在不可分。而最好的形式又可以提高内容,加强内容,所以内容固然重要,形式也并不是不重要。

这就是我们对于内容与形式这一问题的简要说明。

二、内容和形式的意义

我们曾说:"文学是:以实际生活为素材,以语言文字为工具,通过了作者的认识与想象,用艺术的手段,作形象的表现,而构成一个完整的世界。"所谓形象者,是属于文学内容方面的事物,而形象本身是表现思想或情感的,所以思想情感都是文学的内容,而所谓艺术的手段,乃是一种表现的方法,作者的认识不同,个性又不同,因之作风亦不同,因之那表现的形式也就有种种样样。至于那最后完成的一个完整的世界,乃是统内容与形式二者而言,因为内容与形式一致才能浑然无间,形成一个完整的世界。我们在《文学的创造》一章中所说的"认识与表现",实在也就是内容与形式。作者对于实际生活的认识,形成作品的内容,而作者的表现则形成作品的形式。由认识到表现,由内容到形式,这就是我们所说的那"创造的过程"。内容与形式的问题,只有放在"创造的过程"中看时,才是正确的。没有内容便不能有形式,没有形式也不能表现内容,也可以说,没有无内容的形式,也没有无形式的内容。站在作者的立场看,所谓创造过程,实即内容向形式的推移;站在读者方面说,则是由形式向内容的推移。一个字,是一个符号,是形式,然而一个字有一个字的意义,意义就是内容。一句话,是按文法修辞的规则而构成的,也是一种形式,然而一句话有一句话的意义,意义就是内容。文学作品也正是如此;由遣词、造句、描写、结构,以及节奏、声调等所表现的具体人物事件,以及这人物事件所表现的思想情感,是文学的内容,而用以表现这内容的字句、描写、结构、节奏、声调等,都是形式。在这一点上说,内容与形式是有区别的。但二者实在又没有界线,因为我们不能单举出形式而遗弃内容,也不能单举出内容而不要形式。即在作者的创作过程中,作者也不应该强用一种形式去套上一种内容,或是委屈某种内容来牵就某种形式。倘是这样,那就一定是失败的作品。文学作品不是二者的相加,而是二者的并生并长,融合一体。

三、内容决定形式

什么样的内容就应当有什么样的形式。为什么文学作品之中有诗歌、散文、小说、剧本等的区别呢?因为内容不同。诗有诗的本质,诗的内容不同于散文的内容,所以表现出来就有诗与散文之不同。本来不是诗的内容,而加以所谓诗的形式,如分行列,如押韵脚,但仍不成为诗,当然更不是好诗,因为那内容与形式不一致。然而同样是诗的内容,不同的诗人仍作为不同的表现,这是因为那作者的认识与个性不同,所以诗也有种种风格,组织不同,用字不同,声调也不同。这就是那内容决定形式的意义。文学作品如此,日常谈话又何尝不是如此。譬如《论语·公冶长》一章有这样的一段:

颜渊季路侍,子曰,"盍各言尔志?"
子路曰,"愿车马衣轻裘与朋友共,敝之而无憾。"
颜渊曰,"愿无伐善,无施劳。"

子路曰,"愿闻子之志。"

子曰,"老者安之,朋友信之,少者怀之。"

这是一段对话的记录,可以说是一章散文。在这里也可以看出那内容与形式的关系。这里,三个人说话,就有三种不同的形式,其所以然者,因为那说话的人不同,因为那话的内容不同。子路是个冒失鬼,说话总是占先,说起话来粗声粗气的,你试读他的话,就非高声不可,一句话分成两节,上节十个字,是三三四的节奏,下节五个字,是二三的节奏,一个"共"字戛然而止,一个"憾"字又是戛然而止,读起来就感到一种粗豪的气魄,因为子路为人如此,他的思想内容也是如此。颜回便不同了,一句话两节,上四下三,上边只多一个助词,两节的调子是一样的,两个"无"字,而"善"与"施"又是双声,读起来是轻轻的、悄悄的、低低的、长长的,显得多么温和,多么谦虚,多么深沉,颜回个性如此,他的思想内容也是如此。以下是子路问孔子,假如那发问的是颜回,那话就一定不是这么说法,而颜回为人谦恭,恐怕在这种场合也不会发问,然后再看孔老夫子自己的回答,四字一节,共三节,者中"者"字与"之"字都是双声,读起来是多么静穆,多么和平,多么自然而慈祥,这真是圣人的气象,比颜回更进了一步,孔子之为人如此,他的思想内容也是如此。从这个例子,我们可以看到那形式与内容之完全契合,而那形式是内容所决定的。

记言体的散文是如此。至于那作为文学中最高的作品,诗,就更是如此。譬如杜甫的《茅屋为秋风所破歌》:

八月秋高风怒号,卷我屋上三重茅,茅飞渡江洒江郊,高者挂罥长林梢,下者飘转沉塘坳。南村群童欺我老无力,忍能对面为盗贼,公然抱茅入竹去,唇焦口燥呼不得,归来倚杖自叹息。俄顷风定云墨色,秋天漠漠向昏黑,布衾多年冷似铁,娇儿恶卧踏里裂,床头屋漏无干处,雨脚如麻未断绝,自经丧乱少睡眠,长夜沾湿何由彻。安得广厦千万间,大庇天下寒士俱欢颜,风雨不动安如山。呜呼,何时眼前突兀见此屋,吾庐独破受冻死亦足。

在这首诗中,我们除去应当注意它的长短句的变化外,尤其应当注意它的声调的变化。"长夜沾湿何由彻"以前的声音都是平平的,它的内容只是叙说一种情形。从"南村群童欺我老无力",一个九字句一转,也就是一次进展,一口气说出自己的困苦。自己的困苦到了极点,诗人反而把自己目前的困苦推开,而平空去想象"广厦千万间",为"天下寒士"着想,在这里就可以看出诗人的胸怀,也就是所谓仁者的心肠。从上边那"彻"字的声音,变成了"间"字的声音,仿佛由泥泞道上转入了康庄大道,或者是从痛苦的人间升到了天上,那声音爽朗极了,响亮极了,当杜甫写到或吟到这一句时,也一定在痛苦的心里开了一次花,我们读到这里自然也得引吭而高歌,那句子自然也就变长了,从七字变成了九字。然而无可如何,那暂时开在心中的花朵乃是一朵空花,"何时眼前突兀见此屋",于是由高歌而变成低唱,"呜呼"以下简直是哭的声音了。又如杜甫的《闻官军收河南河北》:

剑外忽传收蓟北,初闻啼泪满衣裳。却看妻子愁何在,漫卷诗书喜欲狂。白日放歌须纵酒,青春作伴好还乡。即从巴峡穿巫峡,便下襄阳向洛阳。

这里的拍子快极了,绝对不能慢读,声调也高极了,也绝对不能低吟,尤其是最后两句,仿佛是天然给诗人预备好了似的,造成这样佳句:第一句两个"峡"字,又冠上一个"即"字,而"从"字与"穿"字又极相近;第二句两个"阳"字,又插上一个"襄"字和"向"字,这些字组织起来,就恰好造成一种欢欣的调子。欢欣是作者的情感,而调子是那作品的形式,这形式是由那内容所决定的。

四、形式也是创造的

内容决定形式,诚然,然而作品的形式也并非完全是自流的,或毫不费力而产生的;较多的场合还需要作者去创造,自然这创造也还是以内容为其主导。不必用力而写成的作品,所谓"水到渠成"、形式与内容都是自然恰到好处的自然也有,正如沈约在《答陆厥论音律书》中所说的:"天机启则律吕自调,六情滞则音律顿舛也",韩愈在《答李翊书》中也曾说:"气,水也,言,浮物也;水大而物之浮者大小毕浮;气之与言犹是也,气盛则言之长短与声之高下皆宜",就是说那形式是自然完好的。然而"书不尽言,言不尽意"也是一个事实,任何作家也难免有"辞不达意"的时候。所谓"辞不达意",就是形式不足以表现内容,形式与内容尚不能完全一致的意思。至于一个不成熟的作者,一个艺术修养较差的人,要赋与内容以应有的形式就更其困难。因此,创造形式也是艺术家的一种工作。就如我们在前边所举的《论语》一例,诚然那内容与形式是一致的,那形式是由内容所决定的,但我们还不能不佩服当年那个记这段话的大贤,他既已把握了那对话的内容,又创造了那最恰当的形式,他的文章实在写得很好,假如再换一个人记这段话,那就很难说能记得这么好。又如杜甫的诗,我们说杜甫有那种真实的生活,有那样真诚的情感,这就造成了那诗的内容,然而有这种生活与情感的又何止杜甫一人,为什么别人写不出这样作品,不要说一般人,就是其他诗人也未必能写出。情感是人人有的,但在艺术的创造上说,重要而难能的,乃是艺术的修养,或者简单说,就是技巧的训练。杜甫说:"为人性僻耽佳句,语不惊人死不休",又说:"读书破万卷,下笔如有神",读书多,自然可以丰富自己的思想与情感,但同时也得到了技巧的修养,至于"语不惊人死不休",就分明是在形式的创造上一再用力。我们读人家的好作品,觉得非常容易,好像作者当初是一挥而就,一气呵成的,其实,越是读起来极自然的作品,越往往是经过千锤百炼的结果。

文学的工具是语言文字,然而语言文字的效能也有限度,譬如有多少颜色,文字写不出,多少声音,文字也写不出,至于一种情感,一种思想,以及千变万化的人生世象,有时就更难恰如其分地说出。作者不得不用这种不甚济事的文字作工具,也就不得不为了要恰好地表现那内容而一再地揉搓文字,一再地克服困难,以期达到最完满的地步。

五、形式反作用于内容

内容决定形式,而形式又是创造的,不过这种创造还是由内容所发动,还是以内容为其主导的。其初,作者感到他所用的形式不足以表现他所认识到的或感觉到的内容,他有一种搔不着痒处的苦闷,这苦闷使他再搜索、再追寻,以至达到了最高的表现为止。进一步,这形式的创造,不但可以达到恰足以表现内容为止,而且他还可以反作用于内容,它可以使内容更提高、更加深、更精炼,因为,"在发展的过程中,形式绝不是受动的,对于内容的发展,它也具有能动的作用。"一种很好的形式,它既可以摒弃内容中那些不必要的,而凝炼并超举那些最必要的,又可以排除那些浅薄而浮泛的,而给作品以深度与精度,使作品更能禁得起读者的咀嚼,也更能禁得起时间的折磨。

如我们前边所说的,凡作家所用以表现其内容的,都属于形式,换一句话说,形式也就是技巧的问题。我们曾说到"创作的最后工作",并说,这所谓"最后工作"者,并非以为不重要的意思,因为,如我们所举过的那些例子,不但只是形式之再修整、再创造,实在也是内容之再提炼。为什么王荆公把"春风又到江南岸"改作"春风又绿江南岸"呢?从"到"字到"绿"字,这可以说是用字的技巧,是形式的再创造,然而由于一个"绿"字,那整首诗的内容,就因此而加强,因此而更见其生动与丰富。一个字的形式之变易,其反作用于内容者如此,扩而言之,句的构造,整篇作品的结构等,其反作用于内容者亦复如是。

我们又曾说,作品的修改,不只在于一字一句,有时还要大胆地删除与增补,而删除尤重于增补。为什么呢?因为,就一般的情形而论,作者最容易犯的毛病是放任感情,浪费文字,于是过于铺陈,以致流而不返,荡而无检。所以《颜氏家训·文章》篇说:"凡为文章犹人乘骐骥,虽有逸气,当以衔勒制之,忽使流乱轨躅,故意填坑岸也。"从前的诗人作旧诗,旧诗有字数的限制,有平仄、对仗、叶韵等方法,这是旧诗的形式。这种形式发展到末路,它不但不能表现新的内容,反成了内容的障碍,于是用新的语言表现新的内容的新诗便取而代之。但在当时,当这种形式恰可用以表现与之相适应的时代内容时,它就不是障碍,而且还可能是一种方便,那就是,它可以给作者以范畴,在这范畴中,作者不致于跑野马,不致于毫无控制,作到好处,那就是"从心所欲,不逾矩",而这也就是歌德在一首诗里所说的:

"谁要伟大,必须聚精会神,
在限制中才能显出身手,
只有法则能给我们自由。"

六、偏重形式与偏重内容

形式可以反作用于内容,所以要给与内容以应有的形式,虽不是作者的唯一工作,也是一件相当重要的工作。但如作者过分地看重了形式,结果那内容一定受了委曲,那作品也将成为失败的作品。这可能有两种情形发生,一种是,作者不曾把握自己所要表现的内容,于是由于偷懒、取巧,随便模仿了一种固定的形式,把内容填了进去。譬如王建的《调笑令》:

"团扇,团扇,美人并来遮面,玉颜憔悴三年,
谁复商量管弦,弦管,弦管,春草昭阳路断。"

这阕词的内容是所谓"宫怨",但其中两字两句的重叠处凡两见,节奏急促而语调轻快,不能作回肠荡气之声,故与内容不一致。内容是悲哀的,调子却不是表现悲哀的调子,调名"调笑令",也可以想见其初是用以表现调笑之情的。在这情形之下,形式不但未能加强内容,反而把内容削弱了,所以这种形式,我们可以说它是"不及的形式"。过犹不及,太重形式的另一种情形可以乔吉的《天净沙》为例,其词曰:

"莺莺燕燕春春,花花柳柳真真,事事风风韵韵,娇娇嫩嫩,停停当当人人。"

这是有意要全用叠字,结果是不知所云,简直不成作品。又如旧诗之讲求对仗,因为强求对仗,强求形式美,结果竟成了胡话的也有。王直方诗话云:"东坡有言,世间事,忍笑为易,唯读王祈大夫诗,不笑为难。祈尝谓东坡云:有竹诗两句,最为得意,因诵曰:'叶垂千口剑,干耸万条枪。'坡曰:好则极好,则是十条竹

杆一个叶儿也。"又《遁斋闲览》云:"李廷彦献百韵诗于一达官,其间有句云:'舍弟江南殁,家兄塞北亡。'达官恻然伤之曰:'不意君家凶祸,重并如此!'廷彦遽起白解云:'实无此事,但图对偶亲切。'"为了对偶,为了讲求形式,甚至说家里遭了这样横祸,这可以说是过重形式不顾内容的最极端的例子。

但在另一种情形中,假如作者既不肯袭用固有的形式,而自己也不肯去创造可以加强内容的最好的形式,也就会产生出只重内容而忽略形式的作品。《史朝义传》载:"史思明不识文字,忽好吟诗,每成一章,必传驿宣示,皆可绝倒。尝以樱桃赐其子朝义及周挚,作诗曰:'樱桃一篮子,一半赤,一半黄,一半与怀王(即朝义),一半与周挚。'左右赞美。或曰:'如改为一半与周挚,一半与怀王,则声韵相叶矣。'史大怒曰:'韵是何物!我儿岂可居周挚之下!'"这也许并不是一个很好的例子,但这也可以说明,当作者把握了他所要表现的内容,认为非如此便与他的认识不合时,他也就只好骂一声"韵是何物",把当时人认为读起来比较好听的韵法也置之不顾了。

假如我们更进一步探究,为什么会有偏重内容或偏重形式的作品呢?这就要从时代及社会阶层的情形来求得解答。以整个的社会风气来看,在社会的新兴阶层方面,作品的风格往往是内容重于形式。因为一种新的思想内容是强大有力的,它需一种新的形式来表现,旧的形式既不足以表现新的内容,然而新的形式犹待创造与建立,于是产生出偏重内容的作品。其次,在社会阶层的没落和崩溃的过程中,思想内容日渐贫乏,旧形式也必然更凝固化,于是便产生了形式重于内容,更和内容脱了节而成为纯形式主义的作品。如以一个作家而论,假如他认识了那时代的最尖端的潮流,他把握了那时代的最前进的思想,也就容易写出偏重内容的作品,反之,他如果是一个时代的落伍者,他陈腐而顽固,则容易写出偏重形式的作品。从这方面看,也可以看出内容是占着主导的地位。从某一意义上说,偏重内容当然比偏重形式好得多,然而无论偏重什么,都不能算作最完整的艺术品,因为最好的作品是内容与形式的完全一致。

七、结论:内容与形式的一致

形式固为内容所决定,然而形式也是创造的,所以形式也可以反作用于内容。有的形式不足以表现内容,有的又太重形式而有损于内容,或又有偏重内容而忽视形式的,都不能算是完整的作品。王任叔先生《文学读本续编》论文学的风格,曾把内容与形式的情势用下列四种方式来说明:

一、化装演讲的样式。演讲者在形式上略为化妆了一下,但他主要的目的却在于把自己某一种思想传达出去。这可以说是内容重于形式的表现。如我们前边所举的史思明"樱桃一篮子"一例。

二、双簧的样式。表演者和说唱者是分离的：表演的人有时很难正确地传达出说唱者的意思，予以适当的表情，这是内容与形式分离的表现。如我们前边所举的王建《调笑令》一例。

三、舞蹈的样式。它给予人们的鼓舞或感动，全凭舞蹈的姿态或音乐的韵律，而很少借助于语言的思维作用，这是形式重于内容的表现。如我们前边所举的乔吉《天净沙》一例。

四、戏剧的样式。这是形式与内容完全一致的正确表现法。

那么，文学作品的内容与形式，能够像演剧那样，既不偏重内容，也不偏重形式，二者完全一致，便是最好的作品。譬如李清照的《声声慢》：

"寻寻觅觅，冷冷清清，凄凄惨惨戚戚，乍暖还寒时候，最难将息，三杯两盏淡酒，怎敌他晚来风急。雁过也，正伤心，却是旧时相识。满地黄花堆积，憔悴损，而今有谁堪摘。守着窗儿，独自怎生得黑。梧桐更兼细雨，到黄昏点点滴滴。这次第，怎一个愁字了得？"

李清照所用的调子也是现成的，然而这调子与内容完全一致，即从"声声慢"三字也可以看得出。她第一句连用七个叠字，下面"点点滴滴"，仍是叠字，然而她的叠字是创造的，不是因袭的。罗大经《鹤林玉露》云："起头连叠七字，以一妇人，乃能创意出奇如此。"张瑞义《贵耳集》云："到黄昏点点滴滴，又使叠字，俱无斧凿痕。"傅庚生先生在《中国文学欣赏举隅》中说："此十四字之妙，妙在叠字，一也，妙在有层次，二也，妙在曲尽思归之情，三也。良人既已行矣，而心似有未尽信其既去者，用以'寻寻'。寻寻之未见也，而心似仍有未信其便去者，又用'觅觅'，觅者，寻而又细察之也。觅觅之终未有得，是良人真个去矣，闺阃之内，渐以'冷冷'；冷冷，外也，非内也，继而'清清'，清清，内也，非复外矣。又继之以'凄凄'，冷清渐蹙而凝于心。又继之以'惨惨'，凝于心而心不堪任。故终之以'戚戚'也，则肠痛心碎，伏枕而泣矣。似此步步写来，自疑而信，由浅入深，何等层次，几多细腻！不然，将求叠字之巧，必贻堆砌之议，一涉堆砌，则叠字不足云巧矣。故觅觅不可在寻寻之上，冷冷不可上移植清清之下，而戚戚又必居最末也。且也，此等心情，惟女儿能有之，此等笔墨，惟女儿能出之。设使征人为女，居者为男，吾知其破题儿便已确信伊人之不在迩也，当无寻寻觅觅之事，男儿之心粗故也。能词之士，多昂藏丈夫勉学莺莺燕燕者，故不能下如此之十四叠字耳。"傅先生这一段话，把这一阕词的内容与形式之一致，可以说已说得尽致了。在这里，象我们曾经举过的《论语》和杜诗，既不能说它偏重内容，或偏重形式，也不能说它内容和形式是分离的。最好的文学作品，当它已经以"一个完整的世界"而呈现于读者面前时，它就只是浑然的一体，这正如歌德所说：

"文艺原无皮，又无核，一气呵成浑然在。"

当其以"一个完整的世界"而被读者欣赏时，是如此；然而从"创作的过程"上看起来，那内容却依然是占着主导的地位，作者无论如何去创造形式，却必须彻始彻终地忠实于他的内容。"修辞立其诚"，主诚原是修辞的根本。

【导读】

《文学的内容与形式》是李广田在西南联大任教期间的课程讲义，发表在1945年9月的《国文月刊》第38期，上文即选自于此。1982年收录到香港昭明出版社出版的《文学论》，2010年又收录到云南人民出版社出版的《李广田全集》第4卷。

李广田以中国古典诗词为例，回答了文学创作论中的经典问题——内容与形式的构成及其相互关系。李广田在文章中指出，"具体人物事件，以及这人物事件所表现的思想情感"是文学的内容，而"用以表现内容的字句，描写，结构，情节，节奏声调等"，是文学的形式，文学作品创作应遵循"内容第一，形式第二，内容是决定形式"的原则，"什么样的内容就应当有什么样的形式"，以内容为主导创造形式。在创作过程中，对于创作者而言，"作者无论如何去创造形式，却必须彻始彻终地忠实于他的内容"，形式始终是为内容服务的。文学作品之所以有诗歌、散文、小说、戏剧等多种文体样式，就是因为它们内容不同、本质不同，故而表现出来的形式就有所差异。此外，李广田清晰地意识到了内容与形式的辩证关系。"内容决定形式，然而作品的形式也并非完全是自流的，或毫不费力而产生的"，好的形式可以反作用于内容，使内容更提高、更加深、更精练。重内容或者重形式的作品都不能算是成功之作，真正的文学作品终究是要做到文学内容与文学形式的"浑然一体"，只有做到"内容与形式一致"的作品才是真正的艺术品。

内容与形式的关系问题，在中国现代文学发展的过程中，一直存在着较大的争议。对此，李广田提出了"内容决定形式"这一明确清晰的观点，而这一观点被现在的文艺理论家认可并承袭，这在20世纪40年代的中国能做到如此建树是极难能可贵的，体现了一名文艺理论家的理论基础和审美内涵。

（张晓晗）